El día de mi muerte

Federico Axat

El día de mi muerte

Federico Axat

Ediciones Destino
Colección Áncora y Delfín

Obra editada en colaboración con Editorial Planeta – España

Composición: Realización Planeta

Bajo el sello editorial DESTINO M.R.
Avenida Presidente Masarik núm. 111,
Piso 2, Polanco V Sección, Miguel Hidalgo
C.P. 11560, Ciudad de México
www.planetadelibros.com.mx

Primera edición impresa en España: abril de 2025
ISBN: 978-84-233-6736-8

Primera edición impresa en México: julio de 2025
ISBN: 978-607-39-3069-7

Impreso en los talleres de Impregráfica Digital, S.A. de C.V.
Av. Coyoacán 100-D, Valle Norte, Benito Juárez
Ciudad de México, C.P. 03103
Impreso en México - Printed in Mexico

Para Ana Laura Axat

El día que despierto en el hospital

Tengo los ojos cerrados. Un hombre y una mujer hablan en voz baja acerca de una tal Anna, así que ese debe de ser mi nombre.

Están muy cerca.

—Necesitamos que despierte —dice el hombre con urgencia—. ¿No puedes hacer algo?

La mujer se toma su tiempo para responder. A estas alturas ya me he dado cuenta de que estoy en un hospital: me encuentro acostada en una cama con el respaldo inclinado, el olor a desinfectante es inconfundible y un pitido distante se repite a intervalos regulares. Cuando muevo el brazo siento algo clavado en la muñeca.

—No lo sé —dice finalmente la mujer—. Parece muy débil.

Es entonces cuando el grito de otro hombre rompe la calma de la habitación.

Abro los ojos como un acto reflejo. La mujer y el hombre que hablaban hace un momento están uno a cada lado de la cama. Ambos miran hacia la puerta que acaba de abrirse intempestivamente, donde hay un hombre de traje de unos sesenta años y ojos de águila.

—¡Comisario Hollinger! —estalla el recién llegado.

El hombre que está a mi lado, que en efecto lleva el uniforme de comisario, se pone inmediatamente alerta. Un policía se asoma desde el marco de la puerta, se encoge de hombros y empieza a ensayar una disculpa que el comisario detiene con un gesto. El policía asiente vigorosamente y se retira.

—Senador Cohen —dice el comisario Hollinger—, le pedí expresamente que no viniera.

—También me dijo que la chica estaba inconsciente. —El senador enfatiza cada palabra con el dedo, como si pulsara un botón invisible delante de su rostro.

Aunque parezca estúpido, al principio no comprendo que se está refiriendo a mí.

—Aquí está la doctora Katz —dice Hollinger—. Ella ha sido muy clara en cuanto a la gravedad del diagnóstico. No podemos hacer nada por el momento.

Cohen se queda callado, como un jugador de póker que se debate entre pagar o salirse de la mano.

La doctora Katz se quita las gafas y las guarda en el bolsillo de la bata. Habla en un tono pausado:

—Cuando llegó al hospital, la paciente presentaba una hipotermia severa. Mi experiencia me dice que no podemos saber si despertará pronto.

—Oh, me temo que sí podemos —replica el senador Cohen.

Hollinger se vuelve hacia mí, y al ver que tengo los ojos abiertos su rostro se transforma, como un animal sorprendido en medio de la carretera por los faros de un coche. Es joven para ser comisario, quizás tiene treinta y dos o treinta y tres años, y su rostro es lo primero que me resulta familiar desde que recuperé la consciencia hace un momento. El hecho me anima a intentar recordar algo más acerca de él —es razonable que conozca al comisario de la ciudad donde vivo, pienso—; sin embargo, mi cabeza no es capaz de devolverme nada nuevo. Es como asomarse a una inmensidad vacía.

—Anna —dice Hollinger sin dejar de observarme. Parece haberse olvidado del resto por un momento—. ¿Cómo te sientes?

Una de sus manos se apoya en mi brazo izquierdo y el contacto cálido me reconforta. Sonrío casi sin pensarlo, del mismo modo que un bebé lo hace por primera vez ante una muestra de afecto.

Asiento imperceptiblemente. La doctora Katz también se acerca y me pide que no hable, lo hace en un tono bajo para generar un clima de privacidad entre nosotras. Hollinger lo entiende de inmediato y se aparta de la cama.

La doctora Katz empieza a hacer una serie de pruebas simples: me examina las pupilas, me pide que siga el movimiento de su dedo, me toca diferentes partes del cuerpo y me pregunta si experimento algún tipo de dolor. Le respondo a todo correctamente, o eso creo. Mientras esto sucede, Hollinger y Cohen discuten levantando cada vez más el tono de voz. En el punto más álgido el comisario le exige al senador que se largue de la habitación *enseguida* o se verá forzado a obligarlo...

—¡No voy a irme! —dice Cohen—. ¡No hasta escuchar de su boca por qué asesinó a mi hijo!

Otra vez, tardo en comprender que el senador se refiere a mí, a pesar de que me está apuntando con un dedo. Sólo cuando advierto la reacción de la doctora Katz, que cierra los ojos y contiene la respiración, entiendo que yo soy la destinataria de semejante acusación.

Hollinger se abalanza sobre el senador.

—¡Suficiente! Se larga de aquí ahora mismo.

—¡Soy un senador nacional! ¿Está usted loco?

Aparentemente sí lo está. Un poco. Hollinger es más corpulento —y más joven— y no tiene problemas en arrastrar al senador hasta la puerta. Está claro que el político no esperaba semejante tratamiento y lanza todo tipo de amenazas sacudiendo su ya célebre dedo índice. Mientras los dos hombres salen de la habitación, forcejeando, alcanzo a distinguir el rostro transformado de Hollinger, lo cual me hace pensar en algún tipo de historia entre ambos.

Cuando me quedo a solas con la doctora, sigo pensando en las palabras de Cohen.

No hasta escuchar de su boca por qué asesinó a mi hijo.

—¿Es cierto? —pregunto.

La conmoción hace que no piense demasiado en lo ajena que me resulta mi propia voz.

—Ya habrá tiempo para explicaciones —dice la doctora Katz—. Ahora necesito que me digas si recuerdas cómo has llegado al hospital.

—¿Qué tipo de hospital es este?

—Estás en el Lavender Memorial. Es un hospital psiquiátrico. Llegaste aquí por una emergencia.

Niego con la cabeza. La doctora suspira y me apoya la palma de la mano sobre el brazo desnudo, tal como lo hizo Hollinger un momento antes. La sensación no es la misma.

—Necesito ir al baño.

—Claro, déjame ayudarte.

Me siento en la cama con más dificultad de la esperada. Me duele todo el cuerpo, pero especialmente las piernas y la cadera. Cuando la bata que llevo puesta se abre y deja al descubierto mis pantorrillas veo que tengo algunos hematomas y arañazos. La doctora advierte mi curiosidad, pero no dice nada. Le digo que puedo ir sola y ella asiente. Abro la puerta del baño y arrastro la base metálica del suero hasta el interior.

En el espejo contemplo mi rostro, completamente ajeno. Tengo unos veinticinco años, y aunque mi estado deja mucho que desear, me gusta lo que veo. Sonrío. Estudio cada detalle: cabello largo con tintes cobrizos, ojos azules, cejas anchas, boca pequeña, pecas. En el cuello advierto un corte de dos centímetros que parece reciente.

—¿Estás bien, querida?

Llevo menos de un minuto en el baño, pero la doctora Katz parece verdaderamente preocupada. A continuación, escucho a Hollinger al otro lado de la puerta, por lo que es posible que haya pasado más tiempo del que creo.

Corto unos trozos de papel higiénico y los coloco sobre el inodoro. Me siento justo a tiempo para que un hilo de orina salga con rapidez. El alivio es inmediato.

Cuando regreso a la habitación me doy cuenta de que algo ha cambiado. En efecto, Hollinger está allí otra vez, ahora de pie en la parte más alejada de la entrada, junto a la única ventana. Le pregunto si el senador va a regresar y me dice que no me preocupe por él. Percibo cierta tensión entre la doctora Katz y él.

—Una hora no cambiará las cosas —dice ella.

Hollinger no responde. Está molesto. Es evidente que aquella frase es la conclusión de una conversación que se ha iniciado antes.

—Así tiene que pasar —insiste la doctora Katz—. Anna debe saberlo.

Mientras regreso a la cama, los miro alternativamente, pero soy incapaz de descifrarlos.

—¿El senador está fuera? —pregunto.

—Anna, el senador no es un problema —contesta Hollinger en tono paternalista. Aparta la vista de la ventana y me mira largamente, como si quisiera decirme algo que no puede—. Voy a hablarte de lo que sucedió esa noche.

Asiento, sin entender realmente a qué se refiere con *esa noche*.

—Todo irá bien —me anima la doctora Katz.

Hollinger inspira profundamente antes de empezar.

—Oliver Cohen, el hijo del senador Cohen, era tu novio. Te invitó una noche a la casa de la familia, donde ocurrió la tragedia que le costó la vida. El senador y su esposa tenían un compromiso, así que se despidieron de vosotros y os dejaron solos. Ellos no advirtieron nada extraño, al igual que el resto de las personas que te vieron ese día. El consenso general es que erais una pareja que no discutía ni tenía mayores problemas; os conocíais desde hacía menos de un año, así que es probable que todavía no hubiera tensiones entre vosotros.

Mientras el comisario habla, repito en mi cabeza el nombre de Oliver Cohen una y otra vez. No hay ningún rostro asociado a ese nombre, ni recuerdo alguno. Nada.

—¿Qué sucedió?

—La casa de la familia Cohen tiene un sistema de cámaras, así que las pruebas eran muy claras. Estabais en la cocina. A Oliver Cohen le gustaba cocinar y esa noche te preparó tu comida favorita. Tú estabas sentada en la isla, donde había una botella de vino que os bebisteis casi completamente.

—Lasaña —digo de repente.

Hollinger y la doctora Katz se miran.

—Lasaña es mi comida favorita.

—Exacto —dice Hollinger—. La lasaña ya estaba en el horno y Oliver Cohen fue hasta donde tú estabas sentada y empezó a besarte. Primero en la boca, después en el cuello. No sabemos si él te dijo algo al oído, pero lo que se observa en la grabación es cómo en ese momento tú tenías los ojos cerrados y de repente los abres, sobresaltada. A continuación cogiste un cuchillo del soporte que estaba a tu lado.

Un escalofrío me recorre el cuerpo.

—¿Lo maté?

Hollinger suspira.

—Me temo que sobre eso no hay duda —dice el comisario—. Lo apuñalaste primero en el costado y luego repetidas veces cuando él cayó al suelo. Parecías bajo algún tipo de emoción violenta. No sabemos qué lo desencadenó. Diez minutos después saliste de la casa, manchada de sangre y en estado de shock. Una vecina te asistió y avisó a la policía.

—No puede ser —digo—. Tiene que haber una explicación. Tuvo que haberme hecho algo antes, tengo golpes en el cuerpo.

Exhibo mis brazos a modo de prueba.

Otra vez las miradas suspicaces.

—¡¿Qué?! —digo levantando el tono de voz—. ¿Doctora?

—Anna, eso sucedió hace poco más de dos años —dice la doctora Katz con calma—. Estamos en el año dos mil veintidós.

Me quedo callada un momento.

—Dos años —digo más para mí que para el resto. Pienso en el senador, que se presenta exigiendo respuestas a la asesina de su hijo, y de repente todo cobra sentido—. ¿He estado inconsciente durante dos años?

—No —dice la doctora Katz con firmeza—. Es más complicado que eso, Anna. La realidad es que nadie sabe dónde has estado todo este tiempo.

Hollinger interviene.

—La noche del asesinato te llevamos a la comisaría y, por un error en el protocolo de seguridad, conseguiste escapar. Estuviste desaparecida, Anna. Para los medios de comunicación fue como si te tragara la tierra. Tu caso se convirtió en un misterio. Nadie sabía qué había sido de ti..., hasta hoy, de madrugada, cuando un grupo de jóvenes te ha encontrado inconsciente en la orilla del lago, justo aquí abajo.

Hollinger se inclina sobre la ventana y señala un sitio que no puedo ver desde donde estoy.

Empiezo a reír de manera nerviosa.

—Perdón, pero un sueño tendría más sentido que todo esto. ¿Dónde he estado durante dos años?

—Tranquila, Anna.

Niego con la cabeza.

—¿Es Anna mi verdadero nombre? No significa nada para mí.

Hollinger mira a la doctora Katz de un modo curioso. *Te lo dije.*

La doctora Katz se pone de pie y se aparta de la cama. Le hace a Hollinger un gesto con la cabeza y él se acerca por el otro lado. El comisario se detiene a mi lado; su presencia otra vez me transmite paz.

—Anna es tu nombre —dice Hollinger. En su rostro hay tristeza, pero también creo advertir cierto optimismo—. Haz lo que la doctora Katz te dice y todo saldrá bien. Estás muy cerca.

—¿Muy cerca... de qué?

Hollinger sonríe y vuelve a apoyarme la mano en el brazo. A continuación se dirige a la doctora Katz.

—Tenéis media hora. Máximo.

El comisario da media vuelta y camina hacia la puerta. Por alguna razón espero que me mire una última vez, pero no lo hace.

La doctora Katz me quita el suero del brazo y me pide que salga de la cama. Advierto la urgencia en su voz y no hago preguntas. De una de las esquinas de la habitación trae una bolsa y me la entrega.

—Vístete, por favor.

Dentro de la bolsa hay una camiseta blanca y unos vaqueros. También una bata blanca.

—En el bolsillo lateral hay unas gafas y horquillas para el pelo.

La doctora Katz se queda mirando por la ventana para darme privacidad. Al quitarme la chaqueta del hospital, lo primero que me llama la atención es un pequeño tatuaje en el pecho, justo debajo de mi hombro derecho. Es una única palabra escrita con trazo fino y letra cursiva: *Lover*.

—¿Va a ayudarme a escapar? —pregunto mientras empiezo a ponerme la camiseta.

La docta Katz no responde. En cuanto mi cabeza emerge por el cuello de la camiseta, creo advertir un suave gesto de asentimiento por parte de ella. Me pongo el pantalón con cierta dificultad.

—Es la cadera —me excuso—. El dolor va y viene a ráfagas.

—Por ahora no puedo darte nada para el dolor. Cuanto antes salgamos de aquí, mejor.

Me recojo el cabello en un moño. No necesito mirarme al espejo para saber que ha quedado bien. Las gafas que la doctora Katz ha elegido para mí son un modelo de montura gruesa; me las coloco y compruebo que no tienen aumento.

—Ven aquí, Anna.

Me acerco a la ventana.

Calculo que estamos en un tercer piso. Justo debajo hay un patio inmenso que en este momento está vacío. Más allá del muro divisorio, robusto y de aspecto infranqueable, el terreno en pendiente conduce al lago.

—Entonces allí es donde me encontraron.

—Así es. Estabas casi desnuda y tu temperatura corporal era bajísima. Estarías muerta de no haber sido por esos jóvenes que te vieron por casualidad. La corriente te arrastró hasta esas rocas de allí; es un milagro que no te hayas golpeado la cabeza.

—¿Qué hay al otro lado del lago?

—Gente rica. Es la zona más exclusiva de la ciudad. Al principio no estaban conformes con el hospital, querían deshacerse de él a toda costa. Supongo que imaginaron a un ejército de locos cruzando el lago a nado hasta sus mansiones. Nunca ha pasado nada de eso.

Me desconcierta que la doctora Katz no se dirija hacia la salida. En su lugar se acerca hasta una puerta interna cuya existencia me había pasado inadvertida.

Salimos a un pasillo que debe de ser utilizado por el personal del hospital.

—Ponte esto —dice mientras me extiende una credencial con una cinta.

Compruebo que se trata de una réplica de la que ella lleva puesta. Incluso la fotografía es la misma.

—¿Por qué hace esto, doctora?

—Ya llegaremos a eso. Ahora lo importante es que confíes en mí. Tenemos que encontrar la manera de salir de aquí. Camina a mi lado de forma natural. Si actuamos como colegas no llamarás la atención.

Al final del pasillo hay una sala donde dos enfermeras están sentadas de espaldas a nosotras. La doctora Katz sale primero y me hace una seña para que la siga. Ninguna de las dos mujeres se vuelve para mirarnos.

—Esa era la parte que más me preocupaba. Ahora recuerda, actúa con naturalidad.

Giramos hacia un pasillo mucho más ancho con amplios ventanales en uno de los lados.

—¿A dónde vamos?

—Al pabellón de máxima seguridad, en la planta baja.

Me detengo.

—Creí que íbamos a salir de aquí.

—Eso es exactamente lo que vamos a hacer —dice la doctora Katz sin dejar de caminar.

La alcanzo avivando el paso. Llegamos a las escaleras, tan esplendorosas como el resto del edificio, curvas y con barandas de piedra ornamentada. Es evidente que semejante obra de arquitectura no fue pensada originalmente como un hospital, sino reconvertida en uno.

El segundo piso es idéntico al tercero. Rápidamente comprendo que la mejor forma de actuar con naturalidad es mantener una conversación, y vaya si tengo cosas para preguntarle a la doctora Katz. Mi mente es un lienzo en blanco con unas míseras pinceladas sin sentido.

—¿De verdad maté a mi novio?

La doctora Katz vuelve la cabeza para mirarme. Parece debatir internamente si aquella conversación es una buena idea o no.

—La grabación no deja lugar a dudas —dice sin dejar de avanzar.

—El comisario ha dicho que actué bajo una emoción violenta...

Dejo de hablar y me quedo parada en el lugar.

—No puedo caminar tan rápido —me excuso—. El dolor es insoportable. Necesito sentarme.

Señalo uno de los bancos junto a la pared.

—Ya te lo he dicho, Anna, no puedo darte nada para el dolor. Tienes que estar lúcida.

La doctora Katz me agarra de los hombros y me insta a seguir.

—No puedo. Sólo un minuto.

Ni siquiera espero su respuesta y me dirijo al banco cojeando de la pierna derecha. El dolor aumenta de forma exponencial; evidentemente los analgésicos han dejado de hacer efecto. Apenas me siento, liberar la pierna del peso de mi cuerpo me alivia de manera inmediata.

La doctora Katz se sienta a mi lado. Suspira.

—Algo debió de suceder para que reaccionases de esa forma —dice con resignación—. Además...

La doctora sigue hablando, pero yo dejo de escucharla. La risa de una niña pequeña atrapa mi atención, tan cercana y clara que por un momento pienso que llevo puestos unos auriculares e intento quitármelos con un movimiento rápido. Desvío la vista, justo a tiempo para ver a una niña que se esconde donde el pasillo gira hacia la derecha. Tiene unos tres o cuatro años y lleva un vestido blanco. La risa se repite y la niña da un salto y se pone a bailar, completamente ajena a nuestra presencia.

—¿Qué sucede?

Al volverme me encuentro con el rostro preocupado de la doctora.

Me niego a preguntarle si es capaz de ver a la niña, porque ya sé la respuesta.

—Nada.

—¿Qué has visto, Anna?

No puedo apartar la vista de la niña, que sigue bailando al ritmo de una música inexistente. Sus rasgos son inconfundibles: cabello rojizo..., boca pequeña.

La niña me mira por última vez y vuelve a esconderse. No estoy en condiciones de correr hacia allí, pero sé que si lo hago me encontraré con un pasillo vacío.

—Doctora Katz... —empiezo, y me detengo en busca de las palabras correctas—. ¿Yo he estado internada en este hospital alguna vez? ¿Quizás cuando era pequeña?

—Dime lo que has visto —dice ella con firmeza.

—A mí misma de pequeña.

No puedo descifrar la expresión de la doctora Katz. Es como si estuviera intentando resolver un complejo problema dentro de su cabeza.

—No has estado internada aquí cuando eras pequeña, Anna. Nunca, en realidad.

No la creo. Quizás es el dolor, que no me deja pensar con claridad. O quizás es justamente el dolor el que me trae a una realidad que empieza a ser bastante obvia: soy una asesina y estoy en un hospital psiquiátrico.

—El plan nunca ha sido escapar, ¿verdad, doctora?

—¿Qué dices? Anna, necesito que vayamos a la planta baja. Me estoy arriesgando con todo esto.

La doctora Katz duda un instante, suficiente para alimentar mis sospechas de que hay algo que no me está diciendo.

—Estoy internada aquí, ¿verdad? —Me pongo de pie, alejándome de la doctora—. Es eso.

Una pareja que pasa caminando nos mira con curiosidad. Ninguno de los dos lleva uniforme del hospital y la doctora Katz les hace un gesto de que la situación está bajo control.

—Anna, esto puede echarlo todo a perder —dice la doctora en un tono apenas audible.

La pareja se aleja sin dejar de mirarnos. Al llegar al otro extremo del pasillo se cruzan con una enfermera y empiezan a hablar con ella.

—Anna... —dice la doctora con voz suplicante.

Sacudo la cabeza.

—Esto no va a funcionar —digo mirando alternativamente a la doctora y a la enfermera, que ahora se está acercando a nosotras—. No hay forma de que pueda seguir con la pierna así.

La doctora Katz suspira.

—No digas nada. Por favor.

Me quita la credencial y se la guarda en el bolsillo.

—¿Va todo bien? —pregunta la enfermera cuando está lo suficientemente cerca.

—Necesito una silla de ruedas, querida. ¿Quién es tu supervisor?

—La doctora Silver.

—Ah, perfecto. Yo se lo explicaré a Ruth cuando le devuelva la silla.

La enfermera duda.

—Es una emergencia. Tengo que trasladar a la paciente ahora mismo.

La enfermera no parece del todo convencida, pero da media vuelta y se aleja.

La doctora Katz saca su móvil de uno de los bolsillos y lo manipula durante un minuto. Cuando me lo muestra, veo un artículo con mi fotografía. Empiezo a leer...

APARECE VIVA DESPUÉS DE MÁS DE DOS AÑOS DESAPARECIDA

La joven Anna De Marchi, de veinticuatro años, fue encontrada con vida durante la madrugada en las proximidades del hospital psiquiátrico Lavender Memorial. El hecho se produce dos años y cinco meses después de haber sido detenida por el asesinato de su novio, Oliver Cohen, hijo del senador...

La doctora Katz aleja el móvil y vuelve a guardarlo en el bolsillo.

—Todo lo que te hemos dicho es cierto —asevera con un dejo de hastío—. No tenemos mucho tiempo.

La doctora Katz empuja la silla de ruedas en silencio. Mejor así, porque siento que mi cerebro ha llegado a un punto en el que necesita procesar todo lo que ha recibido desde que me desperté en la cama del hospital.

Soy apenas consciente de algunos rostros que se vuelven a mirarnos cuando entramos en el ascensor, y más tarde cuando recorremos los intrincados pasillos de la planta baja, mucho más concurrida que los pisos superiores.

Nos detenemos frente a una puerta de doble hoja en la que se lee: SÓLO PERSONAL AUTORIZADO. La doctora Katz utiliza su tarjeta para abrirla, y una vez al otro lado se agacha junto a mí y me recuerda la importancia de no decir una sola palabra de ahí en adelante. Le respondo con un pulgar en alto.

Allí las ventanas son más pequeñas y todas tienen barrotes. Al final de aquel pasillo hay otra puerta como la anterior, pero con una ventana a un lado. Un guardia de seguridad saluda con la palma levantada y se muestra inmediatamente interesado por mi presencia. La doctora Katz, que parece tener con el hombre una relación de confianza, le explica que se trata de una emergencia y que necesita llevarme a su despacho; le asegura, además, que en un par de horas estará lista la orden correspondiente, mucho antes del cambio de turno. Tras un momento de vacilación, el guardia finalmente nos deja pasar.

Franqueamos una serie de puertas con la tarjeta de acceso. La doctora Katz saluda a dos colegas con los que nos topamos por el camino.

—¿Para qué vamos a su despacho? —pregunto.

—Necesitamos encontrarnos con alguien.

A medida que pasa el tiempo me convenzo más de que los planes de la doctora no contemplan dejarme escapar. Acabamos de cruzar un puesto con un guardia armado, de manera que mi suerte está echada.

El despacho está en la mitad de un pasillo largo y poco iluminado. La doctora Katz abre la puerta y maniobra con mi silla para que podamos entrar las dos.

Soy yo la que escaneo con la mirada la habitación en penumbra y veo al hombre que está sentado en el sillón más alejado, sus ojos flotando como dos perlas.

—Ya era hora —dice el hombre.

En ese momento la doctora Katz enciende la luz. El hombre no es otro que el senador Cohen.

—¿¡Qué hace usted aquí!? —dice la doctora Katz.

Me levanto instintivamente de la silla de ruedas.

El hombre da dos zancadas rápidas y cierra la puerta del despacho. En la mano tiene una libreta.

—Pensé en darle a usted una segunda oportunidad, doctora. No me imaginaba que ella estaría aquí.

Cohen tiene los ojos tan expresivos que cuesta creer

que dedique su vida a la política. Me odia. Me odia con todo su ser.

Estoy terriblemente asustada e instintivamente me escudo en la doctora Katz, que de inmediato adopta una actitud protectora y retrocede hasta ubicarse detrás del escritorio.

—Lárguese, senador. Lo que está haciendo es un despropósito.

—¿Usted ha perdido a un hijo, doctora?

La doctora Katz empieza a decir algo, pero el senador la silencia con un grito. El hombre rodea el escritorio y aparta a la doctora de un manotazo. Las facciones de su rostro se han endurecido, salvo sus ojos, que exhiben un cansancio suplicante.

—Necesito saber —dice acercando su rostro al mío. El tono de su solicitud no es precisamente amable—. Necesito saber si él..., de alguna forma, quiso terminar así.

—No recuerdo —digo con un hilo de voz.

El dolor en la pierna amenaza con tumbarme. Retrocedo un paso, aferrándome al escritorio que tengo a mi izquierda.

—Mira esto —dice el senador Cohen pasando las hojas de la libreta de forma frenética—. Mira esto..., por favor.

—¡¿De dónde ha sacado esa libreta?! —dice la doctora Katz.

La doctora está ahora detrás del senador, y él se vuelve un instante para mirarla, ignorando completamente su pregunta. Su atención vuelve a mí, con los ojos desesperados y las manos temblando.

—Esta es tu libreta de dibujos —dice el senador Cohen—. ¿La reconoces?

Niego con la cabeza. Me inclino y observo la página que Cohen sostiene frente a mi rostro, donde hay un dibujo de un canguro y más abajo una fecha:

04/04/22

En el lateral de la hoja hay una mancha de sangre.

—Tú dibujaste esto después de lo que sucedió aquel día —dice el senador con una intensidad sobrecogedora—, y luego le dijiste a Oliver algo al oído... Los dos sabíais que había cámaras en la cocina. Y tú dejaste escrita esta fecha... ¿Ahora lo recuerdas?

En su rostro aparece una luz de esperanza.

Lo cierto es que mi atención está puesta en el dibujo del canguro. Está hecho íntegramente con bolígrafo, con trazos bien definidos y tramas generadas por una yuxtaposición de líneas para darle volumen. Tal como sucedió antes en la habitación, cuando recordé mágicamente mi comida favorita, ahora sé que podría dibujar ese canguro, o cualquier otra cosa que me propusiera.

—¡Senador, voy a llamar a seguridad! —dice la doctora Katz.

Incluso yo me doy cuenta de que no está dispuesta a hacerlo.

El hombre se da la vuelta una vez más y le apunta con el dedo.

—¡Manténgase al margen!

—Anna —insiste el senador Cohen, devolviéndome su atención—, yo te conozco, vi cómo eras con Oliver; él podía ser problemático a veces, pero contigo era diferente. Necesito entender qué pasó, por favor. Haz un esfuerzo.

Aparto mi atención del dibujo del canguro y me concentro en la fecha que está debajo. La señalo con el dedo.

No quiero darle expectativas al senador, con el que empiezo a empatizar y a sentir parte de su dolor; busco conectarme con esa hoja de papel y con la fecha que escribí en una vida que no recuerdo.

—Esta fecha... es la de hoy —digo.

—¡Sí! —El senador no puede ocultar su excitación.

Al ver que no digo nada más, continúa:

—¿Lo entiendes, Anna? Ese día, en mi casa, escribiste esta fecha. Han pasado dos años, en los que nadie ha sabido nada de ti... hasta hoy. Exactamente en esa fecha.

Niego con la cabeza.

El senador Cohen sostiene la libreta con tanta fuerza que le tiembla la mano.

—¿Era un pacto entre vosotros, Anna? ¿Un extraño pacto en el que cada uno de vosotros debía morir en una fecha específica?

—Ya es suficiente —dice la doctora Katz, que ahora está más cerca de la puerta.

Cohen la ignora.

—Anna..., tienes que escucharme; si hay algo que recuerdas de ese día o de lo que escribiste en esta libreta, debes decírmelo. No confíes en ella.

Señala en dirección a la doctora Katz, a la que ahora no puedo ver porque está justo detrás del senador.

—Ella te está manipulando —continúa diciendo el hombre—. No me iré hasta que me digas por qué actuaste así aquel día. ¡No me iré hasta que me digas por qué asesinaste a mi hijo!

Un ruido ensordecedor silencia al senador, que cae al suelo como una marioneta sin dueño.

El cuerpo del senador Cohen yace a mis pies sobre una mancha de sangre que se hace cada vez más grande. Cuando lo observo con cierto detenimiento, además de sus ojos inertes, advierto una bola de carne que ha surgido en la parte de atrás de su cabeza, e inmediatamente me obligo a apartar la vista.

No puedo parar de temblar.

—¡¿Qué ha hecho?!

La doctora Katz parece haber entrado en un trance en el cual sus propios pensamientos se han apoderado de ella por completo. Le repito la misma pregunta dos veces y no obtengo respuesta.

—Vámonos de aquí —ordena—. En cuanto descubran al senador van a pensar que tú eres la culpable.

La frase me deja en shock. Entiendo la lógica de lo que la doctora acaba de decirme, pero al mismo tiempo me suena a amenaza velada.

Su expresión se suaviza un poco.

—Anna, necesitamos salir de aquí enseguida.

Doy un paso y siento fuego en mi pierna. Arrugo el rostro del dolor y me aferro a un archivador para no perder el equilibrio.

—No puedo.

La doctora Katz se acerca, se agacha un poco y pasa uno de mis brazos alrededor de su cuello. Me agarra fuerte de la cintura y me insta a caminar.

Me dejo caer en la silla de ruedas con un suspiro de alivio.

Salimos del despacho a toda velocidad en la dirección opuesta a la que vinimos. Al final del pasillo hay un vestíbulo donde confluyen varios corredores y una puerta de salida hacia la parte de atrás del edificio. La doctora abre la puerta con su tarjeta.

Estamos ahora en el inmenso patio del hospital, que en ese momento está vacío salvo por dos empleados con monos azules que fuman muy cerca de nosotras.

—¿Eso ha sido un disparo? —pregunta uno de ellos.

—No lo sé —dice la doctora Katz—. No vamos a quedarnos para averiguarlo.

Antes de que alguno de ellos pueda decir algo más, la doctora Katz empuja la silla y nos alejamos apretando el paso. Cuando levanto la vista y veo el cielo celeste prácticamente sin nubes consigo relajarme un poco; siento que necesito poner las cosas en perspectiva y el ritmo de los acontecimientos no me lo permite. ¿La doctora Katz acaba de asesinar a un hombre para que yo pueda escapar? Si al menos el dolor disminuyera un poco y me dejara pensar con claridad...

En el otro extremo del patio hay una puerta de metal, sin llave. Cuando la cruzamos veo un jardín inmenso y algo descuidado. Durante un brevísimo instante pienso que ya estamos fuera del hospital, y que todo ha sido tan sencillo como en esos sueños donde mágicamente abres una puerta y estás donde necesitas.

Por supuesto, no es así. Los muros están cubiertos de enredaderas, pero son tan altos y robustos como los del patio principal.

Entre medio de la vegetación hay unos senderos de piedra sumamente irregulares. Avanzar con la silla es un suplicio.

—Chloe, ¿dónde te has metido? —dice la doctora Katz en un tono apenas audible.

Me dispongo a preguntar quién es la tal Chloe, cuando una muchacha aparece de detrás de unos matorrales. Es joven y de aspecto frágil y trae consigo un carrito con un bebé dormido.

—¡Gracias a Dios que estás aquí! —dice la doctora Katz.

—He visto a un hombre entrar en su despacho, por eso he venido aquí.

—Has hecho muy bien.

La doctora Katz se acerca al carrito.

—Aaron se ha dormido hace un rato —dice Chloe.

—Genial.

Cuando finalmente se fija en mí, la felicidad de Chloe se vuelve evidente. Me resulta difícil establecer su edad; puede tener veinte años, o quizás treinta. Lleva el cabello muy corto en la parte de atrás y más largo en el frente.

—¡Hola, Anna!

—Chloe..., por favor —dice la doctora Katz.

La muchacha la ignora. No me quita los ojos de encima.

—Hola —respondo.

Chloe se limita a mirarme como si tuviera delante a una estrella de rock. No sé qué hacer. Lo primero que pienso es que esta es la prueba definitiva de que yo también he estado internada antes en el hospital. ¿De qué otro modo me conocería una interna?

—¡Mira! —dice Chloe.

La muchacha se estira el cuello de la camiseta hasta dejar al descubierto un tatuaje idéntico al mío. Leo la palabra *Lover* en letra cursiva. La tinta parece reciente.

—Es muy bonito.

Chloe parece desconcertada con mi comentario.

—Ya no me recuerdas, ¿verdad?

Me encojo de hombros.

Chloe se lleva la mano al bolsillo del pantalón y saca algo a toda velocidad. Al principio me alarmo, hasta que advierto que se trata de una fotografía. La doctora Katz intenta cogerla antes que yo, pero falla. En la fotografía estoy sentada junto a Chloe en la rama de un árbol, del que además cuelga un neumático hamaca. A un lado se ve la parte trasera de una camioneta roja.

Me da la sensación de que el fotógrafo captó el momento exacto en que estamos a punto de estallar en un ataque de risa: yo con los ojos apenas cerrados y una sonrisa amplia, Chloe con las palmas en alto y sorbiendo una bocanada de aire.

La fotografía desaparece de mis manos.

—Suficiente —dice la doctora Katz guardándose la fotografía en el bolsillo de la bata—. Chloe, necesito que me digas si sigue aquí.

Al principio la muchacha parece no entender a qué se refiere la doctora Katz. Lo piensa un momento y finalmente responde:

—Sí, creo que sigue aquí.

—Genial. Gracias por todo, Chloe.

Ella asiente y me da un abrazo tan fuerte como inesperado. Se lo devuelvo sin saber bien qué hacer o decir.

—Espero verte pronto —dice antes de dar media vuelta y marcharse.

Cuando la puerta se cierra, la doctora vuelve a centrar su atención en mí.

—¿Crees que puedes seguir a pie, Anna?

—No.

—Vamos a intentarlo.

Me coge de las axilas y me ayuda a ponerme de pie. Hay dolor, pero ahora es más tolerable que hace un rato.

—Por el momento creo que puedo.

La doctora Katz empuja el carrito del niño con una mano y con la otra me permite aferrarme a ella para tener un punto de apoyo.

—¿Qué vamos a hacer con el hijo de Chloe? —pregunto.

La doctora Katz se detiene un instante para mirarme.

—Se llama Aaron, y no es el hijo de Chloe. Es mío.

Si algo le falta a esta huida descabellada, además de la paciente coja, es un bebé de menos de un año.

—¿A dónde vamos?

—¿Ves ese portón de allí? Es el que utilizan los jardineros para entrar y salir con el equipamiento; es la manera más fácil de escapar. Pero antes tenemos que buscar algo en el invernadero.

A nuestra izquierda, efectivamente, hay un inmenso invernadero de cristal. En el interior hay un sinfín de mesas con plantas de todo tipo. Alrededor de esas mesas hay banquetas de madera que me sirven de puntos de apoyo a medida que avanzamos.

La doctora Katz va delante con el carrito, recorriendo aquel laberinto de una forma que me resulta azarosa. En más de una oportunidad la veo consultar su reloj.

—No puedo más —digo aferrándome a una de las mesas—. El dolor es demasiado intenso.

—Déjame ayudarte.

Otra vez, la doctora Katz me agarra por la cintura y camina a mi lado. Mi aportación se ha reducido al mínimo, es ella la que debe hacer casi todo el trabajo. En unos metros me convierto en un peso muerto y me desplomo.

No pierdo el conocimiento, o eso creo. Me siento contra la pata de una de las mesas.

—Por favor —digo con pesadez.

La doctora Katz se arrodilla a mi lado y del bolsillo de su bata saca una fina caja de metal. Cuando la abre, veo en el interior tres jeringas alineadas y dos frascos pequeños con un líquido transparente. Me pincha en el brazo derecho.

Nada sucede inmediatamente. Mientras espero el alivio que parece no llegar nunca, la doctora Katz introduce la jeringa en el segundo frasco y me pincha nuevamente.

Abro los ojos. ¿Cuándo los he cerrado? El llanto de Aaron me devuelve a la realidad. La doctora Katz sigue a mi lado, pero ahora está inclinada sobre el carrito, de espaldas a mí. Susurra una melodía que parece surtir efecto, porque el llanto es cada vez menos intenso. Lo mismo sucede con el dolor de mi pierna. Empiezo a ponerme de pie, ahora por mis propios medios.

La doctora Katz se vuelve con Aaron en brazos. El bebé emite apenas unos sollozos cortos de vez en cuando.

—Nos vamos de aquí —dice la doctora Katz.

Me extiende una mano y la aferro, como si necesitara que me guíe.

El velo del dolor se ha disipado y empiezo a pensar con algo más de claridad.

—Usted ha dicho que de no haber sido por esos jóvenes que me encontraron a orillas del lago... estaría muerta.

La doctora se limita a mirarme, sin comprender qué implica lo que acabo de decir.

—El senador tenía razón —continúo—. La fecha que escribí hace dos años en esa libreta... debía ser el día de mi muerte.

Nos detenemos frente a una de las paredes del invernadero. Los cristales están sucios y me impiden ver el otro lado con nitidez. Entre unas plantas diviso lo que parece ser una locomotora pequeña, del tamaño de un coche. Pero en cuanto me desplazo ligeramente a un costado y encuentro un cristal que está más limpio que el resto, me doy cuenta de que la locomotora es en realidad un generador de energía. Es un modelo antiguo, o quizás lleva mucho tiempo en desuso. Por alguna estúpida razón me encuentro debatiendo esta cuestión cuando todo a mi alrededor gira vertiginosamente y yo estiro los brazos para agarrarme a algo, sin éxito.

Mi caída al suelo del invernadero se produce en cámara lenta.

Por primera vez desde que me he despertado en la cama del Lavender Memorial no experimento dolor. Mis ojos están a pocos centímetros de la pared de cristal, ahora a ras del suelo, y todavía puedo ver el generador al otro lado, aunque ahora desde un ángulo que lo hace parecer monstruoso. Mis párpados pesan cada vez más. Cuando estoy a punto de ceder y cerrar los ojos de una vez por todas, veo una silueta difusa, justo detrás del generador. Parece un gran animal que se balancea imperceptiblemente hacia adelante y hacia atrás. Al principio dudo si esa forma erguida no es en realidad un hombre fornido. Dudo incluso de que realmente esté allí, porque mi mente flota ahora en un mar de incertidumbre y somnolencia.

Mi único nexo con la realidad es la mano de la doctora Katz, que me aferra cada vez con más fuerza. Ella está sentada a mi lado, sosteniendo a Aaron con la otra mano. Creo que intenta decirme que todo va a salir bien.

Muevo ligeramente la cabeza y encuentro en el cristal un área limpia del tamaño de una moneda. Una mirilla, pienso.

Lo que veo es efectivamente un animal: un canguro.

Una parte de mí siente el deseo de reír a carcajadas, pero no tengo fuerzas para nada más y mis ojos se cierran.

El día que repito el mismo error

Me siento en la cama con un movimiento rápido y descubro que no llevo puesta la ropa de hospital, sino un camisón negro.

Me encuentro en una habitación no demasiado grande con una única ventana, a través de la cual alcanzo a divisar unos árboles, y más allá el cielo gris. El ángulo me hace pensar que estoy en una segunda planta.

Además de la cama hay un escritorio, una silla con ropa y un armario. Mis pies descalzos experimentan la textura rugosa de una alfombra color burdeos.

No tengo frío, pero la necesidad de vestirme con la ropa que está en la silla es imperiosa. La delgada tela del camisón hace que me sienta desnuda, mientras los recuerdos del hospital se van materializando entre la niebla de la consciencia: la conversación con el comisario Hollinger y la doctora Katz, el encuentro con el senador, el disparo que terminó con su vida, la huida...

Sacudo la cabeza y salgo de la cama. Ahora puedo ver un poco más a través de la ventana: una explanada de césped con un sendero peatonal de piedra; hacia la izquierda alcanzo a divisar un muelle y parte de un lago que creo reconocer.

Sobre el escritorio hay una nota:

Querida Anna:

¡Bienvenida! Al final del pasillo está el baño. Dúchate, ponte ropa cómoda y espérame abajo. Siéntete como en tu casa.

Julia

Devuelvo la nota a su lugar y una idea me atraviesa como una flecha. Me llevo la mano a la cadera y me muevo de un lado para el otro, levanto una pierna, luego la otra. El dolor se ha ido por completo. Me veo a mí misma bajando las escaleras del Lavender Memorial, aferrada a la doctora Katz, y casi puedo sentir las punzadas en la pierna derecha. ¿O era la izquierda?

Recojo la ropa que está sobre la silla: vaqueros, camiseta fucsia y zapatillas blancas, y salgo de la habitación. Me encuentro en un pasillo con la misma alfombra burdeos y un empapelado avejentado. Echo un vistazo hacia los lados, pero lo que atrapa mi atención está justo delante de mí, precisamente en la pared: un óvalo del tamaño de un rostro en el que el papel está más oscuro que en el resto. Un diminuto orificio en la parte superior me confirma que allí ha habido un cuadro, posiblemente un retrato, y que alguien lo ha sacado.

Camino hasta el baño, y una vez dentro experimento por primera vez algo de familiaridad, que atribuyo únicamente al hecho de dejar de deambular por la casa en camisón y adentrarme en un ámbito más privado.

Antes de mirarme en el espejo tengo la descabellada idea de que mi rostro no será el mismo que vi en el baño del hospital. Una estupidez, por supuesto. De hecho, cuando finalmente me enfrento al espejo, mi aspecto parece haber mejorado con una noche de descanso. El corte en el cuello sigue ahí, y lo recorro con el dedo para convencerme de que es real.

Media hora después estoy en la planta baja, donde hay un salón amplio y una cocina en diferentes niveles, conectados por tres escalones. En el salón hay una mesa baja con dos sillones, un sofá, estanterías y unos pocos muebles más. En la cocina, además de los elementos habituales, hay una mesa cuadrada con cuatro sillas.

No hay nadie en la cabaña aparte de mí.

En las alacenas encuentro tres frascos de plástico con diferentes variedades de cereales, dos cajas de gofres listos para comer, barras de cereales con chips de chocolate y varios *snacks* más, todo pulcramente ordenado.

Cuando abro la nevera me encuentro con el mismo orden meticuloso. En el estante superior hay cuatro ensaladas envasadas. A la vista hay una de beicon, lechuga y tomate, y otra César. En el siguiente estante hay latas de Coca-Cola, botellas de agua y zumo de naranja. Son dieciocho bebidas en total, todas perfectamente alineadas.

Sólo por curiosidad abro el congelador, donde hay un arsenal de comida para microondas. Cuento dieciséis cajas y leo algunas de las etiquetas: Pavo con aderezo tradicional, Carne con vegetales, Estofado de carne, Espagueti con salsa de tomate...

Cierro la puerta del congelador, desconcertada por el nivel de cuidado puesto en la presentación de los alimentos, que ciertamente no parecen previstos para una estancia breve.

En la encimera hay un frutero y una máquina de café que no tengo ni idea de cómo funciona. Tras un proceso de prueba y error consigo colocar la cápsula en la máquina y prepararme un café. Dedico a la tarea unos quince minutos con la descabellada idea de estar participando en alguna especie de prueba. Me siento reconfortada cuando consigo superarla y el café está listo. A continuación coloco unos cereales en un bol y me dirijo a la mesa de la cocina.

Mientras doy cuenta de los alimentos observo la vista panorámica del lago y el bosque, a uno y otro lado.

Unos minutos después la doctora Katz aparece por el sendero empujando un carrito de bebé. No lleva puesta la bata, sino un jersey y unos vaqueros, y en cuanto advierte que la estoy mirando levanta la mano y sonríe.

—¡Hola, Anna! —dice cuando finalmente entra en la cabaña.

—Hola, doctora.

—¿Has dormido bien?

—Sí.

—Genial. Mientras tú terminas de desayunar voy a darle a Aaron su biberón y después voy a hablarte un poco de este lugar, es decir, sobre mí y sobre mi familia.

Estoy desconcertada. Tengo preparadas un sinfín de preguntas, y el escenario que imaginé en mi cabeza para hacerlas no tiene nada que ver con este. Me pregunto si venir a verme con su hijo no ha sido una idea de la doctora para distender una situación naturalmente tensa.

La doctora Katz saca un biberón del bolsillo trasero del carrito y prueba la temperatura de la leche en la muñeca. Me resulta extraño, considerando que debe de haberla preparado antes de venir a verme.

La cabeza de Aaron se asoma por el borde del carrito. El pequeño me clava unos ojazos negros de pestañas largas y estira sus brazos en dirección a mí. De repente empieza a llorar.

—Doctora Katz, ¿prefiere que la deje sola? Puedo ir arriba o salir a dar un paseo.

Ella ríe.

—No es necesario. Y llámame Julia, por favor. Aaron se toma su biberón y se duerme así, al instante.

La doctora Katz chasquea los dedos y se sienta en uno de los sillones con Aaron en un brazo.

—Acércate, por favor, quiero que se acostumbre a las personas cuando se alimenta.

Me siento en el sillón frente a ella, no del todo convencida.

—Esta es la casa de huéspedes —explica la doctora Katz—, mi familia y yo vivimos justo detrás de esos árboles de allí.

—Vimos este lago desde el hospital. Me dijo que aquí vivía gente rica, pero nunca me aclaró que usted fuera una de ellas.

—Es cierto —dice esbozando una sonrisa—. Quizás es que ni siquiera yo misma termino de aceptarlo. Me crie en un vecindario de clase media en el que vivíamos aceptablemente bien pero sin lujos. Mi marido es el que proviene de una familia de mucho dinero, y él ha sabido cuidarlo y multiplicarlo. No voy a ser tan hipócrita como para decir que no me gusta, pero hay una parte de mí que nunca se acostumbrará.

Aaron succiona el biberón con una fuerza que me resulta inquietante.

—Me casé con Nelson hace diez años —continúa la doctora Katz—. Él tiene una hija de un matrimonio anterior que se llama Carla y que hasta hace unos meses vivía en la casa con nosotros. Acaba de cumplir dieciocho años y ahora pasa casi todo el tiempo en casa de su novio. Nelson y yo tuvimos a Martin, que tiene siete años, y este pequeño caballero aquí presente nació hace apenas siete meses.

La doctora observa a su hijo de tal forma que es inevitable no empatizar con ella.

Aaron termina el biberón y mueve sus pequeños labios como un pez fuera del agua. La doctora le coloca el chupete y el niño cae rendido como por arte de magia.

—¿No te lo dije?

Con suavidad lo devuelve al carrito. Aaron emite unos ronquidos tenues.

—He venido a traerte esto —dice la doctora. Del bolsillo del carrito saca una libreta que deja sobre la mesa. Entonces se levanta...

—¡¿Va a marcharse?!

—Sólo he venido...

—Doctora —la interrumpo—, tengo miles de preguntas. Quiero saber para qué me ha traído aquí y por qué no puedo recordar nada. No puede irse sin darme explicaciones. ¿Qué clase de profesional es usted?

La doctora Katz no parece ofendida.

—Todavía no es el momento —dice con seriedad.

—¿Es una broma?

—No. Anna, aprovecha el día para instalarte, recorrer los alrededores. Hay muchos libros en la biblioteca; seguramente alguno te interese.

—No voy a ponerme a leer un libro como si estuviera de vacaciones. No después de... —Medito mis palabras antes de seguir—. De lo que *usted* hizo en el hospital.

Es evidente que la doctora Katz sabe a qué me refiero, pero no parece preocuparle demasiado. Sigue hablando con el mismo tono condescendiente de antes.

—Tu mente tiene que ir absorbiendo las cosas poco a poco. Hazme caso, utiliza el día de hoy para conectar contigo misma. Toma.

Coge la libreta y me la ofrece. Es similar a la que me mostró el senador Cohen en el Lavender Memorial, sólo que esta es de color azul. Tiene una goma que la mantiene cerrada y en el lomo hay un pequeño bolsillo alargado para guardar un bolígrafo.

Retiro la goma en silencio. En la libreta hay unos cuantos dibujos.

—Es tu libreta de dibujos. Te encanta dibujar.

Paso las páginas una a una, sorprendida de que yo sea capaz de plasmar en ellas lo que estoy viendo.

En algún momento la doctora Katz se despide y se marcha de la cabaña, pero apenas soy consciente de ello.

Me adentro en el bosquecillo que he visto desde la cabaña siguiendo el sendero, que ahora serpentea entre arbustos pequeños y plantas rastreras. Me dejo impregnar por el olor a vegetación y la sensación resulta liberadora.

El sendero termina en un muro de ladrillos de más de dos metros de altura con una puerta de rejas de una hoja. Al otro lado hay un jardín bien cuidado, con piscina y una casa imponente. Me acerco a la puerta para echar un vistazo hacia los laterales, y es entonces cuando escucho un golpeteo amortiguado en el césped que hace que me aparte de inmediato. La cabeza de un perro enorme hace su aparición entre los barrotes de la puerta y el poderoso ladrido casi me mata del susto. Es un boyero de Berna. Mientras retrocedo, todavía con el corazón desbocado, me pregunto por qué soy capaz de reconocer la raza de aquel perro descomunal y sin embargo no puedo recordar nada de mi propio pasado. Vuelvo a aproximarme a la puerta, ahora con más cautela. El boyero tiene una actitud amigable, saltando de un lado para el otro, y acerca su cabezota a la reja con clara intención de que se la acaricie.

Una voz de mujer, que no pertenece a la doctora Katz, le llama la atención.

—Garry, ven aquí.

Alcanzo a ver a una empleada doméstica de unos sesenta años, de pie a la derecha. Es evidente que quiere mantenerse lo más lejos posible.

—¡Hola! —digo para llamar su atención.

—Hola —dice ella sin moverse—. Perdona, pero la señora Katz me ha pedido que hoy no venga a la cabaña. Sucede que Garry se ha escapado...

La cara de pánico de la mujer refuerza la idea de que hablar conmigo constituye una violación de las instrucciones que ha recibido.

—Espera —la tranquilizo—, yo no le diré nada a la doctora Katz, así que no te preocupes.

Me acerco a la reja y paso el brazo entre los barrotes. He llegado a la conclusión de que Garry no supone una amenaza, pero podría estar equivocada.

—Mi nombre es Anna.

Los ojos de la mujer se abren como platos, como si en lugar de mi mano vacía le estuviera ofreciendo una granada.

—Tú y yo ya nos conocemos, ¿verdad? –digo en un intento por tranquilizarla.

La mujer niega con la cabeza.

—Debo irme.

—¡Espera! Al menos dime tu nombre.

La empleada ahora cambia de actitud. Parece darse cuenta de algo.

—Marcia —dice al fin. Con la mano derecha acaricia a Garry, que ha regresado a su lado y tiene la lengua afuera.

—Marcia. Excelente. Hablemos, por favor.

Ella me mira con ojos suplicantes.

—Debo irme —repite.

Da media vuelta.

—¿Es por las cámaras de seguridad?

Ya he visto que en la parte exterior de la cabaña hay al menos dos cámaras, pero todavía no he visto ninguna cerca del muro.

—Marcia, ¡por favor!

Consigo que se detenga.

—La doctora no puede oírnos —la animo—. No te preocupes, lo único que necesito que me digas es si tú y yo nos conocemos, si he estado aquí antes.

—¿A qué te refieres con antes, Anna? ¡Tú y yo nos vimos aquí ayer!

Ahora sí, Marcia se marcha a toda velocidad y el shock no me permite decirle nada más.

Camino junto al muro hasta llegar a la casa vecina, también fortificada como para resistir un ataque hostil. La idea me hace gracia cuando recuerdo lo que dijo la doctora Katz en el hospital. *Supongo que imaginaron a un ejército de locos cruzando el lago a nado hasta sus mansiones.*

Muy cerca de allí hay un árbol peculiar, diferente del resto, que no soy capaz de reconocer.

—Evidentemente lo mío son los perros, no los árboles —digo mientras apoyo una mano en el tronco, cuyo diámetro es de casi un metro.

Levanto la cabeza para examinar las ramas más bajas y pienso que, si de alguna manera consiguiera alcanzar la primera, podría escalar el resto sin problemas y así echar un vistazo a los alrededores. El problema es que está a más de dos metros de altura. En el peor escenario podría traer una silla de la casa, pero no quiero quedar expuesta ante las cámaras de seguridad.

Tras una búsqueda de algunos minutos en el bosque, encuentro una rama que puede servirme para ganar algo de altura. La coloco formando un ángulo entre el suelo y la corteza del árbol y empiezo a trepar, agarrándome al tronco con las dos manos. Tras dos intentos fallidos, consigo llegar a la parte más alta de mi improvisada escalera y de allí, elevando los brazos, alcanzar la rama más baja.

Estoy sorprendida de la ausencia total de dolor en la cadera y en la pierna. Ni siquiera cuando cargo en ellas todo el peso de mi cuerpo experimento molestia alguna.

Como anticipé, una vez subida al árbol consigo pasar de una rama a otra con relativa facilidad. Calculo haber superado más de la mitad de la altura cuando me detengo por primera vez en un área despejada que me permite tener una visión panorámica de la zona.

La casa de la doctora Katz es todavía más impactante desde las alturas. Además de la piscina tiene pista de tenis, un gimnasio acristalado y hasta un estanque artificial con una pequeña cascada. Garry está echado ahora en la galería que rodea la casa y no hay rastro de Marcia por ninguna parte. Ni de ella ni de nadie más. Lo que sí advierto es al menos una decena de cámaras de seguridad dispuestas en el perímetro de la propiedad. Me arrepiento de no haberle preguntado más a la doctora Katz acerca de su familia, porque ciertamente empiezo a sentirme intrigada.

Una cosa que me llama la atención es un bosquecillo de pinos altos distribuidos de forma circular justo detrás de la pista de tenis.

Las casas vecinas no se quedan atrás en cuanto a opulencia. En la que está más cerca del árbol, de hecho, alcanzo a divisar a un guardia de seguridad que deambula por los jardines hasta que desaparece por un lateral.

En el bolsillo del pantalón he traído la libreta. La saco y la doblo con las dos manos para que recupere su forma original. La he estudiado durante toda la mañana y podría enumerar de memoria cada uno de los veintiséis dibujos que hay en ella. La mayor parte son animales: pájaros, felinos, primates, insectos. Algunos de ellos están inmersos en elaborados escenarios que ocupan la página completa.

Mientras busco una hoja en blanco vuelvo a reparar en el hecho de que hay algunas páginas arrancadas. No son muchas, quizás unas diez. El hecho no deja de resultarme llamativo.

En mi mente he recreado la imagen del boyero de la doctora Katz suspendido en el aire, con la cabeza vuelta hacia un lado y la lengua afuera. Cuando finalmente realizo el primer trazo, firme y veloz, es como abrir una válvula de flujo continuo. El proceso se parece más al de una impresora, reproduciendo la imagen a la perfección sin detenerse, que al de una creación humana. Inclino la cabeza de vez en cuando, observando el dibujo desde distintos ángulos. Me detengo sólo en dos oportunidades para retocar y corregir mínimamente lo que he hecho.

Cuando termino, el resultado me deja maravillada. El boyero se ha transportado desde mi mente al papel.

Me quedo un rato más observando los alrededores, especialmente al guardia de seguridad de la casa vecina, que de vez en cuando camina por los jardines variando sutilmente el recorrido de cada ronda

En la casa de la familia Katz no hay ningún tipo de movimiento.

Pienso en la conversación con Marcia.

¡Tú y yo nos vimos aquí ayer!

¿Acaso no es obvio?

Me siento un poco tonta por no haberme dado cuenta en cuanto descubrí que el lago que hay junto a la cabaña es el mismo que vi desde el Lavender Memorial.

Está claro que he estado aquí antes, y que de alguna forma terminé moribunda a orillas del lago. El esfuerzo de la doctora Katz para traerme de vuelta a la cabaña se explica de la manera más simple: nunca debí haberme ido.

Una parte de mí se ha empecinado en confiar en ella, y quizás ha sido un error.

Cuando estoy a punto de bajar del árbol, algo me llama la atención en el tronco donde he apoyado la espalda. Acerco el rostro hasta que prácticamente rozo la corteza con la nariz. Adheridas a la madera, descubro diminutas fibras de tela blanca, posiblemente algodón. No se corresponden con la prenda que llevo puesta, pero estoy segura de que si busco en el armario de la cabaña voy a encontrar una camiseta blanca con esas mismas fibras.

Es la confirmación de que he estado aquí antes. No solo en la cabaña, sino también subida a este mismo árbol.

En una bolsa de plástico introduzco una ensalada chef, una lata de Coca-Cola y una barra de chocolate. También llevo conmigo uno de los dos manteles que encuentro en la cocina.

Rodeo la cabaña y bajo por la pendiente hasta divisar el muelle que he visto desde la ventana. Entonces me detengo. Oculta detrás hay una barca con motor, a la que me acerco con cuidado para no resbalar, albergando una mínima luz de esperanza que se esfuma en cuestión de segundos. La barca está amarrada al pilar del muelle con una cadena y un candado que podrían haber anclado el mismísimo Titanic.

Despliego el mantel a orillas del lago y me siento. Me quedo mirando al otro lado, donde la silueta del Lavender Memorial es la única construcción que sobresale entre la arboleda. Calculo que se encuentra a unos cuatrocientos metros de distancia, o quizás un poco más.

Estoy a punto de terminar la ensalada cuando escucho una voz aniñada que no alcanzo a distinguir. Me vuelvo, sólo para confirmar que estoy sola, y entonces la voz se repite, ahora mucho más clara que antes: «Anna, aquí». Desvío la mirada hacia la cabaña y allí, asomado desde una esquina, hay un niño de unos siete u ocho años que me hace señas con la mano para que me acerque.

Estoy confundida con la actitud del niño, y entonces él señala hacia arriba, donde hay una cámara de seguridad a la que hasta ese momento no había prestado atención. Creo que es la única que apunta en dirección al lago, y ahora que lo pienso tiene todo el sentido del mundo. Me levanto y camino hacia el niño, que antes de que lo alcance se esconde tras el lateral de la cabaña.

Cuando rodeo la esquina lo encuentro apoyado contra la pared. Lleva puestos unos pantalones cortos y una gorra que le queda demasiado grande.

—Hola, Martin —lo saludo—. Tu madre me ha hablado de ti.

—Mamá no sabe que estoy aquí, así que no se lo digas.

—No le diré nada, no te preocupes.

Él asiente, visiblemente nervioso.

—Me ha prohibido venir hoy —dice Martin, y se encoge de hombros—. No sé por qué.

—¿Y las cámaras?

—He utilizado el truco de Carla —dice, y me guiña un ojo.

Martin se quita la gorra y una pomposa cabellera de rizos negros enmarca su rostro. Me mira con ojos suplicantes. Saca un papel del bolsillo del pantalón y lo exhibe con cierta desgana.

—Volvió a suceder ayer.

Es evidente que Martin cree que sé a qué se refiere, algo que por supuesto no es así, pero no quiero decepcionarlo. Me acerco y me arrodillo delante de él.

—¿Quieres hablarme de ello?

Él asiente, no del todo convencido. Mira el papel como si allí estuviera la respuesta, y por primera vez advierto que hay un par de párrafos escritos con la caligrafía descuidada de un niño.

—Mejor después de dejarlo —dice Martin finalmente—. Vamos al sótano.

Da media vuelta y se aleja hacia la parte delantera de la cabaña. Lo sigo y observo cómo al llegar al porche, en lugar de subir por la escalera, trepa a la baranda lateral y se deja caer de un salto hacia el otro lado. A continuación camina muy cerca de la pared hasta que llega a la puerta principal.

Sé que no tiene ningún sentido que yo haga lo mismo y simplemente subo los escalones del porche para reunirme con él. Por supuesto, no tenía ni idea de que la cabaña tuviera un sótano.

Martin está parado en el centro del salón, mirando en todas direcciones.

—¿Qué te preocupa? Aquí adentro no hay cámaras, ¿verdad?

Duda.

Me estudia.

¿Espera que yo haga algo?

Finalmente se arrodilla y levanta la alfombra. Al ver la compuerta de madera me acerco y le ayudo a abrirla. Una escalera se revela a medida que mis ojos se acostumbran a la oscuridad.

Bajo primero, y cuando estoy llegando a la parte de abajo, una bombilla se enciende en el techo. Al darme la vuelta veo que Martin, que todavía tiene el dedo en el interruptor de la luz, me observa con la misma incredulidad de antes.

El sótano no es grande, calculo que ocupa la mitad del salón de la planta baja. Hay estanterías atiborradas de trastos viejos, una mesa con cajas apiladas y un par de sillas que empequeñecen considerablemente la estancia. Martin deja la gorra y la hoja de papel sobre una de las sillas y busca algo más en el bolsillo. Saca una piedra del tamaño de una pelota de golf y un puñado de gomas elásticas. Con cuidado, como si se tratara del instrumental para una operación, las coloca junto al resto de las cosas.

Me siento en la otra silla y observo mientras él, con absoluta concentración, dobla el papel sobre sí mismo varias veces y, con la goma, lo sujeta a la piedra. A continuación se dirige hacia una de las estanterías, donde hay un horno microondas cubierto de polvo. Cuando abre la puerta, veo que hay otras piedras con sus correspondientes notas. Me llama la atención que todas están en el lado izquierdo, salvo una que está a la derecha.

—Veo que has dejado la tuya —dice Martin señalando la piedra que está separada del resto.

Por alguna razón ese hecho lo pone contento, y yo me limito a devolverle la sonrisa.

Martin coloca la piedra junto a las otras y cierra la puerta del horno.

—Toma —dice entregándome el resto de las gomas—. Por si necesitas alguna más.

Me las meto en el bolsillo y le doy las gracias.

—Martin, necesito decirte algo. Mi mente no está del todo bien y, a veces..., olvido las cosas.

Los ojos negros de Martin evidencian una profunda confusión.

—¿Tu madre no te ha dicho nada?

—Ya sé que tu mente no está bien, Anna. No te preocupes.

—¿Quieres hablarme de lo que has escrito en el papel?

Martin mira en dirección al microondas, como si buscara su aprobación, y asiente vigorosamente.

—En la escuela organizaron una actividad de madres e hijos. Durante días estuve preparando con ella todo lo que diríamos; hasta hicimos una presentación en PowerPoint. Hacía mucho que no pasábamos tanto tiempo juntos. Desde que Aaron nació sólo tiene tiempo para él.

Martin está a punto de llorar.

—¿Tu madre no pudo ir? Martin, a veces las doctoras...

—Nosotros éramos los primeros que teníamos que hablar, estaba todo listo y ella no llegaba, así que la maestra cambió el orden y así fueron pasando todos. Hasta que ya no quedaba nadie.

—Lo siento.

Martin se encoge de hombros.

—La maestra me pidió que lo contara todo yo solo y fue un desastre; nadie me escuchaba y además me equivoqué varias veces. Cuando llegué a casa mi madre me explicó que había tenido una emergencia en el trabajo, que lo sentía muchísimo.

No sé qué decir. Es frustrante no poder recordar nada de mi propia relación con mi madre para contarle mi experiencia.

—¿Cómo es tu relación con ella? En general, quiero decir.

Otra vez aparece en el rostro de Martin la misma expresión horrorizada.

—Ya me has hablado de eso, ¿verdad?

—Sí.

—Lo siento.

Pienso en decirle que la próxima vez lo escribiré en mi libreta, para no olvidarlo, pero entonces comprendo que a nadie le gustaría que sus secretos más íntimos queden registrados en ninguna parte. Esto me da una idea.

—¿De eso se tratan las notas? —digo señalando al microondas.

—La mayoría sí —dice Martin—. Mi madre no me quiere.

Hago una mueca. Le pongo una mano en el hombro.

—Estoy segura de que no es así. Es muy común sentirse de esa forma cuando somos niños, pero con el tiempo verás que...

—No, esto es diferente —dice Martin con suma seriedad—. A veces no puedo dormirme y doy vueltas por la casa. Una vez escuché a mi madre diciéndole a mi padre que, por más que lo intentaba, no podía conectar conmigo.

Podría justificar de alguna manera a la doctora Katz, pero ¿qué sé yo realmente? Me parece mucho más sensato no contradecirlo. ¿Qué clase de madre permite que su hijo se sienta de esa forma sin hacer nada al respecto? Siento mucha pena por Martin, cuya arma para combatir el dolor parece ser guardar confesiones en un microondas viejo.

—¿Alguna vez lo has hablado con ella?

—Sí. Ella lo niega, por supuesto. Pero yo me doy cuenta. Me trata igual que a mi media hermana Carla, pero en su caso hasta tiene sentido porque Carla es hija de mi padre con otra mujer. Además, ellas siempre se han llevado mal, ninguna de las dos soporta a la otra. En cambio, yo soy su primer hijo, nunca he sido problemático en la escuela ni nada.

—Yo no le diré nada a tu madre. Tienes mi palabra.

Martin sonríe.

—Siempre he pensado que ella no quería tener hijos, y que entonces llegué yo y le arruiné su carrera. Aunque con el dinero de mi padre ella nunca ha tenido que ocuparse de nada de la casa, siempre ha habido criados y niñeras, pero su trabajo le gusta mucho.

Estoy a punto de preguntarle a Martin a qué se dedica su padre pero me contengo.

—El problema fue cuando nació mi hermano Aaron —dice Martin—, porque con él todo ha sido diferente. Siempre tiene tiempo para estar con Aaron y nunca se queja de las cosas que él hace.

—Martin, Aaron es un bebé. Los bebés necesitan mucha atención. La situación no es culpa tuya, eso es seguro. ¿Con tu padre te llevas bien?

—Sí, hacemos algunas cosas juntos, pero él también trabaja mucho. Con la que mejor me llevo es con mi hermana Carla.

—Eso es genial.

—¿Tú tienes hermanos?

—¿La verdad? No lo sé...

Los dos nos empezamos a reír. Es el primer momento de felicidad desde que desperté en la cabaña.

Salimos del sótano y al cabo de un momento nos despedimos.

Me quedo mirando cómo Martin camina hacia el bosque por un lateral para no ser captado por las cámaras de seguridad.

En cuanto me quedo sola vuelvo al sótano. Abro el microondas y saco la piedra que está a la derecha. Le quito la goma elástica y desenrollo la nota que he escrito en lo que parece otra vida.

Es una noche templada. No he visto a nadie desde que Martin se marchó, ni siquiera a la doctora Katz.

Estoy sentada al borde del muelle, vestida únicamente con un pantalón corto y una camiseta. Mis piernas se mueven dentro del agua formando círculos.

En mi mano tengo la nota que he encontrado en el

sótano. No tengo forma de confirmar que es de mi autoría —no al menos sin la ayuda de una pequeña máquina para recordar llamada cerebro que últimamente no me está ofreciendo las prestaciones básicas—, pero la caligrafía se parece bastante a la mía, lo he comprobado.

NO CONFÍES EN KATZ

La idea no es nada absurda. Tanto Marcia, la empleada doméstica, como Martin han sido bastante claros en que me han visto antes en la cabaña.

¿Por qué la doctora Katz me lo ha ocultado?

Desde que me desperté en la cama del Lavender Memorial, decenas de preguntas han ido alternando su protagonismo, como las luces intermitentes de un árbol de Navidad: cómo llegué al hospital, dónde he estado antes, qué interés tiene la doctora Katz en mí, qué vínculo nos une, por qué el comisario Hollinger colaboró en mi huida..., y así puedo seguir todo el día. La nota que tengo en mi mano parece arrojar luz sobre una parte de esos interrogantes, pero no sobre el más importante de todos: ¿quién soy realmente?

Y no hablo necesariamente de mi identidad, sino de qué tipo de persona soy.

Martin, sin proponérselo, me ha hecho reflexionar sobre esto. Desde que se marchó no he dejado de pensar en él, en los problemas con su madre y en que quizás yo podría intentar hablar con la doctora Katz para tratar de entender por qué actúa de esa forma, o, en su defecto, por qué su hijo lo siente así. Ha sido en medio de estas reflexiones cuando he comprendido la importancia de dejar de lado la razón, aunque sea por un momento, y sentir. Sentir qué quiero hacer realmente; dejar aflorar mis sentimientos y construir así mi yo real, y no la versión surgida de un relato, posiblemente tendencioso, donde soy una asesina de novios.

La empatía hacia Martin dice mucho de mí. Verme como una buena persona me resulta reconfortante, lo cual no hace más que reafirmarme en lo que me trae a orillas del lago.

Rompo la nota en pedazos y la tiro al agua.

Me quedo contemplando el lago. Las ventanas diminutas del hospital parpadean en la distancia.

Estoy lista. Lo hice una vez —o casi—, puedo hacerlo de nuevo. Me pongo de pie, levanto los brazos formando una punta por encima de mi cabeza, flexiono las rodillas y me impulso.

Entro en el agua de forma perfecta, lo sé. Y antes incluso de que aparezca la más mínima duda de lo que sucederá a continuación, brazos y piernas empiezan a moverse de forma sincronizada, mi cabeza girando hacia un lado, la boca abriéndose y cerrándose en el momento indicado, todo con la eficacia de una coreografía aprendida.

Me embarga una satisfacción absoluta. Avanzo a toda velocidad con la sensación de que no voy a cansarme jamás.

Pierdo la noción del tiempo. Quizás llevo más de media hora nadando a buen ritmo cuando escucho el ruido inconfundible de un motor proveniente de la cabaña. Interrumpo mi avance y me quedo flotando, mirando en dirección a la fuente del sonido. A lo lejos diviso cómo, en efecto, la barca de la doctora Katz se aproxima a toda velocidad. Alcanzo a ver una figura humana y el haz de una potente linterna que barre la superficie del lago de un lado al otro.

La pequeña embarcación está todavía lejos de

donde yo estoy, pero si se acerca lo suficiente sé que aquel poderoso haz detectará mi presencia de inmediato.

Y se acerca muy rápido.

He recorrido más o menos un tercio de la distancia total y no tengo forma de ganarle la partida a una barca a motor. Decido que lo mejor es nadar en sentido perpendicular, alejándome lo máximo posible de la trayectoria más corta que une las dos orillas.

Vuelvo a nadar, ahora procurando que mis movimientos sean lo más suaves y pausados posible. De este modo busco no ser detectada, pero también recuperarme un poco, porque ya no me siento invencible. Y eso me asusta.

Me desplazo durante unos diez minutos, o quizás son cinco, y otra vez me detengo y floto en medio de aquella inmensidad oscura. Mi respiración ya no es regular. Y el agua, que en la orilla me había resultado templada, ahora es decididamente fría.

La barca sigue su recorrido y por un momento pienso que lo he conseguido. Si la doctora Katz —en mi mente he asumido que mi perseguidora es ella— llega a la orilla opuesta y no me ha encontrado, pensará que he llegado antes que ella y dejará de buscarme en el agua. Pero nada de esto importa porque, más o menos en el punto donde yo me aparté del recorrido directo, la barca hace lo mismo y gira hacia mí. Es como si pudiera verme, aun en plena oscuridad.

Tengo que tomar una decisión. Nadar hacia la orilla o alejarme.

La barca está cada vez más cerca.

El día que el muerto vuelve a hablar

Escucho la voz susurrante e ininteligible de la doctora Katz. Inmediatamente después, un hombre le responde: una voz lejana y pausada que dice que sí, que por supuesto. En mi mente aparece la habitación del Lavender Memorial, la doctora junto a mi cama y el comisario Hollinger frente a la ventana. Pero entonces advierto un ligero olor a humedad, no a desinfectante. Además, estoy tendida en posición completamente horizontal, y la cama del hospital tenía el respaldo inclinado.

Abro un poco los ojos.

—Hola, Anna —dice la doctora Katz. No hay hostilidad en su voz, aunque sí cierto cansancio.

Parpadeo con rapidez. Estoy en la habitación de la cabaña y la luz entra a raudales por la ventana. Poco a poco se va dibujando la silueta de la doctora, que me mira con rostro de preocupación.

Abro la boca para preguntar qué ha sucedido, y entonces recuerdo... La intempestiva decisión de empezar a nadar a toda velocidad en dirección a la orilla, no en línea recta sino en diagonal, creyendo que si elegía una trayectoria más larga el factor sorpresa estaría de mi lado.

—Lo que has hecho ha sido una locura —dice la

doctora Katz—. Hemos tenido suerte de sacarte del lago.

Intento incorporarme en la cama para responder, y entonces me doy cuenta de que no puedo moverme. Grito de desesperación mientras me sacudo de un lado a otro. Una cuerda se me clava en la carne justo debajo del pecho y en los antebrazos. No consigo mover el torso ni los brazos, sólo las piernas, que abro y cierro con desesperación hasta deshacerme de la sábana.

—Anna, tranquilízate, por favor. La cuerda es sólo por precaución.

Apenas la escucho. No dejo de gritarle que me desate inmediatamente. Siento el rostro enrojecido, los tendones del cuello tensos; mi cuerpo no deja de agitarse, golpeando la cama con las piernas una y otra vez.

—¡Suélteme!

Sacudo la cabeza de un lado para el otro. El cabello me golpea la cara con cada movimiento.

—¡Déjeme ir! ¡Mató al senador Cohen y ahora quiere hacer lo mismo conmigo!

—¡Basta! —grita la doctora Katz.

Me detengo.

El rostro de la doctora se ha transformado.

—Soy yo la que debería estar furiosa —dice levantando el tono de voz—. ¿En qué estabas pensando? Te repito, la cuerda es sólo una precaución. Voy a soltarte en cuanto estemos de acuerdo en que no vas a cometer otra estupidez.

No respondo. La miro con fijeza, sin un ápice de redención.

—¿Está todo bien? —dice una voz masculina desde el umbral.

Levanto la cabeza y veo a un hombre de unos sesenta años vestido con ropa de trabajo y un sombrero de ala ancha.

—Todo está bien, Marlon. Gracias. Espérame abajo como te he pedido.

Marlon se marcha de inmediato.

—Desáteme.

—Necesito que me prometas que no cometerás otra locura.

—¿O qué? ¿Su esclavo va a volver a atarme a la cama?

—Marlon es el jardinero, Anna. Lo único que ha hecho es ayudarme a subirte a la habitación porque yo sola no podía hacerlo.

Mientras me habla, la doctora Katz desata la cuerda y la deja a un lado.

Me siento en la cama. Llevo puesto el camisón negro. Me llevo la mano al cabello y noto que está completamente seco.

—¿Cuánto hace que me trajeron?

La doctora Katz niega con la cabeza.

—Tenemos mucho de que hablar. Te espero abajo.

Se marcha sin añadir nada más.

Me ducho y me visto prácticamente en piloto automático. Estoy en una cabaña rodeada de vegetación y de un lago inmenso, y sin embargo mis planes de huida han fracasado otra vez. Evidentemente las huidas no son lo mío.

Bajo las escaleras reprochándome que quizás no le he dedicado al plan la atención debida. Intentar escapar a la vista de las cámaras de seguridad no ha sido inteligente por mi parte. La primera vez me encontraron moribunda en la orilla. Esta vez ni siquiera he podido cruzar el lago.

—Estoy aquí —dice la doctora Katz desde el salón.

Antes de sentarme miro en todas direcciones. Ella ocupa el sillón que está de espaldas al bosque. Sobre la mesa baja hay una taza de café y un platito con dos *muffins*.

—¿El jardinero ya se ha ido?

—Sí.

Me siento y cojo uno de los *muffins*. Estoy muerta de hambre.

—Quiero proponerte algo —dice la doctora Katz.

A su lado, sobre el sillón, hay una libreta similar a la mía pero con varios papeles y señaladores que sobresalen por los laterales. Del interior saca unas fotografías y las coloca sobre la mesa, boca abajo, una al lado de la otra. Lo hace con suma lentitud y se preocupa de que queden perfectamente alineadas y con la misma separación entre ellas.

Termino el primer *muffin* en tiempo récord y bebo un sorbo de café.

—Lo que quiero proponerte —dice la doctora Katz, ahora mirando las cuatro fotografías boca abajo— es que confíes en mí. Que realmente confíes en mí, aunque sea sólo por hoy.

—Eso no es algo que pueda hacer a voluntad. Me ha mentido...

—Nunca te he mentido. No te he dicho algunas cosas, y tengo razones para ello, razones que irás entendiendo con el correr de los días. Es cierto, la confianza se construye, pero por algo tenemos que empezar, ¿no? Confía en mí, por lo menos durante las próximas horas. ¿Puedo contar con eso?

Suspiro.

—No lo sé.

La doctora Katz gira la primera fotografía. No sé si arbitrariamente o por obra del azar, la fotografía está vuelta hacia mí. La reconozco de inmediato, pues es la misma que me mostró Chloe en el hospital: ella y yo subidas a un árbol a punto de reír.

La doctora Katz gira las dos fotografías siguientes.

Forman parte de una secuencia, y en ambas hay una mesa de pícnic con tazas de té y un plato de galletas. En una de ellas, tomada a una cierta distancia, la doctora Katz y yo estamos ensimismadas en una conversación, en lo que parece una foto robada; y en la siguiente, tomada desde mucho más cerca, sonreímos, ahora sí mirando a la cámara. Tengo el brazo enlazado en su cuello en un gesto afectuoso.

En la cuarta fotografía estoy yo sola, posando. A mi lado se alcanza a ver el brazo de un hombre que ha sido cortado de la fotografía. Lleva puesta una camisa a cuadros azules y negros.

Un detalle curioso es que en todas las fotografías aparece, ya sea de forma parcial o a lo lejos, la misma camioneta roja, casi como si buscara asegurar la continuidad de aquella secuencia. Están impresas en papel común, pero la calidad es bastante buena.

La doctora no dice nada, parece entender que necesito procesar lo que veo. Quizás alguna de las fotografías haga sonar una alarma en mi cabeza.

No lo consiguen.

—Ahí has estado más de dos años. Es la granja de un hombre que ha sido muy generoso contigo.

Señalo el brazo de la figura cortada y ella asiente.

—¿Escondida?

Ella inclina la cabeza en un gesto elocuente. *Podría decirse así*.

—Han sido años muy particulares, Anna. ¿Ves eso, en la mesa de pícnic? Es una mascarilla. Yo te visité regularmente mientras estabas en la granja, escondida, como tú dices. Sin embargo, durante uno de esos dos años, la humanidad entera tuvo que recluirse debido a un virus mortal llamado COVID-19. En mayor o menor medida todos nos vimos obligados a quedarnos en casa o movernos lo menos posible.

—¿Todo el planeta? —digo maravillada.

—Sí. Murió mucha gente, aunque no como en otras pandemias. Finalmente se desarrollaron vacunas. Es difícil creer algo así, ¿verdad?

—Es sólo un trozo de tela en una mesa.

—Lo sé. Imagínate que hay millones de imágenes que dan cuenta de lo que te digo: calles desoladas, acontecimientos deportivos sin público, multitudes con mascarilla, todo eso sucedió y ha quedado registrado. Pero quiero que superemos la barrera de tener que probar todo lo que voy a decirte, porque lo cierto es que no voy a poder hacerlo con todo lo que iremos hablando a lo largo de los próximos días. Al final, todo se reducirá a una cuestión de confianza.

Señala la fotografía en la que ambas estamos juntas en la mesa.

—Quiero que mires esta fotografía cada vez que dudes de mí, que te enfoques en tu rostro y en el mío, porque creo que esa fotografía captura de alguna forma el grado de intimidad y confianza que tenemos.

Es verdad. Hay algo sutil en mi postura, inclinada hacia ella como si buscara cobijo en su cuerpo.

—¿Por qué no puedo recordar nada de todo eso?

Ella mira alrededor como si en el salón se escondieran las palabras que le cuesta pronunciar. Tengo la sospecha de que su respuesta marcará un antes y un después.

—Porque, para tu mente —dice en tono críptico—, todo eso no ha sucedido. La granja, nuestras visitas..., el asesinato de tu novio. Nada.

—No lo entiendo.

—Y es lógico que así sea. Verás, Anna, tú padeces una afección peculiar que he estudiado durante años, y es la razón por la que te visité en la granja, y por la que estamos aquí ahora.

—¿Qué afección?

—Me temo que de eso no vamos a hablar hoy. Lo que debes saber es que no se trata de una incapacidad de recordar. Tus vivencias pasadas no son recuerdos que tu mente ha bloqueado por algún mecanismo de defensa o de otro tipo, sino que simplemente no están allí. Por eso no puedes acceder a ellos mediante hipnosis, durante el sueño o de cualquier otra forma.

La idea de no poder recuperar mi propia vida me horroriza.

—¿Pero por qué puedo recordar lo que sucedió ayer, cuando desperté en el hospital, y no antes?

—Esa respuesta, Anna, es más compleja de lo que imaginas.

—Todo esto es sumamente confuso para mí, doctora.

—Lo sé. Pero verás que irás entendiendo más y más a medida que pasan los días. Sólo te pido que me concedas el tiempo necesario.

—¿Tengo otra opción?

Julia niega con la cabeza.

—Aquí, en esta casa, estarás a salvo —dice la doctora Katz—. Marcia se ocupará de que no te falte nada y yo me comprometo a verte todos los días.

Pienso en preguntar a salvo de quién —o de qué—, pero sé que no tiene sentido. Evidentemente, por alguna razón que no llego a entender, la doctora Katz no está dispuesta a decirme nada más.

—¿Por qué sonríe, doctora?

—Porque lo que tú y yo vamos a experimentar será algo maravilloso. Y el hecho de que estemos aquí sentadas, tan cerca de concretarlo, me llena de emoción.

Julia se pone de pie y camina hacia la ventana con mirada soñadora. Se queda contemplando el lago en silencio.

No sé si soy capaz de confiar en la doctora Katz. No cuando yo misma escribí en una piedra que no lo hiciera. Razones para dudar de ella no me faltan. Para empezar, me ocultó que su casa estaba al otro lado del lago y que el propósito de huir del Lavender Memorial era venir a esta cabaña. Cabaña en la que, por cierto, ya he estado antes y que, por obra de una misteriosa afección cuya naturaleza la doctora no ha querido explicarme, no soy capaz de recordar. A mí me parece suficiente para, al menos, ser cauta.

Por otro lado, está la fotografía donde a las dos pareciera unirnos un vínculo de confianza.

Estoy en el salón, sentada en el suelo frente a un mueble donde hay un reproductor de CD y una columna de discos. No puedo nombrar una sola canción, un solo cantante, nada, y sin embargo sé cómo utilizar el reproductor que tengo enfrente. Soy capaz de imaginar la bandeja saliendo con lentitud y luego mi mano colocando el disco, que al dejarlo se mueve ligeramente hacia los lados.

Cojo la pila de discos y los voy pasando sin que ninguno me diga nada, hasta que llego a uno donde hay una muchacha de aspecto angelical envuelta en una especie de bruma rosada. El nombre del disco está en la parte superior, escrito en letra cursiva y con un trazo fino: *Lover*.

Es exactamente igual al tatuaje que tengo en el pecho.

La muchacha se llama Taylor Swift y sin dudarlo un segundo saco el disco de su caja. No está en buenas condiciones, de hecho la tapa transparente se sale de la base y tengo que volver a colocarla en su lugar. Introduzco el disco en el reproductor y escucho un suave traqueteo que dura uno o dos segundos. Empiezo a pensar que quizás el aparato no funciona, justo antes de que la información del disco aparezca en el *display*. Tiene dieciocho canciones. Antes de pulsar el *play* le doy la vuelta a la caja y deslizo el dedo verticalmente por cada uno de los títulos.

Si me he tatuado el nombre de ese disco es porque lo he escuchado hasta el hartazgo. Detengo mi dedo en la canción número doce. No sé si es el nombre el que me llama la atención o hay algo más.

—Pronto te sentirás mejor —digo en voz alta.

El nombre de la canción no me dice nada.

Es una balada. La muchacha —Taylor— canta acompañada tan sólo por una guitarra acústica. La voz es dulce y tranquilizadora. En el estribillo se suman algunos instrumentos de viento, pero sigue siendo una canción sumamente intimista. No he llegado a la mitad y ya estoy llorando.

La canción termina con una suave melodía de violines e instintivamente estiro el brazo y la pongo otra vez. La sensación es indescriptible y me pregunto si siempre será así...

No me hace gracia darle la razón a la doctora Katz, pero ahora entiendo a qué se refería con dejar de obsesionarme con mis recuerdos y darme tiempo para conocerme un poco más. Porque no necesitas de la memoria para darte cuenta de que te gusta mirar una flor, tomar el sol, dibujar o escuchar a Taylor Swift. Sólo tienes que experimentarlo.

Si mi mente se borrase una y otra vez, debería ser capaz de encontrar esas pequeñas cosas que me producen placer. Mi esencia no debería ser dictada por un puñado de recuerdos.

Paso las siguientes horas escuchando *Lover* de principio a fin, ensimismada en mis pensamientos. En la pila hay otro disco de Taylor Swift, pero me obligo a dejarlo para más tarde, al igual que el resto. Esos discos bien podrían ser mis álbumes favoritos de todos los tiempos.

Mientras tarareo *Cruel Summer* me dirijo al porche con una botella de limonada y mi libreta. El reloj de pared dice que son las doce del mediodía, pero debe de estar equivocado, porque yo no tengo nada de hambre.

Una vez instalada en la mesa del porche, abro la libreta por primera vez hoy y paso las hojas una a una. Quiero volver a ver el dibujo de Garry y comprobar que su calidad es tan buena como la recuerdo, pero al llegar al final descubro que el dibujo ya no está. Contrariada, vuelvo a pasar todas las páginas, con el mismo resultado.

Me quedo pensando en las hojas arrancadas de la libreta y en por qué Julia —o cualquier otra persona— querría hacer algo así.

Durante la tarde empiezo a preguntarme si la doctora Katz regresará o no. Estoy nuevamente sentada en el porche —un sitio que empieza a convertirse en uno de mis favoritos— con la libreta de dibujos sobre la mesa.

No he dejado de pensar en todo el día en el dibujo de Garry y en por qué la doctora Katz lo arrancaría de la libreta. ¿Qué sentido puede tener hacer una cosa así? Recuerdo cada detalle de ese dibujo: cuándo, dónde y cómo lo hice; toda esa información está en mi cabeza y puedo acceder a ella en cualquier momento. ¿Lo ha hecho para poner mis recuerdos a prueba? ¿Es una especie de test? Seguramente cuando se lo pregunte empezará con el rollo de todo a su debido tiempo y bla, bla, bla, pero su actitud no deja de ser un poco indignante, y estoy cansándome de ir a ciegas bajo la premisa de *confiar*.

Cuando escucho que alguien se acerca por el sendero, levanto la cabeza, pero en vez de a la doctora me encuentro con Marcia, que arrastra un carrito de la compra y levanta la mano para saludarme en cuanto me ve.

—Hola, Anna —dice una vez que se acerca lo suficiente.

Le devuelvo el saludo y observo cómo ella se detiene antes de subir al porche. Por supuesto, no voy a permitir que Marcia cargue con el carrito sola para subir las escaleras del porche. Son sólo tres escalones, y estoy segura de que ha tenido que hacerlo antes, pero yo no voy a quedarme sentada cómodamente en una silla para presenciarlo.

Me acerco y levanto el carrito hasta colocarlo en la parte de arriba. Marcia no sólo no se opone, sino que me agradece el gesto y me dedica una sonrisa que me reconforta. El carrito pesa bastante; ahí hay comida para abastecer a diez personas.

—Gracias, Anna. Tú sigue con tus cosas, que yo me ocupo a partir de aquí.

Pienso en decirle algo respecto a lo que pasó ayer entre nosotras, disculparme por intentar hablarle cuando ella claramente tenía instrucciones de no hacerlo, pero me doy cuenta de que no hace falta. Está claro que tanto ella como Martin están al tanto de mi afección y no se toman como algo personal lo que pueda o no decirles...

—No tengo mucho que hacer aquí —bromeo mientras las dos entramos en la cabaña—. Déjame ayudarte.

—Oh, no, de ninguna manera. Tú te sientas en esa mesa y yo me encargo de esto.

Lo dice con amabilidad y por supuesto la entiendo; es su trabajo y quiere hacerlo de la mejor forma posible.

A continuación empieza a llevar a cabo una serie de tareas que me desconciertan. Primero repone la fruta que he consumido del frutero; hasta aquí, todo normal. A continuación, no obstante, empieza a abrir cada una de las alacenas y hace lo mismo con las barras de cereales y el resto de los *snacks*, del mismo modo que lo haría un empleado de un hotel con cada uno de los alimentos de cortesía de la habitación.

—Marcia, no es necesario que repongas cada cosa. ¿La doctora Katz te ha pedido que lo hagas de esa forma?

—Sí —dice ella, pero no parece estar de acuerdo con que sea un disparate. Quizás también lo hace así en la casa principal.

Llega el turno de la nevera. Marcia estudia las ensaladas sin consumir y del carrito saca un bol de plástico con una ensalada chef y la coloca junto a las otras, completando así las cuatro. Repite la operación con las botellas de limonada, el agua y las latas de Coca-Cola.

Al cabo de unos minutos la cocina ha quedado abastecida tal y como la encontré.

—Marcia, sé que no es algo que tú decidas, pero no tengo ningún problema en comer lo que hay disponible. Hablaré con la doctora Katz al respecto.

—Por supuesto —dice Marcia.

Y sus ojos agregan: «¡Que tengas suerte!».

Mientras ordena lo que ha quedado en el carrito —que, por cierto, sigue prácticamente lleno— Marcia se pone un poco nerviosa y me dice lo siguiente:

—La señora Katz suele venir en plena noche a la cabaña, y si falta algún alimento, se ocupa de reponerlo ella misma.

—¿Por qué haría una cosa así?

Ella se encoge de hombros.

—No lo sé. Aaron no duerme bien de noche y la doctora se ocupa de alimentarlo. Supongo que aprovecha esos despertares para venir. Yo sufro de insomnio y desde la ventana de mi habitación puedo verla.

Medito un segundo. Pienso en la libreta y en el dibujo que falta.

—Marcia, ¿viste a la doctora ayer cuando regresaba de la cabaña?

—Sí.

—¿Recuerdas si llevaba en la mano una hoja de papel?

El rostro de Marcia se llena de miedo. Ha girado la cabeza en dirección a la puerta de la cabaña y una fracción de segundo después yo hago lo mismo.

—Buenos días —dice la doctora Katz con una sonrisa.

Está radiante. Lleva puesto un elegante trajecito azul y un pañuelo de color rosa en torno al cuello. Es la primera vez que la veo con el cabello recogido en un moño y un precioso collar con aros haciendo juego. El maquillaje es algo más recargado que de costumbre, pero con muy buen gusto.

Apurada, Marcia saluda y se disculpa para salir de la cabaña con el carrito de la compra.

La doctora Katz se dirige al salón y permanece de pie justo encima de donde está escondida la trampilla del sótano.

Aprovecho para observarla. Ya sabía que la doctora era una bella mujer, pero ahora me resulta deslumbrante.

—Veo que has estado escuchando música —dice al ver la pila de discos en el suelo.

No deja de sonreír en ningún momento. Creo que nunca la he visto de tan buen humor.

Yo sigo en la silla de la cocina, apenas he girado mi cuerpo desde que ella llegó.

—Marcia ha venido a traer la comida —digo—. Realmente no es necesario...

Ella me detiene con un ademán.

—Me gustan las cosas de cierta manera. No te preocupes demasiado.

La doctora Katz se acerca. Me coloca las dos manos sobre las rodillas. Lleva puesto un perfume exquisito, tan sutil y certero como su maquillaje. Nuestros rostros están a pocos centímetros de distancia.

—Hoy vas a obtener algunas respuestas importantes, Anna.

Su sonrisa empieza a hacerme sentir incómoda.

—¿Cuándo?

—Ahora mismo. Vamos a ir al centro. Hay algo que tienes que ver por ti misma.

Llevo puestas las prendas más elegantes que he encontrado en el armario: un pantalón negro y una camisa blanca con bordados en el pecho. Los zapatos de tacón medio son nuevos y de hecho bastante incómodos. Cuando bajo la escalera me doy cuenta de inmediato de que andar con ese tipo de calzado no se me da bien.

La doctora Katz se ha mantenido hermética respecto a dónde pretende llevarme. Lo único que me ha dicho es que no tenemos mucho tiempo.

—Siéntate en esa banqueta, por favor.

Se pone detrás de mí y me ata el cabello con un broche. Después saca un pequeño kit de maquillaje de su bolso y empieza a aplicarlo como una profesional.

—Yo era la encargada de maquillar a mis amigas cuando salíamos —dice mientras estudia mi rostro y aplica los polvos con el pincel—. Podría decirse que tengo un don. Cierra los ojos, por favor.

Cuando termina me muestra el resultado en el espejito diminuto del kit de maquillaje. Sin pedirle permiso lo cojo y empiezo a moverlo, concentrándome en cada detalle, especialmente en mis ojos. A pesar de que tenemos prisa, la doctora Katz entiende que se trata de un momento importante y me permite hacerlo durante más de un minuto. Ya me he acostumbrado a verme en el espejo del baño, pero esto es nuevo para mí.

Unos minutos después caminamos por el sendero en dirección a la casa. Dos veces casi trastabillo, pero consigo recuperar el equilibrio en el último momento.

—Espero que en ese sitio misterioso el suelo sea de baldosas —digo tratando de avanzar al ritmo acelerado de la doctora, cuyos tacones, que duplican en altura a los míos, no parecen dificultarle el avance en lo más mínimo.

Llegamos al muro y a través de la reja veo a Garry saltando de un lado para el otro.

—Garry es un encanto —dice la doctora tras abrir la puerta con una llave que se ha sacado del bolsillo—. Si estás conmigo no te hará nada.

La mención de su nombre parece animar al perro, que se acerca y coloca la cabeza al alcance de la mano de la doctora Katz. Ella lo acaricia rápidamente y sigue caminando por el sendero. Cuando voy a hacer lo mismo, la cabeza gigantesca de Garry se acerca a mi pierna derecha y entiendo que también quiere que lo acaricie. Lo hago, introduciendo mis dedos en el espeso pelaje y tocando su carne con la punta de los dedos. La sensación es sumamente reconfortante y no quiero dejar de hacerlo. Es el perro el que se aleja con un movimiento rápido y corre detrás de la doctora.

Con cuidado de no pisar mal y caer de bruces, intento alcanzarlos.

Si bien ya he visto el jardín desde el árbol, no deja de sorprenderme. Marlon, el jardinero que conocí en lamentables circunstancias esa misma mañana, lleva adelante una tarea admirable con el cuidado de las plantas.

Aprovecho para admirar la casa, que es todavía más imponente desde aquí abajo. En una de las ventanas creo advertir la presencia de Marcia, pero podría ser otra persona. Nos alejamos cada vez más hasta llegar a un camino particular donde hay un coche negro de lujo.

—No sé si los zapatos son incomodísimos o yo no estoy acostumbrada —digo rodeando el coche hasta el lado del acompañante.

—Probablemente un poco de ambas cosas —responde ella por encima del techo del coche.

Una vez que entramos, la doctora Katz enciende el coche con un botón y una enorme pantalla empieza a mostrar todo tipo de indicaciones. Tengo la sensación de estar dentro de una nave espacial; el vehículo casi no hace ruido cuando se desplaza hasta la salida.

La doctora Katz introduce un código en un pequeño dispositivo que tiene junto al asiento y el inmenso portón metálico que tenemos delante empieza a deslizarse hacia un lado.

—¿Esta cosa no se conduce sola? —digo de forma jocosa.

La doctora Katz me responde que no, pero no se ríe.

A pocos metros de la casa hay una caseta con un guardia que nos saluda con una inclinación de cabeza, y a partir de ahí recorremos una serie de calles solitarias rodeadas de vegetación y de mansiones obscenas.

—Casi lo olvido —dice ella de repente—. En la guantera hay unas gafas.

Me quedo mirando la guantera, como si esperara que se abriese por sí sola.

—No son gafas oscuras —me aclara—. Las gafas oscuras llamarían demasiado la atención.

Abro la guantera y, en efecto, hay un estuche con unas gafas. Los cristales están levemente teñidos de marrón en degradé. Me los pongo y reviso en la visera cómo me quedan.

—¿A ver? —La doctora Katz aparta un segundo la vista de la carretera y me da su veredicto con el pulgar en alto.

Unos minutos después nos incorporamos a una vía rápida con poco tráfico. Hasta ese momento he estado armándome de valor para empezar a hablar. Es una tontería, lo sé, pero de alguna forma ese coche y las circunstancias actuales no son las que he imaginado para esta conversación. En cuanto mi mente empieza a intentar convencerme de esperar a regresar a la cabaña, abro la boca y me obligo a decir algo.

—Así que ha estado yendo a la cabaña por la noche...

—Sí. Sé que Marcia te lo ha dicho.

Permanezco callada. No quiero perjudicar a Marcia.

—Anna, ¿crees que si Marcia pudiera decirte algo que yo no quisiera, le permitiría que fuera a llevarte comida y hablara contigo?

—Esto no tiene nada que ver con Marcia. Lo que quiero saber es qué hace cuando va a la cabaña.

Prefiero no mencionar por el momento el dibujo del boyero de Berna; quiero ver si ella lo trae a colación por sí misma. Es obvio que tiene que saber que me he dado cuenta de que ya no está.

—Aunque bajo condiciones particulares, Anna, eres mi paciente. Aaron se despierta varias veces durante la noche y yo aprovecho para ir a verte. Ayer intentaste cruzar el lago a nado, por supuesto que estaba preocupada.

—¿Y el resto de los días?

—El resto de los días, también.

La doctora Katz acaba de reconocerme que ha habido *otros días*. No sé si lo ha hecho o no a propósito, pero creo que sí.

Mientras el coche se adentra en una zona céntrica de la ciudad, examino a la doctora Katz para ver si tiene intención de decir algo más.

—¿No me crees? —dice ella finalmente.

—No.

—¿Qué es lo que te perturba, Anna?

Alterno mi atención entre la conversación y la calle detrás del cristal. La gente, los negocios, los edificios..., aunque nada me resulta familiar, no deja de maravillarme.

La doctora Katz parece leerme la mente.

—Más de dos años sin estar en contacto con todo esto..., es lógico que te llame la atención.

—¿Es esto lo que quería que viera? —digo un poco indignada.

—Por supuesto que no. Llegaremos en menos de diez minutos.

Diez minutos son más que suficientes para preguntarle por el puto dibujo del perro, pienso. No sé por qué no lo hago de una vez.

Inspiro profundamente.

—Ayer dibujé a Garry en la libreta. Usted ha arrancado ese dibujo por la noche y quiero saber el porqué.

Creo advertir cierta vacilación. Me mira por tercera vez, pero ahora durante un poco más de tiempo que las otras veces.

—Yo no he arrancado ningún dibujo de Garry de tu libreta, Anna.

No me gusta su tono condescendiente. Estoy a punto de protestar cuando ella agrega algo que me deja sin palabras.

—Quizás ese dibujo nunca haya existido.

—Claro que ha existido. En la libreta se ven las hojas arrancadas.

La doctora Katz no responde, y yo estoy demasiado irritada para seguir hablando con ella.

Unos minutos después el coche se detiene en un aparcamiento público al aire libre. Mientras la doctora Katz introduce su tarjeta de crédito en un parquímetro, me recuerda que no vamos a quedarnos mucho tiempo. Media hora, a lo sumo.

—Es posible que nos crucemos con alguien que me conozca —dice mientras salimos caminando del aparcamiento—. Si eso sucede, intentaré reducir las conversaciones al mínimo. Si es necesario, diremos que tu nombre es Anna y que eres una colega.

—¿No soy un poco joven para ser psiquiatra?

La doctora Katz sonríe e ignora mi pregunta. Caminamos por una calle concurrida y nos detenemos antes de cruzar una avenida.

—Hacia allí nos dirigimos —dice la doctora Katz señalando con el dedo la acera opuesta.

Hay un teatro con algunas personas agrupadas en la entrada. En la marquesina se lee lo siguiente:

GALA BENÉFICA
BIBLIOTECA PÚBLICA

No tengo la más mínima idea de cómo una gala benéfica puede estar relacionada con las respuestas que necesito.

En el hall del teatro hay unas pocas personas deambulando. La muchacha a la que le entregamos las entradas nos dice que el acto ha comenzado hace casi una hora, pero la doctora Katz, lejos de preocuparse, asiente con suficiencia y me pide que la acompañe a una de las mesas dispuestas en los laterales.

Son seis mesas en total, tres a cada lado. En cada una de ellas hay varios atriles con libros exhibidos junto a unos recipientes de vidrio llenos de papeles de colores. Detrás de cada mesa hay una muchacha.

—Buenas tardes —dice la muchacha que está de pie detrás de la mesa a la que nos acercamos primero.

—Buenas tardes, querida —dice la doctora Katz—. Te voy a pedir cinco papeletas azules, por favor.

La muchacha arranca las papeletas de un talonario y toma nota de algunos datos personales. A continuación se los entrega a la doctora previo pago de una pequeña fortuna.

—¿¡Para qué es eso?! —le pregunto mientras nos alejamos.

—Todos estos libros están firmados por sus autores y han sido donados para recaudar fondos.

La doctora se acerca a uno de los recipientes y deja dos papeletas en el interior. Me da la sensación de que lo ha seleccionado al azar.

—Al final del acto —continúa— elegirán una papeleta por cada libro y el afortunado se lo llevará a su casa. A nosotras eso no nos importa porque para entonces no estaremos aquí.

Deposita otras dos papeletas, ahora en una mesa diferente, y me entrega la última para que yo escoja el libro.

Hay diez o quince libros en total. Elijo uno porque la portada me resulta bonita y dejo la papeleta en el recipiente.

A continuación entramos en la sala. Un hombre solemne nos conduce por el pasillo, iluminando nuestro recorrido con una pequeña linterna. Ya nos ha dicho que hay unos pocos lugares en la parte de atrás, y, efectivamente, así es. Nos sentamos en la última fila; la doctora Katz me permite pasar primero a mí y ella ocupa la butaca junto al pasillo. El hombre recibe su propina y se retira.

La sala está prácticamente a oscuras y termino de comprender que el retraso ha sido totalmente premeditado. La doctora Katz ha buscado minimizar la posibilidad de que alguien nos vea, y también permitirnos salir antes de que el acto termine sin ningún contratiempo. En este sentido, estamos sentadas en la mejor ubicación posible.

En el escenario hay dos personas sentadas en unos sillones. El anfitrión, un hombre bastante mayor vestido impecablemente, no ha dicho una sola palabra todavía, pero asiente con la cabeza. La que tiene la palabra en ese momento es una mujer atractiva de unos cincuenta años; habla de uno de los personajes de sus libros con tanta pasión que inmediatamente me siento cautivada por su relato.

—A simple vista es pura maldad —dice la mujer—, pero en las profundidades de ese ser diabólico hay un niño, y ese niño es el que me ha obsesionado durante los últimos tres años, y la razón por la que escribí el nuevo libro de la saga, que espero que sea el último.

Risas en el auditorio.

—Nosotros esperamos que no —dice el anciano, rápido como un látigo.

—Bueno, ya veremos —responde la mujer sonriendo—. Lo cierto es que he convivido bastante tiempo con ese niño. Y lo amo.

La sala se llena con un cálido aplauso. El anciano se pone de pie y la escritora lo imita, se saludan efusivamente mientras el público no deja de aplaudir. A continuación ella se dirige al borde del escenario y hace unas delicadas reverencias, visiblemente conmovida.

La mujer se retira en plena ovación y el anciano aprovecha para ubicarse detrás de un atril, a un lado del escenario. Se aclara la voz y empieza a hablar con una cadencia hipnótica. Se refiere a la inconmensurable labor que lleva adelante la biblioteca y a cómo las donaciones resultan fundamentales para que esto suceda.

Me inclino ligeramente para hablarle a la doctora Katz.

—¿Qué se supone que debo ver?

Ella me hace un gesto señalando al hombre, como si la respuesta estuviera a punto de revelarse de un momento a otro. Lo cierto es que el hombre sigue divagando en torno al valor de la lectura, la aportación de los libros a la comunidad...

En cualquier caso, lo que sea que vamos a presenciar ha de ser importante, pienso, pues la doctora se ha arriesgado mucho al traerme al teatro, a la vista de toda esta gente. Podría levantarme ahora mismo y armar un escándalo, decir que me tiene secuestrada en su casa, o podría salir corriendo, aquí o cuando estemos afuera, quitarme los zapatos y correr a toda velocidad. La doctora Katz no tendría la más mínima oportunidad de alcanzarme.

—Y ahora quiero presentarles a un hombre cuyo apoyo ha sido inestimable, como el de muchos de ustedes —dice el anciano—, un miembro respetado de nuestra sociedad con una vasta trayectoria de servicio público que ha sabido superar adversidades y que...

El corazón me empieza a latir con fuerza. Una parte de mi cerebro ya sabe lo que sucederá a continuación.

—¡Démosle una calurosa bienvenida al senador Richard Cohen!

Otra vez los aplausos.

Claro que el senador Cohen no está en la sala. Porque el senador Cohen fue asesinado por la doctora Katz a quemarropa y el cerebro se le salió de la cabeza como si fuera pasta de dientes.

Un hombre se pone de pie en la primera fila. Está de espaldas y estúpidamente miro su cabeza para ver si está intacta.

Lo está.

El hombre sube al escenario por una escalerilla lateral. Cuando los reflectores se posan en él, no existe el más mínimo margen de dudas. El senador Cohen levanta los brazos y saluda, sonríe, inclina la cabeza como muestra de agradecimiento.

Siento el peso de la mirada de la doctora Katz a mi derecha, pero no puedo apartar la vista del escenario. Vi morir a ese hombre, o eso creí en su momento, porque ahora está ahí, inequívocamente presente en este teatro, a unos metros de donde estamos en este momento.

Como si necesitara una prueba más, en cuanto se acerca al micrófono y empieza a hablar, su voz me retrotrae inmediatamente al hospital Lavender Memorial. Es él. No tengo ninguna duda.

Me vuelvo en dirección a la doctora.

—¿Qué diablos está sucediendo? —logro articular.

El día del primer partido

El reloj de la cocina dice que son las once de la mañana. He dormido más de doce horas.

Por la ventana de la cabaña veo que el sendero está húmedo y hay charcos por todas partes, sin embargo, no tengo registro de que haya llovido durante la noche.

La doctora Katz me espera en el salón, sentada en el sillón de siempre.

—He dormido como un ángel —digo sin dejar de mirar por la ventana—. Supongo que ha sido un alivio saber que estoy loca de remate.

—Tú no estás loca, Anna. No quiero que digas eso.

Vi morir al senador Cohen —no tiene sentido siquiera plantear la posibilidad de que el disparo no fue letal—. ¡Tenía parte del cerebro fuera de la cabeza! Es ridículo imaginar que alguien podría sobrevivir a algo así y tres días después dar un discurso en una gala benéfica.

¿Entonces?

Entonces estoy loca.

—Me he imaginado el asesinato de alguien —digo con pesar.

—No estás loca, Anna —repite la doctora Katz—. Ven, siéntate y bébete el café antes de que se enfríe.

—Doctora Katz —digo mientras me siento en el sillón que está frente a ella—. La claridad con la que recuerdo lo que sucedió en su despacho, en el hospital, es asombrosa. Usted le disparó por la espalda a Cohen y él cayó tendido boca abajo. Vi su cráneo destrozado.

La doctora Katz asiente con gravedad.

—La única razón por la que te llevé ayer a esa gala, con todo el riesgo que eso implicó, es porque necesito que sepas que no soy una asesina. Puedo ser cualquier cosa, tengo muchos defectos, pero nunca he asesinado a nadie. Te lo juro por la vida de Aaron.

No de Martin, pienso. La vida de Aaron.

—Todo fue demasiado real.

—Ese día, en mi despacho, fuimos a buscar a Aaron.

No puedo hacer otra cosa que reírme.

—¿Y usted dice que esa no es razón suficiente para confirmar que me falta un tornillo? Yo recuerdo algo bien diferente.

—No, Anna, de ninguna manera —dice la doctora Katz con suma seriedad—. Necesito pedirte que no dudes de todo lo que te rodea.

—¿Pero cómo sé que no volverá a repetirse? ¡Vi algo que nunca ha pasado! ¡Lo vi con mis propios ojos!

—*Todavía* no ha pasado...

La observo con incredulidad.

¿Todavía?

Abro la boca para decir algo pero al segundo siguiente la cierro. Pienso en la palabra que acaba de pronunciar la doctora. *Todavía*.

—¿Qué quiere decirme, que usted va a matar a Cohen *en el futuro*?

La doctora Katz sonríe.

—Es muy poco probable que yo asesine a alguien.

Cierro los ojos. Si aún no me he vuelto loca, esta conversación va a conseguirlo de un momento a otro.

—Doctora, por favor, sea clara conmigo. ¿Me está diciendo que tuve una especie de premonición de un hecho que podría suceder, aunque usted se crea incapaz de matar a alguien?

—Sí.

Me quedo observándola. Supongo que me aferraría a cualquier explicación que implique un hilo de racionalidad, pero todo esto no tiene ni pies ni cabeza.

Termino de beberme el café, completamente frío.

—¿Y con qué objeto mi cabeza haría algo así?

Apenas formulo la pregunta en voz alta, creo tener la respuesta. Durante el incidente, el senador Cohen me mostró la libreta con el dibujo del canguro y la fecha 04/04/22. Me preguntó además si la muerte de su hijo formaba parte de alguna especie de pacto entre nosotros.

Me levanto. Mi cabeza va a mil por hora. La doctora Katz me observa con curiosidad.

—El senador Cohen me habló de un posible pacto entre mi novio y yo. Quizás eso es lo relevante de esa premonición, lo que mi inconsciente ha querido decirme.

La doctora Katz se encoge de hombros.

—Podría ser. Me temo que no tengo todas las respuestas.

Suspiro. Cohen también me dijo que la doctora Katz me estaba manipulando y que no confiara en ella.

Me la quedo mirando.

—¿En qué piensas? —me pregunta al cabo de un momento.

—¿Cree usted que lo que vi es literal?

La doctora Katz lo piensa y asiente en silencio. A continuación se pone de pie.

—Vamos a dar un paseo, Anna. El aire te sentará bien.

La sigo.

Salimos de la cabaña y nos dirigimos al lago.

—¿Por qué no me cuentas lo que recuerdas de ese día en mi despacho?

Le proporciono una descripción sucinta pero sin dejar nada fuera, salvo la desconfianza hacia la doctora. Le hablo de las súplicas de Cohen y de la libreta que tenía en su poder, con la fecha y el dibujo del canguro que según él yo misma hice el día del asesinato.

—El canguro que dibujaste en la libreta... —dice la doctora, y se detiene.

—¿Qué pasa con él?

Llegamos al muelle y ella camina hasta el extremo y se sienta con las piernas colgando, exactamente como yo hice ayer. Me deja un espacio para que me ubique a su lado.

—Voy a contarte una parte de la historia que todavía no conoces —continúa—. Ya sabes lo que sucedió en casa de tu novio, o por lo menos lo que hemos visto en las cámaras de seguridad. También sabes que has pasado los últimos dos años en una granja.

—No hemos hablado casi nada de la granja.

—Ya lo haremos, te lo prometo. Pero de lo que quiero hablarte ahora es de cómo llegaste a esa granja, qué sucedió en la comisaría de donde te escapaste.

—¿Y eso está relacionado con el dibujo del canguro?

—Sí. Verás, desde que te encontraron vagando por el vecindario, e incluso cuando llegó la policía y te trasladó a la comisaría, hablabas del canguro. Decías cosas sin sentido, así que nadie te prestó demasiada atención. Estabas en shock, cubierta de sangre. En cuanto la policía vio la escena del crimen entendió rápidamente lo que había sucedido. Nadie sabía las razones ni el contexto en que el asesinato había tenido lugar, pero estaba absolutamente claro que tú habías apuñalado a ese chico.

La mención del hecho me incomoda.

—Yo tampoco soy una asesina —la desafío.

—No, querida. Claro que no. Que alguien cometa un asesinato en una situación extraordinaria no lo convierte en un asesino.

No es la respuesta que espero, pero no digo nada.

—El comisario Hollinger fue el único que te prestó atención —prosigue—, el único que te creyó y orquestó tu huida de la comisaría.

La revelación me paraliza. Mi primera reacción en el hospital fue confiar en Hollinger, incluso por encima de la doctora Katz.

Aprieto suavemente mi brazo derecho, evocando el contacto con el comisario. ¿Por qué me ayudaría a escapar?

—¿Qué creyó exactamente de lo que dije? Usted acaba de decirme que eran incoherencias.

—Decías que el canguro iba a arreglarlo todo.

Suspiro.

—El canguro va a arreglarlo todo —repito en voz alta con la esperanza de que adquiera alguna significación, cosa que, desde luego, no sucede.

—Eso es lo que repetías.

—¿Y por qué Hollinger me creyó? —insisto—. La frase no tiene ningún sentido.

—Porque no era la primera vez que él escuchaba a alguien referirse al canguro de esa forma, como si fuera una especie de entidad. Su propia hermana lo había mencionado algunas veces..., y él nunca la creyó. La hermana de Hollinger está internada en el Lavender Memorial y es una de mis pacientes.

La doctora Katz apunta con el dedo en dirección al edificio.

—Chloe —musito—. Por eso está en las fotos de la granja. Ella también era una paciente allí.

—Sí, Chloe es la hermana de Hollinger. Lo que dijiste ese día significó para el comisario replantearse todo lo que sabía de su hermana, incluso cosas que ella había hecho y que para él carecían de explicación. Supongo que, en cierto sentido, ayudarte a escapar fue un acto de reivindicación hacia Chloe, pero, por encima de todas las cosas, era su forma de intentar averiguar la verdad.

—Pero Chloe sigue internada...

—El caso de Chloe es complejo. Ella está en el hospital, en parte, porque así lo desea. Durante el tiempo que tú viviste en la granja, ella te visitó algunas veces, y le encantaba hacerlo.

—Me hubiese gustado saber todo esto antes, para agradecerle al comisario. Entiendo que lo hizo por su hermana, pero supongo que se arriesgó mucho para permitirme escapar. ¿Vendrá a visitarme?

—Él sabe cómo te sientes.

—¿Vendrá a visitarme? —repito.

—Me temo que no. —La doctora Katz me apoya una mano en el muslo y da dos suaves golpecitos—. Dejémoslo por hoy.

Quiero saber más, pero estoy dispuesta a aceptar que por hoy es suficiente. Cuanto más sé, más preguntas tengo.

Estoy sentada en el suelo con la pila de CD frente a mí.

Acabo de terminar de escuchar por primera vez *RED*, el otro álbum de Taylor Swift que encontré en la pila, y estoy extasiada. Me ha transportado a una dimensión donde no existen el Lavender Memorial, la doctora Katz, Hollinger, nada más allá de esas canciones que han sido escritas para mí, para este preciso momento.

La última de ellas, *Begin Again*, es una melodía dulce y tranquila de guitarras, donde Taylor, con una voz a veces susurrante y a veces con ese brillo estridente del que me voy enamorando poco a poco, compara el comienzo de un amor con otro que se terminó. *Es extraño que tú creas que soy graciosa, porque él nunca lo creyó así.* La frase resuena en mí. ¿Hasta qué punto nos convencemos de ser como nos dicen los demás? ¿O como dictan nuestros propios recuerdos?

En cuanto los últimos acordes se extinguen, la sensación de vacío y soledad es abrumadora. Tengo que escuchar el disco otra vez, por supuesto. No tengo opción. Pulso el *play* y me levanto cuando vuelve a sonar la batería de *State of Grace*, otra canción de amor, pegadiza y llena de optimismo. Cierro los ojos y empiezo a bailar.

Cuando llega la canción que da título al álbum, estoy en trance, desplazándome a ciegas alrededor de los sillones, girando, moviendo las caderas y la cabeza, los brazos abiertos describiendo círculos. Mi estado de alienación es total.

—Hola, Anna.

Casi grito del susto. Abro los ojos y me encuentro a Martin observándome desde la cocina. Tiene la expresión de haber visto aterrizar una nave espacial, no de horror, sino de fascinación.

Paro la música.

—Hola, Martin. Estaba bailando.

Siento las mejillas encendidas. Es estúpido, porque Martin es un niño y los niños no tienen los prejuicios ridículos de los adultos. Y además, porque no estaba haciendo nada malo.

—A mi hermana le gustaba hacer lo mismo con su amiga Andrea —dice Martin.

—¿Tu madre sabe que estás aquí?

—No creo. Estaba aburrido en casa y decidí venir sin que ella me viera.

—¿Por el camino secreto?

Martin frunce el ceño.

—¿Carla te ha hablado de nuestro pasadizo?

Niego con la cabeza.

—Me lo dijiste tú, Martin, cuando fuimos al sótano antes de ayer.

Martin mira al techo, como si allí estuviera la respuesta. Al cabo de un par de segundos parece convencerse de lo que le digo.

—¿Sabes? —digo guiada por un impulso—. Justo estaba pensando en salir a caminar un rato ¿Me enseñarías el pasadizo secreto?

Él asiente con una sonrisa de oreja a oreja.

Salimos de la cabaña teniendo cuidado de no ser captados por la cámara del frente. Martin parece entusiasmado con poder compartir su secreto conmigo. No me ha hecho ninguna advertencia o petición especial; es evidente que confía en mí.

Antes de internarnos en el bosque, Martin agarra una rama del suelo y con ella empieza a dar golpes a las plantas, al suelo, al aire. Yo lo sigo apenas un paso por detrás.

—Carla solía venir de noche a la cabaña con sus amigas —dice Martin—. Mis padres creían que estaban en su dormitorio, así que yo tenía que avisarla si sospechaban algo.

—¿Tenías que venir aquí en plena noche?

Martin se da la vuelta de repente y me mira con desaprobación. Tengo que retroceder con rapidez para que la rama no me golpee en el pecho.

—Sólo tenía que llamarla al móvil.

—El móvil, claro —me disculpo.

Recorremos los últimos metros en silencio hasta llegar al muro. Justo en la esquina hay un cobertizo con una puerta doble.

Estamos a punto de entrar cuando escuchamos ruidos provenientes del interior, detrás de la puerta. Martin me mira con ojos asustados y corre a esconderse en el lateral del cobertizo.

A continuación todo sucede tan rápido que no atino a hacer nada. La puerta se abre y el hombre que aparece detrás se asusta incluso más que yo. Es Marlon, el jardinero.

—Perdón —digo con las palmas en alto—. No era mi intención asustarlo.

Marlon se toma unos segundos para recuperar la calma. Ahora que lo tengo cerca me doy cuenta de que debe de estar cerca de los setenta años; tiene un estado físico envidiable para su edad, pero la piel de la cara, bronceada y arrugada, da cuenta de la verdad. Sus ojos celestes resplandecen como dos perlas.

—No se preocupe, señorita, es sólo que no esperaba encontrarme con nadie.

—Salí a dar una vuelta y llegué hasta aquí.

Marlon cierra la puerta tras de sí y mira el cobertizo con incredulidad.

—Aquí es donde guardo mis herramientas —me explica.

Disimuladamente, miro hacia el lateral y veo que Martin asoma la cabeza por la esquina. Se lleva un dedo a los labios.

El jardinero lleva puesto el mismo sombrero que cuando lo vi brevemente en la habitación de la cabaña, pero en lugar de la camisa a cuadros viste un mono azul que reconozco de inmediato.

—Usted trabaja en el Lavender Memorial —digo señalando la vestimenta.

Él asiente con tranquilidad.

—Soy el más viejo del hospital —dice con orgullo—. Allí conocí a la señora Katz, y ahora también me ocupo del mantenimiento de esta casa.

Mi silencio no parece incomodarlo. Estoy pendiente de Martin, que se ha subido al techo del cobertizo y me observa desde las alturas. El jardinero no puede verlo porque está a su espalda.

—Soy Marlon Porterfield. Un placer.

Me ofrece la mano derecha.

—Anna De Marchi —respondo mientras estrecho su mano—. Encantada de conocerlo, ahora en mejores circunstancias que las de ayer.

Marlon me dedica una media sonrisa.

—¿A qué se refiere?

—La doctora Katz me dijo que usted la ayudó a sacarme del agua.

La expresión de Marlon cambia de repente, como si yo acabara de pronunciar una frase maldita.

—No sé de qué me habla —dice en tono tajante—. Si me disculpa, tengo que irme.

Pasa junto a mí. Su reacción es tan intempestiva que durante un momento me quedo sin palabras.

—Oiga, no lo estoy acusando de nada.

Pero Marlon ya se aleja apretando el paso.

No puedo creerlo. Estoy entre azorada e indignada. La sola mención de la doctora Katz ha hecho que el hombre se transformara y se marchara a toda velocidad.

Martin se asoma un poco más por el techo. Esta tendido boca abajo, con las manos en el mentón.

—Mi madre le debe de haber prohibido que hable contigo —dice—. Ella es así, le gusta controlarlo todo.

—¿Y tú qué estás haciendo ahí arriba, escuchando las conversaciones ajenas?

—Aquí está el pasadizo. Ven, sube por el lateral.

Todavía estoy pensando en el cambio de actitud de Marlon cuando llego al techo del cobertizo.

Martin está de pie junto al muro, que allí arriba, lógicamente, es mucho más bajo, y que además está coronado por un revoltijo de alambre de espino. Desde el otro lado llega el gorjeo inconfundible del agua escurriéndose entre las piedras.

—Ten cuidado, Martin, por favor.

Él no parece escucharme e incrusta en el alambre la rama que ha traído desde el bosque. Con un movimiento rápido la desliza hacia un lado y el alambre de espino hace lo mismo, dejando libre un espacio de medio metro, suficiente para pasar al otro lado.

—Mi hermana lo cortó —me explica.

Me acerco. Al asomarme veo el estanque al otro lado, justo debajo de nosotros, donde unos cuantos peces blancos y rojos de gran tamaño nadan con lentitud. Contra el muro está el montículo de rocas desde donde cae la cascada.

Miro hacia los alrededores. Prácticamente la totalidad de la casa está oculta detrás de una hilera de árboles.

—¿Bajamos? Es fácil. Tenemos que ir por esas rocas de allí.

—Quizás no sea una buena idea.

Veo la decepción en el rostro de Martin.

—Por lo menos, no ahora —agrego—. Yo sólo tenía curiosidad por conocer el pasadizo secreto.

Él asiente y se sienta en el techo. La rama todavía mantiene el alambre de espino abierto.

—Pensaba que querías ir a mi casa.

Me siento a su lado.

—Tu madre me está ayudando con mi problema, no quiero que se sienta traicionada.

—Está bien. Yo tampoco quiero que ella esté mal ahora. Las cosas están bastante mejor últimamente.

Justo en ese momento, lejos de donde estamos pero no lo suficiente como para no distinguir de quién se trata, vemos a la doctora Katz cruzando los jardines en dirección al muro.

—Parece que hoy vas a jugar al tenis... —dice Martin.

En efecto, Julia Katz viste completamente de blanco y en la espalda lleva cruzada una bolsa deportiva donde asoman varias raquetas.

Si bien recuerdo haber visto la pista de tenis desde el árbol dos días atrás, sólo ahora reparo en que conozco las reglas del juego. Sin embargo, cuando intento pensar en alguna jugadora de tenis reconocida, ningún nombre acude a mi mente.

—Adiós, Anna —dice Martin—. Mañana no creo que venga, tengo que hacer cosas para la escuela.

Con la agilidad de un felino, el niño se deja caer hasta las rocas y vuelve a colocar el alambre en su sitio. Luego desaparece, y al rato lo veo caminando en dirección a la casa.

—¡Vamos a jugar al tenis! —anuncia la doctora Katz cuando me ve en el porche.

Está exultante.

—Tengo la sospecha de que no va a poder ganarme, doctora.

Estoy sentada en una de las sillas del porche, con las piernas apoyadas en la baranda, en una posición descuidada que pretende convencer a la doctora de que llevo allí desde hace un rato largo.

—Ya lo veremos —dice ella dejando la bolsa en el suelo—. Te he traído ropa.

Me levanto de un salto, cojo la bolsa y entro en la cabaña. Mi respiración todavía está acelerada después de haber corrido desde el cobertizo hasta el porche.

Diez minutos después estoy de vuelta. La ropa parece nueva y me queda perfectamente.

—Sé que puedo jugar al tenis —digo mientras las dos caminamos por el sendero—. Puedo imaginarme haciendo cada movimiento del saque, por ejemplo. ¿Cómo es posible?

—¿Que puedas recordar eso y no cosas básicas de tu pasado?

—Exacto.

—Así funciona la mente; la información no se almacena toda en el mismo sitio. Por eso puedes caminar, hablar e incluso hacer cosas vitales como respirar. Y también jugar al tenis. ¿Recuerdas cómo se contabilizan los puntos?

No respondo.

—No te preocupes. Llegará muy rápido.

Franqueamos la puerta y Garry despliega su bienvenida de saltos y ladridos. Primero se acerca a la doctora Katz, que le acaricia rápidamente la cabeza, y después el perro se pega a mi pierna para que yo haga lo mismo. El contacto de su pelaje largo en mi pierna desnuda resulta sumamente agradable. Me quedo quieta un momento y lo acaricio con fuerza. El perro parece disfrutarlo enormemente y mueve la cabeza para que mis manos recorran la totalidad de su cuello.

—Tenemos que seguir, amigo.

Cuando dejo de acariciarlo, el boyero vuelve a pegar su cuerpo contra mi pierna y empuja con tanta fuerza que casi me desestabiliza. Vuelvo a acariciarlo y trato de avanzar.

La doctora Katz se da la vuelta.

—Te costará ganarme con Garry pegado a ti.

—Muy graciosa. Es el perro más cariñoso del mundo.

—Lo es. Pero no me gustaría ser un desconocido y encontrarme con él en plena noche.

Llegamos a la pista, protegida por una alambrada. Detrás están los altísimos pinos que vi desde el árbol.

—Espéranos aquí, Garry.

El boyero obedece y se tumba en el césped.

Cuando cruzamos la puerta miro a Garry a través de la alambrada. Tiene el hocico apoyado sobre las patas delanteras y su mirada me parte el alma. El animal daría cualquier cosa por entrar y jugar con nosotras.

—Me gustaría que Garry se quedara conmigo hoy —digo casi sin pensar.

El perro levanta las orejas al escuchar su nombre.

La doctora Katz me observa de un modo indescifrable.

—Podría ser —dice finalmente, pero no parece del todo convencida.

Caminamos hasta una mesa de madera que hay en un lateral. La doctora Katz saca las raquetas de la bolsa y me entrega una.

La sensación al agarrar la empuñadura es sumamente gratificante. Casi sin pensarlo, hago un movimiento rápido con la muñeca y suelto la raqueta, que gira sobre su eje varias veces a gran velocidad. A continuación doy varios golpes sin pelota. Derecha, derecha, izquierda. Mis piernas se mueven al unísono dando saltitos hacia uno y otro lado. Hace unos días no podía caminar del dolor y ahora me muevo como...

—¿Cuál es la mejor tenista de la historia? —pregunto de repente.

La doctora Katz se queda meditando un momento.

—No lo sé. Quizás la alemana Steffi Graf.

—Me siento como ella.

La doctora Katz se ríe. Abre un bote de pelotas y se mete dos en el bolsillo.

—Vamos a practicar un rato, no quiero aprovecharme de la mejor tenista de la historia.

Entro en la pista y me embarga una sensación extraña, la de algo conocido y desconocido a la vez. La doctora Katz me arroja una pelota sencilla y con una zancada me ubico en la posición adecuada para devolverla. El golpe se produce en el centro exacto del encordado. Puedo sentir cómo las cuerdas se deforman y el impacto se transmite a mi brazo. La pelota pasa la red y rebota donde yo había anticipado.

El peloteo me sumerge en un trance profundo. Hay demasiadas cosas a las que debo —y quiero— prestar atención. El movimiento instintivo de mis piernas resulta decisivo a la hora de recorrer la pista y reducir el ángulo de tiro de la doctora. Sé que estamos en una etapa de precalentamiento, pero no puedo resistirme a la idea de transmitirle más fuerza a cada disparo.

La pelota impacta en la red y cae de mi lado.

—Despacio —dice la doctora Katz mientras me muestra otra pelota—. Hay que calentar los músculos primero. Ya habrá tiempo para sacar a relucir ese poderío alemán.

Calentamos durante unos quince minutos. Varias de mis pelotas terminan en la red o fuera de la pista, pero empiezo a sentir un fuego interior desconocido. De repente sólo quiero empezar de una puta vez y ganar. Sobre todo ganar.

—Practica un poco el saque...

Antes de que la doctora Katz pueda terminar la frase, mi cuerpo está casi en el aire, curvo y a punto de soltar la pelota. Mi brazo replegado, la muñeca acompañando el golpe. Proyecto toda mi furia en un grito y la pelota sale a una velocidad sorprendente.

Afuera.

Repito los mismos movimientos. La doctora espera el saque balanceando su cuerpo de un lado a otro. El tiro va dirigido esta vez a la T central y no al lateral. La pelota rebota en la línea sin que la doctora atine siquiera a moverse.

Jugamos un juego de prueba que termino perdiendo. Estoy ansiosa; necesito aprovechar mejor las oportunidades y no apresurarme. La doctora Katz tenía razón en cuanto a que rápidamente me familiarizaría con la forma de contabilizar los puntos.

Conforme pasan los juegos voy ganando más confianza. Poco a poco entiendo cuándo es conveniente atacar y cuándo esperar a que la doctora Katz, que claramente es una jugadora más lenta y menos precisa que yo, sea la que cometa los errores.

El resultado del set es 6 a 4 a mi favor.

Al terminar, la doctora Katz se acerca a la red y me ofrece la mano. La solemnidad del saludo me hace un poco de gracia. Mientras caminamos hacia la mesa del lateral me dice que está sorprendida por mi desempeño, y lo cierto es que yo también. Apenas me siento en uno de los bancos experimento la necesidad de levantarme y seguir jugando.

La doctora Katz se deja caer en el banco de enfrente con pesadez. Está extenuada.

—Voy a desmayarme —dice mientras bebe de su botella de agua.

—Lo he disfrutado mucho.

—Me alegra. Es evidente que tienes talento. No es mi caso, que he necesitado de muchas horas de clases para alcanzar un mínimo de decencia en el juego. Nelson es bastante bueno y a veces organizamos competiciones con otras parejas de amigos.

Garry, que en algún momento evidentemente se cansó de vernos correr detrás de una pelota diminuta sin tener ningún tipo de participación, regresa y nos mira con expresión neutral desde el otro lado de la alambrada.

A lo lejos alcanzo a ver que Marcia se acerca con una bandeja con comida. *Timing* perfecto.

Cuando está lo suficientemente cerca, me levanto y abro la puerta para que pase. Garry no se mueve de su lugar; evidentemente, sabe que la pista está fuera de su jurisdicción.

Marcia saluda y va directamente a la mesa. En la bandeja hay limonada y dos platos con trozos de fruta.

—Muchas gracias, Marcia.

La mujer asiente y se retira. La doctora Katz da cuenta de su plato de frutas en tiempo récord.

—Debería haber comido antes —se disculpa.

Yo bebo un poco de limonada y espero. Sé perfectamente de lo que quiero hablar con la doctora, pero le doy un tiempo para que se recupere de su ataque de voracidad. En mi plato hay uvas, y mientras tanto me llevo una a la boca.

—Ya estoy mejor —anuncia alejando el plato vacío—. Iba a proponerte que regresáramos a la cabaña, pero podemos quedarnos aquí; el sol nos sentará bien a las dos, ¿no te parece? Quiero que hablemos un poco de tu familia.

—¿Mi familia? —consigo articular.

Es el único tema que he evitado deliberadamente desde que estoy aquí, incluso en mis pensamientos.

El pulso se me acelera. Empieza a faltarme el aire.

—Tranquila, Anna. Come algo.

Agarro un puñado de uvas y me meto dos en la boca.

—Necesito saberlo todo.

La doctora Katz asiente con solemnidad.

—Provienes de una familia pequeña, no tienes hermanos. Hasta antes de ir a la universidad vivías con tu padre, Domingo, hijo de inmigrantes italianos.

La doctora Katz se inclina para alcanzar su bolsa. Abre el cierre lateral.

—Domingo —digo más para mí que para la doctora. Siento que pronunciar su nombre en voz alta me acerca de alguna forma a él—. ¿Y mi madre?

—Murió cuando tú tenías ocho años a raíz de complicaciones derivadas de una operación.

Me quedo paralizada. Sabía que la doctora iba a decirme que mi madre había muerto.

La doctora Katz me tiende una fotografía.

No necesito preguntarle quiénes son. Es una fotografía reciente de mi padre y mía tomada en la mesa de pícnic de la granja. Mi padre tiene el cabello rojo y su rostro, especialmente la boca, tiene un parecido con el mío que resulta insoslayable.

Los dos sonreímos.

—¿Entonces él sabía que yo estaba en esa granja? Cuando escapé de la comisaría, quiero decir...

—Sí. Te visitó algunas veces, cuando los protocolos de la pandemia lo permitieron. Tú no hubieras soportado separarte de tu padre, y él tampoco de ti.

Devuelvo mi atención a la fotografía, aferrándola con tanta fuerza que temo romperla por la mitad. No puedo quitar la vista de mi padre.

—Hábleme de él, por favor.

—Fue profesor de arte durante mucho tiempo hasta convertirse en el director de la escuela. Es un hombre muy tranquilo, cálido y comprensivo. Yo no lo he tratado mucho, pero sí hemos hablado algunas veces. Para él, la prioridad siempre has sido tú.

—¿Él sabe que estoy aquí?

La doctora Katz niega con la cabeza.

—Me temo que piensa que sigues en la granja.

—Tiene que hablar con él. Quiero verlo.

—Sabía que dirías algo así, y es absolutamente comprensible. Pero debo pedirte que tengas un poco de paciencia. Es peligroso y...

—¿Peligroso? ¿No se supone que mi padre guardaría el secreto mucho mejor que cualquiera? ¿Confía más en el jardinero que en mi padre?

La doctora arruga la frente.

—¿A qué te refieres, Anna?

—Ya sé que Marlon trabaja también en el hospital, ¿cómo puede estar segura de que no les dirá que estoy aquí? ¿Y Marcia? Es encantadora, pero tranquilamente puede hablar con una amiga y extender la noticia. O su propio hijo, Martin..., él podría decírselo a alguien en la escuela; los niños no saben guardar secretos.

La doctora Katz me mira con compasión.

—Ninguno de ellos dirá nada —dice por fin—. Puedes estar segura de ello.

—Mi padre tampoco lo hará —la desafío.

—Lo sé. No me refiero a ese tipo de peligro. Sino a que tú estés preparada.

—¿Preparada para qué?

—Para la verdad.

—¿La verdad de por qué maté a mi novio? ¿O de por qué imaginé que usted mató al senador Cohen?

Estoy furiosa. No sé si necesariamente con la doctora Katz, pero es la persona que tengo enfrente y la única en la que puedo proyectar mi ira. Es cierto que cada revelación de los últimos días ha sido de una magnitud insondable, empezando por las alucinaciones, el canguro, ahora mi familia... Quizás la doctora tiene razón en cuanto a la necesidad de avanzar despacio en ese camino hacia la verdad. Al mismo tiempo, una parte de mí quiere saberlo todo de inmediato, recibir el golpe de una vez por todas y atenerse a las consecuencias.

Vuelvo a observar la fotografía.

—Necesito verlo, doctora Katz. Lo entiende, ¿verdad?

—Por supuesto que sí.

—Él tiene que saber que estoy bien.

—Así será. Tienes mi palabra.

Empiezo a sentirme más tranquila. Bebo medio vaso de limonada.

—Hábleme de mi madre, por favor.

—No sé demasiado, para serte sincera. Sé que el procedimiento quirúrgico que le terminó costando la vida era algo menor, casi rutinario. Lo que sucedió es que fue atacada por una bacteria y eso acabó repercutiendo en su estado de salud. Es algo más frecuente de lo que la gente cree.

—Yo tenía ocho años —digo maravillada—. Eso significa que tuve muchísimas vivencias con ella. Debería poder recordarla...

—Fue muy duro para ti.

—¿Cómo se llamaba?

—Magdalena.

Me quedo mirando los pinos altos. Sé que voy a llorar; la impotencia de no recordarla es lo peor de todo.

Necesito reconstruir ese pasado.

—Magdalena —digo su nombre, como he hecho antes con el de mi padre.

Magdalena y Domingo.

Garry me observa desde el otro lado de la alambrada, como si supiera lo que necesito en ese momento. Tengo ganas de salir y abrazarlo. En vez de eso, lloro, y creo advertir que Garry hace un sutil gesto de asentimiento.

—¿No tiene una fotografía de ella?

La doctora Katz niega con la cabeza.

Unos minutos después regresamos a la cabaña y la doctora me acompaña hasta el porche. Llevo conmigo la fotografía de mi padre.

—Puedes colocarla en el portarretratos del salón —dice señalando la fotografía—. Oh, espera, casi lo olvido, tengo algo más para ti.

Deja la bolsa en el suelo y abre uno de los cierres laterales. Mete la mano y saca un CD.

—Aquí tienes.

Es *1989*, de Taylor Swift.

—Gracias.

—Creo que es su disco más popular. No soy una experta, pero Carla solía escucharlo bastante.

Entro en la cabaña y me dejo caer en el sillón. La conversación con la doctora resuena en mi cabeza y la repaso en silencio. Tengo la sensación de que hay algo importante que se me ha escapado.

Estoy en la ducha y tengo alrededor de treinta minutos hasta que el agua empiece a salir fría. Lo sé porque eso fue precisamente lo que sucedió ayer, cuando me dejé llevar y perdí la noción del tiempo. Cierro los ojos.

Estoy en el Lavender Memorial. Llevo puestos unos vaqueros y la camiseta que me dio la doctora Katz, sólo que no es ella la que está a mi lado esta vez, sino Hollinger. El comisario también va vestido de manera informal; en su caso, con unos vaqueros y una camisa a cuadros azules y negros.

Sin mediar palabra, se acerca y me abraza. Su brazo derecho es grueso y me envuelve como una serpiente. Apoyo la cabeza en su pecho y le doy las gracias.

—¿Por qué? —dice él. Siento las vibraciones de su voz, grave y susurrante.

—Por ayudarme a escapar. Sé que principalmente lo has hecho por tu hermana —digo sin mantener contacto visual con él—. Por Chloe.

Él me aparta con suavidad.

—No lo hice sólo por ella.

—¿Por qué, entonces? ¿Por mí?

—¿No resulta obvio?

Sonreímos y él vuelve a abrazarme.

Exploro su cuerpo, sus brazos, la espalda, mis manos se mueven como arañas. El comisario ha colocado la mano derecha en mi rostro, el pulgar en la mejilla y los dedos largos rodeándome el cuello. Su brazo izquierdo me envuelve por encima de la cintura y mantiene nuestros cuerpos muy juntos. Así retrocedemos hasta llegar a la cama, donde yo me siento, mientras que él permanece de pie frente a mí, agarrando ahora mi rostro con las dos manos. Nos besamos con desenfreno, conscientes de haber cruzado un punto de no retorno.

Empiezo a soltarle uno a uno los botones de la camisa. Cuando termino, tiro de ella hasta que logro quitársela. No dejamos de mantener contacto visual. Lo aparto y empiezo a desabrocharle el cinturón mientras él consigue quitarse las botas, y después el pantalón. Está completamente desnudo, con una expresión de desconcierto y fascinación.

Le agarro el miembro y empiezo a masajearlo. Después le pido que se acueste en el suelo. No es precisamente una orden, pero él no puede negarse.

El suelo debe de estar frío, y sin embargo él apoya su espalda sin dudarlo. Creo percibir una mueca de incomodidad, pero dura un instante. Hollinger sonríe.

Me quito la ropa —no hay nada de sensual ni erótico—, lo hago rápido y de forma práctica. Una vez que termino disfruto mientras él me observa; es como mirarme al espejo.

Me arrodillo y permito que me penetre. No hay dolor ni molestia. Tiemblo mientras su pene se abre paso como una serpiente en un pantano; entrelazo mis piernas en las de él y ambos presionamos con fuerza, nuestros cuerpos en fricción. En algún momento es Hollinger el que está arriba y el tiempo deja de importar.

Cuando abro los ojos, es como despertar en un planeta desolado. Me siento vulnerable y sola; el agua no está del todo fría, pero sentirla en mi cuerpo ya no es agradable. Quiero que regrese Hollinger, no importa que sea una versión idealizada concebida por mi cabeza. Estiro el brazo y agarro la toalla, envuelvo mi cuerpo y me detengo frente al espejo, aunque la condensación me impide verme. Con la palma de la mano dibujo un círculo y allí aparece mi rostro horrorizado.

No sé si lo que acaba de suceder en la ducha ha sido un disparador, pero lo cierto es que acabo de darme cuenta de un detalle que me ha sido esquivo durante todo el día.

Fue después de mi encuentro con Marlon, en el cobertizo, cuando empecé a sentir esa incomodidad de una revelación que pugna por abrirse camino. Quizás necesitaba distraer mi mente para terminar de verlo con claridad.

Me seco y me visto a toda velocidad. Quiero salir del baño cuanto antes y volver a la planta baja. Mientras me preparo un café pienso en Marlon, vestido con el uniforme de trabajo del Lavender Memorial. Lo primero que pensé cuando el jardinero me dijo que hacía años que se ocupaba de las tareas de mantenimiento en el hospital fue que seguramente él había sido vital para que la doctora Katz orquestara mi huida desde el invernadero.

Lo que pasé por alto fue el recuerdo de los dos hombres de mantenimiento que vi cuando salíamos del Lavender Memorial —ambos con el mismo mono azul que Marlon—, minutos después del incidente en el despacho de la doctora.

Recreo en mi cabeza lo sucedido: la doctora Katz y yo saliendo al patio interno del hospital, ella empujando la silla de ruedas, aligerando el paso. El patio está vacío salvo por los dos empleados con monos azules, fumando muy cerca de nosotras. Y entonces la pregunta de uno de ellos: «¿Ha sido un disparo?».

—No vamos a quedarnos para averiguarlo —digo en voz alta rememorando la respuesta de la doctora Katz.

Estoy en shock. Los empleados también escucharon el disparo, por lo tanto no fue fruto de mi imaginación. Yo no me imaginé a esos hombres, y la clave está en los monos de trabajo del hospital, los cuales yo no conocía de antemano. ¿Cómo imaginarlos si nunca los había visto?

Corro hacia el reproductor de CD. Me arrodillo y pulso el *play*. *State of Grace* suena a todo volumen en la cabaña. Me relajo a medida que progresa la melodía de guitarras y la canción llega a su punto culminante con el primer estribillo. La música me relaja de inmediato. Porque la música es real, al igual que esos dos empleados del patio del Lavender Memorial, y al igual que el asesinato del senador Cohen a manos de la doctora Katz.

El día de la verdad sobre Martin

Es una mañana destemplada y el jersey que llevo puesto no es suficiente para combatir el frío. Estoy sentada en la rama del árbol mirando a la casa, esperando a la doctora Katz. Todavía no he decidido si voy a hablarle de los dos trabajadores del Lavender Memorial que hicieron referencia al disparo que terminó con la vida del senador Cohen; una parte de mí quiere ver su reacción cuando se lo diga, pero quizás conviene que me guarde esa información, al menos por ahora.

Estoy empezando a disfrutar de estos momentos de soledad, no tiene sentido negarlo. Quizás es porque ahora tengo ideas propias que mantienen mi mente ocupada.

Llevo más o menos una hora esperando cuando veo que la doctora Katz sale de la casa. Camina hacia el sendero, pero en lugar de dirigirse al muro va hacia su coche, aparcado cerca del portón de salida. Experimento una cierta decepción cuando el coche abandona la propiedad.

Unos minutos después, me bajo del árbol sintiendo un vacío que no termino de aceptar ni de explicar del todo. Regreso a la cabaña. Escuchar a Taylor se ha transformado en mi antídoto infalible, pero quizás me dedique a dibujar un rato o a leer, algo que vengo postergando desde que llegué.

Cuando entro en el salón, me sorprende una voz de mujer que no conozco.

—No te asustes.

No lo hago, no realmente. Ya me estoy acostumbrando a estas presencias inesperadas que cada vez se parecen más a emisarios con misiones secretas.

Sentada en el respaldo de uno de los sillones hay una chica más o menos de mi edad. Tiene los mismos ojos oscuros que Martin, así que no tardo en adivinar quién es.

—Hola. Soy Carla.

—Lo sé. —Voy a su encuentro y le tiendo la mano. Más que por un gesto de educación, quiero sentir el contacto de su piel, reconfortante y real, y me permito extenderlo más de lo necesario.

—Tienes la mano helada —se queja ella mientras aleja la suya con delicadeza.

—Soy Anna.

—Lo sé. —Carla se impulsa para dejarse caer en el sillón y rebota dos veces hasta encontrar la posición que quiere. El móvil que traía en el bolsillo de la sudadera sale despedido y ella lo intercepta antes de que caiga al suelo.

—¿Tu madre te ha pedido que vinieras?

Se vuelve de repente.

—En primer lugar, Julia no es mi madre. Y en segundo... —Algo la distrae y estira el cuello para ver de qué se trata.

La chica da otro salto y cruza el salón a toda velocidad.

—Estos son mis CD —dice divertida.

Me acerco.

Por un momento parece olvidarse de mi presencia. Se arrodilla y empieza a examinar las cajas entre risas y asombro, maravillándose con algunas en particular.

—¿Entonces te gusta Taylor Swift? —pregunto.

Gira la cabeza y me mira con indignación.

—*Swiftie* hasta el día de mi muerte.

Swiftie, pienso, y esbozo una sonrisa.

—A mí también me gusta. —Me estiro el cuello del jersey y le muestro el tatuaje.

Su rostro se ilumina con una sonrisa idéntica a la de su medio hermano Martin.

—Ya me caes bien, Anna. Y es la razón por la que he venido a verte.

—No lo entiendo.

Desestima mis palabras con un ademán y se pone de pie.

—No importa, ya lo entenderás. Martin me ha dicho que eres una chica muy *cool*. —Hace una pausa mínima—. Aquí adentro hace calor...

Antes de que pueda decirle algo, se quita la sudadera y la arroja a uno de los sillones.

—Sígueme...

La veo cruzar la habitación a toda velocidad. En menos de cinco minutos ha estado en tres lugares diferentes de la cabaña; ahora me espera de pie junto a la trampilla que conduce al sótano.

—Voy a confiar en ti —me advierte con un dedo.

Por un momento, la imagen del senador Cohen apuntándome con el dedo índice se reproduce en mi cabeza. El recuerdo no me hace ninguna gracia.

Carla me estudia una última vez y finalmente retira la alfombra y abre la trampilla.

—*Voilà!*

Al principio no sé cómo reaccionar. Cuando intento fingir sorpresa, ya es demasiado tarde.

—Martin ya te ha enseñado el sótano, ¿verdad?

Me encojo de hombros. Carla no parece enfadada. No sé cómo reaccionaría si supiera que su hermano menor también me enseñó cómo cruzar el muro sin ser detectada por las cámaras de seguridad.

Carla desaparece por la trampilla. Voy a seguirla cuando su rostro se asoma de nuevo.

—Ahora vuelvo.

La espero. Cuando sale, menos de cinco minutos después, trae consigo una cajita de metal. Duda un instante —en la vida de esa chica un instante es literalmente un instante— y finalmente vuelve a colocarse la sudadera y se mete la cajita en el bolsillo.

Sale de la cabaña sin preocuparse por las cámaras de seguridad.

—¿Vamos al lago? —le pregunto cuando consigo alcanzarla.

—Puede ser.

Pero cuando llegamos a la orilla ella se aleja en dirección opuesta al muelle. Carla avanza dando saltos, agachándose para mirar algo que le llama la atención, aligerando a veces el paso para subirse a una piedra o un tronco caído.

—Aquí termina nuestra propiedad —dice trazando una línea imaginaria en el suelo.

Me detengo y ella empieza a reírse.

—Vamos, los Pompeo son como de la familia.

Miro el lago, a mi derecha; luego el bosque, a mi izquierda, donde la vegetación es mucho más espesa. Nos internamos por un camino más o menos marcado hasta llegar a un claro donde hay restos de una fogata y unas piedras que sirven de asientos.

—Cuando éramos adolescentes, acampaba aquí con mis amigas.

Nos sentamos y ella se coloca la caja sobre las rodillas. La abre y saca un cigarrillo hecho a mano y un encendedor. Tras varios intentos lo enciende y da una calada profunda.

Me ofrece el cigarrillo.

—Estoy bien así, gracias.

Ella me observa y asiente.

—Haces muy bien. —Se queda mirando el cigarrillo—. Esta mierda es demasiado buena. Oye, no vayas a irle con el chisme a Julia.

—No te preocupes.

—Mis padres ya saben que fumo; es imposible librarte de este olor. —Da una segunda calada—. Lo que no saben es que tengo un poco en casa, para emergencias. Si mi padre se entera, no quiero ni imaginarme el escándalo. Una vez tuvo que ir a buscarme a un bar porque había bebido de más y tuve que soportar un sermón de horas respecto al daño que eso podía traerle a su imagen.

—¿A qué se dedica tu padre?

—Oh, pensé que lo sabías. Asesora a políticos, coordina campañas y esas cosas. Interesante, ¿verdad?

Carla se ríe de su propia gracia.

—Mi padre es la persona más aburrida del universo —continúa—, por eso le gusta estar todo el día con viejos de traje y corbata que sólo sonríen cuando tienen una cámara delante.

—¿Tu madre sabe que has venido a verme?

Me mira indignada.

—Julia —me corrijo—. ¿Sabe que estás aquí?

—No. Casi no hablo con ella. En los papeles vivo aquí, pero en la práctica me quedo todo el tiempo en casa de mi novio. Así que puedes quedarte tranquila, porque no pienso decirle nada. —Me muestra el cigarrillo a medio consumir—. Yo tengo mucho más que perder que tú.

Se queda pensativa. Es la primera vez que la veo así desde que ha llegado.

—¿Qué sabes de mí? —pregunto.

Ella piensa su respuesta.

—Sé que eres paciente de Julia y que tienes problemas para recordar las cosas, pero no mucho más. Martin me ha hablado de ti y, no voy a negarlo, me ha dolido que mi propio hermano no me elija para ser su confidente.

—No soy...

—No te preocupes, puedo superarlo. Sólo quiero saber con quién pasa el tiempo mi hermano pequeño.

—¿Y no crees que Julia ha pensado en eso?

Lejos de tomar mi comentario como una ofensa, Carla pone los ojos en blanco y se pone seria.

—A Julia, mi hermano Martin le importa una mierda.

Sigue fumando, la vista puesta ahora en la copa de los árboles. Sus ojos podrían estar vidriosos a causa del humo, pero sé que está intentando no llorar.

—Hace dos años —digo en un intento de sacar a Carla del mal momento— tuve una especie de ataque y maté a mi novio. Lo acuchillé.

La frase funciona. Carla me mira como si creyera que acabo de hacerle una broma.

—No sé por qué lo hice —aclaro—. No recuerdo nada.

Sigue la misma mirada incrédula.

—¿Salió en las noticias?

—Sí.

En su rostro aparece una pátina de duda. Quizás está recordando algo.

—Genial, Julia —dice Carla mirando al cielo—, dejas que una asesina esté a solas con Martin.

—No soy una asesina —la interrumpo. Me molesta su impertinencia y desparpajo—. Te dije que tuve un ataque. Reaccioné de esa forma por algo. No soy una asesina. Me parece que la doctora Katz está un poco más capacitada que tú para darse cuenta de eso.

Da la última calada al cigarrillo.

—Sí, sí, tienes razón, perdóname. No es contigo. Créeme que, si conocieras a la... *doctora Katz* como yo la conozco, entenderías por qué cada cosa que hace me saca de quicio.

—A mí me parece muy buena en su trabajo.

Carla se mete las manos en los bolsillos de la sudadera.

—Así parece, excelente profesional. Como madre, deja mucho que desear. Nadie que se cree el centro del universo puede ser una buena madre. Hasta yo lo sé, y estoy a años luz de tener hijos.

Nos quedamos en silencio.

—Martin no corre ningún peligro conmigo. Te lo aseguro.

Carla se levanta. Ha dejado la caja de metal en el suelo, por lo que asumo que no quiere irse, sino acomodarse la ropa o algo por el estilo. Se pone de pie sobre la piedra y hace equilibrio con los brazos extendidos a los lados. Aunque más sosegada, esta chica no puede quedarse quieta un solo minuto.

A continuación mira para un lateral, donde hay un tronco dispuesto como asiento. Está demasiado lejos para saltar hasta él, pero esa parece ser su intención. Lo que menos necesito es que Carla se parta la cabeza y tener que dar explicaciones.

—¿Te parece una buena idea?

—Soy campeona de salto, no te preocupes.

Niego con la cabeza. Quiero cerrar los ojos pero sigo mirando.

Carla salta y aterriza en el tronco. Por un momento su cuerpo se arquea peligrosamente hacia atrás pero consigue mantener el equilibrio.

—*Voilà!*

—¿Por qué no te vuelves a sentar?

Ella se pone seria.

—Tienes razón. —Se sienta en el tronco y se vuelve a poner las manos en los bolsillos. Me observa—. ¿Entonces qué crees que pasó?

—¿Con qué?

—Con el hombre en la luna... ¿Con qué va a ser? Con tu novio. ¿Por qué reaccionaste de esa forma?

Niego con la cabeza.

—Es parte de lo que no recuerdo. Al parecer nos llevábamos bien. Es lo que dicen.

Carla se ríe.

—¡Es obvio que te hizo algo!

Me quedo sorprendida. ¿Por qué debería ser algo obvio?

—Mira... —insiste Carla—. Escúchame, porque algunas cosas he aprendido de Julia y sus conferencias y sus libros. Eso hay que aceptarlo, en su trabajo es brillante; si aplicara todo ese conocimiento en su propia vida, las cosas serían muuuyyyyy distintas. En fin, a lo que iba... La cabeza funciona como esos muros para contener el agua, no sé cómo se llaman, que aguantan y aguantan hasta que un día, ¡crack!, sucede la catástrofe.

—Se llaman presas.

—Presas, sí. Es extraño que puedas recordar eso y

no lo importante. —Carla se ríe—. Es simple: el hijo de puta te hizo algo y tú te lo guardaste, creyendo que podrías mantenerlo controlado, que quizás no era tan grave, que no volvería a repetirse... bla, bla, bla. Todas esas mierdas.

Me mira de una forma extraña.

—A mí no me ha sucedido nada parecido —aclara, y otra vez se levanta—. Pero sí a alguien que conozco. Una amiga.

—Está bien, si tú lo dices.

Se saca las manos de los bolsillos y abre los brazos.

—Le pasó a una amiga —repite—. Pero no cambia nada. No hay de qué avergonzarse, Anna. Tú eres la víctima aquí.

Carla parece más indignada que yo con todo este asunto.

—Bueno, si es así..., ese hijo de puta ha tenido su merecido —digo.

Carla me mira con asombro. Yo misma apenas puedo dar crédito a ese disparo de humor negro. Empiezo a reír a medida que soy consciente de lo que acabo de decir. Carla se suma.

La risa es contagiosa, eso lo sé. Pero si necesitaba una prueba de ello la tengo en este momento, cuando Carla y yo empezamos a reír de forma descontrolada en torno a una fogata apagada.

Han pasado casi dos horas y Carla sigue en la cabaña, lo cual a mi modo de ver dice bastante. Estamos en la cocina comiendo galletas, ella sentada en la mesa y yo en una de las sillas. Si bien ha dejado de moverse por todas partes, su relato sigue el mismo patrón caótico, yéndose a veces por las ramas o adornado con detalles en apariencia irrelevantes. Nada de esto afecta a mi interés; sigo cada una de sus palabras con fascinación y admiración, como una amiga que escucha a otra más experimentada.

Me cuenta que su novio se llama Jim y es dos años mayor que ella. La relación no tiene la aprobación de su padre, lo cual al principio fue motivo de discusiones interminables, pero ella se puso firme y ambos lograron llegar a un acuerdo. El acuerdo es simple: Carla hace lo que le place con su novio —empezando por elegirlo sin condicionamientos—, pero si en algún momento se siente amenazada o maltratada de alguna manera, grave o insignificante, tiene que decírselo a su padre inmediatamente.

Carla me confiesa, sin embargo, que desde que su padre le dio vía libre, ella ha perdido el interés en su novio por completo. Jim es un chico previsible. El noventa y ocho por ciento de las cosas que salen de su boca tienen que ver con deportes, rutinas de ejercicios o sus memorables salidas con amigos. Trabaja como instructor en un gimnasio y se jacta de tener el mejor empleo del universo. Su sueño es tener su propia cadena de gimnasios, de la cual hasta ha pensado el nombre: Jimnation.

Jimnation provocó el segundo ataque de risa conjunto.

—¿Y por qué sigues con él? —pregunto cuando recuperamos el control.

—El sexo.

Pienso que también es una broma, pero Carla se mantiene seria.

—A mí me gusta la música, viajar, el cine, la psicología... Con Jim no puedo mantener una charla interesante de nada de eso. En un futuro quiero estar con alguien con quien compartir todas esas cosas, por supuesto, pero ahora también quiero tener sexo. Mucho sexo. Me encanta.

Tengo la sensación de que cualquier cosa que diga va a sonar mal, por lo que me quedo en silencio.

—Mis amigas se complican tanto que me enferma —prosigue Carla—. El sexo es el máximo placer. Punto. Consíguete a alguien o usa el dedo...

Hace el gesto de masturbarse sobre el pantalón. Su desparpajo me incómoda un poco, pero la fascinación es mayor.

—Yo tengo una fantasía con un policía —le digo casi sin pensarlo.

Me arrepiento al segundo. La frase no suena igual que en mi cabeza.

—¡Cuéntame!

—Es el policía que vi después...

—¿Después del episodio con tu novio?

—No. Esto sucedió hace unos días, cuando me encontraron inconsciente a orillas del lago, después de dos años en los que nadie sabía nada de mí.

Carla abre los ojos como platos.

—Espera, eso es más interesante que la fantasía con el tipo. No sabía nada de eso. ¿Lo han mantenido en secreto con Julia?

—No. Ha salido en las noticias.

—Jesús..., creo que necesito seguir a uno o dos periodistas para enterarme de lo que sucede en esta ciudad —dice Carla—. ¿Y este policía es el que te encontró?

—Digamos que sí.

A continuación relato una versión suavizada de mi fantasía con Hollinger; hay detalles que me avergüenzan y pensamientos que no me atrevo a decir en voz alta. Me imagino que para Carla, acostumbrada a sus encuentros lujuriosos con el futuro fundador de Jimnation, el mío debe de ser un relato naif, pero no me lo demuestra y me siento agradecida por ello.

—Las fantasías con la autoridad son las mejores —dice Carla—. Si mi profesor de Literatura hubiese cobrado dinero por cada aparición en mis fantasías, sería millonario. Dulce señor Morrison.

Carla sonríe.

—Pero voy a decirte una teoría que tengo —agrega—; es una información que vale millones, así que me vas a deber mucho después de esto. No gastes el tiempo en fantasear con chicos que están a tu alcance, la imaginación está para cosas más grandes, que no pueden suceder ni en un millón de años. Así que no gastes neuronas en ese policía y ve a buscarlo.

—Me temo que en mi situación no es tan sencillo.

Carla se baja de la mesa de un salto.

—Lo que estás haciendo aquí con Julia no va a durar para siempre. —Se acerca y me señala con el dedo—. Cuando salgas de aquí, ve a buscar a ese policía y le dices que te espere con el uniforme puesto porque vas a portarte muuuuuy mal.

Da media vuelta y empieza a reírse. La veo cruzar el salón de espaldas, contorneando las caderas.

—Vamos a poner un poco de música.

Segundos después suena *Welcome to New York* a todo volumen. Carla retoma su baile, y sus movimientos, ahora sutiles, me resultan hipnóticos. Mueve la cabeza a uno y otro lado, tiene los brazos en alto, apenas flexionados, y con sus manos parece amasar el aire como si fuera algo sólido. Destila sensualidad y no puedo dejar de mirarla.

—Ven aquí.

Sus dedos se mueven ahora en dirección a mí, como si tiraran de hilos invisibles.

Le ordeno a mi cuerpo que se mueva, como lo hice en soledad durante los días anteriores, pero esta vez no funciona; soy demasiado consciente de cada movimiento.

—Tienes que dejarlo fluir. Cierra los ojos.

Lo hago. Siento una mano en la cadera que me guía con delicadeza. Poco a poco el movimiento se contagia al resto de mi cuerpo, como una onda en el agua, pienso.

La voz de Taylor repite el título de la canción anunciando el final. Justo cuando empiezo a sentir la confianza necesaria, el sonido se extingue abruptamente. Abro los ojos y veo a Carla arrodillada delante del reproductor. Un segundo después, el ritmo pegadizo de *Shake It Off* me devuelve al estado anterior. Carla se sumerge en una danza descontrolada, sacudiendo el pelo y dejando que sus brazos exploren el espacio a su alrededor. Cierro los ojos y me dejo llevar.

Pierdo la noción del tiempo. Bailar es estar viva.

Despierto del trance cuando la canción termina. Carla no está a mi lado, sino otra vez sentada sobre el respaldo del sillón, exactamente donde la encontré al llegar. Sin pensarlo, bajo el volumen del reproductor hasta casi el mínimo.

—¿De qué has estado hablando con mi hermano? —dispara Carla. No percibo necesariamente hostilidad, pero algo ha cambiado.

Me siento en el sillón frente a ella. Algo en mi postura me delata, porque Carla cambia su actitud de inmediato:

—Espera, esto no es un interrogatorio ni una recriminación —me aclara—. Si Martin ha confiado en ti es porque se siente cómodo contigo, y ahora que te conozco un poco lo entiendo perfectamente. Es sólo que hay algunas cosas de él que no sabes, y quizás debería advertirte.

—No te preocupes —digo mientras recapitulo en mi cabeza los dos encuentros con Martin—. Déjame ver, la primera vez que nos vimos estaba decepcionado porque la doctora Katz le había fallado con algo de la escuela, una presentación que tenían que hacer en conjunto o algo así. Me ha quedado claro que todo lo relacionado con el trato de su madre hacía él le afecta bastante... Siente que es diferente al de Aaron.

—Ohh..., eso es exactamente así. No lo dudes.

—Martin escuchó a la doctora Katz hablando con tu padre, diciendo que no puede conectar con él como hijo.

Carla se agarra la cabeza.

—Pero la última vez que vino —me apresuro a agregar— lo noté más optimista. De hecho, me dijo que las cosas con su madre estaban mucho mejor. Supongo que los niños magnifican un poco las cosas, lo bueno y lo malo. Estaba de mejor humor y fuimos a dar una vuelta por el bosque.

—¿Fue entonces cuando te mostró el pasadizo secreto?

Carla me mira con una seriedad gélida. Un instante después estalla de risa.

—Sí —digo más relajada al advertir que bromea—, me enseñó el pasadizo que hay en el techo del cobertizo.

—Supuse que lo había hecho —dice Carla—, se puso colorado como un tomate cuando se lo pregunté. El jardinero sabe que la alambrada está rota en esa zona, pero le pedí expresamente que la deje así porque a Martin le hace mucha ilusión. Le gusta que sea nuestro secreto.

—Como las piedras del microondas, supongo.

Otra vez el rostro esculpido en piedra de Carla, sólo que esta vez no es una de sus bromas.

Señalo en dirección a la trampilla.

—Las piedras del microondas —repito, como si no hubiese sido lo suficientemente clara la primera vez.

Estoy empezando a familiarizarme con el humor de Carla, pero la carcajada no llega y me doy cuenta de que no sabe de qué le hablo.

—Dime exactamente a qué te refieres.

—Martin deja unas piedras en un microondas viejo que hay en el sótano. En cada una hay una nota atada con una goma.

Carla se queda en silencio. Difícil saber qué cosas pasan por su cabeza en ese momento. ¿Cómo es posible que ella no sepa algo así?

—Carla, seguramente necesitaba decírselo a alguien que no fuera parte de la familia. No te lo tomes como algo personal.

Carla me detiene con un ademán.

—No es eso. Eso lo entiendo.

Pero algo le preocupa. Su cabeza está quieta, pero sus ojos se mueven de un lado para otro.

De repente da un salto.

—Muéstrame dónde están.

La orden no admite discusión. Y yo tampoco pretendo negarme. Hasta ese momento he creído que las piedras del microondas son algo inofensivo que Martin ha inventado para lidiar con los problemas típicos de niño; justamente ahora contemplo la idea de que pueden esconder algo más grave.

En menos de dos minutos estamos en el sótano. Cuando abro el microondas ella me aparta y coge una piedra al azar.

—¿Vas a leer las notas?

—Por supuesto —responde sin dudarlo.

Durante los siguientes minutos, Carla le quita a cada piedra la nota, la lee y vuelve a colocarla en el mismo lugar. Su rostro se va transformando a medida que llega al final.

—No me juzgues —dice Carla—. Tenía que leer esas notas y saber qué es lo que le preocupa a Martin.

Estamos de vuelta en la cocina.

—Es tu hermano, lo entiendo perfectamente. ¿Es lo que pensabas?

Aparta la vista y observa a través de la ventana.

—En parte.

Guardo silencio para ver si quiere decirme algo más. Tengo claro que no voy a presionarla.

—A mí no me ha contado qué dicen esas notas —le aclaro.

Carla se rasca la cabeza con las dos manos y mira al techo, claramente frustrada.

—Reproches a Julia, en su mayoría —dice ella y niega con la cabeza—. Con el tiempo Martin se terminará dando cuenta de cómo son las cosas. ¡Está todo escrito en esas notas! Es sólo cuestión de mirarlo con un poco menos de inocencia.

—No te sigo, Carla, pero no tienes que contármelo si no quieres.

Ella se queda mirándome, los ojos entornados.

—Tú estás relacionada de alguna forma con esta situación —dice mientras me estudia.

—¿Yo?

Carla asiente en silencio.

—Julia es adicta al trabajo, esa no es ninguna novedad, y que tu caso es particularmente importante para ella es un hecho... Ahora bien, que te traiga a su propia casa parece un poco excesivo, ¿no te parece?

He pensado en eso muchas veces. De hecho, el compromiso de la doctora Katz va mucho más allá de lo que Carla imagina.

—Estoy de acuerdo contigo.

—Voy a decirte algo, sólo porque quiero que estés alerta cuando Martin vuelva a verte. Es evidente que te has ganado su confianza. Mi instinto me dice que puedo confiar en ti, y no suelo equivocarme con las personas. ¿Puedes guardar un secreto?

—Claro.

Ahora soy yo la que está sentada en la mesa. Carla camina de un lado para el otro.

—Voy a contarte la historia oficial —empieza diciendo Carla—. Mi padre y Julia intentaron ser padres durante algún tiempo, sin conseguirlo. Aparentemente, Julia tenía algún tipo de problema en los ovarios que hacía que las probabilidades de quedar embarazada fueran bastante más bajas que lo normal. Por eso tomaron la decisión de subrogar un vientre, y así llegó Martin.

—Pero más tarde sí pudieron concebir a Aaron.

Carla me detiene con un ademán.

—Ya llegaremos a eso. Para mí fue una sorpresa lo de Martin. Bueno, para mí, y para otras personas también. No es que el niño apareciera de un día para otro: varios meses antes conocimos la decisión y que una mujer estaba gestando al hijo de ambos. Lo sorprendente para mí fue que ellos estaban en el peor momento como pareja, casi no se hablaban, y tener un hijo parecía la mejor decisión.

—Bueno, a veces desde fuera se ve todo mucho más claro.

—Anna, hasta un ciego hubiera sido capaz de verlo. Estaban más cerca del divorcio que de tener un hijo. Cuando hablaron conmigo la primera vez, estaba segura de que me dirían que iban a divorciarse. Y los hubiera felicitado.

—Es evidente que Julia nunca te ha caído bien. ¿Es posible que estés exagerando un poco las cosas?

En vez de contradecirme, Carla se encoge de hombros y parece contemplar la posibilidad.

—Julia no me gusta —reconoce—, pero en esta ocasión creo que fue mi padre el que presionó más. Para él, las apariencias lo son todo. Si el matrimonio estaba desmoronándose y él pensaba que con un hijo lo salvaría, es muy probable que convenciera a Julia para probar con la subrogación. Mi padre es muy persuasivo.

—Bueno, no estaba tan equivocado. Siguen juntos.

Carla niega con la cabeza.

—Viven bajo el mismo techo, que es diferente. Ahora se llevan mejor que antes, no discuten ni tienen los problemas típicos de las parejas; han llegado a algún tipo de acuerdo loco que sólo ellos entienden.

Carla se acerca a la mesa y se sienta a mi lado. Es casi mediodía y empiezo a tener hambre. Aprovecho la pausa en su relato para preguntarle si quiere que almorcemos juntas mientras me cuenta el resto.

Se queda pensativa un momento.

—¿Eres buena en la cocina?

—La verdad es que no lo sé. Marcia deja un arsenal de comida cada día, así que hay de todo. ¿Te gusta la lasaña? Es mi plato favorito.

Carla está de acuerdo. Caliento una porción en el microondas y diez minutos después estamos sentadas comiendo.

—No voy a quedarme mucho más tiempo —anuncia Carla—. No quiero que Julia me encuentre aquí.

—No debería ser un problema.

—Ya lo sé. Pero igualmente prefiero evitarla. —Hace una pausa mientras se lleva a la boca un trozo de lasaña.

—¿Qué has leído en las notas de Martin? —pregunto.

Ella termina de masticar. Medita su respuesta.

—Martin está celoso. Siente que el trato con él es diferente, y te aseguro que lo es. He discutido muchas veces con Julia, e incluso con mi padre, porque los dos están siempre tan enfocados en sus cosas que se olvidan de nosotros. A mí me importa una mierda, pero Martin los necesita.

Se emociona. Aleja el plato y aparta los cubiertos.

—Carla, ¿Martin sabe que nació mediante subrogación?

—No, no lo sabe. Y es lo que te decía antes, tarde o temprano se va a dar cuenta. Alguien se lo va a decir, o él mismo va a preguntarse por qué sólo hay fotografías de Julia embarazada de Aaron.

Termino la lasaña. Carla se levanta para llevar los platos al fregadero.

—Espera —la detengo—, deja, que yo me ocupo más tarde de eso. Ahora dime por qué te preocupa tanto que Martin lo sepa. Quiero decir, entiendo que siendo un niño él pueda creer que la subrogación marca algún tipo de diferencia con su hermano, pero con el tiempo entenderá que eso no es así.

—Pero para eso falta mucho tiempo —se queja

Carla—. Necesitas una gran fortaleza para aceptar que tus padres no te tratan como a tu propio hermano.

Baja la vista.

—Martin es un niño. Tiene siete años. Yo trato de convencerlo de que Aaron es un bebé y de que por eso se lleva toda la atención, de que es normal que los hermanos mayores nos sintamos desplazados. Le digo que yo sentía lo mismo cuando él llego. Pero es mentira. ¿Te has fijado en que él y yo somos como dos gotas de agua?

No entiendo qué quiere decirme exactamente. El parecido entre ellos es innegable, cualquiera podría advertirlo. Me observa de un modo indescifrable, como si quisiera transmitirme un mensaje telepáticamente.

—El vivo retrato de mi padre —agrega—. No se parece en nada a Julia, ni yo tampoco.

—¿Quieres decirme que Martin puede ser hijo de tu padre, pero no de Julia?

—No lo sé..., son cosas que se me ocurren. Lo único que sé con certeza es que mi padre y Julia estaban en su peor momento cuando anunciaron la decisión de subrogar el vientre, y que el trato de Julia hacia Martin siempre me ha resultado forzado. Es más, siempre he creído que Julia no podía tener hijos..., todo cuadraba.

—Hasta que se quedó embarazada de Aaron.

—Exacto. Desde entonces no sé qué pensar. Supongo que es como intentar descifrar lo indescifrable. Mi padre y Julia funcionan de una forma que sólo ellos dos pueden comprender. Quizás se quieran así, no lo sé..., a estas alturas ya no me interesa. Lo único que me interesa es que mi hermano no sufra.

Carla consulta el móvil. Es la segunda vez que lo hace desde que ha llegado, hace más de tres horas.

—Mierda..., tengo que irme.

—Otro día me cuentas por qué esto está relacionado conmigo.

Carla parece no recordar haberme dicho eso hace un rato. Se coloca la sudadera mirándome con incredulidad.

—Oh, sí... Acompáñame al cobertizo y hablamos por el camino.

—Pensé que no te molestaba que la doctora Katz te viera aquí.

—Si puedo evitar una conversación con ella, lo haré.

Me pongo el abrigo y salimos de la cabaña.

—Cuando Julia se quedó embarazada de Aaron era otra persona. Nunca la vi tan feliz. Ellos no dieron la noticia de inmediato, pero era tan evidente que a mí sí me lo dijeron. Hasta llegué a convencerme de que el bebé que venía en camino podía ser la solución mágica que la familia necesitaba. Pero entonces, más o menos cuando el cuerpo de Julia empezó a cambiar y el embarazo era evidente, ella se desmoronó.

Caminábamos entre los árboles cuando Carla me miró con horror en el rostro.

—Fue de un día para otro, te lo aseguro —dice Carla mientras recuerda—. Hasta yo me compadecí, era imposible no hacerlo. No salía de la cama. Lloraba. Dejó de trabajar. Era un fantasma caminando por la casa.

Me cuesta imaginar a la doctora Katz de esa forma. La imagen que tengo de ella es la de una mujer resolutiva y con todo bajo control, incluso deslumbrante cuando fuimos juntas a la gala benéfica.

—¿Todo eso estando embarazada?

—Sí. Pero se repuso. Fueron dos meses más o menos. Mi padre me dijo que al principio Julia se negaba a tomar la medicación para tratar la depresión. No volvió al hospital de inmediato, pero empezó a trabajar en casa, en su despacho. Estaba casi todo el día encerrada ahí.

—¿Qué hacía?

—Trabajaba en ti.

Hemos llegado al cobertizo. Carla trepa por el lateral hasta llegar al techo. La sigo.

—No te vayas todavía, por favor. Dime qué es lo que hacía en el despacho.

—Un día entré cuando ella no estaba. Había libros, carpetas, libretas con anotaciones, varias fotografías donde estabas tú al aire libre. Me quedé mirando todo por simple curiosidad, pero no saqué nada en claro. Ni siquiera sabía tu nombre.

—¿Hace cuánto de eso?

—Bueno, estaba en mitad de su embarazo..., así que hace más o menos un año.

Carla retira el alambre para pasar al otro lado.

—Mi padre dice que fue la medicación —añade Carla, ya con un pie al otro lado de la alambrada—. Yo creo que fuiste tú.

Me quedo mirándola sin saber qué decir.

—Poco a poco volvió a ser la misma Julia de siempre —sigue Carla—. Hasta que hace unos días su buen humor volvió a ser evidente. Fue justo antes de que te trajera a la cabaña.

—Gracias por contarme todo esto.

—Seguramente nos veamos de nuevo en unos días.

Nos despedimos. Me quedo observándola hasta que llega a la casa y entra por una de las puertas del gimnasio. Cuando veo todas esas máquinas para hacer ejercicio se me viene a la mente Jimnation, y me empiezo a reír.

Es la una de la madrugada y estoy escondida en un rincón de la cocina.

La cabaña está en penumbra.

Sobre la mesa de la cocina está mi libreta, y en el interior hay un dibujo de Garry que he hecho hoy mismo.

Durante las últimas dos horas ha habido momentos en los que he pensado que los ojos se me cerrarían de forma definitiva, pero he conseguido vencer al sueño. Dejar de observar el reloj de pared ha sido fundamental para no pensar en el paso del tiempo.

Exactamente a la una y veinte se abre la puerta de entrada. Recortada en el umbral distingo la silueta inconfundible de la doctora Katz. No estoy sorprendida. Tampoco nerviosa. Sé que si la doctora enciende las luces advertirá mi presencia, pero ni siquiera eso me preocupa demasiado. Es ella la que va a tener que darme explicaciones si es que sus visitas nocturnas tienen otro propósito además de comprobar que esté todo en orden.

La doctora Katz va directa a la mesa de la cocina y deja una bolsa de la compra de tamaño mediano. Está parada a tres metros de donde yo estoy escondida; si levanta la cabeza es muy probable que me vea, pero no lo hace. Coge la libreta y pasa las páginas a toda velocidad. Arranca una y el ruido se amplifica en la quietud de la cabaña.

El corazón se me acelera. La doctora Katz dobla la página y se la mete en el bolsillo.

A continuación, se dirige a la biblioteca, en el extremo más alejado del salón. Está de espaldas, así que no puedo saber lo que hace. Parece sacar un libro de los estantes del centro, y, después de revisarlo, vuelve a colocarlo en su lugar.

Antes de regresar se desvía a la pared opuesta, donde no puedo verla. Se queda allí no más de medio minuto y entonces se dirige de nuevo a la cocina. Saca el móvil del bolsillo y revisa las alacenas una a una. Mira alternativamente el móvil y las alacenas. Después hace lo mismo con la nevera y el congelador.

Cuando la doctora se marcha, salgo de mi escondite.

El día que entro en el despacho de la doctora Katz

Mientras desayuno, abro la libreta y compruebo que el dibujo de Garry efectivamente ha sido arrancado. Me disgusto, no por el hecho en sí, sino por tener que confirmar algo que yo misma he visto con absoluta claridad la noche anterior. ¿Hasta cuándo podré sostener tanta incertidumbre? No puedo dudar de cada cosa que sucede en la cabaña.

Cojo el tenedor que está sobre la mesa y me quedo mirándolo. Mi rostro y el resto de las cosas se reflejan en toda la superficie, incluso en las puntas. Saco la lengua y observo el reflejo deformado desde diferentes ángulos.

Quiero confiar en la doctora Katz, especialmente en la versión más humana que conocí gracias a Carla. Ahora que entiendo la complejidad de su vínculo con Martin, sus vulnerabilidades y también su compromiso conmigo —con mi caso—, quiero creer que todo lo que hace tiene un propósito, como ella asegura, y que es lo mejor para mí. Pero entonces pienso en sus actitudes misteriosas, como arrancar mis dibujos o revisar la cabaña en busca de vaya una a saber qué, y otra vez me veo en la obligación de levantar la guardia. Estoy cansada.

Necesito respuestas. Necesito saber, por ejemplo,

por qué si el asesinato del senador Cohen fue una creación de mi cabeza, algún tipo de premonición de eventos futuros, como sugiere la doctora Katz, entonces los dos empleados del Lavender Memorial escucharon el disparo. ¿También ellos eran producto de mi imaginación? Sé que este es un camino peligroso; un camino de cuestionamientos permanentes. ¿Dónde termina? ¿Tengo que cuestionar también el tenedor que tengo en la mano?

Yo sé que el asesinato de Cohen fue real. Lo siento dentro de mí. Tan real como el tenedor que tengo en mis manos, o como cada recuerdo en la cabaña: bailando con Carla al ritmo frenético de *Shake It Off*, en el sótano con Martin mientras él guarda la piedra con el mensaje, dibujando en el porche o masturbándome en la ducha.

Cuando al cabo de un rato veo a la doctora Katz acercándose por el sendero, todavía no tengo claro qué voy a decirle. Mi deseo inicial de mostrarle todas mis cartas y exigirle respuestas se ha ido apagando. Si no va a decirme la verdad, prefiero guardarlas para más adelante. Cometí el error de actuar impulsivamente cuando intenté huir a nado; no volverá a suceder. Un plan empieza a tomar forma en mi cabeza.

—¡Hola, Anna! —dice la doctora Katz al entrar en la cabaña. Trae puesta la ropa de tenis—. ¿Qué tal te encuentras?

—Muy bien —respondo con una sonrisa. Estoy sentada en el mismo sillón de siempre.

—Me alegro mucho. Perdón por no haber podido venir ayer; sé que has estado en buena compañía.

—Así es —digo con naturalidad. No pienso darle detalles de mi encuentro con Carla si no me los pregunta específicamente.

Antes de ocupar su lugar habitual, la doctora se dirige a la biblioteca y coge un libro. No puedo asegurarlo con certeza, pero a juzgar por la ubicación podría ser el mismo que sacó la noche anterior.

Lo deja sobre la mesa baja y se sienta.

El libro es *La última salida* y está escrito por una tal Laura Hill. Ninguna de las dos cosas me dice nada, por supuesto. La portada me gusta: es un laberinto circular visto desde arriba. En el centro hay una rata completamente negra.

—Quiero que leas ese libro.

—¿Por qué?

—La doctora Hill trabajó conmigo varios años en el Lavender Memorial. Durante ese tiempo hicimos algunas investigaciones juntas. El contenido de este libro está inspirado en el caso de Ted McKay.

Me estiro para cogerlo y lo examino. En la solapa hay una fotografía de la autora. Es una mujer joven y bonita; su cabello es de un rojo similar al mío.

—Se publicó hace casi diez años —me aclara.

Entiendo que indirectamente se refiere a la fotografía que estoy mirando.

—Todavía no me ha dicho por qué quiere que lo lea.

—En unos días Laura vendrá a verte. —La doctora Katz medita un momento—. Anna, sé lo difícil que es confiar en alguien. Por eso quiero que escuches también a Laura.

—¿Ella ya no trabaja con usted?

—No. Dejó su trabajo para escribir ese libro. El caso de McKay fue muy importante para ella. Es la historia de un hombre muy inteligente cuya mente se convirtió en un laberinto para protegerlo de secretos oscuros. Laura lo guio por ese laberinto hasta encontrar la verdad.

Me quedo pensando. La doctora Katz se inclina en el sillón y acorta la distancia entre ambas lo máximo posible.

—El caso McKay no es muy diferente al tuyo —dice con seriedad—. Es importante que leas el libro teniendo esto muy presente. Lo que quiero que veas es el compromiso de Laura y cómo sacrificó muchas cosas por McKay, incluso su carrera.

—¿Es eso lo que usted está haciendo por mí?

—No de la misma forma.

La doctora Katz baja la vista.

—Voy a leerlo —digo dejando el libro sobre la mesa—. Tendré que revisar mi agenda, pero veré qué puedo hacer.

Mi comentario le arranca una sonrisa.

—Y ahora vamos a jugar al tenis. —La doctora Katz se levanta—. A ver si hoy puedo ganarte.

Ambas sabemos que eso no va a suceder.

Jugamos dos sets que gano con comodidad. Al terminar, las dos estamos agotadas y nos sentamos en los bancos del lateral de la pista, una al lado de la otra.

—Quizás esto no haya sido una buena idea —dice la doctora después de beberse casi media botella de agua.

—¿A qué se refiere?

—Hoy tengo que acompañar a Nelson a una gala benéfica. Voy a estar extenuada.

—¿Qué hace exactamente su marido? Nunca me ha hablado de él.

Parece sorprendida.

—¿No?

—A lo mejor fue antes de mi... —Me doy unos golpecitos en la cabeza.

La doctora Katz se ríe nerviosamente.

—Puede ser. No te pierdes mucho, créeme. Nelson pertenece a una familia muy prestigiosa de la ciudad: su abuelo fue un reconocido juez y su padre un senador nacional. Las mujeres de la familia, todas amas de casa, por supuesto, han estado siempre al servicio de los hombres. Nelson es una versión mejorada de ese linaje machista, pero sólo un poco; lo bueno es que él mismo lo reconoce y trata de cambiarlo, aunque con bastante poco éxito, la verdad.

—Bueno, pero se casó con usted; claramente no buscaba un ama de casa.

La doctora Katz hace una mueca.

—No te creas. Al poco tiempo de casarnos, ya instalados en esta casa, me sugirió que dejara mi empleo en el hospital. Lo peor de todo es que lo propuso como si eso fuera algo beneficioso para mí, una especie de sueño hecho realidad; poder disfrutar de los niños cuando quisiera, no cumplir horarios, despreocuparme del dinero..., etcétera. Por supuesto, la idea no prosperó. Aún hoy no termina de entender por qué no quiero esa vida.

—¿Están en crisis?

—No —dice con una sonrisa—. Para pasar una crisis tendríamos que estar comprometidos con la relación, y nosotros hace tiempo que no lo estamos. Nelson y yo hemos llegado a un entendimiento; no discutimos porque a estas alturas cada uno sabe lo que el otro necesita y quiere. Por eso hoy voy a acompañarlo a esa gala de mierda.

Siento que es la primera vez que la doctora Katz me habla con total franqueza y sin especulaciones de ningún tipo.

Estoy sorprendida.

—¿Nunca ha pensado en divorciarse?

—Sí, muchas veces. Estuve a punto de hacerlo unas semanas antes de enterarme de que estaba embarazada de Aaron. Llegué incluso a hablar con un abogado. Conociendo a Nelson y a su familia, sabía que una solicitud de divorcio sería problemática. Pero me eché para atrás. Preferí enfocarme en el bebé que estaba en camino y en nada más. Fueron momentos muy difíciles.

Carla ya me ha hablado de ese periodo de depresión de la doctora Katz. Es grato escucharlo de ella directamente.

—¿Por qué me cuenta todo esto, doctora? No es un reproche...

—Lo sé. Te lo cuento porque sé lo difícil que es para ti confiar en mí. Sé que hago cosas que quizás no terminas de entender, y es razonable que dudes de mí, no importa cuánto te pida lo contrario. De hecho, hay algo que quiero contarte. Algo muy íntimo...

Puedo ver la duda en sus ojos.

—Por favor, hágalo... —la animo.

Ella suspira. Ocasionalmente establecemos contacto visual, pero la mayor parte del tiempo mantenemos la vista en la pista vacía.

—Lo que voy a decirte no lo sabe nadie de mi círculo íntimo, salvo Nelson —me advierte—. Al principio mi matrimonio no era lo que acabo de decirte; los tres primeros años fueron maravillosos, yo estaba muy enamorada. Nelson tiene muchas cualidades que me atraen: es ambicioso, competitivo, le gusta soñar a lo grande. Cuando lo escuchas hablar de algo que le apasiona, sientes que todo es posible. Y yo necesitaba contagiarme de ese optimismo todopoderoso. Yo, que nunca me consideré valiente, sentí que tenía a mi lado a alguien que me guiaba en la dirección correcta.

—Todo muy diferente a como están las cosas ahora.

—Porque así como tiene ciertas cualidades que admiro, tiene otras que detesto; es egocéntrico y manipulador, sabe decirte exactamente lo que quieres escuchar. Por eso le va bien con los políticos. Por aquel entonces yo soñaba con tener mi propia clínica psiquiátrica enfocada en la investigación. Laura Hill y yo habíamos empezado a documentar casos similares al tuyo y sabíamos que había mucho terreno por explorar. Nelson me apoyaba, me aseguraba que él podía conseguir financiación, donaciones y todo lo que hiciera falta. Y entonces cometí el peor error de mi vida. Acompáñame..., vamos a caminar un poco.

Garry se alegra cuando nos ve salir. No se muestra demasiado efusivo conmigo, pero permite que la doctora lo acaricie varias veces y no se aparta de su lado. En vez de dirigirnos a la parte de atrás lo hacemos hacia la casa.

—¿Ves aquella ventana con las cortinas echadas? —dice señalando una de las ventanas de la segunda planta—. Es mi antiguo despacho. Yo estaba allí trabajando cuando Nelson me dio una noticia que me dejó deshecha. Estuve una semana encerrada en esa habitación. Salía únicamente para ir al baño, que está al final del pasillo, asegurándome de que nadie me viera. Nelson era el único que entraba dos veces al día a dejarme la comida. Nunca en mi vida había llorado tanto.

Avanzamos por uno de los senderos en dirección al estanque. Agradezco no tener que mirar a la doctora a la cara. Sé que va a hablarme de la subrogación de vientre y de cómo Nelson la convenció de que un niño salvaría su matrimonio.

—Esa habitación está clausurada —dice, y observa las plantas que hay a nuestro alrededor como si las viera por primera vez en su vida—. Allí tuve mi primer ataque de pánico. Me trae muy malos recuerdos, por eso trasladé mi despacho a la planta baja, desde donde puedo ver toda esta vegetación.

De repente se queda callada.

—¿Qué fue lo que te dijo, Julia?

Se vuelve de golpe. Es tal la emoción en su rostro que al principio no me doy cuenta de lo que acaba de pasar.

—Me gusta que me llames por mi nombre —dice, todavía emocionada.

—Voy a intentarlo.

Estamos a unos metros del estanque. Allí hay un banco de hierro y las dos nos sentamos. Algunos de los peces se acercan a la orilla.

Se toma unos minutos antes de seguir. El sonido de la cascada resulta tranquilizador.

—No hubo ningún vientre subrogado —dice con voz susurrante.

La frase es tan inesperada que tardo en darme cuenta de que ella y yo nunca hemos hablado de eso antes.

—No sabía... —empiezo.

Gira la cabeza lentamente, como si el cuello le doliera.

—¿Carla no te ha hablado de eso?

Julia se encoge de hombros. Vuelve a mirar al estanque.

—Eso fue lo que le dijimos a todo el mundo, que Martin nacería por medio de un vientre subrogado. No vas a creerlo, pero en los círculos en los que Nelson se mueve es bastante común. No sólo por problemas de fertilidad.

Ahora empiezo a entender la magnitud de la conversación que tuvieron ese día. Las sospechas de Carla eran correctas.

—Martin no es hijo tuyo, ¿verdad?

—No.

—Pero sí es hijo de tu marido.

—Sí.

Es evidente el esfuerzo que está haciendo para no llorar. Quiero decirle que quizás sea bueno que lo haga, pero prefiero guardar silencio. La cascada hace que no resulte para nada incómodo.

—Me contó la verdad en el despacho, una noche de lluvia torrencial que no voy a olvidar jamás —dice con voz pausada—. Nelson tuvo sexo con una pasante de su equipo de trabajo; no es que importe demasiado, pero según él fueron sólo dos veces. La chica dejó el trabajo de un día para otro y apareció cuatro meses después, embarazada.

—Dios mío.

Julia asiente con pesar.

—Mi mundo se desmoronó esa noche en un abrir y cerrar de ojos. Un instante estaba leyendo en internet algo para mi trabajo, disfrutando de un café caliente con el ruido de la lluvia como cortina de fondo, y al siguiente el hombre que amaba me confesaba una infidelidad y la existencia de un hijo del que quería que me hiciera cargo porque, según me aseguró, era justo lo que nosotros necesitábamos.

—¿La chica no quería hacerse cargo del niño?

—Eso es lo que Nelson me dijo esa noche, y lo que sostuvo siempre. Según él, la muchacha estaba aterrada y se fue del trabajo porque tenía miedo de que Nelson la obligara a abortar, algo que iba en contra de sus creencias y de las de su familia. Cuando la chica fue a verlo, el embarazo ya era evidente y estaba desesperada, no sabía a quién recurrir o qué hacer; quería dar al niño en adopción. Nelson arregló las cosas para que Martin fuera nuestro. Hacía más de un año que nosotros estábamos intentándolo..., y yo había tenido dos abortos en etapas tempranas. Como te dije, mi marido puede ser muy persuasivo, y yo estaba hecha polvo. De todas formas, no quiero eludir mi responsabilidad.

—No lo sé. Creo que estás siendo un poco dura. En primer lugar, tu marido fue el único responsable de llegar a esa situación. Además, dar al niño en adopción no tenía sentido. ¡Tu marido es el padre! Esa pobre chica no sabía lo que pensaba.

Julia me dedica una mirada de gratitud.

—Tienes razón en todo lo que dices. Yo seguía enamorada de Nelson y quise creerle que la relación con esa chica había sido un grave error del que estaba arrepentido. Quise creer, también, que lo que me proponía podía funcionar. Pero subestimé algo importante: para que todo ese plan fuera posible, tendría que mentir. Mentirle descaradamente a todo el mundo, incluso a Martin. Y hacerlo todos y cada uno de los días de mi vida.

—¿Pero entonces a Martin sí le dijeron que había nacido de un vientre subrogado?

—Nunca creímos que fuera necesario. —Julia niega con la cabeza, como si no pudiera dar crédito a sus propias palabras—. ¡Algo que ni siquiera es cierto...!

—Una mentira sobre otra mentira.

Otra vez la misma mirada compasiva. Aparece algo de luz en su rostro.

—Oye, esto debería ser al revés —dice dibujando en el aire un círculo imaginario—. Tú deberías hablar y yo escucharte.

—Ya habrá tiempo para eso...

—Sucedieron dos cosas —continúa Julia—. La primera es que mi relación con Nelson cambió radicalmente, como era de esperar, y con el tiempo se convirtió en esto que es ahora. La segunda cosa, que además no anticipé cuando acepté la propuesta, fue que nunca pude establecer con Martin un vínculo genuino.

Julia se quiebra. Mira al cielo.

Le permito que llore.

—No te... imaginas —dice mientras barre con el dedo las lágrimas de sus mejillas— las veces que he llorado por esto.

—Es comprensible.

—Nunca creí que tuviera que ver con el vínculo biológico, sinceramente, ni lo creo ahora. Pero jamás he podido profundizar en los motivos reales. No sé si yo no estaba preparada para tener un hijo, si influyó el deterioro de mi matrimonio o si no supe manejar cómo la maternidad competía con mi trabajo y con mis ambiciones. Probablemente fue una suma de todo. Pero no pude resolverlo, porque todo estaba teñido de esa mentira atroz. Con Carla, que en ese entonces era una adolescente rebelde, también me costaba establecer un vínculo. Yo me cuestionaba todo lo relativo a la maternidad, y mi vínculo con Martin se resintió. En mi trabajo era respetada y admirada, pero en mi rol de madre me sentía insignificante.

—He hablado con Martin, es inteligente y con el tiempo lo entenderá.

Otra vez se emociona.

—Martin es un niño extraordinario que no tiene la culpa de nada. Soy yo la que permitió que las niñeras llenaran mis vacíos mientras me escudaba en otros aspectos de mi vida. Estaba aterrada ante la posibilidad de hacer mal las cosas y de que el resto viera que en realidad no servía para ser madre, o, peor, que no quería serlo.

Julia se levanta del asiento.

—Gracias por escucharme, Anna. Pero creo que lo mejor es dejarlo aquí por hoy. Tengo que descargarme un poco de todo esto antes de la gala de hoy.

Quiero preguntarle por Aaron, pero por supuesto respeto que quiera dejarlo aquí.

Garry se acerca, entendiendo que la conversación ha terminado y que tiene que acompañar de regreso a su dueña.

—Gracias por confiar en mí..., Julia.

Llamarla por su nombre sigue siendo un poco extraño, pero no demasiado.

La expresión en su rostro empieza a ser la de siempre.

—Dentro de la cabaña seguiremos hablando sólo de ti —me dice. Por el tono interpreto que se trata de una broma, pero no estoy del todo segura.

—Adiós, Anna.

Empieza a alejarse pero se vuelve a los pocos metros.

—Martin irá en un par de horas a la cabaña... Le gusta estar contigo.

Me observa de un modo peculiar y se marcha sin decir nada más.

Paso la tarde tendida en uno de los sillones del salón leyendo la novela escrita por Laura Hill. La trama está inspirada en el caso real de Ted Mckay, un hombre que lo tiene todo pero que un día decide tomar la drástica decisión de quitarse la vida. La historia da un giro cuando Ted recibe la visita de un misterioso hombre de apellido Lynch, que parece saber todo de él, incluso sus planes de suicidio. Lynch le propone formar parte de una especie de cadena de suicidas donde cada miembro de la cadena asesina al siguiente, evitando así el dolor y la incertidumbre de sus seres queridos. La propuesta no deja de ser atrayente para Ted, pero claro, Lynch exige algo a cambio.

No encuentro ninguna similitud entre la historia de McKay y la mía. Para empezar, él es un hombre bastante mayor que yo, con un intelecto elevado, una familia con dos hijas y —por lo menos hasta donde he leído— no ha experimentado pérdida de memoria ni cometido un asesinato violento.

Lo único que me inquieta del libro es la aparición esporádica de una zarigüeya que sólo Ted es capaz de ver. El animal tiene algún tipo de significado que todavía no se ha revelado en la trama, pero que inevitablemente relaciono con la visión del canguro en el Lavender Memorial.

Interrumpo la lectura cuando la tripa me pide comida, consciente de que he perdido por completo la noción del tiempo.

Tengo la necesidad de seguir leyendo, pero me obligo a ir a la cocina, elegir una ensalada y quedarme en la mesa, lejos del libro. Es grato descubrir que me gusta leer. Todavía no sé si se debe a que este libro en particular tiene alguna relevancia en mi propio caso, pero sospecho que va más allá de ello.

Martin aparece por el sendero cuando estoy tirando el recipiente de plástico a la basura. Una parte de mí se lamenta de no retomar el libro, pero el sentimiento queda sepultado cuando veo cómo aquel niño inocente sonríe y me saluda efusivamente levantando el brazo. Salgo a recibirlo al porche.

—Hola, Anna —dice, de muy buen humor.

—Hola, Martin. Muy bonita tu gorra.

Se la quita y la mira, como si no recordara que la trae puesta.

—El Capitán América es mi superhéroe preferido.

—El mío es Superman —respondo de un modo automático.

Martin me mira con cierta decepción. O quizás es compasión. De cualquier manera, no parece muy interesado en seguir la conversación y vuelve a colocarse la gorra.

Yo me dejo caer en uno de los sillones con la vista en blanco, tratando de atrapar un recuerdo esquivo que finalmente se desvanece.

—¿Te pasa algo?

—No —miento—. Por un momento he recordado algo de Superman...

—A mí me pasa eso todo el tiempo —dice Martin mientras se sienta en otro de los sillones—. Cuando me despierto y estoy teniendo un sueño genial, nunca puedo recordarlo.

—Gracias por venir a visitarme, Martin. Paso mucho tiempo sola.

—¿Sabes hasta cuándo durará el tratamiento?

—La verdad es que no.

Se queda callado, flexionando las rodillas una y otra vez.

Ahora que conozco a Carla y su hiperactividad, veo también rastros de ella que antes me habían pasados desapercibidos en su hermano pequeño.

—Hoy, en la escuela, he invitado a Lewis a venir a mi casa.

—¿Es tu amigo?

Asiente en silencio, sin mirarme. No deja de mover las piernas.

—¿Quieres hablarme de Lewis?

—No, quizás otro día. ¿Tú tenías muchos amigos cuando eras pequeña?

—Me temo que no lo recuerdo.

—Pero te acuerdas de mí.

Me río.

—Sí, claro, puedo recordar todo lo que ha sucedido recientemente. Es con el resto con lo que tengo problemas. Tu madre me ha contado algunas cosas de mis padres.

—Entonces, ¿no recuerdas a tu madre? —Martin deja de mover las piernas. Me mira con cierta preocupación—. ¿No recuerdas nada del accidente de coche?

Trato de ocultar mi sorpresa. Martin no parece advertir mi conmoción.

—Mi madre se llamaba Magdalena y murió cuando yo tenía más o menos tu edad a raíz de una infección hospitalaria. ¿A qué accidente te refieres?

Se queda callado.

—¿Martin?

—No sé lo del hospital. Lo que sí sé es que tu madre murió en un accidente con el coche.

—Espera un momento. ¿Tú de dónde has sacado eso?

—Entré en el despacho de mi madre —me confiesa con pesar—. Dos veces. Una antes de que llegaras y otra después.

—Martin, lo que has hecho no está bien y en algún momento tendrás que decírselo a tu madre. Dime lo que crees haber visto de ese supuesto accidente.

Martin se indigna.

—¡No es supuesto! Vi fotografías y artículos de periódico. ¡No estoy mintiendo! ¡Mi madre te ha mentido!

—Martin, por favor. Julia me dijo que mi madre murió en el hospital a causa de una bacteria. Pudo sufrir un accidente con el coche y haber sido llevada al hospital. Las dos cosas pueden ser ciertas.

—Pero no te ha contado una parte.

—Dime lo que encontraste en el despacho.

—La segunda vez había una carpeta sobre el escritorio. Dentro había un artículo de periódico. Decía que tu madre había muerto en un choque y que viajaba con su hija de ocho años. A ti no te pasó nada.

Estoy sorprendida, por supuesto. Si lo que dice Martin es cierto, Julia omitió deliberadamente la parte del accidente y que yo, además, también viajaba en el coche.

—Martin, ¿recuerdas si el artículo decía algo de un traslado al hospital?

Él niega con la cabeza.

—Estoy seguro de que decía que tu madre murió en el accidente.

Me pregunto si un niño de la edad de Martin es capaz de hacer la distinción entre morir en un accidente o a raíz de un accidente.

—Yo que tú no confiaría en mi madre —agrega.

Me levanto del sillón y lo muevo para ponerme frente a Martin. Apoyo las manos en sus rodillas mientras sus grandes ojos siguen cada uno de mis movimientos. Tengo su total atención.

—Martin —digo con gravedad—, mi relación con tu madre es diferente. Yo soy su paciente, y tenemos que generar la confianza poco a poco; es lógico que ella elija cuándo decirme las cosas. Pero tú eres su hijo. Es algo totalmente diferente.

—No sé. ¿No se supone que uno es igual con todo el mundo?

—Mira, yo no puedo decirte casi nada de mi madre, nada concreto, quiero decir, como su color favorito o la ciudad en la que nació o cosas así. Pero sí puedo decirte que el amor de una madre es incondicional. Eso lo sé.

Martin me mira con desconfianza.

—Martin, si algo te preocupa, te aconsejo que lo hables con ella. Siempre es mejor que guardarse las cosas.

—¿Vas a decirle a mi madre que sabes lo del accidente?

—Por supuesto que no. Lo que hablemos aquí queda entre nosotros. Por eso voy a pedirte un favor inmenso.

Es de noche y estoy en el techo del cobertizo a punto de cruzar al jardín. Una rama delgada mantiene el alambre de espino en posición.

—¿Qué estás haciendo? —digo en voz alta.

Estoy sola. En este momento podría estar dándome una ducha caliente, y en lugar de eso estoy a punto de pasar junto a un amasijo de alambre de espino dudosamente apuntalado. Pienso en Martin, que ha escalado el muro infinidad de veces; pero, claro, con la diferencia de que él sabe dónde pisar y yo no. Las rocas del otro lado son una masa informe. El sonido de la cascada debería tranquilizarme pero no lo hace.

La idea de regresar y seguir con mi rutina nocturna se vuelve cada vez más irresistible. Pero esa es precisamente la razón por la que tomé la decisión *antes*, porque sabía que una vez afuera, en un bosque nocturno totalmente desconocido para mí, encontraría mil razones para echarme atrás.

Junto valor y me deslizo hacia el otro lado. Si un niño de siete años es capaz de subir y bajar por este muro sin problemas, para alguien que mide casi el doble tiene que ser pan comido. Efectivamente, mi pie toca tan rápido la primera piedra que me entran ganas de reír. Bajo con rapidez y camino hasta la hilera de árboles aligerando el paso.

Al otro lado de los árboles el jardín está iluminado, por lo que no hay forma de llegar a la casa sin ser vista por alguien desde alguna de las ventanas, así que opto por caminar con normalidad. Llego al gimnasio, que no es demasiado grande y está a oscuras pero alcanzo a divisar dos cintas para correr y una de esas máquinas multifunción. Cuando hago girar el picaporte de la entrada lateral, compruebo que la puerta se abre con facilidad, tal como he acordado con Martin.

El silencio es total. Hasta donde sé, salvo Martin, la única persona en la casa es Marcia. Martin me ha asegurado, además, que los guardias de seguridad están en la garita de la entrada, y que si utilizo el camino que él me ha indicado, no podrán verme por ninguna cámara.

En cuanto a Julia y a Nelson, yo misma vi partir el coche rumbo a la gala benéfica hace aproximadamente media hora.

La perspectiva de encontrarme con alguien me aterra, pero si se trata de Marcia creo que podría manejar la situación diciéndole que he tenido una emergencia.

Cruzo el gimnasio en penumbra. Agarro el picaporte de la puerta interna e inspiro profundamente, armándome de valor. Una parte de mí desea que la puerta esté cerrada con llave para dar media vuelta y regresar a la protección de la cabaña, pero eso no sucede. Suelto el aire contenido y me adentro en un pasillo sumido en una oscuridad casi total.

La segunda puerta de la derecha es la del despacho de Julia. Avanzo prácticamente a tientas. Martin me ha dicho que junto a la puerta hay una biblioteca y que allí iba a dejarme la llave. Palpo los estantes hasta que la encuentro en el tercero. El chico ha cumplido al pie de la letra con todo.

Sé que he llegado a un punto de no retorno. No tengo previsto quedarme demasiado tiempo allí adentro, así que en estas circunstancias lo más sensato es entrar, ver con mis propios ojos esos recortes del accidente de mi madre y salir lo antes posible. Mañana tengo pensado hablar con Julia y exigirle que me diga toda la verdad. Aunque mi madre muriera en el hospital, tal como me dijo, haber omitido el accidente con el coche no se corresponde con una relación basada en la confianza. Una cosa es protegerme y otra mentirme descaradamente.

Introduzco la llave en la cerradura y abro la puerta.

Apenas entro en el despacho me enfrento con el primer problema, porque la luz que se filtra por la única ventana es muy escasa y apenas suficiente para adivinar los contornos de las cosas. Y yo tengo claro que no voy a encender las luces. No voy a estar tranquila sabiendo que alguien podría advertirlo desde afuera o desde el pasillo. Tengo dos opciones: encender la lámpara de mesa que está sobre el escritorio o abrir el ordenador portátil y valerme del resplandor de la pantalla. El ordenador parece una mejor opción teniendo en cuenta que la luz de la lámpara también podría ser advertida desde afuera del despacho.

Todavía sin decidirme, echo un vistazo a la habitación. Es bastante grande, lo cual evidencia que originalmente había sido prevista para otro uso. En la pared más alejada hay una biblioteca y un panel de corcho con algunos pósits. Mi primer instinto es ir hacia allí, pero finalmente opto por sentarme en el confortable sillón del escritorio.

Levanto la tapa del ordenador y aparece una fotografía de Julia con sus hijos. Ni siquiera me molesto en probar una contraseña.

Lo cierto es que la luz de la pantalla no cambia demasiado las cosas. Apenas ilumina un poco del escritorio, aunque suficiente para poder leer un documento si la letra no es demasiado pequeña. Ahora que mis ojos han sido expuestos a la pantalla, el resto de la habitación queda completamente a oscuras.

En una esquina del escritorio hay una pila con tres carpetas. La primera de ellas tiene una etiqueta con dos nombres que no me dicen nada: Julian Della Croce y Regina Della Croce. La siguiente tiene la misma etiqueta, pero esta vez sí reconozco el nombre: Magdalena De Marchi. Mi madre.

Es una carpeta sumamente delgada, hasta el punto de que estoy segura de que está vacía. Cuando la abro, sin embargo, me encuentro con unos pocos recortes de periódico unidos por un clip.

No estoy preparada para la fotografía que ilustra el primero de los artículos: una masa de hierros retorcidos con lejanas reminiscencias de un coche. Martin no me había dicho nada de una fotografía, y yo había asumido que me encontraría con un artículo breve, de esos que pasan día tras día sin pena ni gloria en todos los periódicos de todo el mundo. Un accidente más.

Me pregunto cómo alguien podría sobrevivir dentro de ese tumor de acero amorfo.

Empiezo a leer.

MADRE MUERTA, HIJA ILESA EN ACCIDENTE DE TRÁNSITO

Una mujer de 35 años murió el sábado por la tarde en un accidente automovilístico en la autopista 93, mientras que su hija, de 8 años, resultó ilesa.

La madre, Magdalena De Marchi, conducía un Toyota Camry con su hija Anna como única pasajera en el asiento trasero. El Camry fue golpeado por un Ford Mustang conducido por Walter Oliveira, de 20 años.

El impacto del choque hizo que el Camry perdiera el control y golpeara una barrera. De Marchi fue declarada muerta en la escena, mientras que la pequeña Anna, sin heridas de consideración, fue dada de alta del hospital poco después.

Oliveira también fue llevado al hospital con heridas leves y ha sido acusado de homicidio y conducción temeraria bajo la influencia de alcohol.

La causa del accidente aún se investiga, pero la policía cree que pudo deberse a un exceso de velocidad por parte de Oliveira. También están revisando imágenes de una cámara ubicada cerca del lugar que mostraría al Camry y al Mustang minutos antes del accidente.

Un testigo, que ha pedido que su identidad no sea revelada, ha declarado que el Mustang cambiaba de un carril a otro y que estuvo a punto de colisionar con otros coches antes del fatídico impacto.

Fuentes reservadas ligadas a la investigación sostienen que la conducción imprudente de Oliveira, potenciada por el consumo de alcohol, fue un factor determinante en el accidente, por lo que permanecerá detenido mientras continúe el proceso en su contra.

Estamos en presencia de un nuevo episodio trágico que se ha cobrado la vida de una joven madre.

Nuestros pensamientos y oraciones están con la familia y los amigos de Magdalena De Marchi.

Si tiene alguna información sobre el hecho, comuníquese con nuestro periódico o con el Departamento de Policía...

Hay dos artículos más que no aportan nada nuevo. Lo importante es que todos coinciden en que mi madre murió en el acto, es decir, que no hubo un traslado con vida al hospital, y mucho menos una infección con ninguna bacteria. No entiendo por qué Julia mentiría en algo así.

El nombre Oliveira me provoca un rechazo inmediato. No tengo forma de saber si es a causa de lo que acabo de leer o si es un sentimiento que ha aflorado desde mi pasado. De cualquier forma, no es una avenida que me interese recorrer ahora.

En la carpeta también hay un documento impreso de unas diez o quince páginas. Están unidas con una grapa y el título es: «Incidente Mustang rojo». Parece el capítulo de un libro, pero bien podría ser un informe médico. Al hojearlo compruebo que hay algunos pasajes resaltados en amarillo.

Empiezo a leerlos a toda velocidad.

Pág. 1

El primer episodio registrado en el que aparece el Mustang rojo tuvo lugar en el jardín de infancia, cuando Anna tenía tres años y seis meses. El relato de su padre da cuenta de que Anna por ese entonces tenía un vocabulario amplio y podía expresar con bastante claridad cuestiones complejas para una niña de su edad.

El día en cuestión, Anna participaba con el resto de sus compañeros en una actividad que consistía en pegar hojas secas en una lámina conjunta. Todos los niños estaban sentados en el suelo formando un semicírculo y cada uno se acercaba, cogía una hoja de una caja de cartón, le ponía pegamento y elegía en qué lugar de la lámina pegarla. Cuando llegó el turno de Anna, la pequeña se quedó mirando su hoja como si se hubiera desconectado de la realidad. La maestra que estaba a cargo, la señorita Elise, supo que algo no iba bien. De pronto Anna se quedó mirando al infinito durante diez o quince segundos. Luego se desplomó.

Por fortuna, la señorita Elise, alertada por el extraño comportamiento de Anna, se acercó a ella y consiguió atraparla antes de que cayera al suelo. Describió el estado de su cuerpo como de total laxitud. A continuación la recostó y revisó sus signos vitales, que parecían normales.

Unos dos minutos después, Anna se despertó en un alarmante estado de alteración. La señorita Elise tuvo que retenerla entre sus brazos mientras Anna no dejaba de gritar y de llorar como si hubiese despertado de una pesadilla terrible. Los niños fueron retirados del aula y, junto con otra maestra, consiguió que Anna poco a poco se fuera calmando y les explicara lo que sentía.

Sollozando, Anna les dijo que el coche rojo iba a chocar con el de su madre y ella, y que iban a dar vueltas y vueltas hasta quedar atrapadas.

Pág. 2

Anna repitió el mismo relato de forma consistente, tanto a sus padres como al psicólogo que la trató durante las semanas posteriores al episodio en el jardín de infancia.

En cada una de las exposiciones, Anna utilizaba el tiempo verbal futuro para referirse al accidente con el coche rojo. Al ser preguntada al respecto, parecía entender de forma natural que el accidente todavía no había tenido lugar, sino que suce...

Me veo obligada a detener la lectura. No tiene sentido seguir leyendo porque mi cabeza se ha quedado clavada en ese último párrafo.

Según este documento, cinco años antes del accidente tuve una premonición de lo que ocurriría.

En realidad, mucho más que una premonición.

Por un momento me he olvidado de que estoy en el despacho de Julia y que mi idea inicial era no quedarme mucho tiempo. Lo que acabo de leer ha cambiado la perspectiva de las cosas. Empiezo a entender la reticencia de Julia a hablarme de mi afección, y las razones por las que estoy en la cabaña. No termino de entender el alcance del episodio en el jardín de infancia, si ha sido o no aislado o si está relacionado con el asesinato de mi novio.

Pág. 5

Anna desarrolló una aversión a los coches durante los años posteriores. Nunca llegó a niveles de fobia, pero ya no disfrutaba de los viajes como antes y trataba de evitarlos a toda costa. Sus padres empezaron a recurrir a todo tipo de incentivos y premios para conseguir que la pequeña aceptara recorrer distancias cortas, pero nada funcionaba.

Durante el primer año, si bien Anna nunca dejó de

hacer referencias esporádicas al coche rojo y a que su madre iba a salir lastimada a raíz del accidente, sólo aceptaba viajar en coche si conducía su padre. Su madre no podía viajar con ellos.

Varias veces, Magdalena intentó llevar a Anna en el coche a la fuerza, recorrer distancias cortas para demostrarle que no tenía de qué preocuparse, pero el estado de alteración de su hija era tal que tenía que desistir.

Pág. 6

A partir de los siete años Anna dejó de hablar del accidente; sin embargo, continuaba oponiéndose a viajar en coche con su madre, por motivos que ahora no parecía tener tan claros.

Magdalena no bajó los brazos y siguió intentándolo. Las dos se sentaban todas las tardes en el coche cuando todavía estaba en el garaje, y un día Anna aceptó que bajaran a la calle. Unas semanas después dieron una vuelta a la manzana.

En el transcurso de un año, Magdalena consiguió que Anna aceptara ir con ella en coche a la escuela. Nunca se sintió cómoda del todo y era evidente el esfuerzo que hacía para llevarlo adelante.

En dos oportunidades, Anna volvió a hacer referencia al accidente con el coche rojo, pero en ambos casos con la convicción de que se trataba de un sueño que había tenido de pequeña.

Me levanto del sillón. Quiero seguir leyendo el documento, pero ya sabía de antemano que no podría revisar todo en detalle. Me dirijo hacia la pizarra de corcho. A medida que mis ojos vuelven a acostumbrarse a la oscuridad, diviso las formas cuadradas de los pósits de colores. Son muchísimos y están agrupados en bloques verticales. Tengo que acercarme mucho para poder leer varias de las notas, y a medida que avanzo...

Siento que me baja la presión.

No puedo creer lo que tengo delante.

El shock es tan grande que voy directamente a donde está el interruptor de la luz y la enciendo. No me importan las consecuencias. Antes de volver a la pizarra, cojo unos almohadones y los coloco frente a la rendija de la puerta, sin preocuparme demasiado por cubrirla en su totalidad.

Después de leer al azar cinco o seis notas de la pizarra no tengo duda. Lo que tengo delante es un detalle pormenorizado de todo lo que he hecho durante los últimos seis días, es decir, desde que me desperté en la cama del Lavender Memorial.

Y cuando digo todo, me refiero a TODO.

En la parte de arriba hay siete pósits con los números del uno al siete, que representan cada uno de los días. Debajo de cada uno de ellos hay por lo menos quince o veinte notas.

Quiero concentrarme en el detalle día por día, porque ya me he dado cuenta de que hay cosas que es lógico que Julia sepa, sencillamente porque estuvo conmigo en esos momentos. Pero hay otras que no tendría forma de saber. Vuelvo a una nota que me ha llamado poderosamente la atención en mi repaso aleatorio, casi al final del sexto día:

Anna cruza el muro por el cobertizo y va al despacho. Martin le ha dejado la llave en la biblioteca. Anna descubre carpeta con artículos del accidente. Lee algunos pasajes resaltados del informe. Anna ve planificación en la pizarra.

Siento que estoy a punto de desmayarme, que las piernas se me aflojan.

—Planificación —digo sin terminar de entender el verdadero alcance de lo que eso significa.

La última nota de ese día es la que empieza a darme una idea de la magnitud de lo que tengo delante.

Martin irrumpe en el despacho. Anna regresa a la cabaña.

Me doy la vuelta y me quedo mirando la puerta, como un director de cine que espera que un actor entre en escena. ¡Acción!

Por supuesto, nadie entra. *Piensa, piensa, piensa.* Tengo que revisar cada uno de los días, entender la naturaleza de la información que la doctora Katz ha conseguido recopilar. Pero cuando me dispongo a hacerlo me doy cuenta de algo intrigante: el sexto día no es el último. Hay uno más.

—Mañana.

En la pizarra está previsto lo que la doctora tiene planificado para mí mañana.

Necesito serenarme..., ir desde el principio o voy a volverme loca. Empiezo a leer.

Primer día de Anna:

Anna despierta en el Lavender Memorial. Cohen irrumpe en la habitación y forcejea con Hollinger. El senador acusa a Anna de haber asesinado a su hijo. Hollinger echa a Cohen y le revela a Anna que el asesinato fue hace más de dos años. Hollinger le dice a Anna y a Julia que tienen que irse cuanto antes.

Anna se cambia de ropa. Descubre tatuaje Lover. *Fuerte dolor en la cadera.*

Anna y Julia bajan a la segunda planta. Niña bailando, vestido blanco. Julia muestra artículo del periódico en el móvil confirmando la noticia de su aparición.

Anna y Julia van al despacho. Encuentro con Cohen. Cohen en actitud conciliadora. «No confíes en ella.» Cohen habla de un posible pacto entre Anna y su hijo.

Julia asesina a Cohen.

Detengo la lectura. Me siento como un espectro que ha reducido al mínimo sus funciones vitales. La confirmación de que el asesinato de Cohen ha sucedido realmente cae sobre mí como un jarro de agua fría, claro que ahora sé que en realidad no ha sido asesinado, porque yo misma lo he visto en la gala benéfica. Su muerte ha debido de ser *planificada* y coreografiada. ¿Es posible? Vuelvo a leer una de las primeras notas: *Cohen irrumpe en la habitación y forcejea con Hollinger.* Todo muy oportuno.

Segundo día de Anna:

Anna despierta en la cabaña. Nota de bienvenida de Julia. Primera conversación: Julia habla de su familia y entrega libreta de dibujos con algunas páginas arrancadas.

Anna se encuentra con Marcia en la puerta de rejas. Marcia le confirma que ambas estuvieron juntas el día anterior, algo que desconcierta a Anna. Anna especula con que podría haber estado antes en la cabaña.

Anna se sube al árbol. Encuentra fibras en el tronco y confirma que ha estado antes en la cabaña.

Anna dibuja a Garry.

—Mierda.

Es el primer día en que Julia no está a mi lado todo el tiempo, y sin embargo consigue reproducir mis pasos a la perfección. Vuelvo a leer una de las notas: *Anna especula con que podría haber estado antes en la cabaña*. Algo bastante obvio tras haber encontrado las fibras en el árbol y con lo que Marcia me había dicho en la reja. ¿Pero cómo lo supo Julia?

Recuerdo entonces algo que me dijo Martin, o quizás fue Carla, respecto a que Marcia hace lo que Julia le ordena.

¿Y si Marcia me dijo eso deliberadamente, a petición de Julia?

Si de algo me estoy convenciendo es de que he sido manipulada por Julia a niveles insospechados.

¿Y cómo ha sabido que me subí al árbol? Repaso mentalmente si se lo mencioné a alguien; quizás a Carla, pero no estoy del todo segura. De lo que sí estoy segura es de que no le he dicho a nadie que encontré fibras de ropa en el tronco del árbol.

Me resigno y sigo leyendo las notas.

Segundo día de Anna (continuación):

Visita de Martin. Martin dice que Julia le ha prohibido ir ese día. Utiliza camino secreto para llegar (elude las cámaras de seguridad). Martin le muestra la entrada al sótano. Piedras con mensajes en el microondas. Martin confiesa su decepción con Julia por la tarea fallida de hijo/madre en la escuela.

Por la noche Anna intenta escapar a nado. Rescate en barca.

Me llama la atención que Julia se refiera a sí misma por su nombre, casi como si fuera una participante más de este delirante plan. Por otro lado, me sorprende muchísimo que ella esté al corriente del escondite de Martin en el microondas y de las piedras que guarda dentro. ¿Hasta dónde llega el conocimiento de Julia?

Tercer día de Anna:

Anna despierta atada a la cama de la cabaña. Julia hecha una furia por lo que hizo. Marlon ayudó en el rescate. En el salón Julia le muestra a Anna fotografías de la granja y le dice que estuvo allí dos años.

Anna escucha música en el salón: Lover *de Taylor Swift. Anna examina la libreta y descubre que no está el dibujo de Garry.*

Anna en el porche con la libreta. Se pregunta por qué razón Julia ha arrancado el dibujo. Llega Marcia. Marcia le confirma que Julia va a la cabaña por las noches.

Julia las interrumpe. Anna y Julia van en coche a la gala. En el viaje Anna le pregunta por qué arrancó el dibujo. «Quizás ese dibujo nunca haya existido.»

En el teatro ven al senador Cohen.

Que Julia sepa qué álbum de Taylor Swift escuché ese día en la cabaña cuando estaba sola tiene una única explicación posible: en la cabaña hay cámaras o micrófonos ocultos.

Cuarto día de Anna:

Anna se despierta a las once de la mañana. Julia da su versión de los hechos ocurridos en el despacho del hospital Lavender Memorial. Cohen no estaba allí. El asesinato de Cohen es una manifestación inconsciente de Anna de algo que va a suceder más adelante.

Julia revela que Hollinger ayudó a escapar a Anna tras el asesinato de su novio. Creyó lo que decía del canguro porque su hermana Chloe pasó por lo mismo.

Anna escucha RED *de Taylor Swift. Martin la descubre bailando. Juntos van al pasadizo secreto en el muro. Encuentro con Marlon. (Anna ya sabe que es el jardinero.)*

Anna y Julia juegan al tenis. Julia le habla a Anna acerca de sus padres: Domingo y Magdalena. Magdalena murió cuando Anna tenía ocho años a causa de una bacteria hospitalaria. Domingo no sabe que Anna está en la cabaña.

Anna termina el día con una ducha caliente. Recuerda que el día del asesinato de Cohen los dos empleados del Lavender Memorial escucharon el disparo.

La última nota me corta la respiración. Estoy segura de no haberle dicho nada a Julia acerca de los empleados del hospital cuando salíamos al patio. Justamente, esa era una carta que quería jugar cuando me enfrentara a ella, si es que insistía en que el asesinato no había sido real. Ahora sé que lo que sucedió en el despacho del hospital ese día no fue un invento de mi cabeza, sino otro montaje. Todas mis especulaciones han sido insignificantes en comparación con la magnitud de lo que tengo enfrente.

Quinto día de Anna:

Visita de Carla. Incursión en el sótano para buscar cigarrillos. Caminata por el bosque hasta el claro. Carla le revela el trabajo de su padre asesorando políticos.

Hablan del asesinato de Oliver. Carla le dice a Anna que es obvio que su novio le hizo algo y que por eso lo mató. Ríen ante la idea de que Oliver recibiera su merecido.

Bailan juntas en el salón. Anna le muestra a Carla las

piedras del microondas. Carla le habla a Anna de la subrogación de vientre para concebir a Martin. También de la depresión de Julia a los pocos meses de quedar embarazada de Aaron.

Anna se esconde en la cocina de la cabaña en plena noche. Llega Julia, que arranca una página de la libreta y hace algo en la biblioteca.

Me siento fatal. Ayer fue el primer día en el que no crucé una sola palabra con Julia y resulta que ella igualmente lo sabe todo.

Hay detalles de la conversación con Carla, incluso cuando estábamos fuera de la cabaña, ¿cómo se explica eso si no es con su complicidad?

En cuanto a cómo ha sabido Julia que esa noche yo estaba escondida en la cocina cuando ella visitó la cabaña..., ya no sé qué pensar. Cámaras ocultas en la cabaña, supongo, pero empiezo a pensar que estoy forzando las cosas demasiado. Es como si Julia hubiera estado en mi cabeza todo el tiempo.

Sexto día de Anna:

Julia visita a Anna. Sabe que Carla estuvo el día anterior. Anna tiene que leer La última salida. *Julia habla de la autora del libro, Laura Hill, con quien trabajó en el Lavender Memorial. En unos días irá a ver a Anna.*

Juegan al tenis. Julia habla de Nelson. Secreto familiar.

Martin en la cabaña. Le dice a Anna que entró en el despacho de Julia. Vio una carpeta con recortes del accidente de la madre de Anna.

Anna cruza el muro por el cobertizo y va al despacho. Martin le ha dejado la llave en la biblioteca. Anna descubre carpeta con artículos del accidente. Lee algu-

nos pasajes resaltados del informe. Ve planificación en la pizarra.

Martin irrumpe en el despacho. Anna regresa a la cabaña.

Vuelvo a mirar hacia la puerta. En el despacho no hay reloj y he perdido la noción del tiempo. Me concentro en el día siguiente:

Séptimo día de Anna:

Anna pasa la mañana sola en la cabaña. Comida con Martin. Hablan de su amigo Lewis.

Llegada de Julia. Se dirigen juntas al jardín circular. Preparativos y revelación de...

Aunque estoy prevenida, casi grito del susto cuando la puerta del despacho se abre de golpe. Martin está en el umbral.

—¡Mis padres han vuelto! —dice—. Tienes que irte.

En una fracción de segundo me convenzo de que su preocupación es auténtica.

—¿Tan pronto?

La mirada suplicante de Martin se aparta de mí cuando advierte la pizarra de corcho. En su rostro asoma cierto desconcierto. Me acerco a él lo más rápido que puedo, apago la luz y salimos juntos del despacho. Cierro la puerta con llave.

—Gracias, Martin —digo entregándole la llave—. Déjala donde la has encontrado y no vuelvas a entrar en el despacho.

Él asiente vigorosamente.

—Nos vemos mañana.

Me lleva quince minutos regresar a la cabaña. Sigo

conmocionada, incapaz de entender el sentido de lo que acabo de ver en el despacho, pero segura de una cosa: Julia me ha mentido descaradamente. Ha utilizado nada menos que a sus propios hijos para llegar a mí, extraer información con algún propósito oscuro que se me escapa. Me cuesta mucho pensar que Carla y Martin no hayan sido sinceros conmigo; me inclino más a creer que Julia se ha valido de ellos sin que lo sepan. Pensar en micrófonos me resulta demasiado estrambótico; quizás simplemente les haya dicho que era importante para mi tratamiento que confiaran en ella y le explicaran todo lo sucedido en la cabaña. El problema con esta teoría es que tanto Carla como Martin me han revelado cosas privadas relacionadas con su propia madre. No tiene sentido.

Lo único que tiene sentido es que Julia me ha engañado. Durante todo este tiempo, más que su paciente he sido su ratón de laboratorio.

Y hay algo más. Varias ideas que no termino de unir de la forma correcta, pero que la intuición me dice que están emparentadas de alguna manera. Una es el grado de detalle de la cronología, con cierta información que Julia difícilmente podría saber, incluso haciendo preguntas, disponiendo de cámaras, micrófonos o lo que sea.

Por otro lado, está el hecho de haber estado antes en la cabaña. Martin, Marcia, ¡incluso Garry!, demostraron cierta familiaridad al verme por primera vez. Y eso por no mencionar el mensaje que yo misma dejé en el sótano, en una de las piedras. Esa es la prueba definitiva, y yo he sido demasiado tonta como para prestarle la atención que merecía.

Entonces una revelación me golpea. En la pizarra del despacho no había ninguna mención a la nota que dejé en el microondas. ¿Es posible que esa sea la única información a la que Julia no ha tenido acceso? Sin pensarlo, arranco una hoja de la libreta y vuelvo a escribir el mensaje:

NO CONFÍES EN KATZ

El día que visito el jardín circular

Es un día hermoso, la temperatura es perfecta y el viento sopla en la medida justa para mantenerme fresca.

Salgo de la cabaña con el libro *La última salida* bajo el brazo, sonriente y despreocupada. Supongo que es la ventaja de haber bajado los brazos. No recuerdo haber dormido tan profundamente desde que llegué a la cabaña, o por lo menos desde que tengo consciencia de haber llegado. Ya no me preocupa la distinción, si es que existe. Al menos por hoy, he puesto todas esas preocupaciones en una caja de acero. Me tiene sin cuidado si todo lo que me rodea está en mi cabeza, en un microchip de un superordenador o donde sea, lo único que quiero es leer sentada en el muelle bebiendo Coca-Cola.

Sólo interrumpo la lectura del libro para ir al baño y coger otra lata de refresco; tres horas después, llego al final. La historia es buena y sorprende que esté basada en un caso real, pero no estoy demasiado impresionada. Tampoco tengo claro por qué Julia ha querido que lo lea. Lo único que se me queda en la cabeza dando vueltas es la dichosa zarigüeya quc cl protagonista ve durante todo el libro, y cuyo significado no termino de entender del todo.

Tengo la pierna entumecida.

Me quedo de pie en el muelle a la espera del hormigueo, que no tarda en llegar. Aprieto los labios hasta que se pasa y enseguida regreso a la cabaña.

Una vez allí, abro la puerta del congelador y me quedo mirando las cajas de comida.

—¿Tienes pasta?

La voz de Martin casi me mata del susto.

—¡Perdón! —dice el niño al ver mi reacción.

Cierro la puerta, todavía con el corazón desbocado. Me llevo la mano al pecho.

—No pasa nada, Martin. Tenía la cabeza en otra parte.

Martin no trae puesta su gorra del Capitán América, pero sí lleva en la mano un cómic de superhéroes.

—¿Tienes pasta? —vuelve a preguntar.

—Sí. ¿Quieres comer conmigo?

A modo de respuesta, Martin se sienta en una de las sillas.

Coloco dos bandejas de pasta en el microondas y programo siete minutos de cocción.

—Gracias por lo de ayer —digo—. ¿Tuviste algún problema con tu madre?

Duda.

—No —dice finalmente.

—Martin, tienes que prometerme que no volverás a entrar en el despacho.

No responde. Ahora ni siquiera con un gesto. Simplemente me mira con sus enormes ojos negros. Si esos ojos estuvieran en un rostro adulto, no me sentiría a gusto con esa persona. Hay en ellos un cierto tono de advertencia. ¿Serán herencia de su padre?

El pitido del microondas anuncia que la pasta está lista. Sirvo los platos y le entrego uno a Martin.

Él coge el tenedor y enrosca la pasta con pericia;

ciertamente más que la mía. Durante varios minutos comemos sin hablar.

Por primera vez contemplo la posibilidad de que quizás Martin no quiere estar aquí conmigo, y que lo hace sólo porque Julia se lo pide. Sé que estoy condicionada por lo que vi en la pizarra anoche: *Anna pasa la mañana sola en la cabaña. Comida con Martin. Hablan de su amigo Lewis.* Nunca he dudado de que Martin está a gusto conmigo, y que por eso regresa y confía en mí, pero lo cierto es que, ahora que lo veo con otros ojos, eso fue sólo al principio. Conforme han ido pasando los días, se ha mostrado cada vez más y más retraído, como si la petición de su madre se le hiciera más cuesta arriba.

Esta versión de Martin que tengo delante es la más distante de todas.

—Martin..., ¿tu madre te ha pedido que vengas a verme?

—Sí.

Cierro los ojos. La revelación me duele, por supuesto.

—¿Las veces anteriores también?

—Me dijo que estás muy sola y que necesitas compañía.

Pincha un trozo de albóndiga y se lo lleva a la boca. Dos hilos de salsa roja se escapan por las comisuras de su boca mientras mastica.

—Te agradezco que vengas. Es cierto, paso mucho tiempo sola. Pero quiero que me prometas que vendrás a verme sólo si tienes ganas. ¿Me lo prometes?

Martin asiente despreocupadamente, más concentrado en la pasta que en mi proposición.

—¿Quieres que hablemos de algo en particular?

Se encoge de hombros y se prepara un bocado monstruoso de pasta. Luego otro.

—Martin, vas a atragantarte. Bebe un poco de agua.

El niño intercala un poco de líquido entre bocados, pero sigue engullendo como si su vida dependiera de ello.

—¿Tienes que irte a alguna parte?

Me ignora. Se come el último bocado y aparta el plato con una amplia sonrisa de suficiencia.

—He terminado —anuncia, y apenas lo hace se lleva la mano a la boca para contener un sonoro eructo.

Martin estalla de risa. Yo no puedo evitar reírme también.

—Bebe otro poco de agua, o esa pasta va a volver a donde vino.

Mi comentario hace que se ría con más fuerza. Aprovecho para retirar los platos. El mío está por la mitad.

Cuando regreso a la mesa ya está más tranquilo.

—¿Qué es eso? —digo señalando la revista, que está boca abajo.

Él le da la vuelta. Es un cómic de Spider-Man en un estado bastante lamentable.

—Me lo ha prestado Lewis.

Comida con Martin. Hablan de su amigo Lewis.

—¿Tú y él sois muy amigos?

—Lewis no tiene amigos. Es bastante solitario.

—Bueno, quizás este sea el comienzo de una amistad contigo —digo señalando la revista.

Suspira.

—Sí, podría ser. Creo que me gustaría. Mis amigos no leen cómics.

—¿No? ¿Y qué hacen?

—Juegan a videojuegos, ven vídeos en YouTube, esas cosas. Yo también lo hago bastante, por eso mis padres empezaron a comprarme cómics. Y ahora me gustan.

—Y además tienes alguien con quien intercambiarlos, genial.

Martin se queda callado. Hay algo que quiere decirme y no se atreve.

—¿Tienes algún problema, Martin?

—A mis amigos no les gusta Lewis; en especial a Rap, que es mi mejor amigo. No es porque lea cómics: yo los leo y no les importa. Es porque es un engreído que se cree que sabe todas las respuestas. Lewis ha llegado a mi escuela este año; está casi siempre solo, como si se creyera superior.

—¿Eso creen tus amigos?

—Sí.

—Pero tú no crees eso, ¿verdad?

Se encoge de hombros.

—Martin, a nadie le gusta estar solo. Quizás durante un tiempo sí, pero no para siempre. Lewis está solo en la escuela porque nadie quiere compartir su tiempo con él.

—Yo he hablado con él algunas veces. Cuando mis amigos no están cerca.

—Eso está muy bien.

Se queda callado otra vez.

—¿Habéis intercambiado cómics? —digo señalando el ejemplar de Spider-Man.

—No.

Siento pena por Martin. Sé que ha traído el cómic para que le pregunte y hablar de lo que lo preocupa, pero no termino de encontrar...

De repente comprendo.

—Lewis no te ha prestado ese cómic, ¿no es cierto?

—Mis amigos se lo han quitado en el recreo.

—Cuéntame qué ha pasado.

—Él estaba leyendo el cómic y mis amigos se lo han quitado y han empezado a darle patadas de un lado para el otro mientras Lewis intentaba cogerlo. Entonces Rap lo ha pisado y, al mover el pie, le ha arrancado algunas páginas. Yo estaba con ellos, pero no he participado, me he quedado a un lado.

—Has hecho bien en no participar de algo tan horrible.

—Si mi madre se entera de que he hecho algo así, no me imagino qué podría hacerme. No le gusta el *bullying*. Lo odia. Dice que si veo que maltratan a alguien se lo tengo que decir a ella inmediatamente.

—¿Y se lo has dicho?

Él niega enfáticamente con la cabeza.

Sin embargo, ayer Julia sabía perfectamente que yo hoy comería con Martin y hablaríamos de Lewis. Estaba claro en la pizarra de corcho que este sería nuestro tema de conversación.

—Yo creo que tu madre estaría orgullosa de ti si supiera que no has participado y que te sientes mal por lo que han hecho tus amigos. Quizás alguien de la escuela se lo ha dicho, o la madre de otro de los chicos.

—Imposible. Me hubiera preguntado. Igualmente, no me preocupa mi madre...

—¿Entonces qué es lo que te preocupa?

—Lewis.

Me avergüenza haber preguntado algo tan obvio. Estoy tan pendiente de Julia y de cómo ha sabido que hoy mantendría esta conversación con su hijo que no estoy prestando atención a lo que Martin quiere decirme.

—Tienes que devolverle la revista —lo animo—. Él va a valorar muchísimo el gesto.

—Puedo pedirle a alguien que me lleve a su casa y dársela.

—¿Para que tus amigos no se enteren? Mira, Martin, tú no tienes la obligación de arreglar los problemas que causan otros. Eres un niño, no el Capitán América.

Esto al menos le arranca una sonrisa. Rodeo la mesa y me siento en la silla junto a él. La cercanía no parece incomodarlo.

—No es culpa tuya que tus amigos se comporten como tontos —continúo—; son niños, y en algún momento se darán cuenta de que lo que están haciendo no está bien. O quizás no, y eso sería muy triste. El problema es que Lewis está sufriendo ahora, y algo hay que hacer, ¿no te parece?

—Sí.

—En ese grupo de amigos, además de Rap, ¿crees que hay otros que piensan como tú?

Martin medita un momento y finalmente asiente con la cabeza.

—¿Cuántos? —le pregunto.

—Dos, supongo.

—Habla con ellos *a solas*.

No parece del todo convencido.

—¿Tus amigos saben que Lewis ha venido a visitarte a casa?

Martin se ríe.

—Lewis nunca ha venido a mi casa.

—Oh, pensaba que sí. Pero lo has invitado, así que vendrá en algún momento.

Vuelve a reírse.

—¿Por qué te ríes, Martin?

—Porque yo no he invitado a Lewis a mi casa.

—Hace dos días me dijiste que lo harías.

—No, nunca lo he invitado —dice, pero algo cambia en su expresión. Parece estar contemplando la idea por primera vez—. Pero podría hacerlo.

—¡Eso sería genial! Quizás sí seas el Capitán América, a fin de cuentas.

—Quiero enseñarle mi colección de cómics —dice con entusiasmo.

—¡Claro! Y créeme, si hablas con los demás para que no acosen a Lewis, Rap también dejará de hacerlo. Y si además saben que Lewis ha venido a tu casa, querrán sumarse también.

Martin parece más animado. Creo que de alguna forma he conseguido transmitirle cierto entusiasmo justiciero.

—Voy a hacerlo —dice con convicción.

—Te sentirás fantásticamente, ya verás. Además, quién sabe, quizás Lewis resulta un excelente compañero para intercambiar y compartir cómics.

Martin coge el cómic de Spider-Man y lo observa, como si de pronto se hubiera convertido en un talismán.

—Gracias, Anna —dice saltando de la silla—. Tengo que irme. Mi madre va a llegar de un momento a otro.

Pienso en preguntarle cuál es el problema de que Julia venga a la cabaña, pero el niño ya se aleja a toda prisa.

Julia llega, tal como predijo Martin, y también la nota en la pizarra.

Se dirigen juntas al jardín circular. Preparativos y revelación...

La espero en el porche, como ya se está haciendo costumbre. Lleva puesta ropa deportiva, pero no trae la bolsa con las raquetas. Se queda quieta al otro lado de la baranda y, por primera vez, se da entre nosotras un entendimiento sin que tengamos que decir una sola palabra.

Sé que tú sabes (que he visto la pizarra).

Y yo sé que tú sabes que yo lo sé.

Estoy cansada de estos juegos.

—Julia, ¿vas a llevarme de una vez al jardín circular, como dice la nota de la pizarra?

Ella esboza una sonrisa tenue, casi nostálgica.

—Ponte ropa cómoda. Te espero aquí.

Cinco minutos después caminamos hacia la pista de tenis. Por nuestras vestimentas cualquiera diría que estamos a punto de jugar un partido, y quizás eso es lo que haremos; Julia bien podría haber llevado antes allí la bolsa con las raquetas.

—He hablado con Martin —digo—. Creo que invitará a Lewis a casa uno de estos días.

—¡Qué bien! Es una excelente noticia.

—¿Qué le sucede a Garry? —pregunto. El perro nos sigue sin mucha efusividad, avanzando con pesadez.

Julia lo busca con la mirada, como si no hubiera sido del todo consciente del comportamiento extraño del animal.

—¡Garry! Ven aquí.

El boyero se activa en una fracción de segundo y corre hacia nosotras. Julia le acaricia la cabeza y Garry es otra vez el mismo de siempre.

Rodeamos la pista de tenis por el lado izquierdo hasta llegar a la parte de atrás, donde hay un muro cubierto de enredaderas. Siempre he asumido que este era el límite de la propiedad.

—Jamás había visto esta entrada —digo cuando

nos acercamos a una puerta de madera casi perdida entre la vegetación.

—Es la idea —dice ella, y me mira por encima del hombro mientras intenta abrir la puerta con una llave que ha sacado de alguna parte.

Cuando la abre, los goznes se quejan y la parte de abajo roza contra las baldosas dejando un arco marcado.

Nos encontramos frente a un pasillo de unos cuatro metros de ancho y paredes de ladrillo. A cada lado hay tres estatuas de mujeres con túnicas y miradas solemnes sutilmente diferentes entre sí. Una tiene el brazo en alto, la otra el rostro ligeramente inclinado hacia abajo... Eso sí, todas tienen algo en común, y es que parecen observarte a medida que avanzas por el pasillo.

—Esto es lo único que queda de la casa original —explica Julia—. Los arquitectos tuvieron el acierto de conservarlo, y fue la razón por la que decidimos comprar la propiedad. Para mí siempre ha sido un sitio mágico. Ya lo verás.

Al final del pasillo está el jardín circular, y me basta adentrarme en él apenas unos metros para entender perfectamente a qué se refiere Julia. El sonido es diferente, incluso la temperatura, la luz, todo. El muro circular externo está cubierto de enredaderas y hay decenas de pinos altos y esbeltos que crecen de forma perimetral.

En el centro hay una fuente sucia y sin agua. Tiene tres niveles y cada uno de ellos presenta los bordes ondulados como la concha de una ostra.

—Vi estos pinos cuando me subí a uno de los árboles. Jamás imaginé lo que había aquí.

—Es mi sitio preferido de esta casa, aunque hace algunos meses que no vengo.

Efectivamente, el aspecto general no es el mejor. Los senderos de piedra están manchados de tierra, las plantas crecidas e incluso se percibe un dejo de olor a humedad.

A la izquierda hay una construcción que parece un invernadero, con el acristalamiento sucio y algunas piezas astilladas.

Julia se queda mirando el jardín con los brazos en jarra.

—Hay mucho trabajo por hacer.

—Ya lo creo.

Julia me pide que la siga hasta el invernadero. Abre la puerta y las dos entramos arrugando la nariz a causa del olor a cerrado.

—Será mejor que ventilemos un poco —anuncia ella mientras deja la puerta abierta y abre la única ventana.

Allí adentro no hay plantas, como yo había asumido, sino una especie de estudio.

—Carla tuvo su etapa de artista —dice Julia mientras observa el cúmulo de atriles y demás materiales—. Le gusta la pintura, como a ti.

—No lo sabía.

Cerca de la ventana hay una mesa con cuatro sillas. Julia se acerca y apoya una mano sobre la mesa; es evidente que el contacto le dispara algún tipo de recuerdo.

—Yo solía venir bastante aquí a trabajar. Me gustaba sentarme en esta mesa y quedarme una o dos horas, sin ningún tipo de interrupción. Me traía mi café, el ordenador, y era feliz. Cuando nació Aaron ya no era tan sencillo. Ven, Anna, vamos a buscar las herramientas.

Se vuelve al advertir que no me he movido.

—Lo que has oído —dice con una sonrisa—. Nosotras vamos a ocuparnos de dejar este lugar como nuevo.

La sigo hasta un pequeño cobertizo que hay junto al invernadero. De allí saca una escoba de alambre, tijeras de podar, un rastrillo y una escalera plegable.

—En un momento vendrá Marcia a traernos productos de limpieza —anuncia.

—Y supongo que algo para beber.

—¡Claro! Ven, empecemos por podar las enredaderas. No te imaginas el cambio cuando esté terminado. Es terapéutico.

A mí me gusta bastante el aspecto anárquico del jardín.

Con una tijera de podar cada una y la escalera plegable, decidimos empezar por el pasillo y avanzar en sentido contrario al de las agujas del reloj.

Sin consultarme, Julia planta la escalera y se sube. Las ramas de la enredadera sobresalen unos cuarenta o cincuenta centímetros. La doctora da un tijeretazo rápido —*clac*— y la primera rama cae al suelo.

Calculo que la tarea va a llevarnos por lo menos una hora.

—¿Por qué me mentiste con lo de mi madre? —pregunto, todavía con la tijera en la mano.

Lejos de molestarse por mi pregunta, Julia me responde de inmediato, su atención puesta en la enredadera. *Clac*.

—Porque tú me lo pediste, Anna. ¿Quieres que hablemos del accidente de Magdalena? La idea de trabajar en el jardín es que podamos hablar.

—¿Basta de juegos?

—Nunca he jugado contigo. Pero entiendo que lo veas de esa forma.

Corto la primera rama y la observo en el suelo. La sensación es gratificante.

—Creo que en la carpeta estaba todo lo que necesito saber del accidente. Un joven alcoholizado nos arrolló y mi madre murió en el acto. ¿Está en la cárcel?

—Fue condenado. En la cárcel se quitó la vida.

Clac.

La revelación me produce cierta satisfacción, como la rama en el suelo un momento antes.

—¿Y yo sabía lo del accidente desde que tenía tres años, cuando tuve esa visión en el jardín de infancia?

—Así es.

—Entonces, ¿puedo ver el futuro?

—Sí.

Lo afirma con tanta naturalidad que dudo si quizás en el mundo la gente vaya por ahí con superpoderes como en los cómics de Martin.

Durante un rato no decimos nada. Lo único que se escucha es el ruido de las tijeras de Julia, que se baja de la escalera y la desplaza hacia la derecha, vuelve a subirse y sigue cortando.

—¿Son como premoniciones? —pregunto.

Julia me mira desde lo alto de la escalera, con la tijera en la mano.

—No, Anna, es el futuro, tienes el don de poder *recordarlo*, como si se tratara de algo que sucedió ayer. Quizás el resto de nosotros tengamos una ínfima parte de ese don, por eso de vez en cuando presagiamos cosas.

Me quedo pensando en el asesinato de mi novio. Quizás ese día vi algo de su futuro que no me gustó... Algo terrible.

—¿Por eso maté a mi novio?

—Sí.

Otra respuesta contundente. Me gusta esta Julia.

—Entonces vi algo del futuro de mi novio y por eso reaccioné.

Decirlo en voz alta me da una paz que no creí necesitar. Todo este tiempo he mantenido cerrada una puerta en mi cabeza detrás de la cual había una verdad monstruosa: que quizás soy una asesina. No es que eso haya cambiado, pero por lo menos hay una explicación detrás.

—¿Qué es lo que vi?

—Nadie lo sabe. Si es algo en lo que Oliver Cohen estaba involucrado, cambió en el preciso momento de su asesinato.

—Alteré el futuro.

—Exacto.

Tengo que pensar. No hace falta ni siquiera que se lo pida a Julia. Durante los siguientes minutos continuamos cortando la enredadera en silencio, y ella se detiene únicamente para bajarse de la escalera y moverla hacia la derecha.

Marcia llega en este momento con su carrito de la compra. Julia y yo la saludamos con la mano y ella nos devuelve el saludo, va directo al invernadero y al cabo de cinco minutos se retira.

—Vamos a beber un poco de agua.

Acepto de inmediato.

Además de productos de limpieza, Marcia ha dejado sobre la mesa cuatro botellas pequeñas de agua. Cogemos una cada una y salimos nuevamente al jardín circular; esta vez nos sentamos en el perímetro de la fuente.

—A ver si lo entiendo —digo después de tomar un sorbo corto de agua—. A los tres años tengo la visión del accidente de mi madre; como soy muy pequeña, no comprendo qué es lo que sucede y no puedo hacer nada para evitarlo. Años después, tengo una nueva visión de mi novio, algo terrible...

Me detengo. Pienso en Carla, que estaba convencida de que mi novio me había maltratado de alguna forma para que yo reaccionara de forma tan violenta.

—¿Qué sucede, Anna?

—Nada. Entonces, ese día, en la cocina de la casa del senador, tengo una visión relacionada con mi novio y mi reacción es matarlo con un cuchillo. De esa forma, altero ese futuro que he visto y se ha generado este.

—Así es.

Niego con la cabeza.

—Es mucho, Julia..., demasiado. No sé ni por dónde empezar a desenredar todas las preguntas que se mezclan en mi cabeza. ¿Por qué no puedo recordar nada? ¿Qué rayos significa el canguro y la fecha de la libreta?

Julia asiente con pesar.

—Ahora entiendes por qué debíamos ir con calma. Mañana vendrá a verte Laura Hill, quiero que hables con ella también.

—¿Por qué?

—Por varios motivos. El primero, quiero que tengas un punto de referencia más, no sólo el mío. Como bien has dicho, todavía hay muchas cosas por desentrañar.

Una idea cruza mi cerebro como un rayo. Una revelación.

—Si el senador está vivo... —digo con estupor.

El rostro de Julia se transforma. Es la expresión que pondría una madre si su hijo pequeño corre a toda velocidad hacia un camino con mucho tráfico.

—Más despacio, Anna.

—Vas a matarlo —digo en voz baja, aunque allí nadie puede oírnos—. Lo que vi en tu despacho del Lavender Memorial todavía no ha sucedido, pero sucederá exactamente de esa forma.

Estoy en shock. Bebo un sorbo de agua.

—¡Los empleados del hospital también escucharon el disparo!

Es la primera vez que consigo encajar algunas piezas.

—Vamos a seguir con la enredadera —dice Julia.

Pero yo estoy ensimismada en mis pensamientos. Me pongo de pie de un salto. Y entonces tengo una segunda revelación.

—El dolor de la cadera... desapareció al día siguiente de forma milagrosa.

Me quedo muy quieta.

—No es sólo el episodio con Cohen, ¿verdad? —continúo en tono monocorde—. Todo lo que recuerdo de ese día en el Lavender Memorial aún no ha sucedido.

La expresión de Julia me confirma que estoy en lo cierto.

Cortamos el resto de la enredadera en silencio, ahora yo en la escalera y Julia en el suelo.

Sigo sin poder creer que los hechos del Lavender Memorial todavía no han ocurrido. Hasta formular la idea en mi cabeza me genera una contradicción temporal. Me resulta fascinante, y a la vez totalmente inverosímil, y me lleva a formularme un sinfín de preguntas. ¿Cuánto falta para ese día? ¿Es posible alterar ese futuro?

El asesinato de mi novio parecería ser la prueba definitiva de que alterar los sucesos en el hospital es posible.

Lo anterior me lleva a pensar en cuáles son —serán— las razones por las que Julia asesinaría al senador Cohen.

—Ha quedado muy bien, ¿verdad?

Julia está a mi lado, contemplando el muro. Yo estoy tan sumergida en mis pensamientos que apenas la escucho. Me la quedo mirando.

—Ven, Anna, vamos a colocar las ramas en las bolsas.

Nos ponemos guantes y nos dedicamos a recoger las ramas y a colocarlas en bolsas de plástico. Es otra tarea que hacemos cada una por su lado, y lo agradezco, porque necesito seguir procesando el hecho de que parte de mis recuerdos pertenezcan al futuro.

Estar ocupadas ha sido un gran acierto por parte de Julia.

Pienso en el canguro que vi ese día en el invernadero del hospital. ¿Si no he vuelto a verlo, significa que no he tenido otro recuerdo futuro? Porque una cosa que me inquieta es que no tengo forma de diferenciar ese día del resto de mis recuerdos. Es un día más; el primero que recuerdo, de hecho.

Cuando terminamos de llenar las bolsas, dieciocho en total, las dejamos todas alineadas en el pasillo de entrada. El cambio en el jardín es notable.

Nos sentamos en la fuente a descansar y beber un poco más de agua.

—Tú no puedes ver al canguro, ¿verdad, Julia?

—Me temo que no. Sólo tú puedes. Bueno, otros como tú también.

Otros como tú...

—Tengo tantas preguntas.

—Es cierto, son demasiadas preguntas, querida —dice en tono maternal—. Y yo no tengo todas las respuestas. Laura Hill y yo hemos estudiado tres casos similares al tuyo, y tú eres, con mucho, el más extraordinario. Pero déjame que te cuente algo que quizás te aclare un poco las cosas.

—Por favor.

—Es imposible saber si el episodio en el jardín de infancia fue el primero de tu vida. Probablemente no. Mi hipótesis es que esta afección es algo con lo que naces. Pero, claro, para una niña muy pequeña, que ni siquiera puede expresarse o comprender demasiado bien el mundo que la rodea, es irrelevante si tiene un recuerdo del pasado o del futuro. Tu padre cree que él tiene una dosis mínima de ese don, pero no se dio cuenta hasta que empezó a comprender de lo que tú eras capaz. En su caso eran cosas insignificantes, como estar seguro de conocer a una persona que nunca había visto en su vida o cosas así.

—¿Entonces mi padre lo sabe?

—Por supuesto. Él fue el primero que lo supo. Porque después de la muerte de tu madre, volviste a tener otros episodios. Y tu padre en un principio creyó que el color del coche que causó el accidente había sido una extraña coincidencia, pero cuando se produjo por segunda vez no tuvo ninguna duda.

—¿Cuándo fue eso?

—Cuando tenías diez años. Tomabas el desayuno en la cocina, antes de ir a la escuela, y le dijiste a tu padre que al despertar habías recordado los aviones de guerra en el campus de la escuela y cómo los niños se habían divertido aquel día. Lógicamente, tu padre creyó que eran los restos de un sueño y no le dio importancia. Sin embargo, un par de meses después recibió una llamada de una autoridad educativa que quería proponerle que su escuela formara parte de una exhibición itinerante de aviones antiguos. Para ese entonces él era el director, e inmediatamente lo relacionó con lo que tú le habías dicho. Aceptó, y así fue como lo que tú habías visto se hizo realidad.

—Uau... ¿Y cómo reaccioné?

—Tu padre se sorprendió. Para ti fue como si la exhibición de aviones hubiese sucedido por segunda vez. De hecho, le preguntaste varias veces cuándo regresarían los aviones, pensando que podía ser algo recurrente.

Aparto la vista de Julia y me quedo mirando el jardín, meditando un momento.

—Todo lo que sucederá ese día en el Lavender Memorial —digo— es para mí un recuerdo como cualquier otro.

—¡Exacto! Nuestra mente acumula recuerdos, y lo único que asocia esos recuerdos es lo antiguos que son. Por ejemplo, tú recuerdas nuestra primera conversación en la cabaña y también nuestro primer partido de tenis. Tu mente sabe que uno de esos recuerdos es más antiguo que el otro, pero no deja de ser un mecanismo bastante impreciso.

—A ver si lo entiendo. Si yo tengo un recuerdo futuro de un suceso que tendrá lugar dentro de dos meses, por ejemplo, mi cabeza lo almacenará como algo que tiene dos meses de antigüedad. ¿Es así?

—Yo no podría haberlo dicho mejor. Es la única manera que conoce nuestro cerebro para hacerlo. Imagina que cada recuerdo que se almacena en nuestra mente tiene una etiqueta con un número que representa su antigüedad. En el caso de la exhibición de aviones cuando eras una niña, para ti había sucedido dos meses antes, que era el tiempo que tardaría en ocurrir realmente.

—Por eso siento que son recuerdos del pasado.

—Así es.

—¡Espera un momento..., eso significa entonces que los hechos del hospital sucederán dentro de una semana!

Julia se limita a asentir.

—Mañana vendrá Laura. Nos reuniremos con ella aquí mismo y verás que todo tendrá sentido.

El día de la revelación

Reconozco de inmediato a la mujer que está sentada en la cocina.

—Hola, Anna —dice Laura Hill cuando todavía no he terminado de bajar las escaleras—. Creo que ya sabes quién soy.

—Sí, claro.

Ella sonríe. Es más alta de lo que había imaginado; incluso sentada me doy cuenta de que me saca más de siete centímetros. No sé si es el maquillaje, que resalta su mirada penetrante, su porte, o ambas cosas, pero lo cierto es que Laura Hill es una presencia avasallante, incluso allí sentada y sonriendo pacíficamente.

—Creí que íbamos a reunirnos con usted directamente en el jardín circular —digo mirando la mesa con curiosidad.

En ella hay dos generosas porciones de tarta y dos vasos de café de Starbucks tamaño *venti*.

—He traído tarta de chocolate —dice ella advirtiendo mi interés—. Es inaudito que no la hayas probado todavía, siendo tu favorita.

Lo cierto es que tengo bastante hambre, y no es para menos después de la ardua jornada de trabajo del día anterior en el jardín circular.

—Julia me dijo que todo iba a tener sentido cuando hablara con usted.

—Lo tendrá cuando vayamos al jardín circular y nos encontremos con ella. Primero quiero que hablemos un poco tú y yo aquí.

Me siento a la mesa. Llevo puesto un jersey de mangas anchas que me arremango para no ensuciarme. Es cierto, no he probado la tarta de chocolate desde que estoy en la cabaña, y ahora que estoy a punto de hacerlo sé que Laura tiene razón.

Mastico el primer bocado mientras con el tenedor preparo el siguiente, más grande que el anterior.

—Supongo que te preguntarás qué papel tengo yo en todo esto, ¿verdad?

Lo único que me pregunto es a qué velocidad puedo comerme la porción de tarta.

—Hace unos años, Julia y yo trabajamos juntas en el Lavender Memorial —dice la doctora Hill—. Somos muy diferentes en muchas cosas, pero las dos compartimos la pasión por nuestro trabajo. Desafortunadamente, esa pasión a veces nos lleva a cometer errores, y en mi caso hay uno que ha sido catastrófico: escribir *La última salida*.

—Tengo entendido que fue un gran éxito.

—Lo fue, enorme. El libro fue traducido a varios idiomas.

—¿Entonces?

Queda menos de un cuarto de la porción de tarta y me obligo a detenerme. Bebo un poco de café.

—Cuando escribí ese libro creí que sería un acto de justicia; algún tiempo después comprendí que era egoísmo y algo de narcisismo por mi parte. Es bastante triste. Pensé que *La última salida* sería la coronación de mi investigación y la reivindicación de una persona que había sufrido mucho. Si bien todo esto es cierto, también lo es que yo necesitaba ese reconocimiento, la palmada en el hombro en un momento de mi vida donde las cosas no me salían bien.

Con más calma, corto un nuevo trozo de tarta. Hay algo en Laura Hill que empieza a resultarme familiar e inmediatamente me pongo alerta. Es desesperante no poder confiar en las propias emociones. La doctora ha dicho hace un momento que la tarta de chocolate es mi favorita...

—¿Usted y yo nos conocemos? —la interrumpo.

No se sorprende. Quizás es la pregunta que esperaba.

—Nos conocemos un poco.

—¿De dónde?

—Ya llegaremos a eso.

Ella bebe un poco de café y guarda silencio.

—¿Por qué las cosas no le salían bien? —le pregunto.

—Tenía una relación complicada con el director del hospital; si has leído la novela, ya sabes algo de eso, aunque no todo. No es bueno mezclar el trabajo con el placer, y en mi caso fue una muy mala decisión. Quería irme del hospital, sentía que necesitaba un nuevo comienzo, y el libro se presentó como un cambio de ciento ochenta grados para mi vida. Pero yo no soy escritora, soy psiquiatra. Cuando presentaba la novela o hablaba con mis editores o con mi agente, todo me resultaba ajeno. Empezaron a pedirme mi siguiente libro, y yo, francamente, no tenía nada para ofrecerles. Nunca lo había pensado en términos de una carrera literaria.

Hace una pausa y señala su porción de tarta, que todavía no ha tocado.

—¿Quieres comértela?

Me sonrojo.

Sin esperar respuesta, la doctora Hill corta su porción y me sirve la mitad.

—Gracias.

—De nada. Ya te comerás el resto si tienes ganas. Te decía, entonces, que no tenía planes de escribir un segundo libro. Lo intenté, pero no funcionó. Yo no quería que funcionara. De un día para otro me encontré sin mi empleo en el hospital, que ya empezaba a echar mucho de menos, y con mi incipiente carrera de escritora en un callejón sin salida. Y entonces cometí el segundo error: me fui al otro extremo; aunque de esto no me arrepiento tanto. Pasé de que mi nombre estuviera en la portada de cientos de miles de libros, dar entrevistas, hacer presentaciones, participar en documentales y un sinfín de apariciones públicas... al anonimato más absoluto.

—¿Qué hizo?

—Acepté un puesto en una agencia del Gobierno.

Mi expresión ha debido de transformarse...

—No estoy aquí en carácter de funcionaria del Gobierno —se apresura a agregar la doctora Hill—. A raíz de mi notoriedad se acercaron a mí y me propusieron participar en un programa que brinda apoyo psicológico a agentes federales. Atención, *spoiler:* dejé ese empleo cuando terminó la pandemia.

Estoy impresionada. ¿Será posible que yo sea una de esas agentes?

—¿Qué te hace gracia, Anna?

—Nada. Se me ha ocurrido una idea disparatada.

—¿Quieres compartirla?

Sé que no se refiere al resto de la tarta, pero inmediatamente pienso en ella. Dios, de verdad que me vuelve loca la tarta de chocolate.

—Era una tontería. Continúe, por favor. ¿Por qué dejó ese empleo secreto?

—Porque quiero seguir investigando. Julia fue la primera en decirme que alejarme de la investigación sería un error; dejé todo en sus manos y ella ha hecho un buen trabajo durante estos años, y ahora se me presenta la oportunidad de volver. Mi hijo ya es mayor, he tirado la toalla en lo de formar una pareja estable...; en fin, he tardado bastante en darme cuenta de lo que realmente quiero.

—¿Va a investigar con Julia?

—No. Ahora es ella la que va a dejarlo, aunque por razones mucho más importantes que las mías.

No comprendo.

—¿Está enferma?

La doctora Hill desestima mi comentario con un ademán.

—Nada de eso.

—¿Puedo comerme el resto de la tarta?

Laura Hill no puede contener una carcajada y me acerca el plato.

—Esa investigación que han hecho —digo antes de llevarme a la boca el primer bocado—. ¿Tiene que ver con los animales?

No hace falta que le diga que me refiero a la zarigüeya de su libro y al canguro que he visto —o veré— en el invernadero del Lavender Memorial.

Ella asiente.

—Voy a contarte una anécdota que ocurrió durante una de las firmas de *La última salida*. En la fila había un hombre que había terminado siendo el abogado de Ted McKay, y al que yo hacía referencia en el libro, aunque cambiando su identidad. No sé si recuerdas cuando en el libro Ted asiste a una fiesta de cumpleaños multitudinaria y...

—Ve a la zarigüeya en un neumático... Sólo él puede verla.

La doctora Hill me observa como si de pronto me hubieran crecido antenas en la cabeza.

—Lo terminé de leer ayer. ¿Tan increíble es que recuerde el pasaje de un libro?

—Claro que no. El hecho sucedió tal cual tú lo describes. Ted aseguraba haber visto una zarigüeya enorme y todos los asistentes se alborotaron. Como tú dices, resultó que no había nada. Pero Ted no fue el único que la vio.

—¿El abogado?

—Sí. Eso fue a decirme el día de la firma de ejemplares. Se quedó hasta el final y me lo confesó, preocupado porque no sabía lo que eso significaba. Supongo que creía que se había vuelto loco...

La doctora Hill sonríe. A mí no me produce nada de gracia.

—Ese abogado no estaba loco, Anna, del mismo modo que tú tampoco lo estás. La zarigüeya, el canguro y muchos otros animales son representaciones que interactúan con nosotros en otro plano. Es cierto que algunas personas con las facultades mentales alteradas pueden verlos con mayor facilidad; sucede todo el tiempo en el Lavender Memorial. El raciocinio es lo que limita nuestra capacidad de percibir ciertas cosas que están más allá de lo que conocemos; incluso personas como Julia o como yo, que tenemos la convicción absoluta de que esos animales existen, somos incapaces de verlos, ni siquiera bajo la influencia de sustancias desinhibidoras. Los niños pequeños, en cambio, son mucho más propensos a interactuar con ellos.

—¿Entonces la zarigüeya no era una creación de Ted?

—En absoluto.

—¿Y por qué pudo verla el abogado?

—Por la misma razón por la que tú puedes ver al canguro. Porque eres especial.

La doctora Hill se pone de pie.

—¿Qué te parece si vamos al jardín de una vez? —dice mientras coge su café—. Podemos seguir hablando por el camino.

Salimos de la cabaña y, sorprendentemente, Garry no nos recibe al otro lado de la reja como de costumbre.

—La zarigüeya era una especie de guardián de los secretos de Ted —digo mientras nos dirigimos a la pista de tenis—, o por lo menos eso he interpretado yo en el libro.

—Has interpretado bien.

—¿Y cuál es el papel del canguro?

La doctora me estudia. Se ha dado cuenta de que la velocidad de mi pregunta buscaba cogerla con la guardia baja. Sonríe, pero no me responde.

—Tiene que ver con mi capacidad de recordar el futuro, ¿verdad?

—Sí.

Estamos frente a la puerta del jardín circular. Antes de que la doctora Hill la abra le pido con un gesto que espere.

—¿Julia le ha dicho lo que sucederá en el Lavender Memorial? ¿Incluyendo que asesinará al senador Cohen?

La doctora Hill me responde con un imperceptible asentimiento de cabeza.

—Vamos, Anna, entremos. Entenderás muchas cosas cuando crucemos esa puerta...

Avanzamos por el pasillo. El jardín del fondo todavía es una bola de luz.

Por alguna razón me había imaginado que la gran revelación que me esperaba allí estaría encarnada en una persona: mi padre, Hollinger, Cohen... Alguien.

Pero no estoy preparada para lo que veo.

Mis pies se quedan clavados en el suelo, como si de pronto el campo gravitatorio de la tierra se hubiera multiplicado por diez.

Julia está sentada en uno de los bancos. La doctora Hill se queda a mi lado, sin decir nada, quizás a la espera de que me desplome o salga corriendo. Ambas cosas serían perfectamente razonables dadas las circunstancias.

El jardín circular está tal como lo encontramos Julia y yo la primera vez: las enredaderas crecidas, los senderos cubiertos de hojas, la fuente sucia.

Cuando consigo romper el hechizo gravitacional, camino lentamente hasta una de las paredes. Estiro la mano y la deslizo por encima de las ramas largas de la enredadera. Agarro una y tiro de ella, y por supuesto no consigo arrancarla.

Quiero gritar. ¡Cortamos todas las putas ramas ayer...! ¡Las colocamos en bolsas! ¡18 en total!

Julia se ha acercado. Se mantiene a una distancia prudente.

—¿Cuándo está sucediendo todo esto? —consigo articular, masticando cada palabra.

Ella me pide que nos sentemos en uno de los bancos.

La observo con incredulidad.

—Julia... —digo en el mismo tono monocorde—, no puedo más. Necesito saber qué está pasando. Creo que voy a desmayarme.

Ella se acerca rápidamente y me sostiene.

—Vamos a sentarnos.

Antes de llegar al banco pasamos junto a la fuente. Me quedo observando el fondo sucio, tapizado de hojas secas.

Julia y yo nos sentamos en uno de los bancos y la doctora Hill lo hace en el que está justo enfrente.

Es verdad que estoy a punto de desmayarme.

—Laura y yo vamos a explicártelo todo —empieza Julia—. Ten paciencia, hay mucho que procesar.

Le indico con la cabeza que estoy lista.

—El jardín está así —dice Julia— porque tú y yo todavía no lo hemos limpiado. Eso lo haremos mañana.

Julia hace una pausa para permitir que la idea cale en mi mente.

—Para que lo entiendas mejor, necesito hablarte del asesinato de tu novio. Ese día, probablemente a causa de la conmoción, los recuerdos del futuro, en lugar de ser esporádicos, empezaron a acudir a tu mente de forma masiva, como un proceso fuera de control.

Las dos mujeres se miran.

—¿Qué?

—Ese episodio fue un punto de inflexión —dice la doctora Hill—. Después de él ya no recordabas nada del pasado, sólo del futuro.

—¿Qué? —repito.

—Lo único que recordabas, Anna, era tu futuro. Un aluvión de recuerdos futuros acudió a ti, borrando tu pasado. Es como si cada recuerdo tuviera una etiqueta...

—Sí..., ya me has dicho lo de las etiquetas. O me lo dirás en algún momento...

Estoy tan nerviosa que empiezo a reír.

—¿O sea, que hace más de dos años, cuando tuve ese... ataque... yo recordé todo mi futuro, incluyendo, por ejemplo, esta conversación?

—Exacto.

La respuesta me borra la sonrisa en un segundo. Estoy empezando a tomar conciencia de la verdadera dimensión de las cosas.

—Todo lo que recuerdo...

—Es el futuro —dice Julia—. Ha sido así durante los últimos dos años.

Me levanto como accionada por un resorte. De repente me siento como si el suelo estuviera inclinándose de un lado al otro. Mis brazos se mueven para devolverme el equilibrio.

—No lo entiendo. Es ridículo.

—Lo es —dice la doctora Hill. Ahora está a mi lado. Me guía otra vez hasta el banco—. Siéntate.

Julia me ofrece una botella de agua. Bebo un sorbo.

—¿Qué hay de la charla que usted y yo hemos tenido en la cabaña hace un rato? —digo dirigiéndome a la doctora Hill—. Todavía tengo el sabor a chocolate en la boca.

—Eso no es el futuro, Anna. Todo lo que sucede durante el día no se ha consolidado en tu memoria a largo plazo —responde ella de inmediato—. Ese proceso se produce de noche. Es decir, que en un día cualquiera tu memoria funciona como la de todos nosotros. Cuando te vas a dormir..., ese día se pierde y sólo queda el futuro.

—No puedo recordar el pasado —digo, entre maravillada y horrorizada.

—Sólo el futuro —repite Julia.

Me quedo mirándola embobada.

—Entonces no es sólo lo del Lavender Memorial —digo como una autómata—. Es todo. Todo lo que recuerdo de los otros días.

—Exacto —dice Julia—. En la pizarra de mi despacho estarán los acontecimientos de los próximos días porque tú me darás los detalles.

—Anna —interviene la doctora Hill—, no puedo ni imaginar lo difícil que es asimilar todo esto. Cuando Julia me habló por primera vez de tu caso, tardé mucho tiempo en comprender realmente las implicaciones. Te estamos pidiendo que lo hagas en unos minutos, y eso es imposible.

Asiento repetidas veces. Es cierto, necesito serenarme un poco. Mis pensamientos van en mil direcciones al mismo tiempo.

Tengo que enfocarme en una cosa. En algo.

—El jardín —digo mirando a mi alrededor, luego a Julia—, ¿mañana lo limpiaremos tú y yo?

—Sí.

—¿Y si no lo hacemos?

—Supongo que es una opción —reconoce ella—. Pero no vamos a arriesgarnos.

—Y cuando eso suceda —razono en voz alta—, tú recordarás esta conversación porque será parte de tu pasado. Pero yo no recordaré nada; lo único que recordaré será el futuro, los días siguientes.

—Exacto.

Suspiro y me llevo la mano a la cabeza. Cierro los ojos.

—Para mí, eso sucedió *ayer*. Es... todo... muy difícil.

—Piénsalo de este modo —dice la doctora Hill—.

Imagina una línea temporal donde están todos los sucesos de nuestra vida. Todos nosotros estamos sobre esa línea mirando hacia atrás, hacia nuestro pasado. Lo que vemos más cercano es lo que ha sucedido más recientemente, y los recuerdos más distantes son los más antiguos. Incluso algunos están tan lejos que no podemos divisarlos con claridad.

—Tú, en cambio —completa Julia—, estás mirando en la dirección contraria, hacia el futuro. Lo que ves más cerca, como la limpieza del jardín, es lo que sucederá en el futuro más próximo...

Abro mucho los ojos cuando finalmente comprendo.

—Todo sucederá en el orden inverso al que yo lo recuerdo.

Julia esboza una sonrisa orgullosa.

Tengo que contener mi cabeza, que otra vez amenaza con lanzarse hacia adelante como un caballo desbocado.

Hay tantas cosas que empiezan a tener sentido.

Enfócate.

—El segundo día en la cabaña... —digo reflexionando en voz alta—, es decir, el segundo día que yo recuerdo, cuando intenté escapar nadando de aquí..., alguien me siguió en la barca...

Ni Julia ni la doctora Hill continúan la frase. Me permiten llegar a la verdad por mí misma.

—Esa noche sí conseguí escapar —continúo maravillada—, y aparecí inconsciente en la orilla del lago, donde me encontraron esos jóvenes al día siguiente.

—Conseguirás escapar —me corrige Julia—. Nada de eso ha sucedido todavía.

La observo con incredulidad. Es muy difícil para mí hablar en futuro para referirme a los recuerdos que tengo en mi cabeza, muchos de los cuales puedo evocar con una claridad absoluta.

—Tú permitirás que me escape nadando —digo refiriéndome a Julia—, aun sabiendo que el desenlace será...

Me detengo.

Nada grave va a sucederme cuando intente escapar. Los jóvenes me encontrarán en la orilla y me despertaré en la cama del hospital.

—No será sencillo para mí —reconoce Julia—, pero es lo que debo hacer para que todo suceda tal cual tú lo recuerdas.

—Espera un momento... Entonces, cuando me desperté en la cama de la cabaña con el cabello mojado porque supuestamente me habías sacado del agua... Tú estabas furiosa...

—Será un montaje. Haré eso el día anterior para que tú creas que te he rescatado con la barca.

Empiezo a entender la magnitud de la planificación que Julia debió —deberá— llevar adelante para que yo no advierta lo que está ocurriendo.

Ahora entiendo por qué Marcia tenía instrucciones precisas de que la comida estuviera siempre dispuesta de la misma forma o que la ropa fuera reemplazada cada día.

Sé que estoy pensando en pasado, pero me resulta imposible no hacerlo. Como acaba de decirme Julia, nuestra mente está preparada para etiquetar sucesos del pasado, no del futuro.

Recuerdo las palabras de Marlon, el jardinero, cuando le hablé acerca de su participación en el rescate en la barca: *No sé de qué me habla*.

—No puedo creerlo —me pongo de pie—. ¿Por qué no me lo has dicho antes?

Laura Hill se levanta y me lleva de vuelta al banco con delicadeza. Ni siquiera tiene que decirme nada para que haga lo que me pide; hay algo en ella que impone un respeto reverencial.

—Por la misma razón por la que no te diré nada en los días siguientes —reconoce Julia con expresión compasiva—, porque alteraría lo que tú recuerdas. Y eso es justamente lo que no queremos.

—Entonces lo que sucederá ese día en el hospital, incluido el asesinato de Cohen..., ¿así es como queremos que sean las cosas?

Las dos mujeres intercambian miradas.

—Sugiero que dejemos esa conversación para otro momento —interviene la doctora Hill—. Es importante que entiendas, Anna, cómo funcionan tu mente y tus recuerdos.

—¿¡Para qué?! ¡Mañana no recordaré nada de todo esto! Cortaré las ramas de esta enredadera sin tener la más mínima idea de nada.

—Eso es verdad —reconoce Julia—, y es otra de las razones por las que no te diremos nada en los próximos días, porque lo olvidarías y deberíamos repetirlo al día siguiente. ¿Qué pensarías de mí si te dijera algo así la primera vez que te viera? Para eso se necesita tener cierta confianza, y es lo que construiremos de aquí en adelante.

—Además —dice la doctora Hill—, es cierto que mañana no recordarás nada del día de hoy, pero la Anna de ayer y la de los días anteriores, es decir, la Anna del pasado, sí lo hará.

Reflexiono un momento.

—Pero vosotras ya sabéis cómo me he comportado en el pasado.

—Sí, lo sabemos —dice Julia—. Pero eso ha sido

gracias a esta conversación que estamos teniendo ahora. Por eso tenemos que ser muy cuidadosas y asegurarnos de que lo entiendas.

Suspiro. Me quedo un rato largo observando la fuente sucia.

Pienso en Martin. La primera vez que lo vi me habló de los problemas con su madre y me mostró su escondite en el microondas, donde guardaba las piedras. Nunca me llamó demasiado la atención que confiara en mí de esa forma durante nuestro primer encuentro. Ahora sé que esa confesión sucederá después de los otros encuentros, durante los que poco a poco iremos construyendo un vínculo.

—Tus visitas nocturnas a la cabaña —le digo a Julia— son para asegurarte de que no haya ningún cabo suelto.

Ella asiente.

Ahora entiendo también por qué la doctora arrancará mis dibujos de la libreta. De no hacerlo, yo los vería incluso antes de hacerlos.

Y con respecto a cada objeto que me entregará, como las fotografías o los discos de Taylor Swift, también deberá sacarlos de la cabaña por la noche el día que me los entregue.

No sé qué es más complejo, si entender lo anterior o pensar en todo eso como si todavía no hubiera sucedido.

Empiezo a reírme a carcajadas. Las dos mujeres se miran.

—Su libro —le digo a la doctora Hill— voy a leerlo en dos días diferentes. ¿Eso significa que el primer día leeré la segunda mitad y después la primera?

—Claro —dice ella—. ¿Y quieres saber algo todavía más increíble? El libro que tú vas a leer lo tengo en este momento guardado entre mis cosas, envuelto en plástico. Todavía no se lo he dado a Julia para que lo lleve a la cabaña.

—Hay una cosa que no entiendo...

—¿Sólo una? —me interrumpe la doctora Hill con una sonrisa.

El comentario logra relajarme un poco.

—Si sólo recuerdo el futuro, cómo se explica entonces que sepa hablar o que conozca el nombre de las cosas que he aprendido de pequeña. También recuerdo cosas insignificantes de mi pasado, como que la lasaña es mi comida favorita.

La doctora Hill empieza a hablar. He observado que, cada vez que lo hace, Julia la escucha con admiración.

—Porque cada información se almacena en lugares diferentes del cerebro. No quiero ponerme demasiado pesada con los nombres, pero hay tres formas de almacenar información. Tu afección sólo opera sobre una de ellas. Las dos que no se ven afectadas son la memoria semántica, que es la que se ocupa de conocimientos concretos que no implican experiencias, como por ejemplo el lenguaje o una marca de café como Starbucks...

La doctora Hill señala los vasos vacíos que hemos dejado en el suelo.

—... y la memoria procedimental, que es la encargada de almacenar las habilidades motoras, las cuales tienen lugar en su mayoría de manera inconsciente. En cambio, la memoria episódica es la única que se ve afectada.

—Es exactamente igual que un caso de pérdida de memoria —apunta Julia—. Las personas siguen recordando cómo caminar, comer, respirar y demás.

—¿Pero por qué puedo recordar ciertas marcas, como Coca-Cola o Starbucks, y no, por ejemplo, el nombre de mi padre?

—Eso es porque esa información generalmente está ligada a episodios de tu vida —dice Julia—. Por lo tanto, para tu cabeza, es un recuerdo episódico. Tú no aprendiste el nombre de tu padre como un dato aislado, sino que está ligado a un sinfín de experiencias y emociones.

—Lo entiendo.

Nos quedamos un rato en silencio.

—Es increíble —digo—: yo conozco el futuro y vosotras el pasado.

—Así es —dice Julia—. Y lo mejor para todos es que no te digamos absolutamente nada de lo que te ha sucedido en los últimos dos años salvo lo mínimo indispensable. Porque si lo hacemos, condicionaríamos tu comportamiento en el pasado, y eso podría alterar el punto en el que estamos ahora.

Julia regresa de la casa con Garry sujeto con una correa. Ver el desconocimiento del boyero resulta una prueba incluso más contundente que el jardín circular; lejos han quedado sus muestras de afecto.

—Garry, ellas son Anna y Laura. Son amigas mías. Voy a quitarte la correa para que las conozcas.

Una vez libre, la cola de Garry empieza a moverse de un modo casi imperceptible.

Me agacho.

—Hola, Garry. ¿Puedo acercarme a saludarte?

La cola se mueve un poco más.

Acaricio el cuello del perro. Todavía no exhibe el comportamiento amigable de antes, pero es un avance.

Antes...

—Me va a costar acostumbrarme a que mis recuerdos todavía no hayan sucedido —digo sin dejar de acariciar a Garry.

Garry nos escolta hasta el muro. Unos minutos después hemos llegado a la cabaña.

Julia y la doctora Hill se sientan en el salón. Yo recorro primero la estancia, que por alguna razón ahora percibo de un modo diferente. Me acerco a la biblioteca y busco el espacio vacío del libro *La última salida*, que desde luego no encuentro.

—Si usted destruye ese libro que ha traído —le digo a la doctora Hill—, entonces yo nunca llegaría a leerlo.

—Así es.

—¿Y qué sucedería?

Las dos mujeres se miran de un modo peculiar.

—No lo sabemos con certeza —dice Julia—. Creemos que hay alteraciones sutiles que podrían ser absorbidas por una línea temporal.

Mi cara debe de ser elocuente, porque Julia inmediatamente reformula la misma idea:

—Imagínate que tienes el recuerdo futuro de tropezarte con una piedra durante un paseo por el bosque. Supongamos que ese incidente, que tu mente procesa como un recuerdo, sucederá mañana, y que entonces tú te diriges hoy hacia donde está esa piedra y la quitas del camino. Al día siguiente, ese tropiezo no sucederá. Sin embargo, el efecto será tan insignificante que en pocos segundos esas dos realidades volverán a ser exactamente iguales.

—Son cambios menores —apunta la doctora Hill— que no logran torcer el rumbo de los acontecimientos a medio o largo plazo. Es como si por un brevísimo periodo de tiempo se generaran dos realidades, una en la que te tropiezas con la piedra y otra en la que no, pero rápidamente ambas convergen en una sola en la que tú estás caminando por el bosque.

Estoy sentada en uno de los sillones y ellas justo enfrente de mí, una a cada lado. Las tres formamos un triángulo perfecto.

—Anna, tenemos que hablar de lo que sucederá en el Lavender Memorial —dice la doctora Hill—. Lo que nosotras sabemos es lo que tú le has dicho a Julia, y no es necesario que nos digas nada más. ¿De acuerdo?

—De acuerdo.

—Bien. Es muy importante que todo suceda tal cual tú lo recuerdas.

—¿Eso incluye el asesinato de Cohen?

La doctora Hill duda un instante.

—El asesinato de Cohen podría no ser necesario si vosotras conseguís evitarlo.

—De todas maneras —interviene Julia—, quiero que sepas, Anna, que el senador Cohen ha hecho cosas espantosas, no sólo en lo referente a ti, sino también en otras situaciones que no vienen al caso. Te imaginarás que, para alguien como yo, que está casada desde hace más de diez años con un hombre que conoce los sótanos y las alcantarillas de la política, ha sido fácil averiguar muchas cosas de Cohen. No voy a justificar un asesinato, pero sí me gustaría decirte que el mundo no necesita personas como él.

Julia me observa con una frialdad que no recuerdo haberle visto nunca.

—Podríamos no ir al despacho —aventuro.

Otra vez las miradas suspicaces entre ellas.

—La mera existencia de Cohen podría ser una alteración importante —dice Julia con cierta impaciencia—. Está demasiado ligado a tu vida, Anna.

No termino de entender del todo a qué se refiere. Lo que sí entiendo perfectamente es que el asesinato de Cohen es motivo de discrepancia entre ellas dos.

Decido dejar el tema.

—Y hay otra cosa muy importante —dice Julia, y cambia de postura en el sillón—. Tarde o temprano te darás cuenta, cuando estas ideas se asienten en tu cabeza, de que hay una razón por la que no recuerdas nada más allá de ese día en el Lavender Memorial. Quiero decir, por qué ese es el primer día que recuerdas.

Un escalofrío me recorre el cuerpo a medida que comprendo. O creo comprender.

Mis últimos recuerdos de ese día son de cuando Julia sacó la cajita de metal del bolsillo de su delantal, donde tenía la jeringa que me inyectó para calmarme el dolor en la cadera.

Cuando creí despertar al día siguiente en la cabaña, asumí que en realidad me había sedado para sacarme del invernadero con la ayuda del jardinero.

Ahora comprendo que no es eso lo que sucedió.

—El primer día que recuerdo —musito— es en realidad el último. Voy a morir ese día en el Lavender Memorial. ¿Vas a inyectarme algo que va a terminar con mi vida?

Doy por seguro que Julia va a negarlo y a darme una explicación perfectamente válida.

Pero no lo hace.

—Sí. Ese va a ser el día de tu muerte, Anna.

Y entonces hago lo único que se puede hacer en una situación así: reírme.

Río sin parar. Y cuanto más pienso en los rostros de las dos doctoras, dubitativos y esbozando sonrisas nerviosas, más me río. Me río ante su desconcierto, pero también ante la absurda idea de que voy a ser asesinada por una de ellas. ¿Cómo se supone que debo reaccionar?

Cuando se me pasa el ataque de risa tengo ganas de llorar, pero no lo hago. Evidentemente todavía tengo mi cuota de amor propio.

Julia saca su móvil del bolsillo. Lo manipula durante un momento y me lo entrega.

—Pulsa la pantalla cuando estés lista.

Entiendo de inmediato por qué me hace esa aclaración. En la pantalla aparezco yo, sentada en un sofá de lo que parece ser un salón decorado en exceso. Justo detrás de mí hay un tapiz multicolor de un gallo y a un lado una estantería con infinidad de adornos y platos decorativos.

Pulso la pantalla y el vídeo comienza.

La cámara se agita hasta que se queda perfectamente encuadrada. Es evidente que hay alguien que la está colocando como corresponde, posiblemente Julia. Yo no sé que ya me están grabando y le hablo a la persona de detrás de la cámara, mirando por encima del objetivo.

—Recuerdo perfectamente el momento en que vi el vídeo —dice la Anna del pasado—. Contigo y con Laura Hill, en la cabaña.

Es muy extraño verme, y más aún escuchar mi voz.

Julia entra en escena. Todavía está de espaldas, pero la reconozco incluso antes de que se siente también en el sofá.

—Hola, Anna —dice la Anna del pasado, y levanta una mano—. Sabes que no puedo explayarme demasiado ni entrar en muchos detalles. Lo importante es que veas que estoy aquí con Julia, en la granja, y con total libertad estoy grabando este mensaje para ti. No he sido presionada, obligada o inducida, grabo esto por iniciativa propia y porque es lo mejor para nosotras. Sé que nunca accederías a seguir adelante si yo no te lo pidiera de esta forma, pero es imperioso que lo hagas.

La expresión de la Anna del pasado cambia, aparece cierta urgencia. No tengo ni idea de cuándo fue grabado ese vídeo, sin embargo, lo que percibo es un peligro inminente.

—No puedo decirte la razón por la que tienes que confiar en Julia y en mí. En el tiempo que nos separa descubrirás cosas importantes, y lo que yo diga podría ser un condicionante. Sé lo confuso que suena todo esto, pero también sé que si de alguien no puedes dudar es de ti misma.

La Anna del pasado hace una pausa. A su lado, Julia sigue con la misma expresión imperturbable que ha mantenido durante todo el monólogo; justo en ese momento realiza un pequeño gesto de aprobación con la cabeza.

La Anna del pasado continúa:

—El cuatro de abril de dos mil veintidós, la fecha que escribiste en la libreta después de asesinar a Oliver Cohen..., tienes que morir. Sé que es pedirte muchísimo, pero si supieras lo que yo sé en este momento, te convencerías. Por favor, Anna, no hagas nada para alterar tus recuerdos.

El vídeo llega a su fin.

—Quiero verlo de nuevo.

Laura y la doctora me dicen al mismo tiempo que no es una buena idea.

Julia se levanta de su sillón y se estira sobre la mesa baja para coger el móvil. Se lo entrego sin entender el porqué de la negativa.

—Cuanto menos recuerdes de lo que has dicho en ese vídeo, mejor. La Anna del pasado ha tenido que grabarlo recordando este preciso momento.

Cierro los ojos y me agarro la cabeza.

—Esto es tan ridículo... —digo—. Mañana olvidaré todo lo que ha sucedido hoy, ¿por qué no dejar que las cosas sigan su curso?

—Ya te lo he dicho, Anna. No es por el futuro —dice Julia—, sino por el pasado. Si hoy no te convencemos de que tienes que seguir adelante, podrías hacer algo diferente en el pasado.

Me cruzo de brazos.

—Es un peso demasiado grande para cargar sobre mis hombros, ¿no os parece?

—Desde luego —responde Julia.

El día de las presentaciones

El 4 de abril de 2022 será el día de mi muerte. Faltan nueve días.

Estoy acurrucada en la cama con ganas de no volver a salir nunca más. Me acuesto de lado y miro por la ventana, y la claridad me dice que deben de ser las nueve de la mañana, o incluso más, porque los rayos de sol impactan de manera oblicua sobre el cristal.

Casi caigo en la trampa de calcular cuántas horas he dormido, pero ahora sé que eso no tiene sentido. El último día que recuerdo, con la llegada de Laura Hill y la conversación con ella y con Julia en el jardín circular, sucederá mañana, aunque mi mente se empecine en decirme que fue ayer.

La realidad es que no tengo ni idea de lo que hice el *verdadero ayer*.

Junto valor y salgo de la cama. Las tareas rutinarias de la mañana ahora adquieren un matiz nuevo. Una vez en el baño, por ejemplo, miro la pasta de dientes y trato de darme cuenta de si efectivamente está menos usada de lo que yo recuerdo. Y así con todo. Debajo del lavabo descubro una araña diminuta construyendo su tela y sé que si vuelvo a despertar en la cabaña, esa tela no estará allí.

Marcia no se ha ocupado de dejar todo impecable

como el resto de los días, seguramente siguiendo las indicaciones de Julia. Hay algunas cosas diferentes respecto al día anterior, como la caja de cartón en la que la doctora Hill trajo las porciones de tarta, que no está por ninguna parte.

—Porque todavía no las ha traído —le digo a la cocina vacía mientras agarro una botella de zumo de naranja de la nevera.

Estoy a punto de salir de la cocina cuando vuelvo sobre mis pasos y abro nuevamente la nevera. Me fijo en los recipientes plásticos de las ensaladas y cojo uno de ensalada BLT. Sin abrirlo, examino el contenido a través de la tapa y lo sacudo ligeramente hasta que consigo ver un tomate cherry con un pequeño corte.

La que tengo en mis manos, pienso con fascinación, es la ensalada que voy a comer al día siguiente. Lo sé, porque recuerdo claramente haber apartado ese tomate para comerme el resto. Lo que pensé en su momento es que se parecía a un ojo de gato. Ahora ese ojo me está mirando a través de la caja de plástico.

¿Qué sucedería si tiro esa ensalada a la basura? ¿O al lago? No habría forma de comérmela al día siguiente...

Posiblemente sería una de esas alteraciones sutiles que no modificarían el curso actual de los acontecimientos. Al día siguiente comería otra cosa y asunto resuelto. Lo que no tengo tan claro es qué sucedería con ese recuerdo futuro, ¿sería reemplazado mágicamente por otro?

Si hiciese algo para torcer el curso de los acontecimientos, ¿lo sabría de inmediato o nunca me enteraría?

Preguntas, preguntas y más preguntas.

Dejo la ensalada en su sitio y salgo de la cabaña con

mi botella de zumo de naranja. No tengo definido un rumbo. Me dirijo hacia el lago sin tener nada claro si me quedaré allí o no.

Desde la orilla contemplo la silueta del edificio del Lavender Memorial. Allí moriré a manos de Julia, si es que decido seguir con el plan.

Sé que es pedirte muchísimo, pero si supieras lo que yo sé en este momento, te convencerías. Por favor, Anna, no hagas nada para alterar tus recuerdos.

Recorro los alrededores de la cabaña, empezando por el claro donde días después voy a reírme a carcajadas con Carla, a quien todavía no he conocido pero a la que, sin embargo, recuerdo. Y a continuación me dirijo al cobertizo donde está el pasadizo secreto de Martin.

Camino de forma paralela al muro, algo que hago por primera vez.

—Por primera vez... —me mofo de mí misma en voz alta.

Cuando estoy a pocos metros de la puerta de rejas advierto cómo Garry se mueve inquieto de un lado para el otro. Su actitud corporal no deja margen de duda y me acerco despacio, hablándole con calma, mencionando su nombre repetidamente hasta que consigo calmarlo. Al menos no ladra.

Me detengo a unos dos metros de la reja.

—Hola, Garry. Soy Anna. Espero que muy pronto seamos amigos.

El boyero se sienta y me mira de una forma que parece que comprenda la profundidad de lo que acabo de decirle.

—Adiós, Garry. Nos vemos mañana.

Tengo decidido que al regresar a la cabaña voy a escuchar a Taylor a todo volumen y bailar hasta caer rendida.

Pero cuando estoy por llegar me doy cuenta de que tengo compañía.

—Hola —saluda Martin sin demasiada efusividad. Está sentado en uno de los sillones del porche y mueve las piernas de forma oscilante—. Soy Martin, el hijo de Julia.

Experimento una tristeza inesperada al descubrir que se trata de nuestro primer encuentro.

Subo al porche y me siento en el sillón contiguo.

—Sé quién eres. Tu madre me ha hablado de ti.

Él me estudia durante varios segundos, y lo que me pregunta a continuación casi me hace estallar de risa.

—¿Estás loca?

Me limito a esbozar una sonrisa.

—Creo que no. Mi nombre es Anna. Soy paciente de tu madre, pero sólo tengo problemas de memoria.

Martin asiente.

—Mi madre trabaja en el hospital con personas que están locas.

—Bueno, por algo me ha traído aquí. De lo contrario estaría en el hospital, ¿no te parece?

—Eso mismo me dijo ella.

—Hagamos algo, entremos y te cuento un poco más mientras tomamos una Coca-Cola.

El plan le entusiasma de inmediato y en menos de dos minutos estamos sentados en la mesa de la cocina.

—¿Te olvidas de todo?

—No de todo. Sólo de algunas cosas.

—Entonces, si vuelvo otro día te acordarás de mi nombre.

—Sin duda.

—¿Y qué haces? ¿Escribes las cosas en alguna parte?

Es curioso cómo un niño de siete años tiene la facilidad de enfocarse en lo realmente importante. Desafortunadamente, no puedo explicarle a Martin por qué llevar un registro de lo que hago podría condicionarme seriamente.

—A veces lo hago —miento—. Pero le quita un poco de emoción.

Sonrío, como si olvidar las cosas pudiera tener su lado divertido.

—¿Cuánto tiempo vas a quedarte?

—Unos diez días, supongo. Tu madre cree que me sentará bien.

—A mí me gusta la cabaña.

—Mientras yo esté aquí serás más que bienvenido; podrías enseñarme los alrededores o simplemente charlar. Soy buena escuchando.

—¿Luego te vas a olvidar de lo que hablemos?

Vuelvo a reír.

—Quién sabe... Pero eso puede ser bueno, ¿no crees? Nunca hablaré con nadie de tus secretos.

Le guiño un ojo. Es la primera vez que Martin sonríe desde que ha llegado.

Es la primera vez que alguien llama a la puerta de la cabaña. Detengo la música y me asomó por la ventana. La doctora Laura Hill me saluda desde el porche.

Le hago un gesto para que pase.

—Hoy no ha traído tarta de chocolate —digo al advertir que no trae nada en las manos—. Ni un mísero café.

No deja de sonreír, pero mi comentario evidentemente la incomoda.

—Estoy bromeando —digo señalando la mesa—. Yo puedo preparar café.

La sonrisa de la doctora Hill se agranda.

Hoy viste de manera sencilla. Eso sí, su rostro está impecablemente maquillado y el cabello parece recién salido de la peluquería. Incluso con ropa informal no ha perdido ni un ápice del magnetismo de... *mañana*.

—Es café instantáneo. ¿Azúcar y crema?

—Sí, por favor —hace una pausa—. Julia vendrá dentro de un rato, pero antes quería comentar algunas cosas contigo.

Mientras el agua se calienta me doy la vuelta para mirarla.

—Hay una regla de oro que nos ha traído hasta aquí —anuncia.

—¿Regla de oro?

—Sí. No hablar de tu pasado, especialmente de los últimos dos años.

—Creo que eso ya ha quedado claro.

Le doy la espalda a la doctora Hill y sirvo las dos tazas. Las llevo a la mesa y me siento enfrente de Laura, como hice ayer. *Mi ayer*.

—¿Puedo decirle yo algo, doctora?

—Por supuesto.

—He decidido que voy a pensar en todo lo que recuerdo como si fuera mi pasado. Sé que no es cierto, pero así es como mi cabeza lo percibe, y resulta mucho más sencillo pensar de esa forma. Si mi vida fuera un libro, las páginas con los sucesos de los próximos días ya habrían sido escritas.

—Es una forma interesante de verlo, como un libro que se está escribiendo al revés.

—Exacto. En lo que a mí respecta, usted y yo comimos tarta de chocolate ayer en esta mesa.

La doctora Hill baja la vista. Remueve su café con suma lentitud.

—¿Qué? —pregunto.

—Tampoco deberías hablar demasiado del futuro...

—¿Otra regla de oro?

—No, sólo una recomendación. Mañana pensaba traer tarta de chocolate de todos modos.

—Y café de Starbucks, no lo olvide.

Laura Hill deja de sonreír. No es una expresión hostil, pero entiendo que estoy llegando a algún tipo de límite.

—Su jefe en el hospital creía que usted era una mujer manipuladora —le digo de repente.

Por un brevísimo instante consigo desconcertarla.

—No es algo que haya visto en el futuro, no se preocupe. Lo he leído en su libro.

—Anna, quiero decirte por qué estoy aquí —dice ella ignorando por completo mi comentario—. Hace algunas semanas que estoy trabajando con Julia. Esto no tiene que ver directamente contigo, pero es importante que lo sepas.

—Usted lo dejó todo para convertirse en agente de la CIA —bromeo.

La expresión de seriedad de Laura Hill no se altera en lo más mínimo.

—Julia me pidió ayuda y me he convertido en su terapeuta, hace de eso más o menos un año.

En pleno embarazo de Aaron, pienso, después de que Julia dejara el trabajo en el hospital aquejada por un cuadro depresivo. Según lo que recuerdo de la conversación con Carla, más o menos por esa época, la doctora empezó a mejorar y a trabajar mucho en el despacho de su casa. La propia Carla me confirmó que en una ocasión entró en el despacho por curiosidad y encontró unas fotografías mías y algunos documentos.

—Entonces usted es la responsable de que Julia haya salido adelante durante el embarazo.

—Lo que debes saber, Anna, es que el compromiso de Julia es auténtico y va más allá de lo que imaginas. No voy a mentirte, no estoy de acuerdo con todo lo que ha hecho ni con lo que piensa hacer, pero un terapeuta debe guiar, no dictaminar acerca de la vida de sus pacientes. Julia está dispuesta a asesinar por ti.

Estoy verdaderamente conmovida. Ya no quiero bromear ni provocar a la doctora.

—Entenderá lo difícil que es juzgar algo que no comprendo —me defiendo.

La doctora Hill bebe un poco de café.

—Claro que sí. Por eso me parece importante que lo escuches de alguien más. Alguien que no sea ella misma. Julia ha sufrido mucho y ha tenido que enfrentarse a decisiones imposibles. Tenlo presente.

Y de pronto lo comprendo. La doctora Hill no me está hablando a mí, le está hablando a la Anna del pasado, que recordará esta conversación y seguramente comprenda mucho más que yo.

—Le agradezco que me lo diga.

La puerta de la cabaña se abre y aparece Julia. Nuestras miradas dicen todo lo necesario. Se sienta junto a la doctora Hill; en la mano lleva una libreta.

—¿Estás bien? —la doctora Hill apoya una mano sobre la de Julia.

Julia asiente y sonríe.

—Tenemos trabajo por delante —dice señalando la libreta.

—Voy a dejaros solas. —La doctora Hill se levanta—. ¿Crees que ese perro tuyo me dejará cruzar el jardín viva?

—Será mejor que le pida a Marcia que vaya a buscarte a la reja.

Julia saca el móvil y mantiene una conversación breve con la empleada.

—Adiós, Anna. Nos vemos mañana. —La doctora Hill me guiña un ojo y se marcha.

Cuando Julia y yo nos quedamos solas, ninguna de las dos dice nada durante un buen rato. Finalmente, ella se estira por encima de la mesa y me coge las manos.

—Tenemos que hacerlo, Anna.

—Desearía poder entender un poco más.

—El vídeo fue idea tuya, para que no tuvieras dudas.

—Julia, todavía no he visto ese vídeo, dices eso porque piensas enseñármelo mañana. Todo esto es tan difícil...

Señalo la libreta sobre la mesa.

—¿Qué hay en la libreta?

—Todavía nada. Pero, como ya sabes, voy a necesitar que me digas lo que sucederá de aquí en adelante.

La información de la pizarra, por supuesto. Esta charla es su origen.

Julia saca el móvil del bolsillo y me anuncia que va a grabar la conversación mientras toma algunas notas generales.

—Voy a empezar cuando me desperté en la cama del hospital —le digo—, que es el recuerdo más antiguo que tengo.

—Me parece perfecto.

Dedico la siguiente hora a hacer un relato pormenorizado de los hechos tal como los recuerdo. De los primeros días hay detalles que me resultan esquivos, lo cual es en parte alentador, pues mi mente olvida igual que la de cualquier ser humano.

Respecto a mis encuentros con Martin y con Carla, no tiene sentido entrar en detalles innecesarios. No quiero violar la confianza que ellos han depositado en mí.

—Creo que con esto será suficiente. —Julia interrumpe la grabación en el móvil. Cuando ve la hora en la pantalla se preocupa.

—Debo irme —se disculpa—. Pero antes debo decirte algo importante: la próxima vez que te despiertes no estarás en esta cabaña.

—¿Eso no viola la regla de oro de no hablar de mi pasado?

—A veces haremos algunas excepciones. Sólo cuando sea necesario.

Julia está a punto de salir de la cabaña.

—¿Estarás allí cuando despierte?

Me responde con una sonrisa enigmática, levantando las cejas.

—Julia...

—¿Qué?

—¿Qué sucedería si no me duermo?

Mi pregunta la incomoda.

—Sólo sería un día más largo. Al final tendrías que dormir.

El día que despierto en la granja

Me despierto en una habitación pequeña y deprimente. La pintura no está en buenas condiciones y hay olor a humedad. Sobre mi cabeza hay un ventilador de techo de madera con telarañas en el rotor central.

La luz de la mañana entra de forma descarada por la única ventana. Cuando me estiro para mirar hacia afuera, advierto rápidamente que estoy en una planta baja que bien podría ser la granja.

La cama es individual. Cuando me siento, descubro que llevo puesto el mismo camisón de siempre, lo cual me tranquiliza. Junto a la cama hay una mesita de noche con una lámpara y un reloj de agujas que marca las ocho y diez. El reloj es tan antiguo como el ventilador de techo.

La única decoración es un cuadro fuera de lugar de unos hombres a caballo acompañados por perros de caza. Me acerco, inmediatamente cautivada por la calidad de la pintura, y contemplo el cielo turbulento de tonos rosas y grises que algunos de los jinetes observan con algo de preocupación.

Mi ropa está estirada en una silla junto a la puerta. Lo único que reconozco son las zapatillas que he utilizado durante mis días en la cabaña.

—Así es, amiguitos —les digo a los cazadores del

cuadro—. Voy a pensar en tiempo pasado cuando me refiera a la cabaña. Vosotros quizás no lo entendáis, pero creedme si os digo que...

Un golpe suave en la puerta.

—¿Anna? ¿Estás bien?

Hollinger.

No puedo responder. Tengo las manos en el pecho porque siento que mi corazón va a salirse despedido como una bala de cañón.

—Estoy bien —consigo articular.

Abro el armario y descubro que está completamente vacío. Ni siquiera hay un espejo. Me visto con rapidez con la ropa que está en la silla.

Es imposible que yo haya dormido en esta habitación durante los últimos dos años. Me inclino sobre la cama, retiro las sábanas y palpo el colchón. Es ordinario y todavía no ha perdido su forma original. Estoy segura de que si alguien hubiese dormido ahí durante unos pocos meses, el hundimiento permanente lo delataría.

Abro la puerta y me encuentro en un pasillo estrecho con las paredes recubiertas de madera. Desde la izquierda me llega un inconfundible olor a huevo y a panceta frita, y a la derecha hay un baño con la puerta abierta. Ahí, sobre el lavabo, está el cepillo de dientes y un tubo de pasta de dientes nuevo.

Unos minutos después regreso por el pasillo, paso junto a la habitación y llego a la cocina. Me detengo en el umbral. Al principio Hollinger no advierte mi presencia; aunque está de espaldas friendo algo en la sartén y no lleva puesto su uniforme, su complexión y el corte de pelo hacen que lo reconozca de inmediato.

Permanezco en silencio para no asustarlo. Y también por qué no sé qué decir.

Cuando finalmente se da la vuelta y me ve, se queda quieto, la sartén todavía en la mano. Intentar descifrar su expresión no tiene sentido.

—Hola —digo levantando la mano.

Él deja la sartén sobre la mesa, coge un paño de cocina y se seca las manos. Me resulta extraño verlo vestido de paisano; en cualquier caso, incluso sin su uniforme, Hollinger no deja de ser un hombre de aspecto intimidante.

A pesar de su tamaño y de la evidente incomodidad, sus movimientos son controlados. Aparta una silla y se acerca a mí con la mano extendida.

—Soy Liam Hollinger, el...

—Sé quién eres.

Retira su mano y en sus ojos aparece una luz de esperanza. No puedo decirle que lo conozco del Lavender Memorial, porque nada de eso ha sucedido todavía para él.

—Huele muy bien —digo señalando la sartén, donde hay una generosa ración de huevos revueltos.

—Claro..., siéntate, Anna, por favor. He preparado tostadas con aguacate. También tienes yogur, avena, fruta...

Señala cada cosa a medida que la menciona. Me siento a la mesa y él coloca en mi plato la mitad de los huevos. A continuación, trae la jarra de café y me sirve una taza.

Bebo un poco de café y espero a que Hollinger ocupe su lugar. Lo observo mientras coge una cuchara y empieza a comer avena y trozos de fruta. No puedo evitar pensar en cuántas veces debe de haberse repetido este ritual matutino, y más precisamente qué tipo de relación tenemos. Llevamos dos años viviendo bajo el mismo techo —uno de ellos en medio de una pandemia mundial—, por lo que es obvio que la nuestra debe de ser una relación cercana.

La cuestión es hasta qué punto...

Hollinger me gusta. Lo único que hago ahora es ratificar lo que ya sabía en la cabaña. En base a esto, me resulta difícil pensar que no ha pasado nada entre nosotros durante este tiempo cuando mis sentimientos están tan claros. Es cierto que del comisario no sé prácticamente nada; podría ser gay, tener pareja o yo no gustarle.

—¿Estás bien, Anna? —Hollinger me mira con preocupación—. Quizás podrías poner los huevos en la tostada.

Se me ocurren varias respuestas, pero sé que Hollinger me lo dice con buena intención. Trato de ponerme en su lugar, y también él debe de estar preguntándose cómo me siento y qué es lo que estoy pensando en este momento.

Y lo que estoy pensando es que quizás Hollinger no vive aquí conmigo, sino que me visita de vez en cuando. Eso explicaría la habitación solitaria en la que me he despertado hace un momento.

Pongo el huevo en la tostada y le doy el primer bocado.

—Deliciosa —digo, y de verdad lo creo. Dada mi corta colección de recuerdos, sé que no es mucho, pero esta tostada de aguacate y huevo es una de las cosas más sabrosas que he probado.

—Me alegra que te guste.

En unos segundos la tostada ha quedado reducida a la mitad.

—Estás haciendo trampa —digo entre bocado y bocado, todavía con la boca llena—. Sabías que caería rendida ante esta tostada.

Hollinger se ruboriza.

Le sonrío; coqueteo un poco con él, lo admito.

—Entonces tú también estás en ese club selecto de la regla de oro —bromeo.

No sé hasta qué punto Hollinger entiende a qué me refiero. Nos miramos largamente, como dos pistoleros.

Hollinger desenfunda primero.

—Julia es la presidenta de ese club. Ella creó la regla de oro.

—No hablar del pasado.

—Esa misma.

—¿Tú vives aquí?

—Sí. Nací en esta granja, así que he vivido aquí gran parte de mi vida, con mi madre y mi hermana, porque mi padre murió cuando yo tenía diez años.

—En eso nos parecemos.

Él asiente. Es obvio que Hollinger sabe lo de mi madre.

—¿Quieres hablarme de ello? —dice Hollinger.

Su pregunta me descoloca. No logro darme cuenta de si quiere ponerme a prueba o de si realmente no sabe nada del accidente de mi madre.

A continuación relato lo poco que sé del accidente con el Mustang rojo y de lo que le pasó posteriormente al conductor que nos embistió: Oliveira. No menciono nada de cómo presagié el incidente cinco años antes, cuando todavía estaba en el jardín de infancia.

—¿Y tú? ¿Cómo murió tu padre?

Hollinger sacude la cabeza.

—Un episodio desafortunado. Él era policía. Una tarde, en la feria local, se acercó a separar a dos hombres que discutían por una tontería en una de las casetas de tiro. Los dos habían bebido de más y no se ponían de acuerdo sobre a quién le correspondía el siguiente turno. La discusión subió de tono y forcejearon con el arma, que por supuesto no disparaba balas reales sino perdigones de goma. Uno de ellos le dio a mi padre en el ojo. Fue un hecho lamentable, pero, en aquel momento, en el peor de los casos hubiera podido perder el ojo derecho, pero nada más. Lo internaron, con tan mala suerte que una bacteria hospitalaria entró en su organismo y no supieron detectarla a tiempo. En dos semanas estaba muerto.

La mención de la bacteria hospitalaria no me pasa desapercibida. Me pregunto si Julia se inspiró en la historia del padre de Hollinger cuando me dio la primera versión de la muerte de mi propia madre.

Sea como sea, el relato del comisario me conmueve.

—Lo siento mucho.

—Gracias. No son tantos los recuerdos que conservo de él. Para mí, la vida en esta casa ha sido con mi madre y mi hermana. Siempre ellas y yo. Nunca fui consciente de la verdadera dimensión que tuvo la muerte de mi padre. Él era el que se ocupaba de los temas de la granja, así que a mi madre no le quedó más remedio que arrendar las tierras. Había menos dinero, y tuvimos que ir vendiendo a lo largo de los años para sobrevivir.

—¿Ella no volvió a tener pareja?

A Hollinger mi pregunta le resulta graciosa por alguna razón que no comprendo.

—No, nunca estuvo con nadie más —dice sin dar más explicaciones.

Hemos terminado de desayunar. Me levanto para recoger las cosas.

—De ninguna manera —me dice, poniéndose también de pie—. Yo me ocupo de eso.

—Por supuesto que no. Tú has preparado el desayuno, yo lavo.

Evidentemente, Hollinger me conoce bien, porque no insiste. Me acompaña hasta la encimera y se queda a mi lado. Inmediatamente entiendo la razón.

A través de la ventana que hay delante de nosotros hace su aparición un pastor alemán que trota con la lengua afuera. En cuanto me ve, el perro empieza a mover la cola efusivamente.

El salón está decorado como si la madre de Hollinger todavía viviera, lo cual me resulta un poco confuso. Un sinfín de estanterías y repisas, todas ellas con adornos de índole variada, hacen que el espacio parezca más reducido de lo que en realidad es. Hay cuadros y fotografías por todas partes, tantos que me cuesta concentrarme en algo en particular. Pero lo que más me llama la atención es el tapiz del gallo que hay en una de las paredes. Ahí, con ese tapiz de fondo, grabé el vídeo que Julia y Laura van a enseñarme en la cabaña.

—Como puedes ver, mi madre vivía como si esta casa fuera un museo. Esto es sólo una mínima parte de sus cosas.

Me acerco a una de las paredes, donde hay fotografías de Chloe cuando era pequeña, desde bebé hasta los dos o tres años. Es de esas personas cuyos rasgos de adulta están presentes de forma decisiva desde el primer momento.

—Es mi hermana pequeña, Chloe.

—Háblame de ella. Si estamos en un museo entonces necesitaré que me guíes.

Lo tomo de la mano y lo conduzco hasta los sillones. Es la primera vez que estamos en contacto desde que me desperté y el momento es decididamente intenso, por lo menos para mí. Creo que también para él. No es sólo su silencio —el silencio de ambos—, sino lo que sucede cuando nuestras pieles se tocan. No soy una experta ni sé si lo que digo tiene alguna base científica. Sucede una fusión, una transferencia..., algo. Podrían vendarme los ojos y no tendría dudas de que la persona que tengo al lado es especial en algún sentido.

Cuando nos sentamos, yo en el sofá y él a mi lado, en un sillón individual, finjo seguir observando las fotografías en la pared. No me atrevo a mirarlo a los ojos.

—La relación con mi hermana siempre ha sido complicada —empieza Hollinger—. Soy cinco años mayor que ella, y eso hizo que cuando éramos niños no pasáramos mucho tiempo juntos; para mí Chloe era siempre un estorbo. Además, vivimos casi toda nuestra infancia en un hogar donde la principal preocupación de nuestra madre era no hundirse en la depresión y, básicamente, subsistir. No la culpo por no estar suficientemente pendiente de nosotros. Chloe tenía un temperamento muy especial, incluso siendo una niña pequeña. Tenía rabietas de proporciones astronómicas, gritaba sin parar, se golpeaba la cabeza contra las paredes..., por momentos parecía que estuviese poseída, y ni mi madre ni yo sabíamos cómo manejarla.

—¿No recibió ningún tratamiento?

Hollinger sacude la cabeza con pesar.

—No —se lamenta—. No es una excusa, pero había mucho desconocimiento. Y yo, francamente, lejos de ser una ayuda para mi madre, fui un problema más. Jamás entendí que lo que mi hermana padecía era un trastorno. Mi reacción era culparla y regañarla. Mi madre hacía más o menos lo mismo.

El relato lo afecta al punto de no poder continuar. Mirarlo a los ojos es como asomarse a un abismo de culpa.

—En aquellos años Chloe era dos personas en una. Podían pasar días, incluso meses, en que se comportaba normalmente: en la escuela era una alumna aceptable, colaboraba con las tareas de la casa, especialmente en la cocina. Y de repente, un día, incendiaba el granero o se iba de casa y no regresaba en tres días, o atentaba contra su vida. Todas esas cosas sucedieron, y otras también. ¿Y sabes qué hice yo?

—No.

—Me fui de esta casa a los veintidós años. Y las dejé solas. A mi madre, todavía rota después de haberse quedado viuda porque un borracho le disparó con un arma de juguete a su marido, y a mi hermana, con evidentes problemas mentales. Las dejé solas.

No sé qué decir. Hollinger se recuesta contra el respaldo del sillón y mira al techo, o quizás al peso invisible que carga sobre su cabeza.

Estiro la mano para confortarlo, pero me arrepiento debido a una razón muy tonta; quiero llamarlo por su nombre y me doy cuenta de que aún no lo he hecho.

William.

Liam.

En mi cabeza suenan extraños.

—No sé qué pensaba en ese momento, francamente —continúa—. Sé que era joven y estúpido, pero nadie puede excusarse en su propia estupidez. Lo único que me consuela es que aprendí mucho de eso. Aprendí que el peor error que puede cometer una persona es creerse el ombligo del mundo.

—Por eso me ayudaste a mí. De no ser por ti, yo no estaría sentada aquí.

Me mira y es la primera vez que establecemos verdadero contacto visual desde que estamos en el salón. Me pregunto si Hollinger habrá podido perdonarse, porque la tristeza de sus ojos me dice lo contrario. Y en cierto modo me aterra. ¿Es capaz de querer alguien que no se quiere a sí mismo?

—Por aquel entonces tenía una novia. Ella no es responsable de nada, tenía sus propios problemas. Los dos nos convencimos de que para salir adelante debíamos intentarlo juntos, sin cargar con los problemas de nuestras familias. Me avergüenzo, incluso ahora. También es cierto que sentía que lo había intentado todo; mi madre no parecía tener remedio; y con mi hermana pasaba algo similar. Era imposible hablar con Chloe, y mi forma de tratarla nunca fue la correcta, enseguida discutíamos. Ella canalizaba sus frustraciones desafiando al mundo, y cada vez de un modo más atroz. Ojalá hubiese sabido ver el tipo de ayuda que necesitaba.

»No sabes la cantidad de veces que pensé que las cosas habrían sido diferentes si mi padre hubiera estado vivo. Si esa puta bala de goma se hubiese desviado apenas unos milímetros..., sólo unos milímetros; un cambio sutil, mínimo, y su ojo no habría sufrido ningún daño. Ni siquiera hubiese tenido que ir al hospital, y habría estado aquí todos estos años. Mi madre y él eran indestructibles juntos. Ellos hubieran encontrado la forma de ayudar a Chloe cuando empezaron los problemas.

—Liam...

La palabra simplemente brota de mis labios y el efecto es mágico. Rompe algo entre nosotros.

Él me observa, como si no estuviera seguro de quién está a su lado. Dada la situación, esto tiene perfecto sentido.

—Eras un niño cuando tu padre murió. Y has ayudado a Chloe, simplemente lo hiciste cuando pudiste. Sabes que tengo razón.

Él me sigue observando con la misma incredulidad.

—¿Tu madre está viva? —pregunto.

Tarda en reaccionar.

—No —suspira—. Murió de un ataque al corazón unos meses antes de la pandemia.

Hollinger se levanta.

—Ven, quiero enseñarte el salón de música.

Lo sigo hasta un pasillo donde hay una sola puerta.

Entramos en una habitación acogedora, con un agradable olor a incienso. Además de un sofá inmenso que da ganas de echarse a dormir encima, hay varios asientos sobre una alfombra que ocupa casi toda la estancia. Junto a la única ventana hay una pila con varios dispositivos: reproductor de CD, tocadiscos, hasta reproductor de casete. Los dos altavoces son inmensos. A un lado hay un mueble con CD y discos de vinilo que ocupa casi una pared completa.

—Uau... —Esa cantidad de discos despierta en mí una extraña sensación que no soy capaz de explicar. Es como si me encontrara a las puertas de algo grandioso.

—Muchos de esos discos eran de mi padre. De los años sesenta y setenta. Yo expandí mis gustos a los ochenta..., pero no he ido más allá.

—Creo que yo soy una chica de este milenio.

Él sonríe. Me gusta cuando sonríe.

—Lo eres.

Se señala el pecho. Tardo en comprender, hasta

que recuerdo el tatuaje que tengo en ese lugar. Aparto el cuello de mi camiseta porque, por alguna razón, necesito comprobar que la palabra *Lover* sigue allí.

Y, en efecto, ahí está. Me quedo mirándola unos segundos. Advierto que Hollinger aparta la vista a propósito, aunque apenas he descubierto una mínima parte de mi pecho. Cuando vuelvo a colocar el cuello de la camiseta en su sitio veo que en una esquina de la habitación hay una guitarra.

—¿Tocas la guitarra?

—Sí.

Me lo quedo mirando.

—¿Qué? —dice él.

—¡Quiero escucharte!

—No creo que sea una buena idea.

Antes de que yo pueda añadir nada más, Hollinger sale del salón de música.

Lo sigo.

—¿Qué hay allí? —digo señalando el otro extremo del pasillo.

Él parece dudar.

—Tu taller.

Mi taller.

Ni siquiera le consulto y voy directamente hacia allí.

El sitio es magnífico. Tiene forma de semicírculo y la parte curva ofrece una formidable vista a la granja a través de un inmenso ventanal. A ambos lados de la entrada hay estanterías con infinidad de utensilios, botes de pintura y pinceles en su mayoría. En un lateral hay una mesa de trabajo y varios atriles diseminados aquí y allá.

—Mi madre tenía aquí sus orquídeas. En ellas encontraba la paz que el mundo no le daba. Cuando vendimos parte de la granja construimos esta habitación para ella. Creímos que sería la solución a todos los problemas, y en parte lo fue. En parte. En algunos momentos fue feliz aquí; y quizás era todo lo que ella podía permitirse.

Hollinger no ha entrado, se ha quedado de pie en el umbral mirando en todas direcciones, como si pudiera recrear la habitación en su cabeza tal y como era en esa época.

—¿Y aquí has montado mi taller?

Él se limita a asentir.

—Es precioso —agrego—, transmite mucha paz. ¿Y dónde están mis pinturas?

Hollinger toma aire. Su pecho no deja de hincharse durante dos o tres segundos.

Lo expulsa lentamente.

—Julia no es la única que tiene reglas —dice.

El pastor alemán se llama Teimour. En cuanto salimos de la casa, el perro corre en círculos alrededor de nosotros y de vez en cuando se aleja para perseguir a algún pájaro y regresar con la lengua afuera.

Caminamos hasta una de las alambradas. Hollinger me explica que actualmente la propiedad tiene apenas dos hectáreas, en comparación con las casi cincuenta que tenía originalmente cuando pertenecía a sus abuelos, que acabaron yéndose a vivir a la ciudad y se la dejaron a su padre.

—Ven, quiero mostrarte algo.

Pasamos junto a un granero inmenso. El portón del frente está abierto y alcanzo a ver la camioneta roja que aparece en las fotografías de la granja. No hay indicios de la mesa de pícnic, por lo que supongo que debe de estar al otro lado.

Más allá del granero la vegetación es más densa, con árboles altísimos que hoy, sin una gota de viento, están inmóviles como monstruosos dedos deformes.

Hollinger me guía por un sendero.

—Decidimos hacerla aquí porque a partir del mediodía hay sombra gracias a estos árboles.

No tengo ni idea de a qué se refiere y no pregunto. Un minuto después tengo la respuesta ante mí: una pista de tenis.

Siento deseos de jugar ahora mismo.

—Así que juegas al tenis...

Hollinger sonríe. Es una sonrisa diferente a la de antes, ahora con algo de picardía.

Camino hacia él. Me acerco peligrosamente, lo sé. Puedo ver cierta preocupación en su rostro pero no se mueve, me sostiene la mirada. Es bastante más alto que yo, así que tengo que levantar ligeramente la cabeza para no dejar de mantener el contacto visual con él.

—Apuesto a que te he dado más de una paliza ahí dentro —digo señalando la pista.

Antes de que pueda responder, si es que acaso tenía intención de hacerlo, lo esquivo y camino en dirección a la casa. Al cabo de un momento escucho que me sigue.

Regresamos en silencio. Un silencio que no resulta para nada incómodo.

Cuando salimos de la zona de árboles advierto que en el camino particular está aparcado el coche de Julia. Ella nos espera en el porche.

Al llegar allí nos saludamos. Creo advertir cierta frialdad por parte de Hollinger, que rápidamente se mete en la casa, no sé si con intención de ofrecernos privacidad o por algún otro motivo.

—¿Cómo estás, Anna?

—Bien. Hollinger me estaba mostrando la propiedad.

Julia no es la misma de siempre. Algo le preocupa.

—Vamos a irnos en un momento —anuncia.

Aunque me he despertado hace menos de dos horas, la idea de marcharme me entristece. Por alguna razón había asumido que me quedaría todo el día.

Hollinger sale de la casa justo en ese momento. Lleva dos maletas.

—He puesto tus artículos de higiene en el bolsillo lateral —dice deteniéndose un instante frente a nosotras. A continuación reanuda el camino hasta el coche.

Lo observo mientras baja los escalones del porche. En comparación con Hollinger, las dos maletas parecen más pequeñas de lo que en realidad son. Las coloca en el maletero y regresa.

—No suelo ser tan melancólico y aburrido —dice.

No sé exactamente qué responder.

—No te preocupes.

—Voy a echarte de menos.

Y ahora sí que me quedo sin palabras. Julia, a mi lado, también guarda silencio.

Si no hubiera sido por Teimour, que aparece en ese momento y prácticamente se abalanza sobre mí, no sé qué hubiera hecho. El perro se mueve de forma frenética y no deja de llorar.

—Parece que no soy el único —dice Hollinger.

—Te espero en el coche —dice Julia—. Adiós, Hollinger.

—Adiós, Julia.

Me quedo a solas con Liam.

—No sé cómo hacer esto —confieso.

—Lo sé. No hace falta que digas nada.

Los ojos de Hollinger buscan algo en los míos. Así

como él sabe cómo han sido nuestros partidos de tenis, yo sé que volveremos a vernos, aunque probablemente no en las circunstancias que él espera.

Por supuesto, no le digo nada de esto. Me acerco y lo abrazo, porque sé que si no lo hago él no tendrá el coraje de hacerlo.

—Adiós, Liam.

Camino hasta el coche sin volverme.

El día de *Una de estas cosas primero*

Otra vez estoy en la habitación estéril de la planta baja, en la granja de Liam. El nombre de Liam surge en mi cabeza con total naturalidad, y es lo único diferente, porque el resto es idéntico a mis recuerdos: la ropa en la silla, el ventilador de techo con telarañas, el cuadro con los jinetes preocupados por la tormenta que se avecina.

—Nunca va a llegar esa tormenta, amigos —les digo a los hombrecitos mientras elijo ropa limpia del armario. Por lo menos el armario no está vacío esta vez.

Cuando me agacho para atarme los cordones de las zapatillas experimento una punzada de dolor en la cabeza, un pulgar invisible que me oprime el entrecejo.

La ventana no me revela nada nuevo: una mañana soleada sin ninguna nube en el cielo. El reloj de la mesita de noche dice que son las nueve.

Al salir de la habitación me quedo unos segundos escuchando hasta comprobar que Liam no está en la cocina. El silencio en la casa es total.

Ya en el baño me miro al espejo y advierto que mi aspecto no es el mejor. Más allá de la cara hinchada porque acabo de levantarme hace menos de diez minutos, tengo ojeras y la mirada cansada. Me lavo la cara, los dientes, hago mis necesidades y estoy lista para salir cuando se me ocurre revisar la ducha. Ya he establecido mi predilección por los baños nocturnos. Sin embargo, ahí no hay indicios de que nadie la haya utilizado; todo está demasiado seco y no hay jabón ni champú a la vista. Mi cabello huele a coco, así que está claro que me he bañado en otra parte.

Un rápido recorrido por la planta baja me confirma que ahí no hay nadie. Julia vendrá por mí mañana y me llevará a la cabaña, y sé que eso ocurrirá un sábado, lo que significa que hoy es viernes y, por lo tanto, es lógico que Liam esté en la comisaría.

Me dirijo al taller. Por una de las ventanas alcanzo a ver el granero y parte de la camioneta roja, pero asumo que Liam tiene un vehículo oficial para ir y venir a la ciudad, aunque eso no significa que no esté en la granja.

Estoy hambrienta. Me preparo unas tostadas, cereales y café. Una vez en la mesa me quedo mirando por la ventana y empiezo a comer, cuando de repente escucho un ruido sobre mi cabeza: el inconfundible avance de una persona en la segunda planta. Me quedo esperando y el ruido no vuelve a repetirse.

Quizás Liam sí esté en la casa, después de todo. ¿Podría ser otra persona?

En la esquina hay una mesita con un viejo televisor de pantalla cuadrada. Estoy tentada de levantarme y encenderlo, porque el mando a distancia no está a la vista. Cuando hablé con Liam acerca de la regla de oro de Julia, él me dijo que en la granja también teníamos nuestras reglas, y me pregunto si no ver la televisión será una de ellas.

—Buenos días —dice alguien a mis espaldas.

Me doy la vuelta, sobresaltada, culpable por haberme preparado el desayuno sin esperar a nadie más.

Liam me observa desde el umbral. No lleva puesto su uniforme, sino una camiseta negra y una camisa desabrochada.

—Buenos días —respondo—. ¿Hoy no es viernes?

—Sí. Pero me he tomado un par de días.

Va directo a la cafetera y se sirve una taza grande de café.

—No he preparado suficientes tostadas —digo mirando la última que queda en el plato.

—No te preocupes. Suelo desayunar sólo café.

Pienso en decirle que al día siguiente compartirá conmigo un copioso desayuno, pero desde luego no lo hago.

—Creía que el crimen no descansaba.

Él se sienta enfrente de mí.

—Eso es cierto. Pero las personas sí —sonríe, y se queda pensando, con la sonrisa suspendida en su rostro—. Mi equipo puede manejar el día a día sin problemas. Leslie, la subcomisaria, es de mi entera confianza. Éramos vecinos, así que prácticamente me crie con ella.

—De tu entera confianza...

Quiero ver su reacción. A estas alturas estoy convencida de que Liam y yo tenemos algún tipo de relación romántica, no sé si estamos enamorados, si es algo profundo o superficial, pero lo cierto es que no estoy preparada para hacer esa pregunta todavía.

A Liam mi insinuación le resulta divertida.

—Leslie es como mi hermana pequeña, aunque sólo le llevo un año. Pero ya sabes, un año es una eternidad cuando eres un niño. Ella y mi hermana Chloe eran mejores amigas y los tres jugábamos a que éramos policías cuando todavía no podíamos cruzar la calle.

—Entonces ser comisario ha sido una meta cumplida para ti.

—Algo así. En mi familia casi todos han sido policías. Yo en realidad quería ser músico..., pero nunca fui demasiado bueno. Quizás es porque no me esforcé lo suficiente, nunca voy a saberlo.

—¿Cuántos años tienes?

—Treinta y uno.

—Parece un poco pronto para abandonar ese sueño.

Mi comentario toca alguna fibra sensible en aquel hombre gigantesco, que de pronto parece conmovido. Estira los brazos por encima de la mesa y, por un momento, parece que va a cogerme de las manos; sus brazos son tan largos que podría hacerlo si quisiera. Pero se detiene a medio camino, las palmas abiertas sobre la mesa y el cuerpo ligeramente inclinado hacia adelante.

—Tenemos que hablar —dice buscando cierta complicidad.

—Ya lo creo.

Él asiente. Se pone de pie y empieza a recoger los platos. Entre los dos llevamos todo a la cocina. Lo hacemos en silencio, y al terminar lo sigo hasta el porche, donde hay un par de mecedoras.

Teimour se acerca a toda velocidad y viene directo a mí. Es evidente que quiere que lo acaricie, y eso hago durante dos o tres minutos. Sólo entonces nos sentamos y el perro se echa entre las dos sillas.

—Mañana vas a irte de la granja —dice Liam con la vista puesta en el horizonte.

Me pregunto si ha escogido este sitio porque no tenemos que mirarnos a la cara.

—He hecho las paces con eso —continúa—. Es lo que tú necesitas y siempre he sabido que llegaría este día. De verdad que me alegra, aunque no lo entienda del todo.

—Es difícil para mí hablar de esto.

—Lo sé. No tienes que decir nada. Te prometo que seré breve. A veces... —Se queda pensativo. Levanta las dos manos a la altura de la cara, como si sostuviera una esfera invisible—, tu entendimiento de las cosas y el mío... confluyen.

Entrelaza las manos.

—Hace unos días me di cuenta de que se acercaba este momento..., de que tú estabas cambiando. Y la verdad es que a veces no he sabido manejarlo de la mejor manera. Hoy no quiero cometer ese error.

Gira la cabeza y me mira.

—¿Cómo vamos a aprovechar el día? —le digo—. Tú me conoces mucho más que yo a ti.

Hay provocación en mi comentario, no soy ingenua. El deseo de besarlo es incontrolable.

—¿Quieres escuchar música? —dice Liam.

Voy directa al mueble donde están los CD y los discos de vinilo. No puedo ver las portadas y, sin embargo, al deslizar el dedo por encima de ellos siento una agradable sensación de pertenencia.

—¿Dónde están los míos?

Liam se ríe. Está de pie en el umbral y me ha dejado explorar el salón sin decir nada. Ahora se acerca y señala una de las puertas, en una esquina. Cuando la abro veo dos pilas de CD, de unos diez o quince discos cada una.

—¿Sólo esos?

—Bueno, en realidad...

—Estoy bromeando.

Exploro las pilas con rapidez. Veo varios de Taylor, como era de esperar, y también otros de Panic! at the Disco, Miley Cyrus, Bruno Mars y algunos más.

—Nada interesante... —dejo los discos y me acerco a Liam. Tengo que inclinar la cabeza para mirarlo a los ojos—. Quiero escucharte a ti.

Le señalo la guitarra.

Él está feliz, me doy cuenta porque otra vez aparece esa sonrisa incrédula. Liam Hollinger podrá ser el comisario de la ciudad, pero en esa habitación, conmigo, tiene el alma de un niño o un adolescente que empieza a tocar la guitarra por primera vez.

Coge la guitarra y se sienta en el sofá. Yo en la alfombra.

Liam dedica algunos minutos a ajustar las clavijas.

—Esta canción está en una afinación extraña —se disculpa.

Sus dedos son largos, pero también gruesos. No sé exactamente qué esperar.

Cuando Liam empieza a tocar, inmediatamente me doy cuenta de que ha sido modesto a la hora de hablar de su talento para tocar la guitarra. Los dedos de su mano derecha se mueven sin parar, como las patas de una araña que teje su tela, mientras que la mano izquierda forma acordes que parecen complejos. La melodía es sumamente agradable; melancólica, casi hipnótica. Estoy sorprendida, pero el verdadero shock llega cuando Liam empieza a cantar, en un tono bajo, dulce y susurrante. Me resulta difícil reconocer que es el mismo hombre de voz grave que le exigió al senador Cohen que se largara de la habitación del Lavender Memorial.

Las notas de la guitarra se suceden una tras otra sin pausa, formando un agradable colchón sonoro. La voz juega, escurridiza, asomando la cabeza entre la melodía...

Podría haber sido tu pilar, podría haber sido tu puerta
Podría haberme quedado a tu lado, podría haberme quedado más
Podría haber sido tu estatua, podría haber sido tu amigo

La canción todavía no ha terminado y estoy conmovida de una manera inesperada. Lo que escucho está muy por encima de mis expectativas.

La melodía es hermosa.

Liam deja de cantar y unos compases después llega el acorde final, y con él, el vacío más absoluto. Ha mantenido todo el tiempo la vista en el suelo o en la guitarra. Ahora me mira y nos decimos un millón de cosas.

—Tócala de nuevo —le pido en un tono apenas audible.

Él piensa que bromeo.

—Por favor.

Lo hace, y la experiencia es incluso más intensa, porque ahora sé lo que me espera y mi cabeza se deja llevar. Pienso en la cabaña, en las noches en soledad...; me veo de pie frente al lago, indefensa y a punto de lanzarme al agua en un acto de arrojo y estupidez. El contraste con lo que siento ahora es tan grande que tengo ganas de llorar.

Sé que es ridículo, porque a Liam apenas lo conozco, y sin embargo no puedo soslayar el sentimiento de pertenencia y seguridad que me embarga.

Quiero que vuelva a tocar esa canción, pero me avergüenza pedírselo.

—Es hermosa.

—Se llama *One of These Things First*, y siento que he hecho un poco de trampa.

—¿Por qué?

—Porque sabía que te gustaría.

—¿La has escrito tú?

Liam me estudia unos instantes, y de repente se empieza a reír, borbotones breves al principio, una catarata descontrolada después. Su risa es contagiosa y no puedo evitar sumarme, aunque no entienda exactamente lo que ha suscitado su reacción.

—¿Qué? —pregunto.

Él deja la guitarra sobre el sofá; realmente no puede parar, tiene lágrimas en los ojos, y cuando consigue controlarse un poco, la risa vuelve a surgir.

Por fin se detiene. Se queda serio y deja de mirarme. Con la vista puesta en un rincón del salón, puedo advertir el esfuerzo que hace para no volverse a reír.

—Definitivamente, esto ha roto el clima —digo.

—Sí, ¿verdad? —dice él, y se le escapa una última risa corta.

—Entonces, ¿qué es esa canción? ¿Alguna especie de clásico?

—No, para nada. Diría que todo lo contrario.

—¿Y eso qué significa?

Liam se levanta del sofá y busca entre los discos. Regresa con uno y me lo entrega. Nick Drake es el nombre del artista. *Bryter Later*, el nombre del álbum.

El disco es antiguo y en la portada está el propio Drake, un joven de unos veinte años, sentado en una silla con su guitarra mirando a la cámara con una especie de enfado intrigante. Tiene el cabello largo hasta los hombros y el detalle llamativo es que se ha quitado los zapatos, que están colocados a un lado.

—Nick Drake murió a los veintiséis años de una

sobredosis de antidepresivos. Grabó tres álbumes, ninguno de los cuales tuvo repercusión en su momento. Sus allegados y personas de la industria le aseguraban que era un gran talento y que tarde o temprano tendría el éxito que se merecía, pero ese éxito nunca llegó, por lo menos no en vida. A Drake no le gustaba tocar su música en vivo, tenía problemas para relacionarse con las personas y era depresivo. Al final volvió a casa de sus padres; recibía unos ingresos semanales mínimos que le daba la discográfica hasta que murió.

—¿Y cuándo se hizo conocido?

—Muchos años después. Fue algo gradual, aunque hubo un anuncio en los años dos mil que lo popularizó bastante. Muchísimos músicos reconocen en Drake al talento que fue, además de considerarlo una influencia vital. Sus composiciones son asombrosas, y su talento para tocar la guitarra, único.

—Cuando he escuchado la canción..., he sentido algo especial.

Liam asiente con la cabeza.

—Yo creo que hay algo mágico en el arte, en la música, que te conecta con el artista más allá del tiempo y del espacio, como si fuera uno de esos agujeros de gusano que hay en el universo. Y Drake ha sido un hombre con una sensibilidad tan grande que, si esa conexión se da, entonces es tan poderosa que es imposible de negar.

Pasamos la siguiente media hora escuchando el álbum de Drake prácticamente sin hablar. Cuando termina, me siento junto a Liam en el sofá y apoyo la cabeza sobre su hombro. Él me envuelve con el brazo.

—¿Es siempre así?

La pregunta surge inevitablemente mientras estoy en la cama gigantesca de la segunda planta, en la habitación principal.

Aunque no hay indicios reveladores que confirmen que he dormido aquí antes —al menos no demasiado obvios—, lo que siento es muy diferente a lo que experimenté al despertar en la habitación impersonal de la planta baja, con el cuadro de los cazadores y el desvencijado ventilador de techo. Aquí es una suma de pequeños detalles sutiles la que confirma lo que siento: la forma de la almohada y el hundimiento del colchón son los primeros que identifico, pero hay otros más subjetivos, como la sensación familiar de las sábanas o el tranquilizador goteo de un grifo mal cerrado. Siento que he dormido en esta habitación todas las noches durante mi paso por la granja, probablemente muchas de ellas en los brazos de Liam, como sucede en este momento.

—¿Es siempre así? —vuelvo a preguntar sin mirarlo.

Él está desnudo justo detrás de mí, y puedo sentir cómo su cuerpo se acomoda ligeramente. No tengo la urgencia de aclararle que no me refiero al sexo, que ha sido maravilloso, y le permito recorrer en su cabeza el laberinto de las posibles respuestas. Encuentro esto incluso más interesante.

Me sorprende haber abordado el encuentro sexual con naturalidad, a pesar de no recordar a mis amantes anteriores —Liam incluido—. El cuerpo recuerda, supongo; como jugar al tenis.

—Es siempre así —me susurra Liam al oído.

Quizás para él hay sólo una pregunta posible. O quizás todas tienen la misma respuesta.

—¿Sabes qué es lo peor de todo? —le digo, todavía sin volverme.

—¿Qué...?

—Que ahora tengo que irme a dormir a esa habitación horrible de la planta baja.

Él se queda pensativo, y al cabo de unos segundos empieza a reírse como lo hizo antes en el salón de música. Me pregunto cuántas situaciones de este tipo hemos vivido, con insinuaciones inofensivas de nuestro pasado o nuestro futuro.

—No puedo hacer nada al respecto —se lamenta.

Me doy la vuelta. Liam piensa que quiero levantarme y retira el brazo.

—No dejes de abrazarme, por favor.

Nuestros rostros están a pocos centímetros.

—He pasado poco más de veinticuatro horas contigo y quiero que sepas que no es fácil irme de aquí. Imagino que es mucho más difícil para ti.

—Imaginas bien.

Me quedo callada un momento.

—Sobre todo —le digo—, porque me gustaría darte una buena paliza en esa pista decrépita que tienes allí abajo.

Él sonríe.

—¿Ah, sí? Eso será en tus sueños, Mac... —se detiene abruptamente.

Hace una mueca.

—¿Cómo ibas a llamarme? —digo amenazándolo con el dedo—. ¿Mac...?

Hace el gesto de cerrar los labios con una llave y arrojarla a un lado.

—Muy bien..., si esas son las reglas del juego.

Acerco los labios a los suyos y empiezo a besarlo como si fuera la última vez.

El día que empiezo a confiar

Me despierto en la habitación de la segunda planta. Liam no está a mi lado.

Llevo puesto un camisón corto con transparencias, ciertamente más sexi que los anteriores.

En el lado derecho del armario encuentro mi ropa: seis vestidos colgados y varias prendas dobladas y acomodadas en varias pilas. Sólo por curiosidad, me subo a una silla y abro las puertas superiores del armario, donde están las maletas —todavía vacías— en las que me llevaré esa misma ropa de la granja.

Me bajo de la silla sacudiendo la cabeza. Después de haber visto cómo la enredadera del jardín circular crecía mágicamente de un día para otro, no me sorprende que unas pilas de ropa contradigan mis recuerdos. Julia ha sido astuta en ese sentido; nada como un buen golpe de efecto para aprender la lección.

Estoy dispuesta a hacer una excepción y bañarme antes de empezar el día. Necesito una ducha caliente, pero por encima de todo necesito pensar.

El baño está al final del pasillo y parece salido de otra época. Es grande. Grandísimo. ¿Por qué es tan grande? Sobre el lavabo hay dos toallas dobladas, una grande y otra más pequeña, y sobre ellas hay un estuche transparente con varias cosas, entre las cuales alcanzo a distinguir un esmalte para uñas y un broche para el pelo.

Examino mi aspecto en un espejo con los bordes gastados y compruebo que es mejor de lo que esperaba.

—Hola, Mac... —saludo a mi reflejo.

La bañera es de esas piezas antiguas con patas. La cortina cuelga de una barra curva que la cubre por tres de sus lados, y al deslizarla me encuentro con una grifería de bronce que me genera cierta desconfianza. Sin embargo, cuando abro la llave del agua caliente, a la espera de una sinfonía de ultratumba proveniente del desagüe, el agua cae de manera regular y abundante. La temperatura es perfecta.

Es la mejor ducha de mi vida, pienso mientras finas gotas impactan en mi rostro y el vapor me envuelve. Mi mente se deja llevar. Tardo dos o tres minutos en enfocarme y aprovechar la agudeza mental que he descubierto me acompaña durante el baño.

Necesito poner en perspectiva las cosas. Si no hago algo para cambiar mi destino, en doce días voy a morir. Dicho así parece estúpido, pero es la verdad. Está claro que nadie en su sano juicio caminaría con esa ligereza hacia su propia muerte, pero también es cierto que nadie tiene un vídeo de sí misma diciéndose que eso es exactamente lo que debe hacer.

La Anna del pasado, tan segura de sí misma, ha dicho: *Sé que es pedirte muchísimo, pero si supieras lo que yo sé en este momento, te convencerías.* Cuando grabó esas palabras, ella sabía perfectamente que un día me encontraría en esta bañera prehistórica haciéndome estas preguntas. ¿Qué sentido tiene darle vueltas a algo que ya he pensado de antemano?

Abro los ojos. Me doy la vuelta y dejo que el agua me golpee en la espalda.

—Puedo cambiarlo —digo en voz alta para fortalecer una idea de la que no estoy del todo convencida.

Puedo marcharme, esconderme en alguna parte. Nada ni nadie me lo impiden.

Y, sin embargo, mis recuerdos del futuro me dicen que no lo haré, y que en dos días me iré con Julia a la cabaña donde la incertidumbre me conducirá a un final anunciado.

Lamentablemente, las respuestas no están en ese futuro que recuerdo, sino en el pasado que mi mente no puede vislumbrar.

El asesinato de mi novio es el punto de partida, la casilla inicial, o la última, depende de cómo se mire este desquiciado juego de mesa. Maté a Oliver Cohen presa de un ataque de furia, con las cámaras de seguridad como testigos incuestionables, y con un cuchillo que tenía a mano. A todas luces no hubo premeditación, o si la hubo soy la peor asesina de la historia de la humanidad. No recuerdo quién, si Liam o Julia, me dijo que en el vídeo de lo ocurrido esa noche se ve cómo Oliver me dice algo al oído justo antes del hecho, y entiendo que eso le haya hecho pensar al senador Cohen en algún tipo de pacto. Pero ¿qué podría decirme su hijo para hacerme reaccionar de semejante forma?

El senador Cohen no sabe cómo funciona mi mente. ¿Y si en ese preciso momento el *don* se me fue de las manos? Me imagino recibiendo de repente un aluvión de recuerdos sin saber que provienen del futuro..., sin saber absolutamente nada. Se me viene a la mente la imagen que Carla utilizó en la cabaña, la de una presa que cede ante la presión del agua...

¿Qué futuro recordé en ese instante? No lo sé.

Y tampoco sé si tiene mucho sentido especular sobre eso. Lo que es seguro es que fue algo terrible para reaccionar de semejante forma contra Oliver Cohen. Y al matarlo...

—Al matarlo ese futuro se desvaneció... Y apareció este.

No sé cuánto tiempo ha transcurrido, pero el agua sigue saliendo caliente, así que no creo que haya sido demasiado.

Mientras cumplo con la formalidad de echarme champú y darme un masaje en la cabeza, pienso en ese futuro que nunca fue, del que sólo conozco dos cosas que escribí en mi libreta antes de que me encontrara la policía: la fecha del 4 de abril de 2022 y el dibujo del canguro.

Las dos cosas tienen que ser importantes para detenerme a dejarlas plasmadas en semejante estado de alteración. En el vídeo, la Anna del pasado no dejó dudas respecto a la relevancia de esa fecha:

> *El 4 de abril de 2022, la fecha que escribiste en la libreta después de asesinar a Oliver..., tienes que morir.*

El día de mi muerte. Doce días hacia el futuro a partir de hoy.

Cojo la pastilla de jabón y me la quedo mirando. Está gastada y se adapta perfectamente a la palma de mi mano. Empiezo a deslizarla por mi cuerpo, empezando por las piernas, y a medida que lo hago pienso en el rol de Julia, que ha sido y será fundamental. Ella, además de visitarme frecuentemente aquí, me llevará a su casa, con el riesgo que eso conlleva. Si bien es cierto que lo más probable es que no le diga a su marido quién soy yo realmente, eso no quita que el riesgo sea enorme. A efectos de la justicia, yo soy una asesina prófuga, por lo que ocultarme en su casa es un delito. Eso por no mencionar las consecuencias devastadoras en su carrera.

Lo anterior me lleva a pensar en Liam. ¿Qué le sucedería a él si mi historia sale a la luz? Quizás Julia podría librarse con alguna argucia legal argumentando el interés en mi tratamiento, pero para el comisario sería una acción imperdonable.

Me miro las manos. Las yemas de los dedos están arrugadas y la temperatura del agua ha bajado un poco. Cierro el grifo y abro la cortina. No haber acercado la toalla me obliga a caminar desnuda hasta el lavabo y esto interrumpe el flujo de mis pensamientos.

Intento recuperarlo mientras me seco el cabello.

Vuelvo a pensar en el rol de Julia. Su compromiso es y será absoluto, y va mucho más allá de haberme hospedado en la cabaña, por supuesto.

Julia asesinó —asesinará— al senador Cohen. Ella misma dijo que el hombre ha hecho cosas *malas*, y supongamos por un segundo que, efectivamente, el hombre es un monstruo; incluso en ese caso, tomarse la justicia por su mano resultaría un despropósito.

Tiene que haber algo más. Una motivación más fuerte. Mucho más fuerte.

Una cosa es que yo haya grabado un vídeo con la ridícula petición de morir dentro de doce días, y otra muy distinta que Julia haya sido fundamental para que eso suceda. La doctora fue —será— la que me llevó —llevará— al invernadero del hospital, y lo que me inyectó —inyectará— no fue —será— un sedante, como supuse en ese momento, sino la sustancia que terminó —terminará— con mi vida.

Sólo de pensarlo resulta agotador.

Salgo del baño, envuelta únicamente con la toalla y dispuesta a regresar a la habitación para elegir un vestido, cuando escucho voces provenientes de la planta baja. Las reconozco de inmediato.

—Esto es una locura —se queja Liam—. ¿Tiene que ser ahora?

Incluso a esa distancia puedo advertir la decepción en su voz.

—Dejemos que ella lo decida —se defiende Julia—. Sabes muy bien que Anna ha dejado de ser ella y lo que eso significa.

Bajo las escaleras haciendo el mayor ruido posible. Liam y Julia dejan de hablar inmediatamente.

Los encuentro a ambos en el salón, ella sentada en el sofá y él junto a la ventana. La escena me recuerda a la del Lavender Memorial, sólo que ahora yo no estoy tendida en una cama.

La mirada de Liam se transforma al verme. ¿Es la primera vez que me pongo un vestido? No lo creo. Hay muchos en mi guardarropa.

—Hola, querida. ¿Te hemos despertado? —dice Julia.

—En absoluto. Estaba duchándome.

Julia sonríe. No parece incómoda.

—Pasado mañana vendrás conmigo a la casa. Sólo he venido para asegurarme de que no habrá contratiempos.

Observa sutilmente a Liam. Él no dice nada. Los dos saben perfectamente que la única en esa habitación que sabe exactamente lo que sucederá dentro de dos días soy yo.

—Quiero pensarlo —digo.

Las expresiones de ambos cambian de un modo tan radical que resulta casi cómico. Julia parece incluso quedarse sin aliento, sus brazos se tensan a ambos lados del cuerpo. Liam se vuelve hacia mí, entre esperanzado y asustado, como si de pronto hubiera visto a una persona diferente —algo que quizás sea cierto.

—Pero... —empieza a protestar Julia.

—Voy a dar un paseo —digo sin margen para objeciones—. Vuelvo enseguida.

Voy directamente a la puerta de salida. Una vez en el porche, me vuelvo a mirarlos a través de la puerta mosquitera. Julia sigue demudada.

No tengo ganas de dar explicaciones.

Teimour se me acerca trotando y coloca la cabeza junto a mi pierna en un gesto que me recuerda a Garry, el boyero de Julia. Lo acaricio y lo animo a que me acompañe, cosa que el pastor alemán hace de buena gana.

Nos dirigimos a la parte de atrás de la granja. Me quedo observando las plantaciones del otro lado de la alambrada: filas y filas de plantas idénticas que desde luego no reconozco. Teimour se queda a mi lado, contemplando aquella inmensidad ya conocida para él sin manifestar la más mínima queja o signo de impaciencia.

Si miro hacia la casa es probable que Julia y Liam estén observándome con atención, de modo que no lo hago. Imagino que les preocupará que no cumpla con mi palabra de regresar, especialmente a Julia, que parece la más comprometida con mi inminente partida.

—Vamos al bosquecillo.

Cada vez me siento más cómoda con el vestido. No me sorprende que mi armario esté repleto de ellos.

Teimour nunca se aleja demasiado. Incluso cuando lo hace, no deja de mirarme de vez en cuando, como si buscara mi aprobación o quisiera darme a entender que la exploración de los alrededores tiene que ver con mi bienestar. La conexión con el animal es innegable.

Llegamos a la pista de tenis y me siento en el banco que hay en un lateral. Es apenas una tabla deformada apoyada en unos troncos todavía con corteza —bastante incómodo en comparación con los de la casa de Julia—, pero no necesito gran cosa para detenerme a pensar unos minutos. En el fondo siento que ya he tomado la decisión, pero necesito estar segura.

Teimour se echa a mi lado y respira a toda velocidad con la lengua fuera.

Aunque no he vuelto a ver el vídeo con el mensaje de la Anna del pasado, podría reproducirlo casi palabra por palabra.

Sé lo confuso que suena todo esto, pero también sé que si de alguien no puedes dudar, es de ti misma...

Mientras reflexiono, Teimour se entretiene persiguiendo a una paloma cada vez que esta se posa en la pista de tenis. Lo ha hecho ya dos veces, y la paloma ahora ha optado por quedarse esperando en la rama baja de un árbol. Teimour regresa a mi lado, porque de lo contrario el juego sería demasiado sencillo, pero se vuelve a mirarla de vez en cuando. La paloma espera.

—Tengo doce días, Teimour. ¿Debería esperar?

El perro me mira e inclina la cabeza. En una curiosa coincidencia, yo misma elevo la cabeza asaltada de pronto por un destello de lucidez. Una idea empieza a formarse en mi mente. Más que una idea, un concepto.

Con la mirada busco la paloma, que sigue esperando pacientemente en la rama del árbol.

—Esperar al último momento.

Para tomar una decisión, lo mejor es esperar al último momento, ¿no? De esa forma disponemos de la mayor cantidad de información. Por ejemplo, si vamos a organizar una reunión al aire libre, lo mejor es elegir la fecha lo más cerca posible del día en cuestión, para asegurarnos de que las condiciones climáticas no serán adversas.

En mi caso, sucede exactamente lo contrario. Cuanto más tiempo antes tome una decisión, de más información dispondré.

La Anna de hace un año sabe mucho más que yo.

Y la Anna de hace dos años, todavía más.

Son ellas las que tienen que tomar la decisión.

No yo.

—Creo que estamos haciendo progresos.

Teimour sale disparado. La paloma consigue escaparse por los pelos.

Mientras regreso, pienso una y otra vez en la importancia de las decisiones que tomé en el pasado. Si decido ahora, estaré dejando fuera información valiosa.

Si hoy estoy aquí, es porque las diferentes Annas del pasado así lo han decidido. En ellas debo confiar.

Abro la puerta de la casa y me encuentro con Julia y Liam prácticamente en la misma posición.

—Voy a marcharme —anuncio.

Julia deja escapar un suspiro. Liam, lejos de protestar o de manifestar su descontento, se mantiene impertérrito. Es la primera vez que lo veo actuar en la casa con la templanza y la seguridad de su papel de comisario.

—Sabes que cuentas con mi apoyo, Anna —dice sin titubeos.

El día de la noticia en la televisión

Tres meses antes
(Tres meses después, perspectiva de Anna)

Sé que suena estúpido, pero los tres meses siguientes en la granja fueron los mejores de mi vida. No sólo es estúpido porque mis recuerdos son apenas más amplios que eso, sino porque está claro que han sido en realidad los tres meses anteriores. Me disculpo una vez más por referirme al paso del tiempo en orden inverso —aunque a mí cada día me resulte más normal—, porque entiendo lo confuso que puede resultar para los que están acostumbrados a que después del domingo venga el lunes y no el sábado.

En estos tres meses Liam y yo hemos estado solos —a Julia no he vuelto a verla desde que le dije que me marcharía con ella a su casa—. He visto cómo los primeros brotes primaverales han remitido, dejando los árboles desnudos, y cómo los cultivos se han ido empequeñeciendo. La temperatura, un poco más baja cada día, no a causa del comienzo del invierno, sino a partir del momento en que daba sus últimos coletazos, vistos como una película pasada al revés.

Lo más importante es que Liam y yo hemos encontrado una rutina. Él empieza su jornada en la comisaría muy temprano; a las ocho de la mañana ya está allí, por lo que sale de casa a las siete y quince, incluso los sábados. No nos vemos hasta que regresa, entre las cinco y las ocho, dependiendo de la carga de trabajo. Liam es de los que prefiere quedarse un rato más y no traer trabajo a casa, y yo creo que es una buena política. En general procura no hablar por teléfono ni estar pendiente de la radio. Si lo llaman, sale de la casa y atiende sus asuntos sin que yo me entere.

Las tardes son nuestro momento de encuentro, y nos turnamos en la cocina. Liam es un gran cocinero y yo estoy aprendiendo; he descubierto que me gusta y ya tengo dos platillos que son mi especialidad: la lasaña y el risotto de langosta. Liam se autoproclama el rey del costillar de cordero, y en eso tengo que darle la razón. Bueno, no sólo en eso, en muchas otras cosas también. Congeniamos bastante bien, somos dos piezas diferentes, de formas intrincadas y salientes pronunciados que encastran sorprendentemente.

Dos o tres veces por semana vemos películas o miniseries. Casi siempre las elijo yo. A veces él navega por las opciones de Netflix y se detiene en alguna que le llama la atención y me mira en busca de aprobación. Si es alguna que veremos en el futuro, me encojo de hombros y le digo que lo siento. No voy a mentir, en alguna ocasión lo he utilizado como argucia para librarme de algún drama bélico. Lo mío es el suspense, y estoy empezando a animarme con las de terror.

Nuestro punto de encuentro en lo que a películas se refiere son las comedias. La primera que vimos juntos —o la última, depende de cómo se mire—, y que además es muchísimo más que una comedia, fue *Regreso al futuro*. Liam es un fanático de la saga, y no tenemos reparos en ver las tres partes una y otra vez.

Desde entonces, Liam empezó a llamarme McFly; al principio, sólo cuando yo hacía alguna insinuación inofensiva de nuestro futuro, pero poco a poco fue utilizándolo también en situaciones cotidianas.

Paso a paso vamos construyendo nuestra identidad como pareja, nuestros códigos propios. A veces a él le cuesta hablar de lo que le pasa, ya sea de alguna preocupación en el trabajo o de un pasado que de vez en cuando vuelve a desestabilizarlo. Pero he aprendido a respetar sus tiempos, y él los míos.

Los domingos son los días que más aprovechamos juntos. Liam no puede dejar de levantarse muy temprano y se ocupa de hacer las compras; trae provisiones para toda la semana y yo lo espero con un buen desayuno. Necesitamos arrancar el día con energía, ya que las mañanas están reservadas a nuestros memorables partidos de tenis. Los domingos lluviosos —nos ha sucedido dos veces— son motivo de una desazón de proporciones épicas. Normalmente jugamos partidos a tres sets, que casi siempre se deciden en el tercero. No llevamos estadísticas, pero los resultados son parejos. Eso sí, los dos somos competitivos y nos tomamos los enfrentamientos muy en serio. A veces regresamos a la casa en silencio y no nos hablamos durante una o dos horas. Nos bañamos y cada uno hace su vida hasta que nos encontramos y volvemos a ser los mismos de siempre.

En cuanto a si me pesa mi reclusión en la granja, lo cierto es que todavía no. Le he dicho a Liam que puedo teñirme el cabello o cambiar mi aspecto lo suficiente como para que nadie me reconozca, pero por el momento no tengo la necesidad de hacerlo. Aquí estoy bien. Dispongo de todo lo que necesito. Es simplemente que quiero ayudar a Liam con las compras, quizás cenar una noche en un restaurante bonito. Pero claro, no es sólo el hecho de que alguien pueda reconocerme, Liam es el comisario, y si lo ven con una mujer la noticia se va a extender con rapidez. Su vida privada, aislado del mundo y prácticamente sin recibir visitas, ya es suficiente motivo de especulación entre sus allegados como para añadir más elementos que generen suspicacias.

Además de mi afición por la cocina, la pintura ha sido mi ocupación primordial. No pinto todos los días, quizás uno o dos a la semana. En la biblioteca he encontrado un libro de Kandinsky y estoy introduciéndome en la pintura abstracta. Como en el resto de las cosas, Liam y yo hemos llegado a un conjunto de reglas de convivencia, y en lo relativo a mis pinturas hay una muy sencilla: tengo que terminarlas en menos de un día y destruirlas. Bueno, destruirlas es un poco extremo; Liam las guarda en el granero. Y yo jamás entro en el granero.

Lo anterior puede parecer confuso pero es realmente simple. Cada día soy capaz de recordar todas las pinturas que haré en el futuro, pero no las que he hecho en el pasado, ni la de ese día. Forzarte a pintar un cuadro que ya recuerdas haber hecho constituiría el peor castigo para un artista. No es que yo me considere una artista, pero quizás en otra vida podría llegar a serlo.

Mi taller es el sitio de la casa donde me siento más a gusto. Es luminoso y amplio, y como está junto al salón de música, normalmente escucho música a todo volumen mientras pinto. Una vez le pregunté a Liam por las pinturas, pinceles, telas y demás utensilios que él se ocupa de reponer regularmente, y me dijo que no me preocupara, que él de todas formas no corre con esos gastos.

También he adoptado el hábito de la lectura. He leído diecinueve libros en tres meses; no está nada mal para una principiante. Las novelas de Agatha Christie son mis favoritas, y en la biblioteca de la señora Hollinger hay un montón de ellas.

En mis días en la granja nunca falta la compañía de Teimour, a veces con sus patas sobre mis pies, otras echado en la habitación de al lado, pero siempre cerca, porque nadie entiende mis estados de ánimo como él. No sé si es porque le hablo mucho o porque el perro tiene algún talento especial, pero lo cierto es que la nuestra parece ser una conexión profunda. Me entristece pensar que poco a poco seré testigo de cómo esa conexión se irá perdiendo, como sucedió con Garry en la cabaña. Todavía no ha habido indicios de eso, pero, finalmente, sucederá...

Ahora tengo la mirada desenfocada. Me descubro observando tres lonchas de queso y un puñado de aceitunas. No suelo comer demasiado cuando estoy sola.

Teimour emite un quejido corto. Se acerca y se queda quieto sobre dos patas junto a la escalera. Tiene prohibido subir, pero no se lamenta por no poder acompañarme, sino porque estoy segura de que sabe lo que yo voy a hacer arriba.

—Soy humana, Tei, no me juzgues —le digo mientras paso a su lado—. No soy tan obediente como tú.

Antes de llegar al descansillo me doy la vuelta y Teimour no se ha movido un ápice.

Estoy a punto de regresar, lo juro. Sé que de alguna forma lo estoy decepcionando.

—No es tan grave, Tei. Veinte minutos máximo. Te lo prometo.

Ya en la segunda planta voy hasta el final del pasillo, donde está la habitación que Chloe utilizaba mientras vivía en la granja. Está intacta, tal y como la dejó antes de irse. En las paredes están los pósteres de los artistas de su adolescencia, Taylor Swift entre ellos, e incluso hay unos estantes con juguetes de su infancia, muñecos en su mayoría. Lo único fuera de lugar es un descomunal televisor de cincuenta pulgadas y un confortable sillón de un cuerpo que Liam puso para ver ahí la NBA.

Liam no sabe que de vez en cuando me gusta ver un poco la televisión. Quizás lo intuye, no lo sé. Soy curiosa. Y Liam me conoce muchísimo, más incluso que yo misma, así que es probable que ya lo sepa.

Al margen de lo irresistible de asomarse a mi única ventana al mundo, también hay algo de provocación. No hacia Liam, sino hacia las reglas y los límites en general. Creo que soy transgresora por naturaleza, aunque todavía no he dado demasiadas muestras de ello. Es como si buscara ponerme a prueba poco a poco.

Volviendo a la cuestión de Liam, no me gustaría que se entere de mis incursiones a la habitación de Chloe. Sería una decepción para él, y si bien no es algo dramático, sé que deterioraría una confianza que estamos construyendo día tras día.

Algunos mediodías, como hoy, me siento en el sillón con el plato en el regazo. El mando a distancia siempre está en uno de los reposabrazos y soy cuidadosa con dejarlo exactamente en el mismo lugar cada vez que lo utilizo. Sólo una vez Liam llegó inesperadamente a la granja mientras yo estaba en la habitación de Chloe. Teimour me avisó con sus ladridos mucho antes de que la camioneta apareciera por el camino privado.

Me gusta ver los programas de entrevistas de la

mañana. Trato de evitar las cuestiones coyunturales, por supuesto, y centrarme en frivolidades relacionadas con el mundo del espectáculo. Me he vuelto una experta en algunas celebridades, de las que además trato de ver todas las películas que encuentro en las plataformas de pago. Si no tengo un buen día, entonces prefiero los programas de juegos. Mi favorito es uno en el que hay dos concursantes sentados en unos sillones enfrentados, que giran a toda velocidad y de repente tienen que levantarse para llegar primero a un globo y responder una pregunta, luchando contra la falta de equilibrio. Es tonto, pero me desternillo de risa como una niña.

Hoy no tengo un mal día, pero sí ganas de ver cómo algún participante corre de lado dando manotazos al aire hasta caer de bruces. El canal local es el que se encarga de retransmitir este contenido. Marco el canal 12 dispuesta a dejar el mando a distancia donde corresponde cuando me quedo paralizada.

En la pantalla hay un faldón rojo con una noticia de última hora.

Un reportero habla por su micrófono haciendo gestos hacia atrás, donde hay un camión pequeño con un rótulo en la parte trasera en el que pone Dulces Kent, junto a un dibujo de una bolsa con golosinas. A su lado está Liam con su uniforme de comisario y la mirada consternada.

La noticia de última hora reza: APARECE CON VIDA TIMMY BOULDERMAN.

—... en este camión de venta de dulces que ven detrás de mí, Harold Kent atendía a los niños del vecindario. Era amable, los llamaba a todos por su nombre de pila... Padres y madres confiaban plenamente en él, lo saludaban cada día y creían que era una persona de bien. Lo que nadie sabía es que, durante los últimos diez días, este simpático vendedor de dulces había tenido encerrado en su casa a Timmy Boulderman, de diez años, a quien la policía buscaba incansablemente desde que su familia denunció la desaparición el cinco de diciembre pasado.

No puedo dejar de mirar. Escucho al periodista con atención, pero mis ojos están puestos en Liam. Nunca lo he visto tan preocupado. Jamás.

—Está con nosotros el comisario William Hollinger, que ha llevado adelante la investigación que ha terminado con la detención de Kent durante la mañana de hoy mientras el vendedor de dulces hacía su trabajo como cualquier otro día. Comisario, ¿cómo está el pequeño Timmy en este momento?

—Está bien, afortunadamente. Ahora está con su familia y con un equipo de especialistas para brindarle la atención que necesita en un momento como este.

—¿El niño llegó a explicar si Kent lo ha retenido contra su voluntad?

Liam mira al periodista con desaprobación.

—Timmy va a hablar con el equipo de especialistas cuando llegue el momento. Lo importante ahora es que está con su familia. En cuanto a la participación de Harold Kent en el secuestro, no puedo decirle nada al respecto, ya que hay una investigación en curso. Lo único que puedo decirle es que Timmy Boulderman fue encontrado en la casa de Kent en la madrugada de hoy.

—¿Cómo dieron con él?

—No puedo responderle a eso. Si me disculpan...

—Muchas gracias, comisario Hollinger.

Liam sale del plano.

El periodista empieza a reproducir la declaración

de Liam casi palabra por palabra, como si la audiencia no acabara de escucharla. Me quedo mirando un poco más mientras el hombre sigue especulando sobre la manera en la que el niño fue secuestrado por Kent. Cuando se sumerge en una serie de teorías acerca de las actividades dentro de la casa, apago el televisor.

Las lonchas de queso y las aceitunas están intactas en el plato. Me las quedo mirando un rato largo hasta que consigo levantarme del sillón y regresar a la planta baja.

Teimour está echado a los pies de la escalera.

—Ha sido más breve de lo esperado —digo, todavía en estado de shock.

Me dirijo a la cocina, dejo el plato sobre la mesa y me siento en una de las sillas. No tengo intención de comer. Alejarme de la habitación de Chloe ha sido una reacción instintiva.

Era previsible que algo así sucedería tarde o temprano. Por supuesto, sé que debo hacer algo al respecto. La Anna del pasado debe hacerlo, antes de que ese tipo despreciable secuestre al niño. Yo sólo tengo que recordarlo: Harold Kent. Vendedor de dulces. Hijo de puta. Secuestro de Timmy Boulderman.

El día de la decisión

Un día antes
(Un día después, perspectiva de Anna)

Lo primero que pienso al despertar es en Harold Kent, vendiendo dulces como si nada pasara, mientras Timmy Boulderman está encerrado en su casa.

La detención del vendedor de dulces sucederá mañana. No mañana para mí, por supuesto, sino mañana para Timmy, que en este preciso momento debe de estar pasando uno de los peores momentos de su vida, solo y asustado después de más de una semana sin ver a sus padres mientras yo recorro cansinamente los metros que me separan del baño.

Estoy cansada, como si no hubiera dormido nada. Y en parte es cierto, porque he pasado la peor noche de la que tengo recuerdo. Ha sido un descanso intermitente interrumpido por sueños confusos de los que conservo sólo retazos sin sentido.

Me pongo unos vaqueros y una camiseta —los vestidos han quedado relegados desde la llegada del invierno— y bajo a desayunar. Es martes y Liam ha salido tempranísimo, por lo que la casa está en silencio. El mismo silencio de siempre, sólo que hoy es más pesado que de costumbre.

Ocuparme de preparar el desayuno hace que, paradójicamente, se me revuelva el estómago. Tengo claro que no voy a quedarme de brazos cruzados con la desaparición de Timmy Boulderman, pero lo cierto es que han pasado veinticuatro horas desde que vi la noticia en la televisión y todavía no he decidido qué hacer. O mejor dicho, lo que no he decidido es *cuándo* lo voy a hacer.

Lo he pensado mejor y, a diferencia de mi situación, donde puedo delegar las decisiones a la Anna del pasado, ahora hay un aspecto radicalmente diferente y es que Timmy está sufriendo AHORA MISMO. En este preciso momento su familia debe de estar llorando su ausencia, removiendo cielo y tierra para encontrarlo y temiendo lo peor.

Y quizás con razón.

¿Qué hacer?

Si llamo por teléfono a Liam ahora mismo y le digo todo lo que sé, él irá de inmediato a rescatar al pequeño y a detener a Kent. Si algo así sucede, Timmy estará a salvo, pero la detención de mañana, la cual dará origen a la transmisión del canal 12, nunca tendrá lugar. Sin esa transmisión, yo nunca me hubiera enterado de la noticia.

Decido salir a dar un paseo. Teimour se suma de inmediato y juntos bordeamos el granero y nos dirigimos al bosquecillo. Me siento en el suelo, apoyando la espalda en el tronco de un árbol. Teimour me mira extrañado y al cabo de un momento se echa a mi lado.

—No sé qué hacer, Tei.

Alterar lo que sucederá mañana, bajo ningún concepto podría considerarse lo que Julia y la doctora Hill llaman una alteración sutil de los acontecimientos, es decir, un suceso tan insignificante que no modificaría sustancialmente el futuro a largo plazo. No sólo alteraría definitivamente la vida de los involucrados directamente, como el propio Timmy Boulderman, Kent, Liam y el resto de los investigadores, sino también la de todos los que han seguido la noticia por televisión. Decenas de miles, quizás cientos de miles de personas, si la noticia llega a tener alcance nacional. Aunque el desenlace fuese el mismo, con Kent detenido y Timmy a salvo, el solo hecho de modificar las circunstancias de la detención podría alterar decisivamente el curso de los acontecimientos.

¿Y entonces qué?

Entonces, no voy a quedarme de brazos cruzados.

La cuestión no es si actuar o no. La cuestión es cómo actuar. Y cuándo.

Siento que mis pensamientos dan vueltas en círculo.

Estoy de nuevo frente al televisor. Pongo directamente el canal 12.

En la pantalla hay un hombre joven de cabello blanco peinado con una pulcritud espeluznante. El pie de la imagen dice: «Estamos afrontando el cambio climático con convicción». Sin pestañear, el presentador da detalles del discurso que el presidente ofreció el día de ayer durante la inauguración de una planta de tratamiento de residuos tóxicos.

Quitó el volumen del televisor. El hombre sigue moviendo la boca, siempre con los mismos ojos de muñeco de felpa, y la ausencia de sonido lo hace parecer terrorífico. En la esquina superior derecha de la pantalla se lee la palabra «Nacional», con lo que calculo que durante un rato puedo desentenderme de las noticias.

He traído conmigo un libro icónico de Agatha Christie —Liam me ha dicho que es el mejor, a juzgar por los comentarios de su madre— y si pretendo distraer a mi mente en este momento no necesito menos que eso—. *El asesinato de Roger Ackroyd* es una novela de menos de trescientas páginas, y mi idea es dosificarla para que me permita alejarme de la realidad durante los próximos días.

Empiezo a leer, levantando la cabeza de vez en cuando para mirar hacia el televisor. El mismo presentador sigue gesticulando y el faldón cambia por «¿Baja el desempleo?».

El asesinato de Roger Ackroyd me atrapa de inmediato. Llevo leídas unas veinte páginas y ya sé que mi plan de dosificar la lectura es una utopía. A veces hasta me olvido de seguir lo que pasa en el televisor.

El rótulo «Nacional» cambia a «Local», y ahora la que habla a la cámara es una mujer de unos sesenta años de mirada sabia. Siento deseos de subir el volumen, pero no lo hago. «Nueva escuela en la comunidad», se lee abajo. A continuación aparecen imágenes de la inauguración de una escuela con un cronista que informa desde el lugar. Hay un grupo de gente, entre los que imagino que se encuentran las autoridades y algunos políticos locales, ubicados en una tarima del flamante gimnasio. Dejo de mirar.

Mi mente se transporta nuevamente a la mansión de los Ackroyd.

Cada vez que le doy la vuelta a la página levanto la cabeza. En poco tiempo se convierte en un proceso automático.

Casi cincuenta minutos después, dudo si es conveniente seguir mirando. La realidad es que Timmy Boulderman lleva varios días desaparecido y es posible que la noticia haya perdido fuerza. He visto suficientes series y películas para saber que hay cierta selectividad a la hora de poner el foco en un caso de desaparición o en otro. El de Timmy podría no haber corrido esa suerte y haber sido apenas una noticia marginal.

Sin embargo, una cosa es la cobertura nacional y otra muy distinta la de los hechos locales. Sería muy extraño que no se hagan eco del caso. Por otro lado, diez días es mucho tiempo para un niño desaparecido —muchísimo, en realidad—, y uno imaginaría marchas, manifestaciones en la escuela, en su casa, solidaridad de las personas..., en fin, muestras imposibles de soslayar para un canal de noticias local.

Pienso en lo anterior cuando la leyenda del faldón cambia: «Continúa la búsqueda de Timmy Boulderman».

Subo el volumen.

—... nueve días y Timmy Boulderman sigue desaparecido. Recordemos que su familia lo busca desde el día cinco de diciembre, cuando fue a visitar a un amigo que vive a pocas casas de distancia y nunca regresó. Los últimos testigos lo vieron caminando a dos manzanas de su casa, por lo que algo hizo cambiar a Timmy de opinión ese día. Las autoridades investigan activamente el caso, y la que vemos en pantalla en este momento es la tercera marcha organizada por familiares y amigos. Adelante, Liza...

Entre la multitud hay una periodista joven que asiente cuando la presentadora le cede la palabra.

—Gracias, Barbara. Aquí se vive un clima de consternación, pero también de optimismo. La comunidad se ha movilizado y la policía local investiga activamente el caso. Vamos a intentar hablar con la madre de Timmy...

La cronista se abre paso entre la gente. Rápidamente llega a donde está la madre, que se detiene para hablar.

—Señora Boulderman, gracias por hablar con nosotros. Queríamos saber cómo se siente y si ha tenido noticias por parte de la oficina del comisario.

—Estamos haciendo todo lo necesario para que Timmy vuelva con nosotros. Confiamos en que así será.

La mujer está entera. Si existe en el mundo algo que ponga a prueba la fortaleza de una persona, ha de ser lo que la señora Boulderman está pasando en este momento.

—Esperamos tenerlo con nosotros para la Navidad —continúa la mujer—. Sé, en el fondo de mi corazón, que él está bien y que va a volver. Necesitamos el apoyo de todos. Le pido a cualquiera que tenga información, por insignificante que sea, que se comunique con la policía o que llame a las líneas habilitadas.

La señora Boulderman recita tres líneas telefónicas de memoria. Mientras lo hace, levanta la fotografía de su hijo y se la coloca a la altura del pecho.

Es la primera vez que veo a Timmy Boulderman. Además de ser el vivo retrato de su madre, el niño tiene rasgos muy característicos: ojos grandes y verdes, mentón afilado, nariz pequeña y el cabello largo hasta los hombros. Ponerle rostro a Timmy hace que se me haga un nudo en el estómago.

—Harold Kent —le digo al televisor. No sé por qué lo hago. Me siento una estúpida.

Me acerco al televisor. El rostro de la señora Boulderman es ahora gigantesco y granulado.

—Vas a recuperar a tu hijo... Te lo prometo.

Apago el televisor. Salgo de la habitación de Chloe

sin molestarme en dejar el mando a distancia en su sitio y voy directamente a la planta baja. Teimour no está en la casa, por lo que no hay miradas de reproche esta vez. Me dirijo al taller con un plan que empieza a delinearse en mi cabeza.

Estoy acostumbrada a trabajar en mis pinturas sin descanso. Liam me ha dicho que a veces parece que estoy poseída. Más allá de la necesidad de terminarlas en menos de veinticuatro horas, he encontrado en ese ritmo frenético un modo de canalizar mis emociones. No creo en eso de que algo —o alguien— se apodera de los artistas cuando están creando sus obras, pero mentiría si no dijera que alguna vez me he sorprendido con las formas que surgen de mis pinceladas casi espontáneamente.

Sí, lo sé, he vuelto a referirme a mí misma como a una artista. Hoy me tiene sin cuidado.

Elijo una tela mediana de dieciséis por veinte pulgadas que normalmente reservo para mis pinturas figurativas. La coloco en el caballete y me alejo unos pasos para contemplar el lienzo en blanco e imaginar allí lo que hasta ese momento está en mi cabeza. Antes de empezar a preparar las pinturas voy al salón de música y pongo *Rubber Soul*, de The Beatles. Quiero algo que me levante el ánimo, aunque sé que no sucederá.

Paso las siguientes tres horas trabajando. Me alejo una última vez para apreciar el resultado.

En el lienzo está el camión de dulces de Harold Kent. La carrocería del vehículo está pintada con colores pastel, turquesa y rosa, y en el lateral tiene desplegado un toldo de franjas blancas y negras. En la ventana de atención está Kent, sirviendo una bolsa de dulces con el rostro semicubierto por la visera de su gorra. Un niño espera al otro lado, subido a una tarima y estirando el brazo para recibir su bolsa. Aunque está de espaldas, el cabello largo hasta los hombros lo hace completamente reconocible.

Liam llega a las diez de la noche, algo completamente inusual, pero que no me sorprende lo más mínimo dadas las circunstancias. Son horas de tensión para él y su rostro así lo demuestra. No poder compartir sus preocupaciones conmigo ciertamente no ayuda; todo el mundo sabe que los dos primeros días son cruciales en la desaparición de un niño, y Timmy lleva nueve alejado de su familia.

No espera encontrarme sentada en la mesa de la cocina. En la mano lleva una bolsa de cartón que reconozco de inmediato.

—Hola, cariño —me saluda mientras deja las bolsas sobre la mesa—. He traído sushi.

Rodea la mesa y me da un beso en la boca.

—Genial.

Se queda pensativo.

—Iba a llamarte, pero la comisaría estaba fatal.

—No te preocupes. Ve a darte un baño y yo preparo la mesa. Si no estás aquí en quince minutos, no respondo.

Su rostro se suaviza. Me gusta ser la persona que consigue arrancarle una sonrisa. O, como esta vez, al menos un momento de distracción en medio de todas sus preocupaciones. A veces soy yo la que necesito una válvula de escape, la que duda de sí misma o no lleva bien el encierro, y Liam siempre está ahí.

Exactamente quince minutos después, Liam baja

las escaleras. Con ropa de casa y bañado, se ha transformado en otra persona. Yo sigo sentada en el mismo sitio. En la mesa está la bandeja con las veinte piezas de sushi, y también hay dos platitos con salsa de soja y wasabi.

Comemos en relativo silencio. El cambio respecto a los otros días es notable. El elefante en la habitación es el caso de Timmy Boulderman, por supuesto, pero no del modo en que uno esperaría. No se trata de la presión a la que Liam está sometido, que es considerable y angustiante al mismo tiempo, sino de lo que no podemos expresar.

No estamos acostumbrados a que el pasado o el futuro afecte a nuestro día a día. Esta es la primera vez que la realidad logra colarse en nuestra burbuja.

—He acabado otra pintura —digo, y espero su contacto visual para contarle el resto.

Los palitos se quedan a medio camino de un california roll. Liam los apoya con delicadeza a un lado y asiente.

—En ese caso, creo que deberíamos ir a verla.

Le digo que sí y juntos nos dirigimos al taller. Yo primero. Él detrás.

Me quedo junto a la puerta. La pintura sigue en su caballete, delante del ventanal, ahora completamente oscuro.

Liam se acerca y se la queda mirando un rato largo. Aun de espaldas, puedo adivinar sus emociones.

Cuando finalmente se vuelve, hay en su rostro una mezcla de horror y gratitud. Es increíble cómo dos emociones tan contrapuestas pueden coexistir y a la vez ser reconocibles, pero no tengo duda de que así se siente Liam en ese momento.

—Necesito hacer algunas llamadas.

—Por supuesto.

Antes de salir del taller se detiene delante de mí.

—Gracias, McFly.

Lo anterior descomprime un poco la situación. Sonrío y señalo la pintura.

—Creo que será mejor que te la lleves ahora. Es una lástima..., es una de las buenas.

Liam carga la pintura del camión de Kent y sale del taller.

Al cabo de un rato lo veo a través del ventanal en dirección al granero. Una vez que sale de allí, ya no tiene la pintura y en cambio habla por teléfono. Teimour lo sigue a todas partes.

Imagino que la destinataria de aquella llamada es la subcomisaria Leslie Wheeler, y que en breve se pondrá en marcha la maquinaria para detener a Kent.

Posiblemente nunca sepa con certeza si la investigación en contra de Kent ya estaba en marcha y mi pintura no hizo más que empujarla en esa dirección. Quizás sí. Quizás no. Quién sabe.

El día del secuestro

Nueve días antes
(Nueve días después, perspectiva de Anna)

Domingo 5 de diciembre de 2021, el día del secuestro de Timmy Boulderman.

Harold Kent y el propio Timmy son los únicos que saben la verdad, además de mí.

Una verdad de un peso formidable, imposible de llevar. He seguido la noticia a hurtadillas por el canal 12, y hacerlo en sentido inverso me ha dado una perspectiva única del dolor de su madre, que concedió entrevistas casi todos los días, pasando de un temple admirable a la desesperación.

Esa mujer lo intentó todo: hablarles a las personas en general, a cualquiera que hubiese visto algo, por insignificante que fuera, y también a su hijo. Le habló incluso a un posible secuestrador, asegurando que nadie lo acusaría de nada si liberaba a Timmy sano y salvo.

A la única que no le habló —al menos no de un modo consciente— fue a mí. ¿Cómo imaginar que al otro lado de la pantalla había una mujer con una curiosa afección que sabía perfectamente el destino de su hijo?

En este preciso momento, Timmy Boulderman

podría estar comprando los dulces que sellarán su destino. Imaginar la escena que yo misma pinté en un lienzo me provoca escalofríos. «Si me ayudas a mover unas cajas que tengo en el camión, te regalo los dulces. ¿Qué me dices?»

Quizás ya ha sucedido, y en este momento Timmy está siendo llevado por la fuerza a la casa de su secuestrador.

Los últimos días han sido de una convivencia sumamente incómoda con Liam. Casi no hemos hablado, salvo con el único propósito de que los silencios no resultaran abrumadores. Hemos suspendido por completo todas nuestras actividades conjuntas, no ha habido partidos de tenis, ni películas, apenas unas pocas cenas compartidas. Ambos sabíamos que era lo mejor.

Liam ha estado ocupadísimo en la comisaría, buscando a Timmy, desde luego, y probablemente también brindando explicaciones y recibiendo todo tipo de presiones. No hay que ser muy inteligente para saber que un incidente de este tipo, en una comunidad donde jamás ha sucedido algo semejante, puede perjudicar la carrera del comisario de turno en un abrir y cerrar de ojos.

No quiero sonar egoísta, pero fueron días donde eché muchísimo de menos nuestra vida de *antes*. No sólo cargué sobre mis hombros con la preocupación de saber que cada día, cada hora, cada minuto, Timmy estaba sufriendo, sino además con el peso de no poder compartirlo con la única persona en la que confío, y que ha sido mi sostén durante los meses en la granja. El hombre al que, además, amaba.

A Liam le he entregado dos pinturas más. En una de ellas se veía una farola con el cartel de búsqueda de Timmy. PERDIDO, se leía en la parte superior. Debajo había una fotografía del niño en la que posaba sonriente. He visto la fotografía tantas veces en la televisión que he podido reproducirla con bastante fidelidad.

La otra pintura mostraba una gorra azul tirada en medio de unas hierbas altas. La escena se correspondía con lo que sucedería tres días después de la desaparición, cuando la policía encontró la gorra de Timmy en un descampado, a tres manzanas de su casa.

Las tres pinturas contaban una historia clara: una desaparición, un hallazgo y un culpable. Sin duda, la del camión de venta de dulces sería más que suficiente para identificar a Harold Kent.

Ha sido mi modo de sobrellevar la culpa.

Funcionó en esos momentos, mientras pintaba o esperaba a que Liam llegara a casa.

Pero ya no funciona.

Ahora es el momento de la verdadera decisión. En este preciso instante, Timmy Boulderman podía estar viviendo la peor de las pesadillas. La que a sus diez años seguramente sus padres se han encargado de repetirle una y otra vez. La que tiene como protagonista a un extraño que se aprovecha de la inocencia para hacer daño. Un daño que sus padres no han sido capaces de explicarle, pero que él sabe que es muy real y horrible.

Tengo que hacer algo. No es suficiente con saber que Timmy regresará a su casa dentro de algunos días y que Liam será el responsable de encontrarlo. Diez días secuestrado es un precio demasiado alto.

Estoy lista para bajar las escaleras. Hace rato que escucho a Liam en la planta baja. No sé exactamente qué es lo que voy a decirle, pero sí sé que hay que impedir a cualquier precio que Harold Kent se lleve a Timmy.

Una voz en mi cabeza no deja de alertarme de los riesgos que podría suponer modificar el futuro de semejante forma.

A la mierda la voz.

Liam está cantando *Shake It Off*. Lo hace en un tono moderado, no porque se avergüence por haber sucumbido a una de las tantas pegadizas melodías de Taylor, sino para no despertarme.

Lo observo desde el salón sin que él lo advierta.

En otras circunstancias no hubiera podido contener la risa. Liam balbucea una letra que evidentemente no conoce mientras prepara el desayuno. Sirve dos tazas de café, todo sin dejar de contonearse, y a continuación se dirige con ellas a la mesa haciendo sutiles movimientos de cadera. *Shake it off. Shake it off.*

Liam lleva puesta su ropa de tenis.

Verlo así, bailando y cantando, ajeno por completo a lo que sucederá dentro de unas horas, cuando reciba la llamada de la comisaría, me contagia y me transporta a tiempos mejores. Lo que voy a decirle va a quitarle esa alegría y a sumir a la granja en un periodo sombrío. Quiero dilatarlo, aunque sea unos minutos más.

Liam levanta la cabeza y advierte mi presencia.

—Alguien se ha dignado a bajar —dice de modo jocoso.

Camino hasta la cocina con el andar de un condenado a muerte. Si no se lo digo ahora...

—Tengo que hablarte del futuro...

Liam sonríe.

—¡Tengo que hablarte del futuro! —repite dramáticamente, imitando a Marty McFly en la icónica escena de *Regreso al futuro*.

Su expresión cambia cuando se da cuenta de que no estoy bromeando. Deja el rollo de papel de cocina en la mesa y se acerca, ahora preocupado.

—¿Qué sucede, Anna? Ven, siéntate.

—Prefiero tomar un poco de aire.

—Sí, claro. Vamos al porche.

Salimos por la puerta principal y Liam deja sobre la mesa las dos tazas de café que ha traído desde la cocina. Vuelve a la casa y al cabo de un momento regresa con un plato de galletas. Ahora lleva puesta una chaqueta deportiva liviana. Hace frío, pero no tanto como uno esperaría para una mañana de diciembre.

Ocupamos cada uno una mecedora.

Me quedo contemplando un momento la granja. Teimour todavía no ha venido a darnos la bienvenida, lo cual no deja de ser llamativo.

—¿Crees que es una buena idea? —pregunta Liam.

—No.

Liam se inclina y coge la taza de café.

—Trata de hacerlo de manera general —me anima Liam.

Sé que eso no serviría de nada. Ya he ensayado esta conversación en mi cabeza unas mil veces.

Respiro hondo. Justo en ese momento aparece Teimour, y verlo me da otra inyección de felicidad.

—Van a secuestrar a un niño de diez años —digo por fin—. Es posible que esté sucediendo en este momento.

Liam se queda inmóvil. Con suma lentitud deja la taza sobre la mesa.

—¿Aquí? —pregunta mirándome a los ojos.

—Aquí.

No pierde la compostura. Puedo sentir cómo su cabeza trabaja a toda velocidad.

—¿Sabes quién es el responsable?

—Sí. Y esa es la cuestión. Tenemos que detenerlo. No podemos permitir que ese niño sufra.

Liam se queda pensativo. Durante casi diez minutos se limita a mirar el techo del porche.

—Si lo hacemos —dice al fin—, y el tipo no secuestra al niño. ¿Cómo te enterarías tú de quién es?

Suspiro.

—No tengo la menor idea. ¡¿Por qué puedo recordar el futuro?! Tampoco tengo la menor idea. Lo único que sé es que ese tipo está ahí afuera AHORA y que sus planes para hoy son secuestrar a ese pobre chico.

—¿Yo te hablaré del caso?

—No. Lo he seguido por la televisión.

Liam no se detiene siquiera un segundo en el hecho de que he estado viendo la televisión cuando ambos estuvimos de acuerdo en que no era una buena idea.

—¿El chico va a aparecer con vida?

Asiento con la cabeza.

—¿En menos de un mes?

—¿Es importante que sea en menos de un mes?

—Sí.

Vuelvo a asentir.

Liam se sumerge en un nuevo silencio reflexivo. Esta vez más breve.

—¿Qué puedes decirme del estado del niño una vez que aparezca?

—Lo que tú dirás en una breve entrevista en el canal 12.

Esto parece interesarle especialmente.

—¿Qué diré?

—Que el niño está bien, con su familia y con profesionales que lo están ayudando.

Liam se vuelve y me mira con intensidad.

—¿Estás segura de que diré *exactamente* eso?

—No recuerdo la frase textual, Liam, pero sí, eso es lo que dirás.

—Necesito pensar —dice él poniéndose abruptamente de pie.

Teimour, que ha estado echado en los escalones del porche, levanta inmediatamente la cabeza.

—¿Vas a irte?

—Voy a caminar un rato. Espérame aquí, por favor.

Me quedo un poco desconcertada. Liam baja los escalones con las manos en los bolsillos y se aleja.

Liam aparece por el otro lado de la casa unos treinta minutos más tarde. Yo no me he movido del porche.

Lo primero que hace cuando vuelve a sentarse a mi lado es disculparse. Es una decisión difícil y entiendo que no quiera tomarla a la ligera. Yo misma he tenido mis idas y venidas respecto a cuál es la forma correcta de proceder. Finalmente, comprendí que nada justifica el sufrimiento de un niño, y sé que Liam ha llegado a la misma conclusión, puedo verlo en sus ojos.

Más allá de su papel de comisario, Liam es una persona que se preocupa por los demás. Que me haya permitido quedarme en su casa es sólo una prueba de ello.

—Anna, tenemos que dejar las cosas como están —anuncia Liam—. Lo siento.

Me lo quedo mirando.

—¡¿Qué?! ¿Por qué?

—Porque realmente creo que es lo mejor.

No salgo de mi asombro.

—Liam, hace más de diez días que estoy siguiendo

el caso por televisión. He visto a la madre muchas veces...

—No me digas nada más, por favor.

—Es que debo decírtelo para que entiendas las implicaciones. Quizás no he sido del todo clara. A ese niño lo secuestrarán hoy mismo, si es que no ha sucedido ya..., y le esperan días horribles de sufrimiento. No sabemos exactamente qué va a hacerle ese tipo.

Liam suspira.

—Déjame que te diga algo, Anna.

—Por favor.

—La mía es una familia de policías. Si algo he escuchado durante toda mi infancia y adolescencia es que no tienes que hacer promesas que no puedes cumplir, y que jamás, en ninguna circunstancia, debes mentir. Esto último parece una obviedad, pero no me refiero a no decir mentiras flagrantes, sino a pequeñas mentiras piadosas con el fin de suavizar alguna situación. Nunca le he dicho a un ciudadano que tal o cual cosa se va a solucionar. Jamás hago promesas que no puedo cumplir, ni afirmaciones que no puedo sostener.

—¿Por eso me preguntaste por las palabras exactas que dijiste en la entrevista?

—Sí. Créeme, Anna, te puedo decir con total certeza que nunca he violado ese principio fundamental. Si voy a decir en esa entrevista en la televisión que ese chico está bien, es porque lo estará.

Niego con la cabeza. Un secuestrador se lleva a un niño y lo encierra en su casa, es obvio que no es para darle dulces y ver Disney Channel.

—Liam, entiendo que no hayas mentido necesariamente en esa declaración. Pero de ahí a asumir que no le ha sucedido nada en esa casa.

—Es que no es lo que he dicho, Anna. Si creyera que no le va a suceder nada a ese niño y que se trata de un caso entre un millón en el que no se produce ningún tipo de daño, la decisión sería sencilla. Y no lo es.

—¿Entonces?

—Lo que diré en esa entrevista significa que el niño estará bien, *dadas las circunstancias*.

Lo observo con estupor.

—Liam..., por favor. ¿Qué significa eso? ¿Que podría haber sido peor? ¿Que podría haberlo violado y no lo ha hecho? ¿Que podría haberlo matado y no lo ha hecho?

—Lo único que significa es que en ese momento consideré que podía decir que el niño estaba bien, y que eso no es poco. Jamás hubiese utilizado esa palabra sin haber estado completamente seguro de que podía hacerlo, más en la televisión y en un caso tan sensible. Y esto me lleva a otro punto que me parece importante.

—¿Cuál?

—A que dentro de diez días, cuando tenga que ofrecer esa entrevista, recordaré perfectamente esta conversación. Y te juro por la memoria de mis padres que no utilizaré esa palabra a la ligera; y que si lo hago será porque, incluso en ese momento, conociendo los pormenores que hoy desconozco, coincido en que no tenemos que cambiar las cosas.

En eso Liam tiene razón. Reconozco que nunca lo había pensado así, pero tiene todo el sentido del mundo.

—No lo sé, Liam. ¿Por qué deberíamos quedarnos de brazos cruzados? Si esto pone en riesgo mi futuro, estoy dispuesta a asumir esas consecuencias.

—No se trata de eso. Se trata de atrapar a ese hijo

de puta. Y de esta manera vamos a atraparlo. Tú tienes la certeza de que así será.

—Dentro de diez días. Y con un niño que va a sufrir, en mayor o menor medida.

—Es un precio altísimo, pero la alternativa de no atraparlo me aterra mucho más. ¿Entiendes que no puedo ir a buscar a un tipo y acusarlo de algo que todavía no ha hecho? Imagínate, vigilar a alguien a la espera de que cometa un acto como ese con la esperanza de pillarlo con las manos en la masa. No podría justificarlo de ninguna forma. Y si un tipo así intuye que la policía sabe algo, se irá a otra parte en un segundo.

—Entonces hay que atraparlo con las manos en la masa.

—Yo no lo veo de esa forma. Para mí, el futuro que tú has visto es la única forma de asegurarnos de que ese hijo de puta sea capturado y pague. Hay algo triste en cómo funcionan las cosas, y es que un caso con cobertura mediática asegura que los engranajes se muevan más rápido y que las penas sean más duras.

—Es muy triste.

—Supongamos, por un momento, que ese tipo ya ha secuestrado al niño. Supongamos, también, que voy a buscarlo ahora mismo a su casa y encuentro al niño allí. Créeme que la pena será insignificante. Encontrará mil argumentos: que lo encontró perdido, que lo llevó a su casa para darle agua, que no sabía... y una larga lista de etcéteras. En un caso de un niño perdido, con cobertura local o nacional, las cosas son muy diferentes. Si un niño lleva diez días desaparecido, su rostro está en todas partes y hay marchas de búsqueda... Si eres el responsable, ruega para que no te agarremos, porque te pudres en la cárcel.

Me quedo callada un momento.

—¿Y si esperamos uno o dos días? —digo, no del todo convencida—. Yo no podría decirte qué hacer, porque mañana no recordaré nada de esta conversación, pero podría decirte todo lo que sé ahora y tú actuar *antes*.

—Son muchas variables, Anna —dice Liam con pesar—, por eso me he tomado mi tiempo para pensar. No conocemos el impacto que puede tener alterar lo que tú has visto. Yo quiero atrapar a ese tipo, lo quiero más que nada en el mundo, y si tengo la certeza de que voy a hacerlo en diez días y de que además el niño va a estar bien, entonces considero que es lo mejor que podemos hacer.

Sé que tiene razón.

—Liam, prométeme que cuando des esa conferencia de prensa sólo utilizarás esa frase si crees realmente que el niño saldrá adelante.

—Tienes mi palabra.

El día de la visita inesperada

Un mes antes
(Un mes después, perspectiva de Anna)

Exactamente un mes antes del secuestro de Timmy Boulderman —o un mes después, según mi perspectiva—, es evidente que Liam sabe que algo especial va a suceder hoy, su rostro antes de marcharse a la comisaría lo delata. Inmediatamente pienso en Julia, a quien vi por última vez hace más de cuatro meses, cuando me fui con ella de la granja.

Por cierto, soy consciente de lo confuso que resulta seguir el hilo temporal de mis recuerdos. Que yo piense que no he visto a Julia en más de cuatro meses no es necesariamente la verdad, es sólo mi verdad. Si se lo preguntara a ella seguramente diría otra cosa.

Estoy en el salón de música leyendo una novela de misterio titulada *El faro de Nongy*. Últimamente leo bastante. No he vuelto a pintar desde la serie de Timmy Boulderman, y no creo que vuelva a hacerlo por un tiempo, así que la lectura se ha convertido en mi pasatiempo predilecto.

Si bien el libro engancha bastante, cada vez estoy más pendiente de la llegada de algún vehículo. Aunque es una tarde fría, me dirijo al porche con una taza de café y una manta con la que me envuelvo las piernas. Cada vez que escucho un ruido levanto la cabeza, independientemente de que se parezca o no al motor de un coche. Finalmente, me doy por vencida, dejo el libro en el regazo y espero, dejando que mi mente divague durante un rato.

Teimour es quien me advierte de que alguien se aproxima, levanta la cabeza y permanece alerta mucho antes de que yo escuche el motor del coche.

Deposito *El faro de Nongy* sobre la mesa y me levanto, entre expectante y preocupada. Algo no va bien. Escucho el traqueteo distante de un motor que de ninguna manera se corresponde con el andar silencioso del coche eléctrico de Julia.

Analizo la posibilidad de entrar en la casa, pero me convenzo de que la llegada de ese coche no puede suponer un riesgo. Quizás no sea Julia, pienso. Quizás Liam no haya querido decirme de quién se trataba para no inquietarme.

Claro que existe la posibilidad de que se trate de cualquier otra persona. Aunque Liam le ha dejado claro a todo el mundo que no quiere ser visitado en su casa sin previo aviso, eso ya ha sucedido en dos oportunidades, de modo que podría volver a repetirse. En esas ocasiones me oculté y Liam se encargó de disuadir a las visitas, por lo que esta sería la primera vez en la que debería enfrentarme yo misma a la situación.

Todavía no he decidido qué hacer cuando un sedán de color azul aparece por el camino. Es un modelo viejo que nada tiene que ver con el nivel de vida de la doctora. Si bien todavía no soy capaz de ver a las personas que ocupan el coche, es evidente que ellos sí pueden verme mí.

Ya es demasiado tarde para entrar.

El coche se detiene.

Teimour no parece particularmente preocupado, lo cual me tranquiliza. La puerta del coche se abre y se baja un hombre alto con el cabello rojo.

No sé casi nada de Domingo De Marchi, más allá del hecho de que es mi padre y también un profesor de Arte reconvertido en director de escuela.

Sin embargo, el abrazo que nos damos en el porche contradice por completo lo anterior.

No sé si atribuirlo a la carga emocional, a nuestro parecido físico insoslayable o a algo más: un vínculo inexplicable que va más allá de lo poco que sé de él. Mientras me abraza, todavía sin decirme una sola palabra, me siento protegida y en casa. No puedo asegurarlo con certeza, pero creo que podría haberlo reconocido entre un grupo de extraños sólo por este abrazo. Es indemostrable, pero así lo siento.

Cuando nos dejamos de abrazar hay un segundo reconocimiento, todavía sin mediar palabra. Un duelo benigno. Yo no puedo creerme que estoy frente a mi padre, la primera persona de mi mundo más íntimo que viene a visitarme aquí, y casi con toda seguridad la persona más importante de mi vida. A él lo veo algo nervioso y claramente conmovido. Se queda mirando el libro sobre la mesa. El ejemplar de *El faro de Nongy*, por alguna razón, le genera curiosidad.

—¿Lo has leído?

Es gracioso que estas sean mis primeras palabras.

Él aparta la vista y vuelve a poner su atención en mí.

—No, no lo he leído, hija.

Hija.

—Liam me dijo que alguien vendría a verme. Pensé que sería la doctora Katz.

—Supongo que ha querido que sea una sorpresa para ti. Estoy muy feliz de verte, Anna.

—Yo también, papá.

Extiendo las manos y él me las estrecha. Quiero volver a sentir el contacto de su piel. Cada segundo confirma lo que he experimentado al principio. He aprendido más de vínculos humanos en los últimos sesenta segundos que en los seis meses que hace que me desperté en el hospital. Las relaciones no se construyen basándose en recuerdos, hay algo mucho más fuerte que subyace y que la sola presencia de mi padre pone en evidencia.

La familiaridad no es una construcción, es tan real como todo lo que me rodea, aunque no pueda verla.

—¿Quieres tomar algo?

—Sí, claro. Una cerveza estaría bien.

Se sienta en una de las mecedoras. Me gusta que a él tampoco le incomode el clima frío.

Unos minutos después regreso con dos cervezas y un plato con unas galletas con queso.

Mi padre se las queda mirando y sonríe negando con la cabeza. Coge una.

—Necesito traer algo del coche —se disculpa.

Todavía masticando, baja los escalones y se dirige al maletero. Regresa con dos libros grandes que coloca en la mesa, junto a la comida. Observándolos de cerca me doy cuenta de que son álbumes de fotos.

—En este de aquí —dice mi padre señalando uno de los álbumes—, tu madre está en casi todas las fotografías. En este..., básicamente somos tú y yo.

Es difícil de explicar lo que siento. Me quedo mirando los dos álbumes, incapaz de moverme, y sin poder evitarlo empiezo a llorar. Mi padre me lo permite y no interviene, y yo se lo agradezco, porque lo único que necesito es atemperar mi revolucionado estado de ánimo. Es como tener al alcance de la mano el interruptor que me devolverá la vida.

Cojo uno de los álbumes y me lo pongo en el regazo. Antes de abrirlo intercambio miradas con mi padre, que acerca su silla para poder ver también.

Las primeras fotografías son de la ceremonia de casamiento de mis padres, y la primera en particular muestra a mi madre con su vestido de novia posando en unos jardines. Tiene unos ojos hermosos, grandísimos en comparación con los míos, y en general no nos parecemos en casi nada, salvo quizás en la complexión física. A diferencia de lo que experimenté cuando vi por primera vez a mi padre en la fotografía que me dio Julia, la de mi madre no me produce una conexión inmediata.

—Tú ya estabas ahí adentro —dice mi padre señalando la barriga de mi madre.

Aparto la vista y concentro mi atención en él durante un instante. Supongo que vendrán muchos momentos de *no sabía eso*..., y este es tan solo uno de ellos.

En el resto de la página hay otras fotografías de ella, fuera y dentro de la iglesia, y mientras las observo, a veces repasando algún detalle con el dedo, mi padre me aclara que mi llegada sólo aceleró los planes de boda que ya estaban en el horizonte.

—Tu madre y yo nos queríamos mucho. Nos conocimos en la escuela, cuando yo aún era profesor y ella empezó a trabajar en la administración, haciendo un poco de todo. Al principio se ocupaba de las tareas que nadie quería hacer, y a los pocos años se había convertido en la mano derecha de la directora. Tu madre era autodidacta y tenía una gran intuición, además de una sensibilidad y una inteligencia extraordinarias.

En la página siguiente están las primeras fotografías de mi padre solo. Parece un joven feliz en un traje que le queda un poco grande.

—¿Estás seguro de que soy tu hija? —digo señalando un rostro que es casi idéntico al mío.

—No lo sé... Quizás deberíamos hacernos una prueba de ADN. —Mi padre sonríe y me señala las siguientes fotografías—. Esas son de la fiesta. Preferimos guardar el dinero ahorrado para tu llegada, así que fue algo íntimo y sencillo.

—Parecéis bastante contentos.

—Eso es porque a la fiesta fueron las personas que verdaderamente queríamos que estuvieran allí.

Tengo la tentación de preguntar por la historia que hay detrás de cada uno de aquellos desconocidos, si son parientes o amigos entrañables, pero me contengo. Estoy frente a un laberinto con infinidad de recorridos posibles. Señalo a una muchacha muy bonita con un vestido turquesa que está casi siempre con mi madre.

—Es Bonnie —dice mi padre—. Ella y Magdalena eran inseparables. Hace tiempo que le he perdido el rastro.

No puedo siquiera imaginar las consecuencias devastadoras de una pérdida tan temprana. Si mi madre estaba embarazada en las fotografías que estoy viendo en este momento, significa que el accidente de coche que le costaría la vida sucederá apenas ocho años después. Se la ve tan joven, bailando con mi padre o abrazada a Bonnie, que resulta inconcebible que la muerte esté tan cerca.

Al pasar las páginas, allí está mi madre de nuevo, ahora sin su vestido de novia e igualmente hermosa, en situaciones cotidianas y con la barriga creciendo de una fotografía a la otra. Es evidente que mi padre era el fotógrafo aficionado de la casa y que a mi madre no le molestaba en absoluto posar para él.

—Tu madre me decía que no veía la hora de que nacieras para que empezara a hacerte fotografías a ti y no a ella.

Sonrío. En una de las fotografías está cantando a viva voz con un cucharón, ya con el embarazo muy avanzado.

—Parece divertida.

—Lo era. Yo no puedo ser muy objetivo, pero era de esas personas que emiten una luz especial.

Le doy la vuelta a la página y allí está, oficialmente, mi primera fotografía en este mundo. Me encuentro en una cuna de hospital, con un gorrito de lana y la cara hinchada. En la muñeca todavía llevo puesta la pulsera para identificarme. Hay unas pocas fotografías en la habitación, con mi madre todavía acostada y unas amigas posando alrededor, entre ellas Bonnie, por supuesto.

—El parto fue largo y dejó a Magdalena exhausta, pero jamás lo hubiese reconocido ante nadie. Ella estaba encantada de que todos conocieran a su bebé. Y tú..., tú querías estar con ella y con nadie más. Si yo o cualquiera te levantábamos en brazos, llorabas como el día del juicio final. Así fue durante semanas.

Empiezo a pasar las páginas a mayor velocidad, consciente de que si no lo hago nos dará la madrugada y mi padre y yo seguiremos ahí, reconstruyendo mi pasado. No le he preguntado cuánto tiempo va a quedarse y me parece descortés hacerlo ahora. Lo que veo en las siguientes fotografías es cómo se van definiendo mis facciones y cómo paso de estar tendida boca arriba todo el tiempo a erguir la cabeza y empezar a sonreír.

Se ha cumplido el deseo de mi madre, y a partir de ese momento soy el centro de este nuevo universo de tres planetas.

—Unos días antes de tu primer cumpleaños —señala mi padre— me nombraron director. Tu madre compró el pastel más grande que encontró porque decía que íbamos a ser ricos.

Efectivamente, el pastel de tres pisos es un despropósito.

Llegan las fotografías en la playa, Halloween, Navidad, más cumpleaños. Mi padre me cuenta algunas anécdotas que recuerda de aquella época, y a medida que nos acercamos al final del primer álbum nos vamos quedando callados. Yo era una niña de seis o siete años, con el cabello pelirrojo y largo y con aparatos en los dientes; mi padre había ganado un poco de peso, que le sentaba muy bien, y se había dejado crecer una barba al estilo Van Gogh; mi madre era cada día más hermosa.

Le doy la vuelta a una de las últimas páginas y me encuentro con que está en blanco; también la siguiente y todas las restantes. Así de drástico fue todo, pienso.

Cierro el álbum y lo dejo sobre la mesa.

—Julia me contó lo que pasó con mamá —digo. Quiero librar a mi padre de la carga de tener que hablarme de ello.

El segundo álbum, si bien cubre un periodo de tiempo mucho mayor, tiene apenas ocho o diez páginas con fotografías. El contraste es brutal. No sólo el hecho evidente de que mi madre ya no está, sino la sensación de que algo se ha roto. Es imposible mirar cada una de aquellas fotografías y no pensar inmediatamente que hay en ellas un vacío imposible de llenar.

—Fue duro... —dice mi padre con la vista puesta

en el horizonte—. Tú fuiste siempre la más fuerte de los dos. Yo tenía la obligación de no caer en un pozo, aunque más de una vez no pude evitarlo, sobre todo al principio. Tú, en cambio, asumiste lo que le pasó a Magdalena de un modo asombroso; no culpaste a nadie, siempre querías hablar de ella, mirar estas fotografías o escuchar alguna historia. Mientras yo me empecinaba erróneamente en no mirar atrás, tú me enseñaste que era posible hacerlo y al mismo tiempo seguir adelante.

Mi padre está emocionado, y es evidente el esfuerzo que hace para decirme todo esto. Me pregunto si alguna vez lo ha hecho, y sospecho que no. Es la primera vez que pienso en mi afección como una bendición; la posibilidad de empezar de nuevo con algunas cosas.

—No sabes lo que significaba para mí —continúa— volver del trabajo y encontrarte a ti, sonriente y feliz, con ganas de jugar conmigo o contarme cosas de la escuela y de tus amigas. Conseguías cambiar mi estado de ánimo en un segundo.

Mi padre chasquea los dedos.

—¿Volviste a estar en pareja?

Mi pregunta lo toma por sorpresa.

—Muchos años después —reconoce—. Tú ya te habías ido de casa. Pero no lo busqué..., se dio así, naturalmente.

—¿Vives con ella?

—Sí. Se llama Elizabeth. Su hija, Alison, tiene quince años y vive con nosotros.

Pienso en preguntarle si ella sabe que él ha venido a verme, pero no quiero entrometerme en esos asuntos. A los ojos de la sociedad, es el padre de una asesina que además está prófuga.

—Lo siento —digo.

Él frunce el ceño.

—¿Por qué?

—Ya sabes por qué... —digo encogiéndome de hombros y señalando a mi alrededor—. ¿Quieres caminar un rato?

La forma en que mi padre se mantiene alejado del granero y camina hacia el bosquecillo evidencia que ya hemos hecho este recorrido antes. Teimour no se siente nada intimidado por su presencia.

—¿Qué sabes de mi afección, papá?

—Sé que lleva contigo desde muy temprano, quizás incluso desde tu nacimiento. Seguramente Julia te ha contado el incidente en el jardín de infancia, cuando viste el accidente con el coche rojo. Ojalá lo hubiésemos comprendido a tiempo.

—¿Hubo otros episodios?

—Sí. Algunos de cierta trascendencia. Pero en su mayoría eran cuestiones que podían ser atribuidas a otras razones, y también es cierto que a veces decías cosas que no se cumplían.

Lo anterior me sorprende.

—No es lo que piensas —se adelanta mi padre—. Con el tiempo lo entendí. Tú podías decir que al día siguiente llovería, y resultaba ser un día radiante sin ninguna nube en el cielo. Lo que yo creo es que tu noción del tiempo no estaba del todo desarrollada. Algo que tú creías que era el futuro cercano, podía suceder mucho tiempo después.

—¿Eran sucesos aislados?

—Sí. Es posible que más de una vez te lo hayas guardado para ti, pero normalmente podían transcurrir semanas o incluso meses sin que tú me hablaras de una de esas visiones.

Una vida así no sería tan difícil, pienso. Podría incluso llegar a ser divertido espiar el futuro durante un rato. Divertido y hasta revelador, si las visiones resultan vitales para evitar una tragedia como la de mi madre.

—¿Nos sentamos?

Hemos llegado al banco que hay junto a la pista de tenis. Es la primera vez que siento que puedo ser completamente sincera con alguien, y que sin importar la gravedad de lo que diga, mi padre me entenderá y se pondrá de mi lado. Ni siquiera con Liam he desarrollado ese grado de confianza en los meses que llevamos conviviendo.

—Creo que al principio era un don bueno —digo en un tono apenas audible, con la vista fija en la pista de tenis. No he compartido esto con nadie.

Él guarda silencio. Me permite encontrar las palabras.

—El accidente de mamá era un hecho significativo para mí, y por eso pude visualizarlo. Y creo que lo mismo sucedió con mi novio la noche en que...

—Anna...

Lo detengo con un gesto.

—Creo que esa noche tuve una visión terrible. Una visión relacionada con él y que hizo que yo reaccionara del modo en que lo hice. Al matarlo, ese futuro simplemente dejó de existir. ¿Te he hablado alguna vez del canguro?

Mi padre asiente.

—Sé que lo has visto algunas veces, y que no eres la única.

—Es cierto, la hermana de Liam también lo ha visto.

—Pero no sé cuál es su significado, si te refieres a eso.

—Yo tampoco —reconozco—. Creo que alguna vez entendí mucho mejor las cosas. En el pasado.

—Déjame decirte dos cosas, porque yo sí te conozco mucho. La primera es que tú no eres una asesina. Incluso si tuvieras la convicción de que una persona hará algo terrible, intentarías solucionarlo de otra forma. Te conozco y sé que es así. Tu reacción fue una emoción violenta que no tiene nada que ver contigo.

—Gracias, significa mucho para mí que me lo digas.

—Lo creo realmente. Y la otra cosa que quiero decirte es que confíes en ti. Tu intuición ha sido siempre una de tus fortalezas. Ojalá lo comprendas a tiempo.

Medito sus palabras. Es evidente que hay cosas que él tampoco puede decirme.

—Todo este tiempo —digo—, he tratado de convencerme de que he llegado hasta aquí por decisiones que he tomado en el pasado. Y que debo confiar en esas decisiones.

Mi padre se limita a asentir. Pienso en sus últimas palabras y me quedo con ellas.

—¿Quieres volver a la casa? —Todavía no soy capaz de preguntarle si tiene que marcharse. Prefiero creer que voy a quedarme con él un rato más.

—Sí. Vamos primero al coche, hay otra cosa que quiero enseñarte.

Mientras regresamos caminando, sabiendo con certeza que este encuentro será el último para él, tengo la sensación de que de alguna forma mi padre lo sabe. Por eso me ha enseñado los álbumes y me ha contado las anécdotas familiares. De alguna manera él sabe que no volverá a verme.

Cuando llegamos nuevamente al coche, mi padre abre la puerta y coge del asiento del acompañante una pequeña bolsa de mano. A continuación entramos juntos a la casa.

—¿Qué tienes ahí? —pregunto mientras preparo café.

Él está sentado a la mesa de la cocina. Ha sacado de la bolsa una hoja doblada por la mitad.

Me acerco con las dos tazas y me quedo mirando el dibujo que hay sobre la mesa. No necesito que me diga que lo hice yo en algún momento de mi infancia.

Deposito las tazas con cuidado de no quemarme. No puedo quitar la vista del dibujo.

—Tenías diez años cuando lo hiciste.

En el dibujo hay un hombre y una mujer en una playa. Él es pelirrojo y tiene barba. Ella lleva el cabello pelirrojo sujeto en una cola de caballo y lleva puesto un jersey blanco con flores rojas. Detrás de ambos está el mar, y a un lado hay un faro.

Observo el jersey que llevo puesto en la realidad, sólo para comprobar lo obvio.

Sobre la mesa he dejado el libro de *El faro de Nongy*, que he traído desde el porche.

Me siento en la silla, recreando así la imagen que muestra el dibujo.

—Supongo que hubiera sido un sinsentido dibujar un faro en una cocina —bromeo.

—Llevo conmigo este dibujo desde que lo hiciste. Cuando he visto cómo ibas vestida y el libro sobre la mesa, he sabido que ha llegado el día.

—¿Qué día?

Mi padre coloca su mano sobre la mía y sonríe con ternura. No tengo dudas de su amor incondicional, pero su expresión lo confirma.

—Cuando hiciste ese dibujo me dijiste que esta sería la última vez que nos veríamos.

El día de la revelación de Julia

Dos meses antes
(Dos meses después, perspectiva de Anna)

Hoy es domingo, mi día preferido. Lo sé porque el último día que recuerdo es un templado lunes en el que Liam se fue temprano de la granja.

Lo primero que hago es mirar por la ventana y comprobar que no hay una sola nube en el cielo. Ya he experimentado otras veces la desazón de despertarme con el ruido de la lluvia en el tejado y volver a taparme sin ganas de salir de la cama.

Voy hasta el armario bailando, y mientras elijo la ropa deportiva miro hacia la mesita de noche más por costumbre que por otra cosa. No me sorprende encontrar una nota escrita por Liam; las notas en la mesita de noche se han convertido en una forma habitual de comunicación entre nosotros.

> McFly, no hay tenis hoy. Lo siento. Tenemos visitas. Prometo que jugaremos «mañana».

Devuelvo la camiseta al armario sin doblarla.

Una visita debería ser motivo de alegría para mí, pero lo cierto es que ni siquiera la perspectiva de volver a ver a mi padre me entusiasma, y no porque no quiera. ¡Claro que quiero! ¿Pero tiene que ser precisamente hoy?

Voy al baño y me quedo allí más de la cuenta, estirando el ritual mecánico de la mañana. No quiero bajar de mal humor y decir algo de lo que pueda arrepentirme después.

Cuando regreso a la habitación, Chloe está sentada en el único sillón.

—Perdón, no estoy acostumbrada a llamar a la puerta en mi propia casa —dice en tono jocoso.

Chloe parece incluso más joven con ropa informal. Lleva puesta una camiseta de My Chemical Romance y un vaquero roto por todas partes. Es llamativo el contraste entre el cuerpo menudo de Chloe y el descomunal tamaño de su hermano.

—Hola, Chloe. No esperaba verte aquí.

Ella me estudia durante un largo rato.

—Así que es cierto… —concluye al fin—. Liam dice que pronto vas a irte de la granja.

Hay algo de reproche en su voz.

No sé qué responder. Es evidente que la situación me incomoda. No importa que sea la casa en la que Chloe se crio, esta es mi habitación y todavía estoy en camisón.

—Puedes cambiarte delante de mí —me anima—. Lo hemos hecho otras veces.

—Preferiría hacerlo sola.

Chloe salta del sillón y se acerca.

—OK… —dice estirando la letra o de forma burlona—. Voy a permitir que su majestad Anna se cambie sola. Te espero abajo.

Cuando pasa a mi lado me da un cachete en las nalgas con la mano derecha que me coge totalmente desprevenida. Al ver mi reacción empieza a reírse y se marcha de la habitación.

Bajo unos veinte minutos después.

La promesa de Liam de jugar al tenis al día siguiente —*mi* día siguiente— me anima un poco. Y dado que él sabe a ciencia cierta que eso sucederá, no hay posibilidad de cancelaciones de último momento por lluvias o cualquier otro imprevisto.

Con el correr de los minutos me voy soltando, y una hora después estamos en el salón Liam, Chloe y yo sentados en la mesa principal, en plena partida de Las siete maravillas, uno de los tantos juegos de mesa de Chloe. Ella ha ganado la primera partida y justo ahora, durante la segunda, yo estoy mejorando sustancialmente mis estrategias y disfrutando del juego. El nivel de competitividad entre Chloe y Liam es altísimo, y yo, poco a poco, voy formando parte de la contienda.

Unas dos horas después, con Chloe como doble ganadora, damos por terminada la sesión de juegos y nos instalamos en el porche, donde Liam empieza a preparar una barbacoa. Chloe monopoliza la conversación, con anécdotas del pasado y otras de su presente en el hospital. Con orgullo y entusiasmo nos dice que su mejoría durante los últimos meses ha sido tan vertiginosa que es probable que pronto pueda marcharse de una vez por todas.

Chloe es una chica inquieta, movediza y parlanchina, segura de sí misma, que me recuerda bastante a Carla. Pero también es por momentos frágil, observadora y retraída, como Martin. El hecho no deja de resultarme curioso. El cambio entre un estado de ánimo y otro es tan veloz y dramático que resulta sorprendente. Es durante estos baches de aparente desconexión cuando Liam parece más pendiente de ella. Es en los momentos de vulnerabilidad donde vislumbro a la Chloe de la que quiero ser amiga.

Julia llega en su coche cuando la comida está casi lista y mi emoción no puede ser mayor. Llevo seis meses sin verla.

Lleva puesto un vestido ceñido que deja en evidencia un embarazo avanzado.

En un mes Aaron llegará al mundo.

Julia insiste en caminar un rato. Me dice que le hace bien y yo no la contradigo, aunque su cuerpo parezca refutar la ley de la gravedad.

—Se te ve feliz, Julia.

—Trato de aferrarme a las cosas buenas —dice cogiéndose el vientre con las dos manos—. Ha sido un proceso difícil.

—He echado de menos hablar contigo. Cada día debo confiar en decisiones que he tomado en un pasado que desconozco, y a veces se hace cuesta arriba.

—Cuando tomaste esas decisiones —dice Julia con calma—, sabías perfectamente lo que sucedería, incluso lo que estás planteándote hoy. Yo te pregunto, ¿es realmente una decisión si conoces el resultado de antemano?

—Supongo que no. De todas maneras, morir en esa fecha no tiene pies ni cabeza. Entenderás que no puedo aceptarlo sin un fundamento y seguir como si nada.

Julia trata de calmarme con un gesto de la mano derecha.

—¿Qué es lo que quieres saber, Anna?

—Tú también vas camino de ese abismo, Julia. Estás aquí ahora y has estado conmigo desde el principio.

Sé de tu ética profesional y del interés en mi caso y otros similares...

—Ningún otro caso es similar al tuyo.

—Lo que tú digas. Lo que quiero decir es que tu compromiso va mucho más allá de un interés profesional de investigar a una friki como yo.

Estoy pensando en el asesinato de un senador nacional, para empezar, o en el hecho de que será ella misma, en el invernadero del Lavender Memorial, la que me inyectará la sustancia que terminará cumpliendo la profecía que escribí en una libreta dos años antes.

No le digo nada de lo anterior, pero sé que la vida de Julia cambiará a partir de ese día. Es imposible imaginar que podría salirse con la suya después de dos asesinatos. El del senador Cohen y el mío.

Hemos llegado a la pista de tenis y nos sentamos en el banco.

—Tu compromiso es incluso más grande que el mío, Julia.

Ella se queda callada. Se lleva una mano al vientre, y entonces rompe a llorar.

Es la primera vez que la veo así y me he quedado sin reacción. Le permito que se desahogue y trato de consolarla cogiéndola del brazo.

—Los primeros meses de embarazo han sido muy difíciles —dice secándose las lágrimas—. Pensé que jamás podría salir adelante.

—¿Quieres hablarme de ello?

—Sí. Estoy tratando de hacer bien las cosas. De una vez por todas.

—¿Tiene que ver con Martin?

Ella se sorprende, pero no demasiado.

—¿Qué sabes de Martin?

—Sé lo que tú misma me dirás en algún momento, que Martin es hijo de Nelson con una pasante y que tanto él como tú aceptasteis criarlo como propio fingiendo una subrogación de vientre. Sé también que a ti la situación se te ha hecho muy pesada.

—Todo eso es cierto. Y me alegra saber que hablaremos de ello en algún momento. Es verdad que la madre de Martin aceptó que Nelson y yo seamos sus padres. Créeme, yo estaba realmente entusiasmada. No tenía ni la más remota idea de lo que significaba ser madre, porque con Carla nunca me he comportado como tal, esa es la verdad. Y quizás con Martin tampoco, aunque por razones bien diferentes.

—Si me lo permites, Julia, eso habla bien de ti. No se puede construir un vínculo sobre semejante mentira.

Ella asiente con pesar.

—Así es. Y eso me convirtió en una madre pésima, no tengo ningún pudor en admitirlo. Nada salió como pensaba. Para Nelson la llegada de Martin supuso solucionar un problema con esa chica; nuestro matrimonio siguió siendo una fachada y yo sentí que era la única que cargaba con el peso de la decisión, como si hubiera sido una idea mía, algo que desde luego no fue así. Mientras tanto, la madre biológica de Martin pasaba por su propio proceso de culpa.

—Eso no lo sabía.

—Su nombre es Denise, y es una mujer encantadora. Un día me llamó, de esto hace aproximadamente un año, y hablamos durante una hora. La mitad de las cosas que Nelson me había dicho de ella eran mentira, y supongo que lo mismo a la inversa. Me dijo que varias veces había intentado contactar con mi marido y que él la había amenazado. Nada que fuera demasiado sorprendente para mí.

—¿La madre quiere recuperar a Martin?

Julia asiente.

—Está casada. Tiene una niña de dos años. Dice que necesita por lo menos hacerle saber que ella lo quiere y que está dispuesta a tener un vínculo con él. Mira, Anna, he estado personalmente con ella dos veces, y me ha hablado de mi hijo como yo nunca lo he hecho. Martin tiene siete años, y yo quiero creer que está a tiempo de rehacer su vida con su verdadera madre, con todo el dolor que eso me genera.

—Carla adora a su hermano.

—Carla es una buena chica, y Martin podrá contar con ella siempre. De eso no tengo duda.

—¿Y tú?

—Yo no tengo derecho a pensar en mí después del error que cometí. Esto nunca debería haber sucedido, nunca debimos arrebatarle el hijo a esa madre.

—Nelson te engañó.

—Y yo me dejé engañar. Debí averiguar las cosas de primera mano.

Guardamos silencio. Instintivamente busco a Teimour, que suele estar siempre cuando salgo a caminar, pero recuerdo que con Chloe en la casa ella tiene la exclusividad.

—¿Qué piensas hacer, Julia?

—Todo lo que esté a mi alcance para que Martin viva con su madre. Yo misma voy a decirle la verdad, y ya me estoy ocupando de que los abogados cuenten con la información necesaria para que eso sea un hecho.

—¿Y Nelson?

—A Nelson hay muchas cosas que le importan más que su propio hijo. Y yo sé cuáles son esas cosas.

—La relación entre vosotros está rota...

—Desde hace muchísimo tiempo.

No sé cómo preguntar lo obvio, pero no hace falta.

Julia se lleva las manos al vientre y me dice algo que de todos modos ya sospecho.

—Y este bebé no es hijo de Nelson. Se llamará Aaron.

El rostro de Julia se ilumina.

—Quiero hablarte de su padre.

—Por supuesto.

—Todo empezó hace unos cinco años, cuando Carla era una adolescente rebelde con la que yo todavía intentaba congeniar y Martin un niño que empezaba a decir sus primeras palabras y practicaba deportes extremos en los sillones de mi casa. Todo lo relativo a la maternidad me costaba muchísimo. Brillaba en mi trabajo y en mi hogar me sentía una inútil absoluta. La relación con Nelson también estaba en ese punto gris en el que sabes que no funciona pero no quieres admitirlo. Fingir la subrogación fue un error garrafal. Cada día que pasaba se hacía más y más difícil dar marcha atrás. Un día Martin empezó a llamarme mamá, a abrazarme..., y a decepcionarse porque yo no estaba a la altura. Y yo no estaba a la altura porque simplemente no podía.

Pienso que Julia no me está contando la historia sólo a mí, sino también a ese hijo que está por nacer. No quiero interrumpirla.

—Escudarme en mi trabajo y delegar tareas en la empleada doméstica era mi forma de evadir la cuestión. Cualquier cosa que tuviera que hacer con Martin era para mí una carga adicional monstruosa, incluso cosas triviales como llevarlo al parque a jugar o ir de compras al centro comercial. Tenía la sensación abrumadora de que Martin haría algo que me dejaría en evidencia y que los otros padres se darían cuenta de que yo era una impostora. Tenía pesadillas con situaciones de ese tipo, en las que terminaba confesando frente a un grupo de padres inquisidores que yo en realidad no era la madre de Martin. Nelson, por su parte, se desentendía por completo de su responsabilidad y tenía un vínculo con sus hijos casi protocolario, que encima consideraba absolutamente normal. Para él todo estaba perfectamente, y cuando yo insinuaba algo al respecto me hacía sentir como una paranoica.

»Te cuento todo esto porque es importante que sepas el grado de confusión que sentía por aquel entonces. Cuestionaba mis cualidades como esposa y como madre cuando lo que en realidad debería haberme cuestionado era una realidad basada en mentiras y apariencias. Todo esto lo entendí mucho después, cuando conocí a Vince.

El rostro de Julia se transforma de tal forma que podría haber detenido su relato en ese momento e igualmente yo podría haberme imaginado el resto.

—Conocí a Vince en un congreso. Yo participaba en una mesa redonda y su empresa era la encargada de la parte tecnológica. La cuestión es que hubo algunos fallos durante las exposiciones y Vince se acercó a pedirme disculpas al final. Nos quedamos conversando un rato y eso fue todo. Ni siquiera recuerdo haber pensado demasiado en él hasta que unos meses después sucedió algo increíble. Estaba en Starbucks esperando mi pedido cuando él entró en la tienda. Nos sentamos en la misma mesa, rendidos ante la casualidad, y si bien esa tarde hablamos de banalidades, pocas veces he sentido una conexión tan fuerte con un hombre al que casi no conocía. Nos intercambiamos los teléfonos con alguna excusa tonta y a partir de ahí empezamos a mandarnos mensajes. No sé si fue el hecho de no estar cara a cara, o si en efecto ya había entre nosotros algo especial, pero lo cierto es que en uno o dos meses yo lo sabía todo de él y él todo de mí. Todavía me cuesta entender cómo sucedió, pero le confesé lo de Martin, tal cual acabo de hacer contigo.

No es la primera conversación extensa que recuerdo con Julia, pero sí la conversación en la que yo he tenido menos participación. En algún momento el vínculo entre nosotras ha cambiado y ya no es ese juego del gato y el ratón donde prima la desconfianza, por lo menos por mi parte.

—Conocer a Vince le dio a mi vida una nueva perspectiva. No quiero minimizar sus consejos, ni su apoyo, pero en el fondo siento que yo sabía cuál era el camino correcto, y lo único que necesitaba era una motivación para recorrerlo. Empezamos a vernos más a menudo, aunque los dos acordamos que esta vez haríamos las cosas bien. Él tenía problemas en su matrimonio y debía resolverlos. No queríamos, ni nos merecíamos, una historia clandestina. El plan era esperar, por supuesto, pero Aaron evidentemente estaba muy ansioso por venir a este mundo.

—¿Y eso no aceleró los planes?

—¿A qué te refieres?

—Me refiero a tu matrimonio, Julia. Entiendo que quieras resolver la situación de Martin, decirle la verdad y que él finalmente reestablezca el vínculo con su madre. Y no sé qué cuestiones legales habrá detrás de eso, ni tampoco cómo es la situación de Vince y sus propios problemas, pero... la naturaleza no espera.

—Dímelo a mí.

—¿Nelson sabe que el hijo no es de él?

—Sí. No podría ser de otro modo, porque Nelson y yo no teníamos intimidad. Pero no se lo hemos dicho a nadie.

Estoy desconcertada. ¿Decirle a todo el mundo que Aaron es hijo de Nelson no es repetir el mismo error del pasado?

Y entonces comprendo.

Julia lo advierte.

El peso de la verdad me estremece.

Ato cabos rápidamente y entiendo por qué al poco tiempo de quedar embarazada, Julia se recluyó en su habitación producto de una depresión profunda. Carla me hablará de ello durante nuestro encuentro en el bosque. La propia Julia me lo confirmará.

—¿Vince está muerto?

Julia asiente. Y ahora soy yo la que está a punto de llorar.

No sé nada de Vince, ni siquiera su apellido, pero no se me ocurre algo más doloroso que una historia de amor rota y un bebé que nunca llegará a conocer a su padre.

—¿Qué sucedió?

—Una fatalidad. Un tonto accidente de tránsito que terminó con su vida en el acto.

Un accidente tonto como el que terminó con la vida de mi madre. La historia de Aaron y la mía se parecen en algo, a fin de cuentas.

—Lo siento mucho, Julia.

—Como te dije antes, trato de aferrarme a las cosas buenas de mi vida. Y tú también eres una de ellas.

—Gracias.

Julia me coge el brazo.

—Vince y yo no teníamos previsto vernos ese día, pero nos acabábamos de vacunar contra el COVID-19 y pudieron más las ganas de vernos sin precauciones ni protocolos. Yo estaba aquí en la granja, contigo, cuando él me escribió y me propuso encontrarnos en un punto intermedio. Me quedé esperándolo en la puerta del motel y nunca llegó. Tampoco respondía mis mensajes. Me fui a casa pensando en que quizás había tenido una emergencia, y al día siguiente me llamó su mejor amigo y me comunicó lo del accidente.

Ahora sí estoy llorando.

Estoy a punto de preguntar si en aquel momento yo conocía la existencia de Vince cuando me doy cuenta de lo estúpida que es la pregunta. ¡Por supuesto que lo sabía! ¡Julia me lo está contando ahora y yo voy a recordar esta conversación en el pasado!

Un escalofrío me recorre el cuerpo.

—Sé lo que estás pensando, Anna.

Me quedo callada.

—La muerte de Vince no es una de esas alteraciones sutiles que el universo corrige, como si fuera una pequeña herida que cicatriza.

—Yo podría decirte ese mismo día que canceles la cita —digo con incredulidad.

—Ya sabes lo peligroso que sería algo así. La muerte de Vince ha sido el golpe más fuerte que me ha tocado recibir, créeme, pero gracias a eso he pensado mucho en lo que quiero realmente para mis seres queridos. Tomar la decisión de decirle a Martin la verdad ha sido parte de esa evolución.

—El niño merece conocer a su padre.

Julia me mira con seriedad.

—Anna, es importante que no volvamos a hablar de este asunto.

Su insistencia me llama la atención.

—El accidente de Vince no debe evitarse. Resultaría demasiado peligroso. Pero sé que vas a cumplir con tu palabra.

Me pregunto cómo está tan segura de ello, pero, otra vez, la respuesta es obvia: estamos aquí hablando de ello.

Después de cenar, Chloe me coge de la mano y literalmente me arrastra por las escaleras hasta su habitación. Liam me saluda justo antes de que mi cuerpo desaparezca por el pasillo de la planta alta.

Una vez en la habitación, nos sentamos en el centro de la cama como dos adolescentes. Después de pasar todo el día juntas creí que en algún momento Chloe se cansaría de mí, o yo de ella, pero no ha sucedido ninguna de las dos cosas.

Cuando la vi por primera vez, en el invernadero del Lavender Memorial, recuerdo haber pensado que me observaba como si yo fuera una estrella de rock. Así ha sido también durante el día de hoy. Chloe siente por mí una evidente admiración, y lo cierto es que no sé por qué.

—¿No vas a preguntarme por él? —dice Chloe con un peculiar brillo en los ojos.

—¿Por Liam?

Chloe lanza una carcajada.

—¡No, no por Liam! —hace un gesto displicente con la mano—. No quiero saber nada de vosotros dos.

Vuelve a reírse.

—¿Por quién, entonces?

—¡Por el canguro!

Me quedo callada un momento. Ya el hecho de que Chloe se refiera al canguro como *él* me perturba. He aceptado que sólo recuerdo el futuro porque he tenido que convivir con ello cada día desde hace casi siete meses. El canguro, en cambio, es un recuerdo cada vez más borroso en el que prefiero no pensar demasiado.

—¿Has visto la peli *Donnie Darko*? —pregunta Chloe.

Ya estoy acostumbrándome a las piruetas que dan las conversaciones con Chloe, pero a veces no deja de ser difícil seguirle el hilo.

—No.

—No la veas. Estoy segura de que ese tipo es uno de nosotros.

—¿De qué hablas, Chloe?

—Del director de esa película... Bueno, no importa. No la veas. Vas a tener pesadillas.

Tomo nota mental para ver *Donnie Darko*, por supuesto.

—Chloe, no estoy muy segura de querer hablar del canguro —digo, y miro por la ventana—. No de noche, al menos.

—¿Le tienes miedo? —dice con preocupación.

—Puede ser, un poco. La doctora Hill me habló de los animales.

La expresión de Chloe me hace comprender el error que acabo de cometer. No debería haberle mencionado esa conversación, que por cierto todavía no ha sucedido. Pienso en la doctora Hill un momento, sentada en la mesa de la cocina de la cabaña mientras yo pruebo la mejor tarta de chocolate del mundo.

—¿Conoces a Laura? —se interesa Chloe.

—He leído su libro.

—¿Sabes si va a volver al Lavender Memorial?

—Chloe, mejor háblame del canguro, ¿te parece?

Su rostro se transforma en un segundo. De un salto sale de la cama y se acerca a la ventana.

—Estaba aquí mismo —dice ahora de espaldas a mí—. Yo tenía cinco o seis años y no sé por qué estaba mirando por esta ventana. De repente, vi un animal que salía del granero. No supe bien qué era; no se parecía en nada a ninguno de los animales de la granja, y en ese momento teníamos varios y yo los conocía a todos. Hasta que no se acercó a la luz del lateral no me di cuenta de que era un canguro. Me lo tomé con total naturalidad, y supongo que pensé que lo habían traído a la granja y yo no lo sabía. Al día siguiente fui a buscarlo y no lo encontré. Entonces le pregunté a Liam y él me dijo que seguramente lo había soñado, y eso pensé durante mucho tiempo; hasta que volví a verlo.

—¿Otra vez desde la ventana?

Chloe vuelve a la cama.

—No, en la ciudad. Mi madre, Liam y yo estábamos tomándonos un helado en el parque cuando, entre unos arbustos, a pocos metros de nosotros, apareció otra vez. Había pasado más o menos un año. El canguro era grandísimo y grité. Tiré todo el helado y mi madre me regañó. Ni ella ni Liam me creyeron, y quizás fue en ese momento cuando empezaron a preocuparse por mí.

—¿Y has tenido recuerdos del futuro? —le pregunto.

—Sí, muchas veces. Pero son tonterías. Nada en comparación contigo. A veces sé cómo van a estar vestidas las personas antes de verlas. Casi siempre son imágenes, no recuerdos completos.

La doctora Hill me dijo que las personas con las facultades mentales alteradas o los niños muy pequeños son más propensos a ver a los animales. Es la razón por la que el Lavender Memorial los atrae, como una luz a los insectos.

—¿Por qué crees que podemos verlo, Chloe?

—El canguro es un misterio.

—¿A qué te refieres?

—A que en el hospital hay varios pacientes que ven a los animales. Es tan común que ya a nadie le sorprende. La mayoría de los médicos cree que es una especie de sugestión colectiva. La doctora Katz, y antes la doctora Hill, fueron las primeras que empezaron a hablar de los animales con nosotros y a tomarnos en serio.

—Pero por qué dices que el canguro es un misterio. ¿Los otros animales no lo son?

—Sí, supongo que sí. Pero nadie ve al canguro. Varios pacientes del Lavender ven muchos animales, pero nunca al canguro. Yo era la única. Y ahora tú.

—Yo lo he visto sólo una vez.

Y ni siquiera ha sucedido todavía, pienso.

Chloe saca el móvil del bolsillo.

—No te preocupes —dice divertida—, no voy a romper ninguna regla.

Manipula el móvil durante unos segundos. Del altavoz *bluetooth* que está sobre el escritorio surge la inconfundible melodía de *Welcome to New York*, de Taylor.

Experimento un escalofrío. Cierro los ojos un momento y estoy de nuevo en la cabaña, pero esta vez no comiendo la mejor tarta de chocolate del mundo, sino mirando cómo Carla empieza a contonearse al ritmo de esa misma canción, moviendo la cabeza hacia uno y otro lado, los brazos en alto, sus manos haciendo ese movimiento tan particular con los dedos. Como si amasara el aire, recuerdo haber pensado.

Ahora soy yo la que me levanto de un salto y empiezo a bailar. No puedo estar segura, pero creo que Carla estaría orgullosa de mí.

Chloe me estudia.

—Ven aquí —le digo.

Ella estalla de alegría. Aplaude varias veces con rapidez antes de saltar de la cama, riendo sin parar.

—¡Por fin! —dice.

Chloe baila a mi lado.

Caminando en medio de una multitud, la ciudad está encendida
Caleidoscopio de fuertes latidos bajo los abrigos
Todo el mundo aquí deseaba algo más
Buscando un sonido que no habíamos oído antes
Y que decía...

—*Welcome to New York! Welcome to New York!*

Repetimos el estribillo a viva voz.

Chloe no deja de moverse un solo segundo, su cabeza siguiendo el ritmo de la canción. Se agacha, mueve la cadera casi al ras del suelo, se levanta, todo con una coordinación asombrosa. A veces me quedo mirándola, intentando copiar alguno de sus movimientos.

Casi sin darnos cuenta llega *Out of the Woods*, con su ritmo endiablado, y, finalmente, con *All You Had To Do Is Stay* y *Shake It Off* tiro la toalla y me dejo caer en la cama boca arriba.

Chloe baja el volumen y se tiende junto a mí.

—Gracias —dice Chloe.

—¿Por qué?

—Por todo. Para empezar, gracias a ti, mi hermano me creyó. A partir de lo que le dijiste cuando te detuvieron, él empezó a verme con otros ojos.

Me pongo de costado. Ella sigue mirando al techo.

—No lo culpo —continúa—. ¿Quién creería a su

hermana pequeña si le dice que ve canguros saliendo del granero?

—Liam puede ser un poco rígido a veces.

—Antes era peor, Anna. Tú lo has cambiado. O quizás siempre ha sido así y le costaba mostrarse tal como era.

—Me alegra haber ayudado a mejorar la relación entre vosotros.

Chloe se queda pensativa. Sus ojos van de un lado para otro. Permanece así durante dos o tres minutos.

—¿Sabes? A veces puedo sentir la presencia del canguro.

Lo que acaba de decirme no me gusta nada.

—¿Puedes sentirlo ahora?

Ella asiente de un modo ominoso.

—¿Y si vamos al granero? —dice Chloe al cabo de un momento.

—¿Ahora? Ni lo sueñes.

—Liam tiene un arma.

—No me importa.

Chloe empieza a reírse a carcajadas.

Estoy haciendo el amor con Liam y el pensamiento que atraviesa mi mente como una flecha es que sólo una idiota no lucharía por esto. Mientras el torso de Liam levita sobre el mío, sus brazos como dos columnas una a cada lado de mi cabeza, cierro los ojos y me aferro a este instante.

Incluso algunos minutos después, tendida de costado mientras sus dedos recorren con delicadeza el contorno de mi cuerpo, sigo pensando en la decisión imposible a la que me enfrento, caminando a tientas hacia una muerte inexorable que no entiendo; un sacrificio ciego por una recompensa invisible.

—Quiero preguntarte algo —digo en un susurro.

—Claro —dice él. Sonríe, ajeno a lo que viene. Y una parte de mí no quiere transformar este momento en otra cosa, pero sé que he estado evitando esta conversación escudándome en la regla de oro de Julia.

—He estado hablando con Chloe —digo, como si su propia hermana pudiera escucharnos desde su habitación—. Me ha dicho que tú empezaste a creerla después de lo que te dije en la comisaría la noche de mi detención.

Veo su rostro transformarse. Se incorpora, apoya el codo en la cama y se sostiene la cabeza.

—Perdona, Liam, pero necesito saber por qué dejaste que me escapara esa noche. ¿Por qué decidiste traer a una asesina a tu casa? ¿Por qué confiaste en mí?

Le acaricio el pecho, juego con sus vellos, ligeramente rizados.

—¿Esto es una extorsión? —se mofa.

Sonrío.

—Quizás.

Me gusta cuando Liam descomprime algunas situaciones, lo hace todo mucho más fácil.

—Anna, ¿realmente crees que es una buena idea? ¿No nos ha ido bien así?

—No sé si es una buena idea o no. Pero dímelo, por favor.

Liam medita un segundo.

—A varios de los policías les dijiste que el canguro iba a arreglarlo todo. Nadie le dio importancia, pero esa es la razón por la que hablé contigo más tarde.

Lo que me está contando ya lo he escuchado de boca de Julia, pero no lo interrumpo. Por más vueltas que le dé a esa frase, dicha en un estado de conmoción, no llegaré a ninguna conclusión útil. ¿Qué se supone que hará el dichoso canguro si muero en la fecha que escribí en la libreta? ¿Darme otra oportunidad? ¿Volver a dejarme decidir si quiero matar o no a mi novio? No tengo la más remota idea de si Oliver Cohen se merecía lo que le hice —seguramente no—, pero la perspectiva de no tener nada de lo que tengo hoy, especialmente a Liam, no me entusiasma en lo más mínimo. Soy feliz en la granja. Mi vida junto a Oliver Cohen, por el contrario, es un gran signo de interrogación.

—Anna, lo que me dijiste ese día es algo que recuerdo siempre. Ha sido fundamental para mí en momentos en que he dudado de muchas cosas. Si yo te lo repitiera ahora, perdería todo el sentido. El valor de esas palabras es que fueron espontáneas, y no un recuerdo del futuro.

Sé que tiene razón.

—Mira —insiste Liam—, mi historia de amor por ti nace ese día, en la comisaría, en cambio para ti lo hace en algún momento del futuro. Son dos historias que crecen en sentido opuesto, para encontrar su plenitud en el medio, cuando los dos sentimos lo mismo el uno por el otro. Estamos en ese punto y quiero que disfrutemos cada instante.

Liam se inclina y me besa.

El día del accidente de Vince

Seis meses antes
(Seis meses después, perspectiva de Anna)

Ha pasado un año desde que llegué a la granja y queda más o menos ese tiempo para que me marche. Por una sola vez, lo anterior vale para mí, pero también para Liam. Nos encontramos en ese mágico y singular punto intermedio donde nuestras historias convergen, como le gusta decir a él. Todavía no ha llegado de la comisaría, pero pienso decírselo en cuanto lo haga.

Estoy en el taller cuando Teimour aparece delante del ventanal. Comprendo de inmediato que algo sucede porque sale disparado hacia el frente.

Lo sigo por el lado de adentro de la casa, hasta que llegó a la cocina y veo el coche de Julia por la ventana. El corazón se me paraliza. Mi recuerdo más reciente de ella es de seis meses en el futuro, cuando me habló del accidente fatal de Vince y de cómo eso la sumió en una profunda depresión.

Ese accidente sucederá hoy, poco después de que Julia se marche de la granja.

Salgo al porche y la veo llegar de muy buen humor. Lleva puesto un vestido, ideal para un día primaveral como el de hoy, y me imagino que también para ocultar su incipiente embarazo. Teimour camina muy cerca de ella y no despega el hocico del vestido.

—Debe de percibir a Garry —observo, e inmediatamente me doy cuenta por su expresión que Julia todavía no me ha hablado de su perro.

—¡Hola, querida!

Julia sube los escalones y me da un beso en la mejilla. Lo cierto es que la he echado de menos y tengo ganas de abrazarla, pero me limito a saludarla como si la hubiese visto ayer —cosa que es perfectamente posible—. Julia no sabe la tragedia que le espera ni sus consecuencias, entre ellas que nosotras dos no volveremos a vernos durante tanto tiempo.

—He traído tarta de chocolate —anuncia mientras exhibe una cajita de cartón de lo más mona.

Juntas nos dirigimos al salón. Es miércoles y Liam regresará de la comisaría en aproximadamente dos horas.

—¿Quieres algo para beber?

—Limonada, o cualquier cosa fresca.

Regreso con té helado y la encuentro escribiendo con rapidez en el móvil. Dejo la bandeja sobre la mesa baja y me siento frente a ella. Se disculpa conmigo mientras envía un último mensaje y se guarda el móvil en el bolsillo.

Un terror profundo se apodera de su mirada. Me preocupo inmediatamente.

—Anna, estoy embarazada —anuncia.

Y apenas lo hace entiendo el motivo de su preocupación. Si yo no lo supiera, significaría que el embarazo no habría llegado a buen término.

—¡Enhorabuena! —digo y me acerco de inmediato.

Ella se desarma y empieza a llorar de felicidad. Es evidente que se ha quitado de encima un peso inconmensurable.

Nos abrazamos y empezamos a reírnos juntas.

—¿Ya sabes el sexo del bebé?

Julia se aparta y me observa con preocupación. Niega enfáticamente con la cabeza.

Hago el gesto de cerrar mis labios.

—En la última ecografía no se ha dejado ver —me explica.

Julia duda. Podría saber el sexo de su bebé en este mismo momento si quisiera. Ciento por ciento de efectividad.

—¿Cómo te sientes?

—Por ahora, muy bien, no he tenido ninguna molestia. Eso sí, tengo hambre todo el tiempo.

—Y yo que creía que la tarta la habías traído pensando en mí.

—Hay suficiente para las dos.

La veo tan feliz que se me rompe el alma. El único aliciente que encuentro es saber que saldrá adelante. Pero en este momento no me parece suficiente.

—¿Hasta cuándo puedes jugar al tenis?

Ella se muestra sorprendida.

—Hasta el segundo trimestre. Pero no he traído ropa.

La miro como si acabara de darme la peor excusa del mundo.

—Vamos —la animo—, juguemos un set. Así nos comeremos toda esa tarta de chocolate con menos culpa.

Julia está de acuerdo inmediatamente. Unos minutos después bajo, ya con la ropa deportiva puesta, y le entrego un conjunto a ella.

En media hora estamos las dos en la pista de tenis. Teimour, nuestro único y fiel espectador, se ocupa de traer cada pelota que se va por el fondo y dejarla en un lateral.

No bajo la intensidad de juego en ningún momento, y termino ganando el set con relativa facilidad. Julia se sienta, extenuada, en uno de los incómodos bancos de madera. Se bebe de un solo trago todo lo que le queda de agua.

—Voy a necesitar que me permitas ducharme.

—¿Ya tienes que irte?

—Por supuesto que no. Ahora tú y yo vamos a conversar mientras damos cuenta de esa tarta.

Regresamos a la casa hablando de los preparativos para el bebé. Me confiesa que todas las cosas de Martin las fue regalando con el tiempo, convencida de que aumentar la familia no era una opción posible, y aquí está ahora. En cierto sentido es como empezar de nuevo.

Julia se ducha en la planta baja y yo la espero con la mesa preparada.

—Habla muy bien de mí que te haya esperado con el trozo de tarta intacto —le digo apenas se sienta a la mesa.

Estamos muertas de hambre. Durante los primeros minutos no hacemos otra cosa que comer tarta y ponderar cada una de sus virtudes, que son muchas. A estas alturas ya me considero una especie de experta.

Unos cuantos bocados y un sorbo de té después cada una de nosotras puede volver a funcionar con normalidad.

Yo sigo con ese sentimiento ambiguo, de felicidad por reencontrarme con Julia y de fatalidad porque hoy será para ella uno de los días más tristes de su vida, cuando el amigo de Vince la llame por teléfono para comunicarle la trágica noticia.

Una noticia que, además, la sumirá en una depresión y que supondrá un cambio drástico en el futuro de Aaron.

—Ya tienes pensado algún nombre...

Ella me advierte con el tenedor en alto. El gesto me hace reír.

—Tenemos algunas ideas en mente...

Tengo que ser cuidadosa, porque, para Julia, ella todavía no me ha hablado de Vince.

—Julia...

—¿Sí?

—Tengo una decisión difícil por delante.

—Lo sé.

—No, no me refiero a eso. Me refiero a... ahora mismo.

Julia me mira con preocupación. No quiero que piense que es algo relacionado con el bebé —aunque lo afecte indirectamente.

—No tiene nada que ver con el embarazo ni con el bebé —aclaro.

Ella respira aliviada.

—¿Entonces?

—Tengo sentimientos encontrados —digo, y me pongo de pie. Camino hasta la ventana y miro a lo lejos—. Probablemente tú sepas tanto o más de mí que yo. Estoy aprendiendo a controlar mis impulsos; me cuesta hacer algo en contra de mi instinto.

—No es necesariamente una mala cualidad si no interfiere en los demás.

Me vuelvo.

—Exacto. Hay algo que quiero decirte ahora mismo, Julia, mi instinto me dice que debo hacerlo, que las consecuencias no deberían importarme demasiado, especialmente en lo que a mi futuro se refiere.

Otra vez aparece la preocupación en el rostro de Julia.

—Siéntate aquí, por favor. No sé a qué te refieres, pero ya hemos hablado de lo peligroso que podría ser alterar tus recuerdos.

—¿Sí? Porque la verdad es que no lo sabemos a ciencia cierta, Julia. Todo lo que sabemos es que maté a mi novio, y aquí estamos tú y yo, comiéndonos una riquísima tarta de chocolate. Gracias a eso he conocido a Liam, un hombre único al que amo con locura. No está tan mal, ¿verdad?

—No, no está nada mal.

—¿Entonces? ¿Por qué oponerse a una alteración que podría traer un futuro mejor? ¿Acaso la vida no es eso todo el tiempo? Cada una de nuestras acciones condiciona el futuro, reescribiéndolo todo el tiempo, no importa que sean decisiones insignificantes o trascendentales.

—Lo que yo creo, Anna, es que a veces las consecuencias no son tan sencillas de ver. Una acción en apariencia inofensiva podría tener un efecto en cosas que a ti te importan. O a mí. Es un juego peligroso.

El móvil de Julia vibra sobre la mesa. Ella se disculpa y lo coge. Responde un mensaje en unos pocos segundos y vuelve su atención a mí.

—Lo que necesito que sepas, Julia, es que lo hago porque tú misma me lo pediste.

—¿Yo te pediré en el futuro que me digas algo?

—Todo lo contrario. Me pedirás que no te diga nada.

Ella se queda pensativa.

—Bueno —dice al fin—, es como tú dices siempre. La Anna del pasado es más sabia que la Anna del presente. Y lo opuesto sucede en mi caso. La Julia del futuro es más sabia que la Julia del presente.

Le digo que sí con la cabeza. No puedo contradecir esa lógica.

—Entonces dejemos las cosas así, Anna. Si en el futuro creo que es mejor que no me digas nada, no lo hagas.

Estoy en la cama, sin ganas de levantarme; a veces lloro, a veces pienso.

Hace un rato le he dicho a Julia que mi vida no estaba nada mal, y realmente una parte de mí así lo siente. Liam, Chloe, la propia Julia, Teimour..., a todos ellos no los hubiera conocido de otra manera y estoy agradecida por ello. ¿Pero hasta cuándo voy a permitir estar escondida en la granja, poniendo en riesgo a Liam y a Julia? No es justo para ninguno de los tres. Sí, mi vida está bien así, pero sólo porque sé que tiene fecha de caducidad, el día 4 de abril, cuando en el Lavender Memorial se acabe, con tan sólo veinticuatro años.

Pero hay una cosa que es mucho peor que el encierro, y es cargar con el peso de tomar decisiones que afectan a otras personas. Nada fue —será— más difícil para mí que no interferir en el secuestro de Timmy Boulderman, más allá de todas las explicaciones de Liam, sumamente razonables, por cierto. Incluso ahora, cuando todavía faltan meses para que el secuestro de Timmy suceda, quizás podría hacer algo para intervenir de alguna forma. Y sin embargo no puedo hacerlo, porque otras personas se verán seriamente afectadas. Liam no tiene la culpa, porque decidirá en función de lo que crea más conveniente, pero él no sabe absolutamente nada de lo que sucederá, no sabe siquiera que Timmy Boulderman existe. Soy yo la que tiene que llevar todas estas cruces encima sin poder apartarme de un guion que ni siquiera comprendo del todo.

Y ahora la historia se repite con Julia. Es probable que a esta hora Vince esté muerto y que ella lo esté esperando en la puerta del motel, preguntándole al bebé en su vientre por qué su padre se ha retrasado. No puedo cargar con esto. Simplemente, no puedo.

Escucho la camioneta de Liam. He perdido la noción del tiempo o él se ha adelantado.

Miro el reloj de la mesita de noche y compruebo que todavía faltan dos horas para su horario habitual de regreso. Salgo de la cama y voy corriendo al baño. Me lavo la cara con agua fría para tratar de disimular el llanto. No sé hasta qué punto lo consigo, pero bajo de todas maneras.

Lo encuentro justo entrando en la casa, quitándose el sombrero y colocándolo en el perchero —creo advertir que con un poco más de calma de lo normal.

—Anna... —dice en cuanto me ve.

Yo estoy quieta al pie de la escalera.

—¿Qué ha sucedido?

—Nada —dice con calma, pero su expresión lo contradice—. He recibido un mensaje de Julia en el móvil.

Mi corazón se detiene.

—¿Qué dice?

Él saca el móvil del bolsillo de la camisa.

—Déjame leerlo, porque no termino de entenderlo: «Dile por favor a Anna que no la culpo, que ha hecho lo correcto».

Liam levanta la mirada y me mira como si esperara una explicación.

En vez de hablar, empiezo a llorar.

Él se acerca y me abraza.

—¿Es algo que puedas decirme?

Niego con la cabeza.

—Lo importante es que Julia lo comprende —dice Liam.

Me quedo abrazada a él porque es la única forma de mantenerme en pie.

El día que salgo de la granja

Dos meses antes
(Dos meses después, perspectiva de Anna)

Contrariamente a los temores lógicos de alguien que ha permanecido en el mismo sitio durante más de un año, no siento ansiedad ni temor, sino todo lo contrario. Miro por la ventanilla con curiosidad, aunque lo que hay al otro lado son granjas similares a la nuestra.

Nuestra. Así pienso en la granja de Liam, a la que ahora considero también mi hogar. Hace menos de media hora que no estoy allí y ya echo de menos todo lo referente a mi rutina diaria: el taller, el salón de música y, por supuesto, a Teimour. El pastor alemán se inquietó cuando me vio subir al coche y nos siguió durante un buen trecho, hasta que finalmente se rindió. Tuve que dejar de mirar atrás porque era demasiado doloroso ver su desazón, y mi único consuelo es saber que mañana volveremos a estar juntos.

Julia está a mi lado, conduciendo, tan silenciosa como su coche. No parece preocupada, sino reflexiva. Lo único que me ha dicho hasta ahora es que quiere que conozca a una persona cuyo nombre no me ha revelado. Liam también ha sido hermético. La única recomendación que me ha dado ella es que me pusiera gafas de sol y que no me quitara la mascarilla durante el trayecto, aunque Julia ya me ha puesto la vacuna contra el COVID-19; es incomprensible que tanta gente haya decidido no vacunarse teniéndola a su disposición.

—¿Vas a decirme al menos cuánto tiempo de viaje tenemos por delante?

Julia se vuelve un brevísimo instante. Ella también lleva puesta su mascarilla.

—Anna, no quiero hacerme la misteriosa. El viaje nos llevará al menos dos horas, así que aprovecharemos para hablar.

—Dos horas —repito. Estoy sorprendida.

—Abre la guantera, por favor. Dentro hay un libro.

Efectivamente, allí encuentro un delgado ejemplar de color naranja que lleva por título *Medium*. El autor es Julian Della Croce. El nombre me resulta familiar.

—Creo que conozco al autor.

Julia se limita a negar con la cabeza como si eso no fuera posible.

Examino el libro. En la parte de atrás hay una fotografía de un hombre apuesto de unos cuarenta años, de cejas tupidas y mirada profunda, algo melancólica, con una abundante cabellera ondulante y barba oscura bien perfilada. Lleva puestas unas gafas rectangulares que le dan a su rostro un aire intelectual.

Leo la breve biografía que la acompaña:

> Julian Della Croce nació en 1976 y es uno de los fundadores de FELL, empresa que revolucionó el mundo de los videojuegos con decenas de creaciones que marcaron un antes y un después en la industria, entre las cuales destaca LANDSCAPE, considerado por muchos como el primer mundo virtual e incluso un

precursor de las actuales redes sociales. Además, Julian Della Croce es reconocido por su afición a la poesía y sus actividades filantrópicas.

El libro está dedicado a Regina, su amor eterno.

—¿Por qué quieres que lo conozca? —pregunto—. Parece alguien importante.

—Lo es. En el mundo de los videojuegos es una especie de Dios. A mí ese mundo me resulta completamente ajeno y desconocido; Julian y yo nos conocimos hace algunos años por algo que no tiene nada que ver con su empresa, sino con la poesía, más precisamente con ese libro.

Vuelvo a mirar el libro, tratando de dilucidar cómo podría estar relacionado conmigo.

Antes de que mi mente empiece a tejer todo tipo de explicaciones inverosímiles, Julia me dice que lea el poema de la página 27. El título es más que elocuente.

El canguro

En el desierto,
un canguro se yergue
con su bolsa abierta,
como una puerta a otra era.

Sus ojos, como dos espejos,
reflejan el presente,
y su bolsa, como un abismo,
nos invita a caer al vacío.

Lo leo tres veces.

—¿Qué significa? —digo, todavía repasando las palabras en mi cabeza.

—Como toda poesía... Difícil saberlo.

Julia se ríe. Mantiene todo el tiempo la vista puesta en la carretera.

—Supe de la existencia de ese poema de la forma más tonta —continúa—. Una colega del hospital y yo advertimos la recurrencia en muchos pacientes de alucinaciones con animales. Aparecieron algunas coincidencias llamativas. Pacientes sin contacto unos con otros que describían animales con comportamientos similares, y lo hacían con tanta convicción y certeza que empezamos a pensar en la posibilidad de que quizás esas alucinaciones no lo eran en el sentido estricto de la palabra. ¿Me estoy repitiendo, querida? Quizás ya sabes de lo que te hablo.

—Un poco, pero continúa, por favor. ¿Te refieres a que los animales tienen un propósito?

—Exacto. Los animales son representaciones de cosas que suceden en un plano diferente al nuestro, y que ciertas personas son capaces de codificar. Realmente empezamos a encontrar patrones muy concretos y sorprendentes. Por ejemplo, muchos pacientes con traumas severos originados en la infancia decían ver ocasionalmente una langosta gigante, y todos coincidían en describir su presencia como temible y en resaltar la amenaza latente de que de un momento a otro saltaría de forma repentina y se les metería dentro de la boca.

—Parece un temor bastante específico.

—Así es. Ese tipo de coincidencias nos llevó a profundizar en los estudios. Y lo mismo encontramos en otros pacientes, que describían comportamientos distintivos de ciertos animales. Investigamos a más de diez animales durante casi una década. Mi colega llegó a escribir un libro acerca de uno de ellos.

En mi caso, he de reconocer que se transformó en una obsesión.

—¿Della Croce también puede ver al canguro?

Julia asiente.

—Descubrimos que el hecho de que pacientes con desequilibrios mentales fueran capaces de ver a los animales no era una condición excluyente, sino que simplemente eran más propensos que otras personas.

—Entonces no sólo somos Chloe y yo. También está Della Croce —digo mirando la fotografía de ese genio de los ordenadores.

—Chloe fue la primera paciente que nos habló del canguro, pero para ella no significaba nada más allá de una alucinación esporádica sin sentido. En general, los animales tienen algún tipo de propósito, como sucede con la langosta, y nuestro objetivo era tratar de establecer esos propósitos para llegar así a lo que se escondía detrás, que no necesariamente tiene que ser una patología psiquiátrica.

—¿Quizás algún trauma?

—El canguro era un misterio para nosotras, porque Chloe era la única que lo había visto, y solo un puñado de veces. Pero entonces apareció Della Croce, y después tú, y todo fue mucho más sencillo.

—El futuro. Las premoniciones.

Julia asiente con la mirada puesta en el frente. Hemos salido de la carretera secundaria y ahora el coche avanza por una autopista con bastante más tráfico que antes.

—Chloe ya nos había hablado de sus premoniciones —dice Julia—. Tu caso es ciertamente extraordinario, pero es evidente que el canguro se relaciona de alguna forma con la capacidad de recordar el futuro.

—¿Y cómo entra Della Croce en todo esto?

—Antes de llegar a eso, déjame decirte una cosa más, y es que esa conexión entre el canguro y el futuro nos confirmó que no siempre los animales están relacionados con alteraciones mentales.

—Es una tranquilidad saber que no estoy loca.

—No lo estás. Desde que te conozco ha cambiado bastante el enfoque de las cosas. La razón por la que nos centramos en pacientes como sujetos de la investigación es porque ellos están más abiertos a ver a los animales... Y porque no podemos tratar a personas que no están internadas, por supuesto.

—Pero en teoría cualquiera podría verlos.

—Eso no lo sé con certeza. —Julia hace una pausa—. Yo no he podido. Todos, absolutamente todos quienes sí lo han hecho, coinciden en que, cuando ves *uno*..., no tienes la más mínima duda al respecto.

—Pero yo no recuerdo haberlo visto...

Revelarle lo que sucederá en el Lavender Memorial dentro de más de un año podría entorpecer seriamente la marcha natural de las cosas.

—Pero está claro que puedes. Además de tu extraordinaria capacidad, el dibujo de la libreta es una prueba de ello.

—¿Cómo diste con Della Croce?

—De la forma más tonta. Se me ocurrió hacer una búsqueda simple en Google. Creo que escribí: *canguro*, *premonición*, *futuro*, *tiempo*, puede que alguna palabra más. Y apareció el poema de Della Croce. Nunca se lo pregunté, pero puede que ese poema haya sido su botella arrojada al mar; una forma de contactar con otros como él.

—¿Della Croce puede ver el futuro como yo?

—No todo el tiempo. Está más cerca de Chloe que de ti.

—¿Por qué es tan importante que lo conozca?

Julia me mira por segunda vez desde que nos subimos al coche.

—¿Tú qué crees?

Lo pienso un segundo.

—Él sabe qué es el canguro —arriesgo.

No puedo verlo, pero adivino que debajo de la mascarilla Julia está sonriendo.

La propiedad está delimitada por un muro con todas las medidas de seguridad esperables: alambre de espino, cámaras y quién sabe qué más. Julia se anuncia en un interfono que hay junto al coche, y eso es suficiente para que un portón se abra de forma automática y entremos.

El hombre vive en una mansión. No hay sorpresas en eso. Lo que sí es una sorpresa es que no es una casa moderna como la que uno esperaría de un hombre relativamente joven que ha hecho su fortuna en un área directamente relacionada con la tecnología.

—Es un castillo —digo entre maravillada y extrañada. Tengo que inclinarme para poder ver a través de la ventanilla la totalidad de la imponente construcción.

—Te contará la historia con gusto, si se lo pides —dice Julia—. Della Croce es un nostálgico. Cuando lo conozcas te darás cuenta de que es absolutamente lógico que viva en un sitio como este.

No termino de entender exactamente a qué se refiere Julia. Me quedo extasiada con las dos torres frontales, una a cada lado de un muro de piedra con una imponente puerta de madera trabajada. En total cuento más de quince ventanas pequeñas entre las dos plantas.

Julia conduce hasta uno de los laterales, donde hay un aparcamiento al aire libre completamente vacío.

Una vez fuera del coche nos dirigimos hacia la puerta de entrada por unos senderos rodeados de jardines floridos y estatuas de mujeres con túnicas que parecen tan antiguas como el resto de la propiedad.

—Ya puedes quitártela, querida —dice Julia señalando mi mascarilla.

Lo hago, ciertamente agradecida.

—¿Sabe que venimos a verlo?

No es necesario que Julia me responda, porque la puerta se abre y aparece Della Croce como si hubiera estado esperándonos detrás.

Es más alto y fornido de lo que había imaginado. No es tan robusto como Liam, pero ciertamente no es el hombrecito delgado y pulcro que yo había fabricado en mi cabeza a partir de la fotografía del libro. Ahora que no lleva puestas sus gafas rectangulares, y con el cabello algo despeinado, el hombre que tengo delante se parece más al genio de los videojuegos que a un poeta de modales refinados. Viste unos vaqueros, zapatillas deportivas y una camisa a cuadros que lleva por fuera del pantalón.

Cinco segundos con él y el individuo contemplativo, de voz pausada y reflexivo que yo había creado muere por completo. Julian Della Croce es un hombre de una energía desbordante, incluso algo torpe.

—¡Encantado de teneros aquí!

A mí me ofrece la mano, pero incluso cuando lo hace puedo ver en sus ojos la necesidad de saludarme de un modo más efusivo.

—¡Pasad! ¡Pasad!

No quiero ser irrespetuosa, pero trato de fijarme en todos los detalles del recibidor. Abunda la madera, y en las paredes hay cuadros figurativos que parecen de hace dos siglos. Del techo cuelga una araña de acero que debe de pesar una tonelada.

—Anna, es un gusto recibirte en mi casa. Tenía muchas ganas de conocerte.

—Gracias.

—Vamos a la biblioteca. Allí estaremos más cómodos.

Nos conduce por una serie de pasillos y salones, cada uno más extravagante que el anterior. Él y Julia se ponen al día y yo me atraso deliberadamente. Estoy fascinada con el interior de la morada de Della Croce y no puedo dejar de mirar en todas direcciones.

Por el camino somos interceptados por Regina, su esposa, que también es muy amable conmigo y que evidencia cierta familiaridad con Julia. Los cuatro seguimos caminando hasta llegar a la biblioteca.

Sé que decir que nunca he visto tantos libros juntos en mi vida no vale absolutamente de nada, pero tengo la sensación de que ni viviendo dos vidas llegaré a encontrar a una familia con semejante cantidad de libros en su poder. La biblioteca es monstruosa. Tres de las cuatro paredes laterales están cubiertas de libros. A unos tres metros de altura hay una terraza que recorre todo el perímetro y, por encima de ella, está el segundo nivel, también con las paredes tapizadas de libros. En el centro del techo hay una cúpula transparente que permite la entrada de luz natural, al igual que los inmensos ventanales laterales.

En un extremo del amplio recinto hay una mesa baja con una serie de asientos alrededor. La mesa está lista para tomar el té.

Julia me indica con un ademán que me siente en el

centro y ella lo hace a mi izquierda. Della Croce ocupa el sillón de la derecha y Regina se ubica a su lado. En ese momento llegan dos criadas con las bebidas. Della Croce le da las gracias a cada una por su nombre mientras nos dejan una tetera, dos vasos de limonada y un café.

Antes de retirarse, las mujeres le quitan unas tapas de cristal a los platos, donde hay galletas y bizcochos de varios tipos.

Me sorprende que una de las muchachas haya dejado un vaso de limonada justo delante de mí.

—¿Quieres algo más? —pregunta Regina, que de inmediato advierte mi desconcierto.

—No, gracias. La limonada me parece perfecta.

—Genial —dice Della Croce frotándose las manos—. Finalmente estamos todos aquí.

Su atención se vuelve inmediatamente hacia mí.

—Anna, dímelo tú, porque a Julia no me la creo. ¿Es verdad que sólo puedes recordar el futuro?

Regina lo mira con desaprobación.

—Julian, por favor, la chica acaba de llegar y ya la estás incomodando con tus preguntas.

—No pasa nada —digo encogiéndome de hombros—. Realmente, así es. Creo que ya me he acostumbrado.

Della Croce asiente con la cabeza.

—Fascinante. Y supongo que cuanto más lejanos son esos recuerdos, más borrosos e imprecisos se vuelven para ti, ¿verdad? Tal y como sucede normalmente con los recuerdos de la infancia, por ejemplo.

—Así es. Puedo recordar perfectamente lo que para mí pasó ayer, es decir, lo que sucederá mañana. Pero los recuerdos distantes son más confusos.

—Tenemos una regla de oro —dice Julia—. No

hablamos del pasado ni del futuro salvo que sea estrictamente necesario.

Cada vez que Julia me recuerda la regla de oro, pienso en Timmy Boulderman o en Vince.

—Esa regla tiene mucho sentido —dice Della Croce.

—¿Por qué no le cuentas a Anna tu historia? —dice Regina en tono afable.

Llevo muy poco tiempo con Julian y Regina y ya empiezo a entender la dinámica entre ellos. Él la observa; no hay reproche en sus ojos, sino agradecimiento.

—Me temo que mi capacidad de ver el futuro ha sido siempre mucho más limitada —dice Della Croce—. Cuando era niño confundía esas visiones con creaciones de mi propia mente. Eran fogonazos esporádicos, imágenes. Hasta que no llegué a la adolescencia no empecé a darme cuenta de que había ciertos denominadores comunes, como imágenes de los jardines o las habitaciones de esta casa.

Della Croce mira alrededor como si no conociera la biblioteca o buscara capturar aquella sensación.

—Con el tiempo fui armando el rompecabezas y entendiendo que esas visiones eran de mi propio futuro. Veía ordenadores portátiles que todavía no existían, pantallas planas con imágenes virtuales tan reales que desafiaban la razón. Cuando empecé la universidad ya era un programador bastante decente, y tenía la convicción de que mi aportación a la industria de los videojuegos sería decisiva. No sé hasta qué punto esas imágenes realistas me empujaron en la dirección correcta, es decir, a estar convencido de que en unos pocos años los ordenadores serían tan poderosos que podríamos procesar una cantidad asombrosa de información en fracciones de segundo. Nunca le dije a nadie de dónde provenía esa confianza ciega. Supongo que una parte de mí no quería aceptar que contaba con una ventaja que el resto no tenía. Porque lo cierto es que ese conocimiento me hizo tremendamente arrogante.

Della Croce se detiene. Bebe un poco de té y examina la mesa en busca de algo para comer. Durante un breve instante parece haberse desconectado de nosotras. Miro primero a Julia y después a Regina, que me hace un suave gesto de asentimiento. *Espera*.

—Tremendamente arrogante —repite Della Croce, ahora con una galleta de chocolate en la mano, retomando el relato en el punto exacto en que lo había dejado—. En la universidad conocí a Peter, mi socio en FELL. Peter es un programador genial y un visionario, y ambos compartíamos la necesidad de hacer algo nunca visto. Somos un buen equipo, siempre lo hemos sido. Él suele sumergirse en un problema, bucear hasta el fondo para resolverlo si es necesario.

Della Croce ilustra lo que acaba de decir hundiendo la galleta en un océano invisible frente a su rostro.

—A mí, en cambio, me gusta ver las cosas de lejos.

La galleta se aleja, sobrevolando la superficie del océano imaginario. Della Croce la contempla, inmerso en su metáfora.

—Somos como dos mitades.

Della Croce observa la galleta por última vez antes de llevársela a la boca.

—Al principio nos costó mucho congeniar, porque ese encastre entre Peter y yo no era tan evidente. Nuestras visiones a menudo chocaban, y, como he dicho, yo era un arrogante que se creía en posesión de la verdad y que casi nunca estaba dispuesto a dar su brazo a torcer. Así no se construye una sociedad, con el tiempo lo entendí. Es lo que digo siempre: veinte por ciento hablar, ochenta escuchar.

Me mira de repente.

—¿Imaginas cómo termina esta historia, Anna?

Al principio pienso que se trata de una pregunta retórica. No lo es.

—Supongo que usted era muy joven y que con el tiempo se dio cuenta de cómo trabajar con Peter.

—No, eso no es lo que sucedió —dice con una sonrisa—. Un día me cansé. Me cansé de Peter. Me cansé de la universidad. Me cansé de todos. Un arrogante de proporciones épicas como yo cree que puede cargar con el mundo él solo; sin que nadie lo supiera, yo seguía viendo mi futuro de grandeza: sería millonario y viviría en una casa inmensa, con una preciosa esposa a la que amaba profundamente y con la gloria de haber cumplido mi sueño de revolucionar el mundo del entretenimiento. Yo iba a hacer todo eso. No necesitaba a Peter. No necesitaba a nadie.

El rostro de Della Croce se transforma. Sus propias palabras lo han transportado a un sitio oscuro.

—Espero no volver jamás allí —dice en un tono bajo, lejos de su optimismo habitual—. Supongo que una parte de mí sigue siendo ese individuo engreído..., sólo que no ha tomado el control.

Regina se inclina y lo abraza.

—Ya no queda nada de ese hombre. —Es como si se refiriera a un cáncer que ha remitido por completo.

—Eso quiero creer yo —dice Della Croce levantando las cejas, sus ojos estáticos mirando a otra realidad.

—¿Qué hizo entonces? —le pregunto.

—Tuve una fuerte discusión con Peter y le dije cosas horribles; básicamente, que no lo necesitaba. Dejé la universidad y me fui a vivir con mis padres. En el garaje monté algunos ordenadores y empecé a trabajar solo. ¿Qué podía fallar, verdad?

Della Croce esboza una sonrisa torcida.

—Al poco tiempo empecé a cuestionarme la decisión. Aunque, claro, no iba a reconocerlo ante nadie. Mis padres fueron los primeros que pusieron el grito en el cielo. «Si no vas a estudiar, tienes que trabajar.» Conseguí un empleo como aparcacoches en un hotel, pero el plan idílico de trabajar en el hotel y programar empezó a resquebrajarse casi de inmediato. Durante las mañanas, dormía; al mediodía iba al hotel y pasaba las horas más aburridas de mi vida aparcando coches ajenos. Regresaba a casa por la noche y, por el camino, compraba un pack de latas de cerveza. Creía que avanzaba en mi proyecto, pero la realidad es que estaba siempre en el mismo lugar. Cada vez bebía más y se hacía más difícil autoengañarme. ¿Sabes qué fue lo peor, Anna?

Niego con la cabeza.

—Las visiones desaparecieron.

La revelación no me sorprende. Está claro que Della Croce estaba haciendo todo lo necesario para torcer su destino de éxito. Miro a mi alrededor y estoy desconcertada.

—¿Por qué desaparecieron las visiones?

—Porque ese futuro ya no era para mí. Poco a poco empecé a asumir que había hecho todo mal y que esas visiones en realidad no eran mi futuro, sino creaciones de mi cabeza que me habían hecho tomar las peores decisiones. Cinco años después me fui de casa de mis padres e intenté ordenar más o menos mi vida, ahora como una persona normal.

Se vuelve un instante a mirar a Regina y entre ellos hay un momento de conexión.

—Conseguí un buen empleo como programador, compré un coche como los que conducía en el hotel y una casa. No me sobraba el dinero pero podía llevar una buena vida, pagar la hipoteca cada mes y darme algunos caprichos. No obstante, he de reconocer que a veces se hacía duro. Me costaba trabajar en proyectos que no eran propios, recibir órdenes y todas esas cosas. Pero el tiempo fue pasando... A la larga te acostumbras a cualquier cosa. Y mi vida no era tan mala, al fin y al cabo. De hecho, era mucho mejor que la de la mayoría de las personas del planeta.

Della Croce se detiene. Tengo la sensación de que tanto él como las dos mujeres esperan algo de mí. Entonces puntualizo lo obvio:

—¿Pero entonces cómo es que estamos aquí?

Las dos criadas regresaran con más bebidas y platillos con dulces. Ninguno de nosotros quiere seguir comiendo, pero la pausa en el relato es bien recibida por todos; yo, en particular, necesito pensar. Regina y Julia aprovechan para hablar entre ellas, lo cual evidencia que tienen algún tipo de relación personal, mientras Julian Della Croce se dirige hacia una de las bibliotecas y se queda contemplando los libros como si no los conociera.

Tan pronto como las muchachas se retiran, Della Croce vuelve a la mesa. Sin preámbulos, me lanza la siguiente pregunta:

—¿Cuántas veces has visto al canguro, Anna?

Dudo.

—Una...

—Anna, querida —interviene Julia—. Puedes hablar con total franqueza. Julian y Regina conocen tu historia y están de *nuestro* lado.

No quiero hablar del único recuerdo que tengo del canguro, en el invernadero del Lavender Memorial.

—Después de lo de mi novio —digo en cambio— dibujé el canguro, así que es obvio que lo vi en ese momento.

Della Croce reflexiona.

—Pero no lo recuerdas.

Niego con la cabeza.

—No recuerdo nada de mi pasado.

—Déjame que te cuente mi experiencia —dice él, mirando hacia arriba como si buscara las siguientes palabras en el techo de cristal—. Yo lo he visto varias veces; las primeras, cuando era un niño, así que no las recuerdo muy bien. Pero hubo una, poco después de haber abandonado la universidad, ya viviendo en casa de mis padres, en que apareció en el garaje donde yo había montado mis ordenadores. Estaba a pocos metros...

Della Croce mira hacia un lado, como si el canguro estuviera ahí en este momento. Sus ojos están desenfocados otra vez.

—Pensé que me había vuelto loco. Lo curioso es que no tuve miedo; el animal me transmitió cierta tranquilidad, y además ejercía sobre mí un poder de atracción inexplicable. Recuerdo que tuve que luchar contra esa fuerza para acabar retrocediendo y salir del garaje a toda velocidad. No me atreví a entrar de nuevo hasta el día siguiente, y desde luego allí no había ningún canguro.

—Dile lo de la música —apunta Regina.

—Oh, sí, casi lo olvido. Durante el encuentro en el garaje escuché una melodía alegre, casi circense, de esas que salen de las cajas de música. Era lejana y apenas le presté atención en medio de la conmoción. Pero tiempo después, cuando recordaba la visión del canguro, indefectiblemente evocaba esa canción.

Della Croce tararea la canción.

—Después de ese encuentro en el garaje empecé a verlo con bastante frecuencia, era como si me buscara. Una de esas veces yo conducía por una carretera desierta, superando el límite de velocidad. Por lo general soy un conductor prudente, pero era un mal día y me dejé llevar por mis demonios. Por aquel entonces mi ira estaba a flor de piel. Tenía treinta y cinco años y estaba claro que mi oportunidad de convertirme en uno de esos jóvenes de éxito había pasado. Durante esos años sobreviví creyendo que ese futuro que había vislumbrado podía hacerse realidad, pero empezaba a pensar que nunca sería así. Me había convertido en un programador viejo en un mundo de jóvenes promesas. Algunas de ellas, de hecho, estaban haciendo lo que yo siempre había soñado. En fin..., estaba enojado con el mundo. Y ese día pisé el acelerador más de la cuenta...

Della Croce se detiene. Regina vuelve a posar una mano sobre la de él, que asiente suavemente con la cabeza.

—Aceleré... —repite—, porque por aquel entonces no terminaba de darme cuenta de cuáles eran las cosas importantes.

Es evidente que se refiere a Regina, que ahora lo observa con expresión conmovida.

—En una curva perdí el control del coche. Me di un golpe fortísimo en la cabeza y cuando recuperé la consciencia estaba boca abajo, sostenido únicamente por el cinturón de seguridad. En medio del pecho tenía un trozo de hierro que sobresalía como una espada. Había sangre por todas partes y sentía que estaba a punto de desmayarme otra vez. Los párpados me pesaban, y justo antes de que se me cerraran del todo, alcancé a divisar al canguro a través de la ventanilla, entre el pastizal. El animal dio unos cuantos saltos en dirección al coche. Ahora sólo le veía las patas. Y entonces se inclinó y me miró. Y eso es lo último que recuerdo del accidente.

Imagino el resto. Della Croce se despierta en una cama de hospital sin saber cómo ha llegado allí y sin recordar absolutamente nada.

Pero me equivoco.

—Cuando vuelvo a abrir los ojos —recuerda—. Estoy sentado aquí mismo, leyendo un libro.

Della Croce guarda silencio. Su relato me deja perpleja.

Varias piezas encajan todas al mismo tiempo, pero soy incapaz de asimilar el resultado final.

Della Croce murió ese día en el accidente de coche, del mismo modo que yo moriré en el Lavender Memorial dentro de poco más de un año. El denominador común es el canguro, testigo de una agonía, en su caso mucho más dolorosa que la mía.

En el desierto, un canguro se yergue con su bolsa abierta, como una puerta a otra era.

Una puerta.

Estoy conmocionada. Julian Della Croce echó a perder ese futuro prometedor que había visto durante su adolescencia. Tomó el camino incorrecto: se alejó de su socio, de la universidad.

Sus ojos, como dos espejos, reflejan el presente, y su bolsa, como un abismo, nos invita a caer al vacío.

Julian Della Croce no murió ese día, simplemente saltó a otra línea temporal.

Della Croce me observa intrigado. Creo que el resto también, pero mi atención está puesta en él. No sé cuánto tiempo llevo en silencio. Quizás han sido unos segundos. El hombre está pendiente de cuál será mi próxima pregunta, y yo tengo tantas que no sé por dónde empezar.

—¿Sabía lo que sucedería cuando empezó a conducir más deprisa el coche?

—Esa es una pregunta muy interesante. Y la respuesta es que creo que sí. No a nivel consciente, claro. Pero durante los segundos previos escuché la misma melodía que en el garaje de mi casa.

—Lo escribió en el poema —digo—. El canguro es una puerta.

Della Croce asiente.

—Cuando abrí los ojos, aquí en esta biblioteca, podía recordar el accidente y todo lo demás también. De hecho, no sabía cómo había llegado aquí. No sabía *qué* era este lugar más allá de las visiones que había tenido hacía mucho tiempo. Estaba en un sitio desconocido, en una *vida* desconocida.

—No lo entiendo. ¿Cómo consiguió...?

Della Croce se ríe.

—¿Ponerme al día? Bueno, en primer lugar, nunca he estado sólo —dice en clara alusión a Regina. Los dos se toman de la mano—. ¿Sabes qué hice ese mismo día? Leí todas las conversaciones de mi WhatsApp, entre ellas las de mi socio, Peter, con quien no he tenido desavenencias importantes en los últimos años.

—¿Cuántos años?

—Diez.

Hago cuentas mentales y comprendo que Della Croce tuvo que reconstruir buena parte de su vida.

—Mi excentricidad me ayudó bastante —dice

guiñándome un ojo—: no soy tan olvidadizo como la gente cree. También he recibido ayuda de algunas personas muy cercanas en las que confío y que confían en mí, además de Regina y de Julia, por supuesto.

Lentamente, mi cabeza empieza a trazar un paralelismo entre el caso de Julian Della Croce y el mío, pero siento que todavía no estoy lista para eso.

—A ver si lo entiendo —digo, razonando en voz alta—. Por culpa de los recuerdos de un futuro soñado, usted se convenció de que ese sería su destino sin importar lo que hiciera, se alejó de su socio, de la universidad y lo echó todo a perder. Al hacerlo, creó para usted un futuro alternativo donde nada de todo eso existía.

Della Croce asiente sin decir nada.

—Pero el canguro es una puerta entre esos dos mundos..., y para cruzarla, usted tuvo que morir en esa otra realidad.

—Exacto.

—Pero entonces, en alguna parte, hay un mundo donde Julian Della Croce no ha conseguido sus sueños y ha muerto en un accidente de coche.

Della Croce se encoge de hombros.

—Supongo que sí. Realmente no lo sé. Lo único que puedo decir es que yo viví la mayor parte de mi vida en un mundo donde no tenía nada de todo lo que tengo hoy.

Me quedo pensativa un momento. La historia de Della Croce le da sentido a todo lo que he hecho, o pretendo hacer. Ahora tengo la certeza de que mi muerte en el Lavender Memorial no es el fin, sino un salto a otra realidad, donde quizás mi novio está vivo y yo no soy una asesina prófuga.

También un mundo donde Julia y Liam no forman parte de mi vida.

No sé si forma parte de un acuerdo previo entre Julia y Della Croce —probablemente sí—, pero una vez que él termina su relato mantenemos una conversación sobre cuestiones triviales, como si un canguro que permite saltar de un futuro a otro fuera un tema más. Hablamos de mi afición al tenis, los libros de Agatha Christie y la serie *Big Little Lies*, la cual Liam y yo veremos la semana que viene, y de la que, por lo tanto, puedo opinar sin problemas.

Cuando llega el momento de marcharnos, Julian y Regina Della Croce nos acompañan hasta la entrada. Por el camino nos detenemos en un amplio salón donde hay una serie de vitrinas con objetos de todo tipo.

—Anna, quiero enseñarte algo.

Della Croce nos guía hasta una esquina donde hay un mueble con puertas de cristal, detrás de las cuales se despliega una colección de por lo menos veinte cajas de música de todo tipo.

Della Croce abre una de las puertas y saca la caja más grande de todas, similar en tamaño a un tocadiscos. La transporta con las dos manos hasta una mesa y la deposita allí con sumo cuidado.

—Esta caja de música ya estaba aquí cuando compramos la casa —explica Della Croce mientras levanta la tapa.

Me hace un poco de gracia que Della Croce se refiera a su castillo como una casa.

—Al parecer estaba incluida en el precio —completa mientras abre con cuidado unas placas de hojalata que están sujetas con pequeñas bisagras en tres de los lados. En cada una de esas placas hay una multitud de gente pintada.

—Es un circo —digo con admiración.

En efecto, en la base hay una serie de personajes circenses, también de hojalata, ubicados en unas ranuras circulares concéntricas.

—Por lo que pude reconstruir de su historia, el último dueño la adquirió en una subasta y ya no funcionaba. Tiene más de cien años, y, si te fijas aquí, hay una abolladura importante, por lo que debió de sufrir algún tipo de caída. En fin, la cuestión es que la hice reparar y ahora sí funciona.

Della Croce se ríe mientras empieza a hacer girar una serie de manivelas de uno de los laterales. Con cada una de ellas los personajes circenses cobran vida y empiezan a dar vueltas. Hay un malabarista, un equilibrista en monociclo, un domador con su león, dos payasos, un hombre con zancos, todos con un asombroso nivel de detalle y girando a diferentes velocidades.

La melodía es alegre y melancólica al mismo tiempo.

Nos quedamos escuchando un momento.

—Esto es lo que escucho cuando el canguro está cerca —dice por fin Della Croce.

Trato de recordar si yo escuché alguna melodía particular durante mi propio encuentro con el canguro en el Lavender Memorial, pero no lo creo. Es curioso cómo ciertos detalles de ese día ya no son tan claros para mí.

Della Croce sonríe, como si de pronto se hubiera acordado de algo.

—Por lo menos una vez por semana vengo aquí a escuchar la melodía. Me tranquiliza, pero también me transporta a esa realidad que afortunadamente he dejado atrás.

Se queda pensando un momento. Las atracciones empiezan a extinguirse una a una en la pista del circo.

Unos minutos después nos estamos despidiendo en la entrada. Sé que no voy a volver a verlos y eso me entristece. La incertidumbre se vuelve valiosa cuando no la tienes, como tantas otras cosas.

Justo antes de dirigirme al coche, Della Croce se me acerca y me da un inesperado abrazo.

—Saluda a Hollinger de mi parte —me dice al oído.

Hace más de media hora que emprendimos el regreso a la granja y yo todavía no he dicho una sola palabra.

Además de darle vueltas a todo lo que nos dijo Della Croce, hay otra cosa que me tiene ocupada, y es memorizar el intrincado recorrido del coche hasta que finalmente llega a la carretera. Sólo entonces empiezo a relajarme.

—¿Quieres que hablemos más tarde? —sugiere Julia.

—No, está bien. Por lo menos ahora sé por qué dibujé el canguro y escribí esa fecha. Preferiría que la respuesta no implicara tener que morir junto a un animal imaginario, pero supongo que mi capacidad de asombro hace tiempo que fue superada.

Julia deja escapar una risa corta.

—Anna, lo importante es que, más allá de lo que recuerdes..., ahora sabes que el futuro puede cambiarse.

No sé si *cambiarse* es la expresión correcta, pero entiendo su punto de vista. La pregunta es por qué querría hacerlo.

—¿Y si Della Croce se equivoca? Sería la forma más tonta de morir.

Julia desatiende un momento la carretera y me mira con seriedad.

—He dicho que puedo ayudarte.

—Falta más de un año.

—Lo sé.

—¿Y qué se supone que debo hacer? ¿Tomar una decisión hoy mismo? Porque mañana no sabré quién demonios es Della Croce...

—Anna, yo ya sé cuál es tu decisión, me la has dicho hace tiempo. La Anna del pasado lo ha hecho.

El día que entro en el granero

Un mes antes
(Un mes después, perspectiva de Anna)

Es diciembre y ha nevado casi todos los días, y Liam y yo hemos tomado la trágica decisión de cancelar los partidos de tenis. Sé que parece un poco dramático, pero así lo hemos vivido. La limpieza de la pista se hacía demasiado tediosa y las pelotas perdían su elasticidad a los pocos minutos de empezar a jugar.

La consecuencia es que me he volcado más en la pintura, y la que tengo delante puede que sea la más personal de mis obras. La pinté en menos de una hora, en un arranque frenético de pinceladas gruesas y manchas brutales.

Ahora que la observo terminada, en parte me resulta ajena. Es el canguro, enfocado desde abajo, las patas y la barriga monstruosas, la cabeza pequeña como la punta de un rascacielos. Así lo vi en el Lavender Memorial cuando estaba tendida en el suelo del invernadero, deslizándome suavemente por la pendiente de una muerte orquestada.

Liam ha ido a hacer las compras y no quiero que vea la pintura cuando regrese. Si bien él sabe que el canguro está relacionado de alguna forma con mi capacidad de recordar el futuro —y también la de Chloe, aunque en ella se manifieste apenas como chispazos premonitorios—, lo que no sabe es que es una puerta a un futuro diferente, y mucho menos el altísimo precio que hay que pagar para cruzarla.

Me pongo la chaqueta, gorro y guantes. Salgo con la pintura todavía fresca y, mientras camino hasta el granero, procurando colocarme de manera que el viento no dé de lleno en la tela para no tumbarme, me pregunto, aunque no por primera vez, qué sentido tiene pintar un cuadro para inmediatamente después ir a esconderlo donde nadie puede verlo. Si bien este ha sido el caso más claro de una necesidad de expresión casi impulsiva, no deja de inquietarme el destino de todo mi trabajo.

Cuando llego al granero, abro el candado y deslizo la puerta lo justo para poder pasar. Tardo bastante en encontrar el interruptor de la luz, que de todas maneras enciende apenas tres bombillas que producen una iluminación muy pobre.

Tengo la tonta idea de que la tela me protege, como un escudo. Lo cierto es que el granero no me gustaba antes y ahora me gusta aún menos. Es el único sitio de la granja que no conozco, y además ha sido escenario de algunos hechos lamentables en la familia. Como ejemplo, basta examinar una de las paredes para comprobar las señales de un antiguo incendio.

Además de la furgoneta de Liam, hay un sinfín de muebles y artefactos en desuso, todo en un desorden absoluto. En uno de los laterales, apoyados contra la pared, están todos mis cuadros, vueltos del revés como las tarjetas en el juego Quién es Quién.

En total hay más de quince o veinte cuadros, algunos muy juntos.

Dejo la pintura del canguro separada de las otras,

también vuelta del revés, y me quito los guantes. A continuación me siento en el suelo, con la espalda apoyada en una de las columnas centrales, y observo.

Mi cabeza me juega la mala pasada de hacerme creer que sabe lo que se esconde detrás de cada una de esas pinturas. Sólo que estas no son las pinturas que yo recuerdo. De hecho, si me levantara y les diera la vuelta una tras otra no reconocería ninguna de ellas.

Es doloroso vivir de esta forma.

En estos últimos días me he vuelto a hacer la misma pregunta de siempre, la que se ha convertido en una sombra que parece sobrevolar cada cosa que hago.

¿Qué pasaría si le digo a Julia que no quiero morir el 4 de abril en el Lavender Memorial?

Podría decirle que he cambiado de opinión, que destruya el vídeo en el que hago la petición de seguir adelante tal como lo recuerdo, y que quiero quedarme en la granja, con Liam.

Si hiciera eso, quizás mis recuerdos en la cabaña dejarían de existir, y también los del Lavender Memorial. No habría muerte.

¿Y entonces qué?

Lo que en principio se presenta como algo atrayente, lo es sólo en la superficie, como un fabuloso tesoro maldito. Sería reemplazar una muerte por otra y unas certezas por otras; conocer de antemano la fatalidad, enfrentándome permanentemente a la decisión de prevenirla. Liam y yo jamás podríamos tener hijos, porque nadie sería capaz de conocer el sufrimiento futuro de un hijo o una hija y quedarse de brazos cruzados. Esa vida en apariencia idílica sería un proceso de constantes cambios de rumbo, esquivando tragedias como si fueran obstáculos en una carrera. La vida no debería ser así.

Mientras estoy sentada en el suelo de tierra del granero contemplando mis pinturas vueltas del revés, pienso que no podría pedirse una representación más clara de lo que debería ser mi futuro. No debería resignarme a una vida de certezas, sino de incertidumbres.

Si bien la idea se ha venido gestando en mi cabeza desde que visité a Della Croce, puede que en este instante, curiosamente en el frío granero de la granja, haya terminado de consolidarse de manera definitiva.

Julia cree —y yo estoy de acuerdo en que resulta una suposición más que razonable— que mi capacidad de recordar el futuro se desbocó a raíz del asesinato de mi novio. Yo nunca he visto la grabación de esa noche —ni tengo intención de verla—, pero ella sí, y asegura que mi comportamiento en la cocina de la familia Cohen es el de alguien que ha perdido el control por completo.

Sé que mi decisión conlleva un riesgo, pero estoy dispuesta a asumirlo. No sería una verdadera encrucijada si todos los argumentos estuvieran a mi favor. Así son las auténticas decisiones, con mucho que ganar, pero también con mucho que perder. Y perder a Liam y mi vida en la granja es un precio alto.

Me levanto con la pierna derecha adormecida. Me sujeto a la columna a la espera de un hervidero de hormigas que no tarda en devorarla con fruición.

Mientras espero, escucho unas pisadas rápidas. Parecen repiquetear en un suelo de baldosas, pero en el granero no hay baldosas. Aguzo el oído, y otra vez los mismos golpecitos. El corazón se me paraliza.

—¿Teimour?

Teimour estaba dentro de la casa cuando salí, aunque no sería la primera vez que consigue abrir la puerta de la calle.

El hormigueo en la pierna todavía no ha cesado por completo, pero igualmente intento moverla un poco.

La sensación de peligro persiste.

—¿Liam, eres tú?... ¿Teimour?

Nada.

El granero es una construcción amplia sin paredes interiores, y, sin embargo, la furgoneta y la cantidad inusual de muebles arrumbados y demás trastos conforman una especie de laberinto. Un laberinto que no tengo ninguna intención de explorar en este momento. En cuanto la pierna recupere su movilidad me largaré a toda velocidad.

Pero entonces siento la necesidad de ir hacia donde está la furgoneta. Una necesidad inexplicable que me trae el recuerdo de Della Croce hablando del accidente de coche. Cuando le pregunté si presentía lo que iba a suceder, me dijo que sí, y ahora entiendo perfectamente a qué se refiere.

Miro a mi alrededor. Detrás de uno de los muebles, veo asomarse la cabeza del canguro.

Me observa con tranquilidad. Si bien mi primer instinto es gritar, el animal consigue contagiarme parte de su calma y no lo hago. Me quedo con la boca abierta, admirando la belleza expresiva de su rostro. Sus ojos negros están fijos en los míos, y sus orejas, ciertamente mucho más grandes que las de mi pintura, están erguidas como dos antenas.

Quiere que me acerque.

La idea no me inquieta y empiezo a rodear la furgoneta. Detrás de un armario con las puertas desvencijadas encuentro al animal, que sigue en la misma posición, salvo porque su cabeza ha ido rotando lentamente para seguirme. Estoy a unos tres metros de distancia y su porte es imponente; es más alto que yo, y la musculatura de las extremidades superiores me impresiona.

No le temo, hay algo magnético en su presencia. La urgencia de acercarme es insoslayable, pero no físicamente; es mi mente la que de pronto necesita desprenderse de mi cuerpo y flotar hacia el canguro...

—¡Anna!

Ahora sí, dejo escapar un grito. Me doy la vuelta.

—¿¡Anna, estás aquí?!

Es Liam. No puedo verlo, pero escucho cómo se acerca a toda velocidad. Un minuto después rodea la furgoneta y corre hasta donde estoy. Me abraza con fuerza.

Mientras sigo entre sus brazos, giro imperceptiblemente la cabeza. El canguro sigue en el mismo lugar.

—¿Ha pasado algo?

—No. Sólo he venido a traer una pintura.

Liam me aparta con suavidad.

—Lo siento —se disculpa—. No te encontraba en la casa y me he preocupado.

Le acaricio la mejilla. Lleva puesto el uniforme, y eso termina de gestar una idea en mi cabeza.

—Liam, necesito pedirte un favor.

Cuando le digo a Liam que necesito visitar a Julian Della Croce, su expresión pasa de la incredulidad a la preocupación.

—¿Lo conoces? —pregunto.

—Claro que lo conozco. No hay muchos multimillonarios por esta zona.

—Della Croce también es capaz de recordar el futuro.

Liam me observa como si esperara que le diga que acabo de gastarle una broma.

—¿Cómo lo sabes? —dice cuando se da cuenta de que hablo en serio.

—Esa es una historia un poco larga.

Liam sabe perfectamente cuándo es mejor no seguir preguntando.

—¿Es importante que lo veas en persona? Porque podemos...

—Tiene que ser en persona —lo interrumpo.

Liam lo piensa un momento y asiente en silencio.

Salimos del granero. Liam no lleva puesta la chaqueta, por lo que me sorprendo cuando se dirige a la camioneta y no hacia la casa.

—No es necesario que sea ya mismo —digo.

—Hagámoslo antes de que me arrepienta.

—Déjame ir a buscar mis gafas de sol. ¿Tienes mascarilla?

Entro y salgo de la casa en menos de tres minutos. Liam me espera al volante de la camioneta, pensativo. El motor del vehículo está en funcionamiento, pero antes de avanzar se vuelve un instante.

—Voy a preguntarte dos cosas. La primera es si confías en ese tipo.

—Sí —respondo con seguridad, quizás más de la que debería.

—Bien, eso es lo más importante de todo. Y la siguiente pregunta es si sabes cómo llegar a su casa, porque yo no tengo la menor idea.

Su comentario me hace reír.

Él se me queda mirando sin comprender por qué me río. Francamente yo tampoco lo sé, pero su expresión de desconcierto hace que me ría todavía más.

Finalmente Liam se suma, porque así suelen ser nuestros ataques de risa.

Tenemos varios intentos fallidos por recuperar la

calma. Cada vez que Liam se pone serio, o lo intenta, lo imagino preguntándome si sé cómo llegar a la casa de Della Croce y la risa surge como el agua de un manantial.

—Sé que soy muy gracioso —dice Liam, todavía sin poder contener la risa del todo—. Pero si vamos a ir... me temo que... vamos a necesitar...

—Por favor, basta.

Necesitamos quedarnos callados un rato, sin mirarnos, para que el ataque pase de una vez.

—¿Entonces qué? —consigue decir por fin Liam.

Tengo la vista puesta en mis piernas. Puedo sentir la risa acercándose a toda velocidad desde el sitio recóndito en el que he conseguido encerrarla.

—Sé cómo ir a su casa —respondo finalmente en tono monocorde—. Conduce por la carretera hacia el norte más o menos una hora...

La camioneta se pone en marcha.

El viaje es más relajado que con la doctora Katz. No sólo porque estamos en un vehículo oficial, y eso ya de por sí es suficiente para evitar problemas, sino porque con Liam los silencios nunca son incómodos. Yo soy la encargada de seleccionar la música, y durante unos minutos me ocupo de configurar una *playlist* en Spotify digna de un buen viaje por carretera. Liam evalúa —y casi siempre aprueba— cada una de mis elecciones, y esto ya de por sí se convierte en un pasatiempo que hace el viaje más llevadero. Incluyo clásicos de Nirvana, Guns N' Roses, The Beatles, y algunas de mis canciones favoritas de Panic! at the Disco, Miley Cyrus y la inevitable Taylor. A veces cantamos las canciones a gritos, como con el clásico *Basket Case* de Green Day o con *Alive* de Pearl Jam.

No quiero ensayar en mi cabeza lo que le diré a

Della Croce cuando lleguemos. Durante el último mes he estado pensando mucho en el encuentro con el millonario, y también en algunas piezas sueltas del rompecabezas que hasta el momento no encajan en ninguna parte. Estoy en esa delicada situación en la que crees haber descubierto algo importante. Si es así, entonces Della Croce omitió en su relato una pieza fundamental, y yo creo haberla descubierto.

Liam es consciente de que algo me inquieta. Pero no me presiona.

Llegamos a la mansión sin mayores complicaciones. Estoy orgullosa de haber podido guiar a Liam por el intrincado recorrido una vez que nos hemos apartado de la carretera principal.

La camioneta se detiene frente al portón y Liam anuncia nuestra presencia cuando una voz masculina suena por el interfono. A diferencia de la otra visita, cuando el portón se abrió y Julia y yo entramos sin problemas, esta vez un guardia de seguridad surge de una puerta lateral y se acerca. El hombre se coloca una mascarilla y se acerca a la puerta del conductor.

Liam se identifica y le explica al guardia que no estamos citados con el señor Della Croce, pero que él estará más que interesado en recibirnos. Le dice mi nombre y le aclara que venimos de parte de la doctora Julia Katz.

—El señor Della Croce no está —nos informa el guardia.

El alma se me cae al suelo.

Liam evidentemente detecta algo en el guardia, porque no se da por vencido.

—Es muy importante que le diga inmediatamente al señor Della Croce que estamos aquí. Nos está esperando.

—No tengo ninguna instrucción al respecto.

—Ha sido algo de último momento, seguro que el señor Della Croce olvidó avisarlos.

Hay un duelo de miradas. Finalmente el guardia vuelve a meterse por la puerta.

Tarda una eternidad.

Al salir, se acerca a la ventanilla y su expresión ha cambiado por completo.

—Adelante, comisario Hollinger, el señor Della Croce los espera. Le pido disculpas por el malentendido.

—No se preocupe. Muchas gracias.

En cuanto el guardia vuelve a la caseta, el portón automático empieza a abrirse.

Unos minutos después aparcamos en el mismo sitio que Julia. Ya le he advertido a Liam de las cualidades palaciegas de la vivienda de Julian y Regina, por lo que no hace ningún comentario al respecto. Lo conozco y sé que en este momento está con los sentidos alerta.

Una vez que nos bajamos de la camioneta, caminamos por los jardines en dirección a la entrada. Julian Della Croce nos espera de pie en la entrada.

Su actitud no es necesariamente hostil, pero ciertamente no está igual que la última vez.

—Anna, no te esperaba —dice con una expresión indescifrable.

—Lo sé. Julia tampoco sabe que he venido.

—Bien —dice en un tono que invita a que le cuente más.

—Él es Liam Hollinger, mi pareja. Hemos venido porque necesito hablar de algo con usted.

El hombre me estudia durante dos intensos segundos.

—Me pusieron la vacuna experimental hace diez días. Podéis quitaros la mascarilla si queréis. Vosotros decidís.

Tanto Liam como yo optamos por hacerlo.

—Pasad —dice Della Croce.

Estoy tan aliviada que no puedo dejar de sonreír.

No necesito mirar hacia arriba para saber que encontraré la gigantesca araña de acero con sus incontables tulipas.

—Vamos a la biblioteca —ofrece Della Croce—. Estoy seguro de que Anna puede guiarnos sin problemas.

Se vuelve y nos observa con suspicacia. Es el primer gesto de complicidad. Lidero la comitiva por el pasillo principal, con Della Croce caminando a un lado y Liam un poco más retrasado, respetando un metro y medio de distancia entre cada uno de nosotros. Liam no ha dicho nada desde que llegamos —más allá de su intercambio con el guardia en la entrada—, y sé que optará por seguir comportándose de esta forma.

Cuando entramos en la biblioteca Liam se queda en la puerta.

—Yo llego hasta aquí.

Della Croce no lo contradice.

—¿Prefiere la música o los coches, comisario Hollinger?

—Música, supongo.

—Genial, porque colecciono ambas cosas. Regrese hasta el recibidor, por favor, y uno de los empleados lo guiará.

Liam y yo intercambiamos miradas. Muevo los labios formando un *te amo* y él esboza una incipiente sonrisa antes de irse.

Una vez en la biblioteca, Della Croce me pregunta qué me apetece tomar y hace una llamada rápida. Alcanzo a escuchar que menciona a Liam mientras me alejo en dirección a la mesa que ocupamos durante el encuentro con Julia y su esposa Regina.

Della Croce regresa menos de un minuto después y se sienta en el sillón más alejado. En tiempos de normalidad, sentarnos a semejante distancia resultaría irrisorio, pero ahora es perfectamente normal.

—Anna, es un placer tenerte en mi casa. Perdona mis formas en la entrada, no estoy acostumbrado a recibir visitas.

—Y supongo que menos sin aviso. Le pido disculpas, pero realmente necesito hablar con usted. Sé que podría haberlo llamado...

Della Croce se ríe.

—Oh, no, no hubieras podido, créeme. Has hecho muy bien en venir directamente.

Una de las empleadas, a la que reconozco de la otra visita, trae una jarra de limonada para mí y una tetera para Della Croce. También deja sobre la mesa una bandeja con unos sándwiches de jamón.

—He seguido tu caso de cerca, Anna —dice el hombre cuando estamos solos—. Lo que ha salido en el periódico, que no ha sido mucho, y también lo que Julia ha podido decirme. Ella y yo hemos entablado una relación profesional muy buena, y también de amistad.

—Julia me ha ayudado mucho también.

Lo anterior no es estrictamente cierto, porque mi aprecio por Julia tiene más que ver con lo que hará en el futuro que con lo que ha hecho hasta ahora, pero estoy ante un hombre inteligente que evidentemente comprende las sutilezas.

—Mi fundación está colaborando con ella —continúa—. Tengo un interés especial en ayudar a personas como nosotros. Supongo que ya conoces mi historia, ¿verdad?

—Sí.

—Me lo imaginaba.

—Señor Della Croce, entiendo la relación de confianza que tiene con Julia, pero es importante que lo que hablemos hoy usted y yo no llegue a oídos de ella.

—Si es por su bien, soy el primero que estará de acuerdo.

—Lo es. Algo trágico va a ocurrirle a ella en unos meses.

El rostro de Della Croce se transforma.

—Mejor no piense demasiado, por favor. Julia se recuperará, y creo que saldrá fortalecida.

—¿Le sucederá algo a ella o a su familia?

—No.

Della Croce asiente con la cabeza, como si salvo de la muerte de un hijo uno pudiera recuperarse de cualquier cosa.

—Julia está embarazada —continúo—. Probablemente, ni ella lo sepa. El niño nacerá sin problemas y la tragedia de la que le hablo no tiene que ver con él, sino con el padre de ese niño.

—Dios mío. —Della Croce se recuesta en el respaldo de su sillón.

—Si le digo esto es porque en los próximos meses verá que tengo razón.

—Entiendo.

Della Croce vuelve a inclinarse hacia adelante y bebe un poco de té. Me doy cuenta de que necesita asimilar lo que acabo de decirle. No me hace gracia revelar semejante información del futuro de Julia, pero es importante que Della Croce confíe en mí.

—Lo entenderá mejor cuando le diga para qué he venido.

—Te escucho.

Mientras elijo las palabras, me bebo el resto de la limonada. Tengo que ser cuidadosa respecto a cómo he llegado a ciertas conclusiones. Lo que menos necesito es que Della Croce cambie su actitud en el futuro, especialmente durante nuestra reunión en esta misma biblioteca, para la cual falta todavía un mes. Es en esa reunión cuando empezaré a darme cuenta de algunas cosas.

—Hoy he visto al canguro —digo—. Estaba en el granero y percibí su presencia. Además escuché unas pisadas, como si alguien se alejara corriendo. El canguro estaba quieto y decidí acercarme. No tuve miedo, sino todo lo contrario.

—Te entiendo perfectamente, porque yo también me sentía así.

—La cuestión es que creo saber qué eran esas pisadas que he escuchado, y que pertenecen al futuro que perdí cuando asesiné a mi novio. Tengo la certeza de que son el equivalente, en su caso, a la melodía de la caja de música.

—Tiene sentido. No deja de ser un sonido.

—Yo tengo decidido que dentro de quince meses voy a cruzar el portal a ese otro tiempo que me ofrece el canguro. Dada mi afección, tengo la certeza de que voy a conseguirlo.

—Fascinante.

—Julia jugará un papel importante, especialmente en los días previos. Es por eso por lo que necesito entender algunas cosas, y creo que usted puede ayudarme a hacerlo.

—Estoy intrigado. Te ayudaré en lo que pueda, por supuesto.

—Quiero que me hable de su esposa, Regina, y de su participación en todo esto.

Della Croce sonríe. Me observa con cierto orgullo.

—¿Cómo lo has sabido?

—¿Tiene alguna importancia?

Podría decirle a Della Croce que el primer indicio lo tuve cuando recordé que entre los documentos que Julia tenía en el despacho de su casa había una carpeta en cuya etiqueta figuraban los nombres de Julian Della Croce y Regina Della Croce. En ese momento ninguno de los dos nombres me dijo nada, por lo que no me llamó la atención. Pero el hecho de que Julia hubiera escrito esos dos nombres, y no sólo el de Julian, era elocuente. Quizás por eso le presté especial atención a Regina durante la conversación en la biblioteca en la que participamos todos. Si bien ella se mantuvo prácticamente en silencio, el modo en que intercambiaba con su marido miradas o leves asentimientos de cabeza me hizo pensar que quizás ella...

—Regina también cruzó el portal —confirma Della Croce.

La revelación, si bien en parte esperada, no deja de impactarme.

—¿Estaba con usted?

—Sí. Déjame que te lo cuente desde el principio.

Della Croce se sirve otra taza de té.

—Regina y yo nos conocemos desde la universidad. Ahí empezamos a salir, y desde el principio nos entendimos muy bien y nos quisimos mucho. Para mí, Regina siempre ha sido mi asidero, el punto de equilibrio de todas las cosas. Durante esa época yo tenía visiones de todo esto, como ya sabes, y eso terminó llevándome por el mal camino, con mis socios, con mis pocos amigos, pero no con ella. Con Regina nunca me comportaba como un imbécil, y el hecho iba más allá de lo que te contaré en un momento. Toda mi arrogancia con el resto de las personas se basaba en un camino marcado por el éxito, en el triunfo de mis ideas y de mi capacidad. Por supuesto, nada de esto es así, y con el tiempo fui entendiendo que ni siquiera el más capacitado de los mortales, en la disciplina que sea, consigue grandes cosas en soledad.

—¿Regina sabía de sus visiones de ese futuro?

—No. Yo le aseguraba que conseguiría cumplir mi sueño, y supongo que lo hacía con tanta vehemencia que ella en parte también se lo creyó. Pero a Regina nunca le importó demasiado. Y como yo lo sabía, entonces con ella no era necesario presumir, ni intentar parecer el mejor de todos, porque para Regina lo era realmente, incluso siendo un estudiante con poco dinero con el que disfrutaba de ir al cine, estudiar, salir a comer una hamburguesa y todas las cosas que hacíamos juntos.

—Además Regina estaba en ese futuro de éxito.

No es una pregunta, por supuesto, sino una reflexión obvia del presente actual.

Della Croce asiente, de repente transportado a otra parte. Parece visualizar esos años de juventud con Regina.

—Efectivamente —dice Della Croce—. Siempre supe que Regina formaba parte de este futuro, porque tuve recuerdos en los que ella estaba conmigo; por ejemplo, aquí, en esta biblioteca, donde solemos venir a leer.

—¿A Regina la recordaba antes de haberla conocido?

Della Croce piensa la respuesta.

—¿Sabes qué? No lo recuerdo exactamente, pero

supongo que ambas cosas sucedieron casi a la vez. Incluso cuando dejé la universidad y regresé a casa de mis padres seguí en contacto con ella, aunque con menos frecuencia. Discutíamos..., pasaban semanas o meses sin que nos viéramos, pero siempre volvíamos a conectar. Así fue hasta que finalmente ordené mi vida, conseguí un empleo y nos fuimos a vivir juntos.

—Y los recuerdos desaparecieron...

—Sí. Durante un periodo de unos dos o tres años no volví a tener recuerdos de todo esto. Déjame decirte que no los eché en falta. A fin de cuentas, habían resultado ser un fiasco.

—Y el canguro, ¿siguió viéndolo?

—No. Con el canguro yo tenía mis problemas, para serte sincero. Siendo una persona racional, supongo que podía aceptar recordar el futuro, pero no tener alucinaciones.

Della Croce se ríe.

—Hábleme del día del accidente, por favor.

—El accidente... —dice ahora con seriedad—, no fue un accidente, como te imaginarás. Pero tampoco fue algo totalmente premeditado. Ese día, íbamos Regina y yo en el coche a pasar unos días a la playa. Yo estaba mal por una situación en el trabajo, algo que me sucedía cada vez con mayor frecuencia; seguía creyéndome más que el resto, y eso me traía problemas, como es lógico. Yo conducía más rápido de lo que debía, y Regina dormitaba en el asiento del acompañante. Y entonces empecé a sentir lo mismo que las otras veces que había visto al canguro, esa familiaridad y el deseo de acercarme a él, y empecé a acelerar. No tiene ningún sentido, lo sé. La mejor forma que tengo para explicarlo es que había algo primitivo e inconsciente en mi convicción de que acelerando el coche conseguiría acercarme al canguro. Llevé el coche al límite y grité de frustración, y entonces me encontré con una curva y con otro vehículo delante de mí, y cuando intenté adelantarlo, perdí el control.

Della Croce se pone de pie.

Hago lo mismo.

—Puedes quedarte todo el tiempo que quieras —dice en tono de disculpa—, sólo quiero que caminemos un rato.

Mira su reloj, un modelo barato de esos de plástico negro.

—Te contaré el resto mientras te enseño algo. Después iremos a buscar al comisario...

—Oh..., no se preocupe por el comisario —bromeo—, podría pasarse una semana entera mirando discos.

Della Croce me guía por el pasillo.

—Es una pena que Regina no esté aquí hoy —se lamenta—. Me hubiera gustado que escucharas su versión también. Tendrás que conformarte con la mía.

—Para mí es suficiente.

—Gracias. Lo cierto es que lo que vi cuando recuperé la consciencia después del choque fue muy impresionante. Estábamos boca abajo, todavía sujetos con el cinturón de seguridad. Regina parecía seguir durmiendo, pero yo sabía que estaba muerta. No tenía heridas en el rostro, y agradezco que así haya sido. Yo tenía un trozo de metal en el pecho que me provocaba un dolor insoportable.

Cuando estamos a punto de llegar a la habitación donde está guardada la caja de música, giramos por un pasillo estrecho, sin ventanas.

—Esta casa tiene muchas habitaciones, y a mí me gusta coleccionar cosas —se excusa Della Croce—.

Muchas cosas. La única condición de Regina es que mis objetos de colección no estén en áreas comunes de la casa, y me parece un acuerdo justo.

Llegamos a la puerta que hay al final del pasillo.

Antes de abrirla, Della Croce se vuelve hacia mí.

—A diferencia de las otras habitaciones, aquí no hay una temática definida. Son objetos que me gustan, por alguna razón, pero no forman parte de una serie. El que quiero mostrarte no me enorgullece particularmente, y sólo lo adquirí porque pertenecía a un museo que no sabía qué hacer con él y necesitaba el dinero.

Abre la puerta.

Entramos en una habitación en penumbra, con un ventanuco muy pequeño que además tiene una tela para no dejar pasar la luz.

Antes de que mis ojos se acostumbren a la oscuridad, Della Croce enciende un sistema de múltiples fuentes lumínicas que emiten luces tenues y coloridas.

La habitación es relativamente amplia, más o menos como el salón y la cocina de la cabaña de la doctora Katz. En la parte de atrás, sobre una plataforma circular, hay un canguro embalsamado de una altura monumental.

—Jesús...

—¿Te incomoda?

No sé si quiero acercarme demasiado.

—Perdóname si te pone nerviosa. Es comprensible. Quería enseñártelo porque para mí se ha convertido en algo importante. Vengo a menudo aquí, me quedo sentado en uno de los sillones y la presencia del canguro me tranquiliza. Cuando me lo preguntan digo que no soy una persona religiosa..., pero quizás sí lo sea.

Poco a poco voy animándome y me acerco. Cuanto

más lo hago, más avasallante me resulta la presencia del canguro. La plataforma sobre la que está montado tiene más o menos un metro y el animal alcanza fácilmente los dos metros.

Empiezo a entender a qué se refiere Della Croce. El canguro es una presencia hipnótica.

—Entonces, Julia cruzará el portal contigo —dice Della Croce finalmente.

Parpadeo y vuelvo a la realidad.

—Eso creo. ¿Usted le ha dicho que Regina cruzó también?

—Eso no se lo he dicho a nadie, jamás.

—Pues, Julia lo averiguará en algún momento y se lo preguntará.

Della Croce asiente.

—Anna, ¿tú realmente crees que eso es bueno para Julia?

—Sí —respondo sin dudarlo.

—¿No se trata de una acción impulsiva producto de esa tragedia que me has comentado?

—En parte sí. Pero Julia tomará las precauciones para hacerlo de la forma correcta.

—Entonces confiaré en tu juicio.

Unos minutos después salimos de la habitación. Della Croce parece dudar un momento.

—Sé que no es asunto mío. ¿El comisario sabe...?

Niego con la cabeza.

Llegamos al pasillo principal y Della Croce me señala una puerta. Cuando la abro me encuentro con las paredes cubiertas de repisas con discos. Liam se vuelve al vernos.

—Esto es increíble... —empieza, pero al ver mi rostro su expresión cambia—. ¿Estás bien?

—Sí —respondo—. Sólo tenía ganas de verte.

El día de las despedidas

Once meses antes
(Once meses después, perspectiva de Anna)

Me despierto en la habitación pequeña de la planta baja. No puedo saberlo con certeza, pero es posible que este sea mi primer día en la granja. La sensación de pertenencia es total y no me siento vulnerable o extraña a pesar de haber dormido en ropa interior.

Abro las cortinas y observo la inmensidad de las plantaciones en el terreno colindante. Estamos en el mes de enero y la posición del sol me dice que deben de ser alrededor de las ocho de la mañana. La camioneta de Liam no está aparcada afuera y no sé qué pensar. Por un lado, creería que si hoy es mi primer día en la granja, él querría estar aquí para hablar conmigo. Ha sido el artífice de mi huida de la comisaría —todavía no sé en qué condiciones—, y sería totalmente comprensible que tuviera dudas, además de los reparos lógicos por dejarme sola en su propia casa.

Pienso en esto cuando Teimour aparece al otro lado de la ventana, trotando despreocupadamente hasta que me ve. El animal se queda quieto con una pata en alto, como si alguien hubiera pulsado el botón de PAUSA en el mundo real. Me observa de tal forma que sé con certeza que nuestra relación todavía no ha comenzado. Ladra dos veces, no con hostilidad, más bien con desconcierto.

El resto de la habitación no me revela nada concluyente. Los armarios están vacíos y asumo que la ropa de la silla es la misma que utilicé el día anterior. La recojo, junto con mis zapatillas, y me detengo unos segundos en la pintura de los tres cazadores, que sigue despertando en mí el mismo magnetismo de siempre.

Salgo de la habitación y con sólo prestar atención durante unos pocos segundos sé que no hay nadie más conmigo. Una vez en el baño, abro el grifo del agua caliente y espero a que el agua tome temperatura. No hay cepillo, así que me lavo los dientes con el dedo. El aspecto de la chica del espejo es bastante preocupante; es evidente que no he pasado una buena noche.

Mientras me ducho empiezo a pensar en términos de la última vez. Aunque el día de hoy sea el comienzo de una larga estancia en la granja, todo tiene sabor a despedida.

En la mesa de la cocina encuentro una nota de Liam.

> Estoy asumiendo un riesgo enorme permitiéndote quedarte en mi casa, espero que lo entiendas. No hagas nada que pueda ponernos en riesgo, especialmente salir. Regresaré en cuanto pueda.
>
> LH

Este Liam no me resulta desconocido. Durante los últimos tiempos me ha tocado ver cómo su amor se iba desvaneciendo mientras la incertidumbre y la desconfianza ganaban terreno. Ha sido justo, porque él deberá sufrir el mismo proceso en el futuro, con el agravante de que mi desapego gradual terminará por separarnos para no volver a vernos nunca más.

Pero he hecho las paces con la duración de nuestra historia. Quizás lo efímero será su principal valor; dos años de amor puro y de conexión profunda. No sé qué me espera más allá del canguro, pero puedo darme por satisfecha en el sentido de haber amado y haberme sentido amada, aunque sea por un tiempo.

Tomada la decisión de cruzar el portal, he disfrutado al máximo mi vínculo con Liam, en un año particular y desconcertante a causa de la pandemia. Saber cuándo terminaría y que ni Liam ni yo sufriríamos consecuencias significativas ha sido sin duda un aliciente para superar una situación que ha resultado mucho más difícil para el resto del planeta.

Además, el canguro me quitó un gran peso de encima, porque ahora, más allá de mis recuerdos más lejanos en el Lavender Memorial, sé que habrá algo más para mí, una vida diferente e incierta que ansío con todo mi ser. Y no sólo eso, también tengo la responsabilidad de acompañar a Julia en su camino hacia ese otro futuro. A ella y a Aaron.

Nunca he hablado con Julia acerca de su decisión. Cuando todas las piezas encajaron, fue suficiente para mí. Siempre me había llamado la atención que el día que me desperté en el Lavender Memorial Aaron estuviera allí. Al principio lo atribuí a una fatalidad del destino; Julia casualmente había llevado a su hijo al trabajo justo el día en que a mí me encontraron a orillas del lago. Sin duda, una explicación poco verosímil. Julia no es de esas madres que no tienen con quién dejar a su hijo. Si lo llevó al Lavender Memorial ese día fue porque sabía perfectamente lo que haría después.

No sé en qué momento Julia supo que Regina había cruzado el portal con Della Croce. Debió de suceder en algún momento durante su depresión, después del accidente de Vince. La propia Julia reconoció lo duro que fueron esos días, y cómo recuperó su vida prácticamente de un día para otro.

Relatar todo lo anterior como si efectivamente hubiera sucedido no deja de ser desconcertante; pero a estas alturas no podría hacerlo de otra forma.

En definitiva, no sé en qué momento Julia supo lo de Regina y empezó a concebir en su cabeza el plan de cruzar conmigo. Debió de ser la decisión más compleja de su vida, y estoy segura de que tomó todas las precauciones para asegurarse de que nada fallaría.

No puedo saberlo con certeza, pero en función de lo que he llegado a conocerla, es posible que en algún punto Julia también se sintiera responsable por la muerte de su amante. Y esta fue, sin duda, la pieza que no supe ver en su momento. La propia Julia fue la que me contó que Vince sufrió el accidente después de que ambos acordaran encontrarse en un punto intermedio cuando ella estaba en la granja. Es decir, que si Julia no hubiera estado en la granja, no hubiera hecho planes con Vince, y en consecuencia el accidente que lo mató no hubiese sucedido. Por lo tanto, en un futuro donde yo no he asesinado a mi novio y nunca he conocido a Liam... Vince seguiría vivo.

Julia va a reencontrarse con Vince. Y esto de por sí podría parecer recompensa suficiente, pero yo creo que ella no hubiese llevado adelante semejante plan de no ser por Aaron.

Aaron, que de esta forma podrá conocer a su padre biológico y compartir una vida entera con él.

Me preparo el desayuno y lo tomo en la mesa de la

cocina, como lo he hecho cientos de veces, aunque he llegado a la granja *ayer*.

Aquí he celebrado mi último cumpleaños con Liam, con un pastel torcido que él mismo preparó desde cero. En la parte de arriba lo decoró con un DeLorean en miniatura y el número uno con un signo negativo delante.

¿Qué sucederá con todos estos recuerdos cuando cruce el portal?

Este es uno de mis mayores miedos. Julian Della Croce no olvidó su vida anterior cuando el canguro lo transportó a su futuro de éxito. Pero claro, en su caso eran recuerdos de su pasado. Cuando yo cruce el portal, no recordaré nada de mi vida con Liam, salvo quizás que fue el comisario que me ayudó a escapar ese día del Lavender.

Sé que salir de la casa no es prudente, pero no puedo evitarlo.

Teimour no me conoce. Si llegué a la granja hace apenas un día, es posible que Liam ni siquiera nos haya presentado correctamente. Es más, quizás ni siquiera lo ha hecho justamente para asegurarse de que yo no abandone la casa hasta su regreso.

—¿Estás segura? —me pregunto mientras busco en la cocina uno de los juguetes preferidos de Teimour.

Esta acción temeraria bien podría ser una desviación del futuro que recuerdo. Una estupidez que tiraría todo por la borda en un segundo.

El juguete es un hueso enorme de algún tipo de material comestible que Liam compró en la tienda de artículos para mascotas. Cuando Teimour me ve detrás de la puerta mosquitera con ese enorme hueso, lejos de iniciar uno de sus rituales de saltos y felicidad extrema, me observa contrariado.

—Tei..., vamos a salir de paseo tú y yo, ¿qué te parece?

Sus patas delanteras suben y bajan sin que él se mueva de sitio. Está ansioso, y me parte el corazón verlo así. Quizás debería ser menos egoísta y esperar a que llegue Liam.

—Podemos ir a perseguir palomas.

La mención de sus máximas enemigas en el mundo parece darle una cuota adicional de confianza. No salta de alegría, pero sí da algunas vueltas y mueve la cola.

Me he puesto una chaqueta abrigada de Liam que me queda enorme, y espero que el olor ayude.

—Voy a salir, Tei.

Es tan extraño tomar tantas precauciones para hacer algo que recuerdo haber hecho cientos de veces. Salir de la casa y recibir el afecto de Teimour era algo cotidiano para mí; no puedo concebir tener que pasar por esto ahora.

Abro la puerta y el perro, en vez de acercarse, se aleja hasta los escalones del porche. Lo tomo como una buena señal y salgo despacio.

—Voy a dejarte tu hueso aquí. —Me agacho y lo dejo en el suelo.

Ahora sí, Teimour se acerca a toda velocidad y lo apresa con los dientes. Se aleja con alegría desbordante. Corre con el enorme hueso en la boca y de vez en cuando se tumba con las patas delanteras extendidas y lo muerde con frenesí mientras me observa.

Camino hacia el granero. No tengo intención de entrar; no porque ahí pueda encontrarme con mis pinturas, que desde luego todavía no existen, sino porque es donde he tenido el único encuentro con el canguro, y ahora mismo no me apetece repetir esa experiencia.

Al pasar junto al árbol con el neumático hamaca no me resisto y me siento un rato. Este es el sitio preferido de Chloe, y estar aquí me conecta en cierto sentido con ella, mi única amiga en estos dos años. Con Liam y Julia he desarrollado vínculos profundos, por supuesto, pero de otras características.

Si de algo puedo jactarme durante mi paso por la granja es de haber ayudado a Chloe a recuperar la relación con Liam. Chloe saldrá adelante, lo sé, y esta vez no se trata de un recuerdo futuro, sino de una convicción profunda en mi corazón. Lo único que necesitaba era que Liam creyera en ella, no el apoyo incondicional y culposo de un hermano que le ha dado la espalda durante bastante tiempo, sino un reconocimiento profundo y real.

Sigo mi camino, siempre bajo la atenta mirada de Teimour, que no se acerca pero me hace ver que está presente apareciendo de vez en cuando.

Me adentro en el bosquecillo y camino hasta la pista de tenis, sólo que allí todavía no hay nada. La pista de tenis será construida dentro de cuatro meses, y a mí me tocará presenciar el proceso en sentido inverso. La pista irá mejorando su aspecto cada día hasta que una mañana Liam y yo juguemos el partido inaugural, el cual ganaré con comodidad. Es más sencillo cuando conoces de antemano todas las debilidades de tu rival.

La construcción de la pista estuvo a cargo de un albañil y su ayudante, cuyo trabajo presencié subrepticiamente en la distancia. Llegaban por la mañana y se marchaban a media tarde, y hablaban sólo con Liam. El hombre había estado preso por herir a otro tipo en una pelea callejera y a partir de entonces las cosas no habían sido fáciles para él. Liam sabía que era un buen hombre y por eso lo había ayudado en plena pandemia contratándolo para el trabajo. Resultó ser la mejor decisión del mundo, porque el deporte y la competición nos conectó todavía más.

Me siento en el césped, en medio de lo que será la pista de tenis. Es la única parte del bosquecillo donde hay espacio suficiente para construirla. Tantos recuerdos en ese mismo lugar, tantos partidos reñidos, momentos de felicidad y frustración extrema. Hacia el meridiano de nuestras épicas batallas, la cosa iba realmente en serio. Ya he dicho que a veces pasábamos varias horas sin hablarnos después de alguna derrota estrepitosa.

Me levanto media hora después con la pierna derecha adormecida. Me quedo quieta hasta que el hormigueo se pasa. Teimour, que no me ha acompañado en esta parte del paseo, aparece justo ahora y me observa desde la línea de árboles.

—Sí, lo sé, Tei, hora de volver.

Camino hasta la casa mirando cada detalle con detenimiento. Durante los próximos dos años prácticamente no saldré de este lugar, y sin embargo me estoy despidiendo de cada cosa como si fuera la última vez que voy a estar aquí, lo cual para mi cerebro es curiosamente cierto.

Me siento en una de las mecedoras del porche, que mi padre y yo adoptamos —adoptaremos— como nuestro lugar en el mundo para mantener nuestras conversaciones, bebiendo cerveza y comiendo galletas.

Pensar en mi padre me rompe el alma. La relación con él es la única certeza que tengo de ese futuro incierto que me espera más allá del canguro. No sé si mi capacidad de recordar el futuro desaparecerá, ni qué tipo de relación tendré con mi novio, si es que seguimos juntos. No tengo ni idea de con qué vida me encontraré después del canguro. Lo que sí sé es que mi padre estará allí, y que nuestro vínculo será indestructible, como siempre lo ha sido.

Salvo por una cosa. Tengo una espina clavada que no consigo quitarme. Porque esta realidad seguirá en pie. Una realidad donde yo soy una asesina y mi muerte se dará en las circunstancias más extrañas imaginables, junto con la de la doctora Katz y su hijo. Una realidad donde Martin deberá hacer el duelo por Julia y construir una relación con su madre biológica que lo ama y ansía recuperarlo, y donde Liam y Chloe finalmente tendrán el vínculo que se merecen y podrán elegir qué vida vivir.

Pero mi padre —la versión de mi padre que habita esta realidad— perderá a su hija. Tiene a su nueva familia, pero ya no le queda nadie de la primera, ni su esposa Magdalena ni yo. Tendrá que enfrentarse finalmente a lo que le anticipé muchos años atrás con ese dibujo premonitorio. Él y yo en la playa, junto a un faro.

Recuerdo perfectamente sus palabras, aunque me las dirá dentro de varios meses: *Cuando hiciste ese dibujo me dijiste que esta sería la última vez que nos veríamos.*

Sin poder evitarlo, empiezo a llorar. Sabía que ocurriría y no lo reprimo.

No sé cómo funcionan estas realidades paralelas, ni qué grado de conexión tienen las personas de cada una de ellas, si es que acaso hay alguna. Lo único que deseo es que mi padre sea feliz. Y que, quizás, en algún lugar profundo, tenga la certeza de que estoy bien.

Teimour se acerca más que nunca. Sube los escalones del porche y se tumba a mi lado, como tantas otras veces. No llega a colocar las patas sobre mis pies, porque supongo que eso sería demasiado, pero hace lo máximo que puede.

—Soy yo, Tei, McFly.

Teimour mueve ligeramente la cola.

La puerta de mi taller —que todavía no es técnicamente mi taller— está cerrada. Hace varias semanas que está así, pero es razonable, dado el desorden y el estado de abandono que reina en el interior. Todavía falta para que un día Liam y yo decidamos ponernos manos a la obra y ocuparnos de dejarlo en condiciones.

Abro la puerta y lo que me encuentro ahora es peor incluso de lo que recuerdo. Parece que nadie ha limpiado en años; los cristales están cubiertos con papel de periódico y en las estanterías todavía quedan macetas y utensilios de la época en que la señora Hollinger se dedicaba aquí al cuidado de sus plantas. Además, hace muchísimo frío.

Apenas tengo espacio suficiente para caminar. Hay cajas de cartón apiladas por todas partes, algunas rotuladas y otras no. Las telarañas están a la orden del día.

Las únicas dos sillas tienen cajas encima. Podría traer una del salón, pero sospecho que si salgo de aquí no volveré a entrar. Cojo una de las sillas y retiro las tres cajas que tiene encima; mis manos quedan inmediatamente cubiertas de polvo.

—Esto no es una buena idea —digo mientras coloco la silla frente al ventanal. No es la posición que desearía, pero es lo mejor que consigo.

Arranco una de las hojas de periódico de los cristales y la coloco sobre la silla. Una vez que me siento, me apoyo en el respaldo y estiro las piernas todo lo que puedo —que no es mucho—. Con las manos en el regazo, observo el bosquecillo y el granero por el espacio que ha quedado al quitar el papel. Esta perspectiva de la granja es, junto con la del porche, la que más he observado en los casi dos años que he vivido aquí. He buscado inspiración y he encontrado confianza para expresarme como artista, una palabra a la que al principio rehuía, pero es lo que soy. No sé si soy una buena artista, pero no creo que esa sea una cuestión demasiado relevante. Lo que he sentido en esta habitación —no siempre, pero sí a veces— es que he conseguido trasladar algunas de mis emociones y mis estados de ánimo a representaciones bidimensionales. He perdido la cuenta de las pinturas que he hecho aquí, pero posiblemente han sido más de cien. Seguramente, con un poco de esfuerzo podría recordarlas todas. Algunas acuden a mi mente de forma inmediata, como la del canguro, pero otras han quedado en el olvido.

Y sin embargo ninguna de esas pinturas ha sido realizada todavía.

Me gustaría quedarme un buen rato, pero no quiero tentar a la suerte y encontrarme con alguna de las dueñas de las telarañas que me rodean. Me levanto y vuelvo a colocar las cajas donde las encontré.

En el salón de música las cosas van mucho mejor. El sitio se ha mantenido más o menos inalterado desde que tengo recuerdo, y también aquí he pasado mucho tiempo. No están los discos que Liam irá comprando para mí a lo largo del tiempo, pero sí los de él, que son los que me importan ahora.

Sin dudarlo, elijo uno de los discos de Nick Drake. No sólo porque la primera canción que Liam tocó para mí en su guitarra fue *One of These Things First*, sino porque nunca jamás podré escuchar a este artista sin pensar en Liam.

Me siento en el sillón, como tantas otras veces, y me dejo llevar por las melodías tristes y reflexivas de Drake.

Creo que me quedo dormida, o simplemente floto a la deriva en un mar de pensamientos. El disco todavía no ha terminado cuando escucho el familiar ruido de la camioneta de Liam acercándose por el camino de tierra. Cierro los ojos. ¿Cuántas veces he pasado por este mismo ritual? Soy una persona que disfruta la soledad, pero siempre he anhelado el momento de reencontrarme con él. Con el ojo de mi mente puedo verlo bajarse de la camioneta, entrar en la casa y dejar el sombrero en el perchero, junto a la puerta.

La melodía lo atrae hasta el salón de música. No quería que me encontrara así, usando sus cosas como si esta fuera mi casa, pero quiero verlo entrar en la habitación una vez más, aunque esta vez no me sonría y me bese en la boca.

Escucho sus pasos en el salón. Después en el pasillo.

Finalmente se asoma por el marco de la puerta. La sorpresa en su rostro resulta casi cómica. No deja de mirarnos a mí y a la funda de *Bryter Later*, que está junto al reproductor de discos. Pasa de una a otro sin dar crédito a que, de los cientos de discos que hay aquí, yo haya elegido precisamente ese.

Me encojo de hombros y sonrío. *Lo siento*.

Entra en el salón y se sienta en la silla que está frente a mí. En otro contexto le hubiera hecho algún comentario jocoso sobre cómo se le ha apelmazado el pelo por el sombrero.

—Ese es uno de mis discos favoritos —dice.

—Lo sé.

Es imposible despojarme de mis recuerdos, pero creo que podría haberme dado cuenta de que le gusto. Hay algo en su mirada, no sé. Quizás estoy sugestionada.

—¿Te molesta si apago la música? —dice con seriedad.

—Claro que no.

No estoy preocupada. Sé que le llevará tiempo recuperar la confianza; serán siete o diez días de cierta incomodidad, pero a partir de ahí el vínculo entre nosotros se consolidará a la velocidad de la luz.

Liam se levanta y apaga la música. El silencio no me resulta incómodo.

—¿Todo bien en la comisaría? —pregunto.

—Ha sucedido tal como dijiste —dice él.

No sé a qué se refiere, pero procuro que no lo advierta.

—Esa mujer ha publicado el vídeo en Facebook donde apareces a trescientos kilómetros de aquí, en una estación de tren.

—Bueno, es obvio que esa mujer no soy yo —respondo con tranquilidad—, pero servirá para desviar la atención.

Liam saca el móvil del bolsillo de su camisa y empieza a buscar algo. Unos segundos después me enseña el vídeo.

En él, efectivamente, aparece una mujer de cabello rojo muy parecida a mí. Lleva puestas unas gafas oscuras y agarra su bolso como si dentro llevara algo valioso. La mujer se mezcla entre la multitud mirando en todas direcciones en una actitud que desentona con la del resto de los transeúntes, que caminan por el andén desentendidos del entorno.

El vídeo dura unos dos minutos. Cuando termina,

Liam vuelve a reproducirlo, esta vez para sí mismo, y congela la imagen cuando aparece mi rostro. Lo amplía y vuelve a mostrarme el teléfono.

—¿Estás segura de que no eres tú?

Me río.

—Claro que no.

—La doctora Katz llegará en cualquier momento —me dice de repente. Se levanta de la silla para salir de la habitación.

—¿Liam?

—Sí.

—Sé que todo esto es difícil para ti. Gracias por darme la oportunidad.

El día del asesinato

Es muy posible que la decisión de romper con mi novio ya esté tomada, pero la cristalización definitiva se produce mientras tengo sexo con él en el dormitorio de su casa familiar.

Curiosamente, no creo que el detonante sea el acto en sí. Nunca he conectado con Oliver en la cama —ni con Oliver ni con los dos chicos anteriores—. Tres experiencias similares ciertamente me han dejado atrapada en un laberinto del que todavía no he podido escapar. Un laberinto de dudas y culpa donde mi inexperiencia es el temido minotauro, y yo, mi principal enemigo.

Convencerme de que todavía no ha aparecido la persona ideal para mí supondría escapar de una vez por todas de esta trampa mental en la que he caído presa. Mis amigas me dicen que debería tomarme las cosas con más ligereza, que tengo veintidós años, no treinta y cinco. Pero lo cierto es que cuando tengo sexo con Oliver siempre hay una parte de mí que hace una mueca y le dice a la otra: «¿es *esto* realmente lo que quieres?». Finjo orgasmos y le digo que todo ha estado genial cuando por dentro lo único que quiero es vestirme y salir corriendo. Con cada mentira el laberinto se vuelve más intrincado.

Tengo los ojos cerrados. Oliver entra y sale. Preferiría que su cuerpo se quedara pegado al mío y que se moviera ejerciendo un poco de presión, pero ya he dejado de decírselo, sutil o directamente. La última vez se rio pensando que yo bromeaba. *¿Cómo no iban a gustarme sus embates frenéticos?*

El cuerpo de Oliver se tensa y cae desplomado a un lado. Abro rápido los ojos. Su habitación está tal cual la dejó antes de irse a la universidad: PlayStation, foto de graduación, paredes inmaculadas —la señora Cohen siempre ha sido inflexible en cuanto a aceptar cualquier tipo de póster—, una modesta biblioteca con libros que nunca ha leído. Todo fiel a Oliver: correcto y aburrido.

Me giro ligeramente hacia la izquierda, esperando el mínimo tiempo aceptable para levantarme. Ahí hay un escritorio, ahora en desuso, con unas cuantas fotografías familiares, en una de las cuales está el senador Cohen en algún tipo de acto, saludando con el brazo en alto y la sonrisa más artificial de la galaxia.

Es entonces cuando el primer *recuerdo* me golpea.

Oliver apoya los dos vasos de café en la mesa y se sienta frente a mí. Tienen el nombre escrito, así que cojo el mío.

—¿Qué querías decirme? —pregunta él.

Bajo la vista. Esto no ha sido una buena idea. Tendría que haberlo confirmado primero.

—Creo que estoy embarazada.

Silencio.

Cuando consigo levantar la vista, es Oliver el que mira para otra parte.

—¿Tienes un retraso? —dice con voz temblorosa.

—Sí. Ya me he hecho el test casero. Ha dado positivo.

—¿Cómo que ya te lo has hecho?

—Quería estar lo más segura posible, Oliver. Estoy cargando sola con esto desde hace tres días.

Nunca lo había visto tan nervioso.

—Quizás sea un falso positivo —dice—. Esos test no son muy precisos, ¿verdad?

Yo misma he recorrido todas esas avenidas una y mil veces.

—Creo que son bastante precisos.

—¿Estás bien?

Oliver está de pie junto a la cama. Tiene el pantalón puesto y el torso desnudo.

—Sí, sí, estoy bien.

Me levanto de la cama y busco mi vestido, que está tirado junto al escritorio. Me lo pongo con un movimiento rápido y a continuación hago lo mismo con las zapatillas.

—¿Estás segura de que estás bien?

Salgo del dormitorio sin responder y me meto en el baño. Hago pis y me lavo las manos y la cara. Me miro en el espejo apenas un minuto; si escucho a Oliver desde el otro lado de la puerta hacerme la misma pregunta otra vez voy a gritar. Salgo lo más rápido que puedo y me lo encuentro en el pasillo con rostro apesadumbrado.

—Te iba a decir que viéramos la película después de cenar, pero podemos verla ahora, si quieres.

—Mejor vamos a la piscina.

Mi petición lo sorprende, porque ya he rechazado la propuesta varias veces.

—Pero me dijiste que no habías traído bañador.

Me lo quedo mirando hasta que comprende mi insinuación y empieza a sonreír.

Los Cohen tienen una piscina cubierta enorme. Yo

soy bastante buena en los deportes en general, y la natación es una actividad que me relaja. Y si hay algo que necesito en este momento es abstraerme de la presencia de Oliver. Si él guardaba alguna esperanza de repetir lo que acabamos de hacer en el dormitorio, me encargo rápidamente de que la pierda. Me quito el vestido a la velocidad de la luz y me zambullo desnuda en la piscina.

Asomo la cabeza sólo para anunciarle que voy a nadar un rato.

Sé que me estoy comportando como una perra. Lo siento. Necesito pensar en la visión que he tenido en la habitación. No es algo nuevo para mí, pero hacía tiempo que no experimentaba una con tanta nitidez.

Mi cuerpo se tensa..., creo que va a darme un calambre.

Abro la puerta de la entrada.

—Por Dios, Oliver, ¿qué haces aquí, en mi casa?

—Necesito que hablemos. No contestas a mis mensajes.

—Hay una razón para eso. ¿De qué quieres que hablemos? Te he dicho que no tengo las cosas claras...

—Anna, ¿me dejas pasar? O si no vamos a tener esta conversación aquí.

A estas alturas sé que no tiene sentido hacer otra cosa que dejarlo entrar. Mi padre regresará en una hora y para entonces quiero que Oliver no esté aquí. Cuanto antes terminemos esta conversación, mejor.

No he parado de llorar desde ayer. No quiero ser madre. Menos con Oliver.

Nos sentamos en el salón.

—Anoche no dormí, Anna. Necesito que resolvamos esto y que no me ignores.

—¡Yo tampoco he dormido nada, Oliver! —me defiendo—. Todo esto es una mierda. Ayer me pasé más de diez horas viendo vídeos con testimonios horribles en YouTube. La gente hace todo tipo de locuras por no saber qué hacer. ¡Y yo no sé qué hacer!

—Escúchame, tranquila, para eso he venido, para que no tengas que cargar con todo esto sola.

—Supongo que podríamos darlo en adopción...

—Anna..., tranquila, por favor. Escúchame.

Oliver ya no es el mismo que habló conmigo en el Starbucks, se lo ve calmado. Desde luego, mucho más calmado que yo.

—Antes de nada, déjame decirte que creo que pasó en la fiesta de Eddie. Cuando saqué el condón estaba húmedo. Pensé que eras tú..., pero ahora creo que quizás se rompió. La fiesta de Eddie fue hace siete semanas...

He escuchado a decenas de mujeres y profesionales hablar de semanas en todos los vídeos que he visto, y también en los documentos y textos de dudosa procedencia que he podido leer cuando las lágrimas me lo permitían. Si vas a tener un hijo, olvídate de cualquier otra medida del tiempo, a partir de ahora tu vida se convertirá en una sucesión de semanas. Me sorprende que Oliver ya esté familiarizado con eso.

—Lo que quiero decir —continúa— es que siete semanas no es mucho tiempo. Podríamos abortar.

El aire se vuelve denso. No sólo por el peso de una decisión que va en contra de mis principios, sino porque es ilegal. Justamente, buena parte de los casos dolorosos que he tenido la mala idea de ver tenían relación con la desesperación y la falta de supervisión médica para interrumpir un embarazo.

—¿Cómo?

Oliver sabe que estoy dispuesta a escucharlo.

—Ayer hablé con mi tío Steve, que además es mi padrino. Él tiene un amigo, alguien de su entera confianza, que tiene una clínica en la costa que realiza este tipo de procedimientos.

—Una clínica de abortos ilegales.

Oliver suspira.

—Sí. Aquí es ilegal, Anna, pero es legal en muchas otras partes. Si me lo preguntas a mí, debería ser legal durante las primeras semanas, cuando todavía es un embrión.

—Eres todo un experto.

Me arrepiento de inmediato. Estoy enfadada con la situación, no necesariamente con Oliver, aunque no me dijera nada en la fiesta de Eddie sobre la sospecha de que el condón se hubiera roto.

—Lo siento —me disculpo—. Evidentemente tú has utilizado mucho mejor el tiempo que yo.

—No te preocupes. Esa clínica es completamente segura, mi tío Steve lo sabe de primera mano porque mi prima ha pasado por allí. Por supuesto, yo no sabía nada.

—¿No se lo dirá a tu padre?

No sé por qué eso debería ser un problema, pero en lo primero que pienso es en el senador Cohen.

—Mi tío me prometió que esto quedaría entre él y yo. Además, ellos no se llevan bien.

Por primera vez en varios días empiezo a sentir un poco de paz. No digo que haya tomado todavía ninguna decisión, pero es grato no tener que cargar con todo el peso yo sola. Posiblemente sea la primera vez que Oliver demuestra madurez y toma las riendas de la situación. Por un momento puedo imaginar en él las cualidades de su padre.

—Gracias, Oliver —digo, y estiro una mano y la apoyo sobre la de él.

—Podemos decirles a todos que nos vamos unos días a la playa y ocuparnos de todo. Con una semana será suficiente.

—Sé que no es lo que esperas, pero necesito pensarlo.

—No digas eso. Por supuesto, piénsalo. No tenemos mucho tiempo, porque cada día cuenta, pero tómate el día de hoy, intenta descansar, y mañana volvemos a hablar. Yo haré hoy mismo una reserva en alguna casa de la zona para estar preparados.

—Me parece bien.

Oliver esboza una sonrisa tenue.

—Excelente, Anna. Y por el dinero no tenemos que preocuparnos. Mi padrino va a dármelo para evitar explicaciones en mi casa.

—Gracias, Oliver.

—Creo que sería buena idea que tampoco lo comentes con tu padre.

Pienso en mi padre y otra vez empiezo a llorar, ahora no sólo de tristeza, sino también de alivio.

—Todo va a salir bien, ya lo verás —dice Oliver, y se acerca hasta donde estoy.

Cuando me abraza, también él está llorando.

Cuando vuelve a suceder, acabo de llegar al extremo de la piscina.

Dos episodios separados por unos pocos minutos. Salgo de la piscina y me siento en el borde. No veo a Oliver por ninguna parte, y estar allí sola no me gusta. Estoy en ropa interior y los Cohen tienen cámaras de seguridad por todas partes.

Vuelvo a meterme en la piscina y me quedo agarrada al borde.

Es como cuando estás descompuesta y has vomitado, pero sabes que hay más. No sé cómo, pero tengo la certeza de que el episodio va a repetirse, y lo cierto es que una parte de mí quiere que así sea.

Ha habido un instante, mientras recordaba el encuentro futuro en casa de mi padre, en que he podido experimentar la angustia profunda de ese momento.

Ya tengo bastante con la idea de quedarme embarazada en la fiesta del tonto de Eddie, a la que, por cierto, no pienso ir bajo ningún concepto.

—Anna, te he traído una toalla —dice Oliver desde la entrada.

Se acerca y deja la toalla en una de las sillas.

—Gracias.

—Estoy en la cocina —dice mientras se señala el delantal que trae puesto—. Vas a comer la mejor lasaña de tu vida.

—En un momento voy para allá.

Oliver se marcha. Por estas cosas sigo con él. A veces es atento y se preocupa por mí, aunque sean pequeñeces como traerme una toalla. Siempre me ha seducido que le guste la cocina y que fantasee con la idea de tener su propio restaurante. Aunque es verdad que estos rasgos de su personalidad están siendo cada día más relegados frente al omnipresente senador Richard Cohen. Oliver va a ser abogado y seguirá los pasos de su padre; la versión de la que yo me enamoré posiblemente sólo exista en mi cabeza.

Estoy en una terraza con vistas al océano. Abajo, la playa desierta.

Alquilar esta casa debe de costar más que el propio aborto, incluso en pleno invierno.

—¿No tienes frío?

Oliver aparece desde atrás. Trae mi chaqueta, que

acepto con un leve asentimiento, y empiezo a ponérmela. Espero que mi silencio le haga ver que quiero estar sola, pero sucede exactamente lo contrario, y él también se apoya contra la barandilla y se queda contemplando el espectáculo, digno de una postal.

En otro contexto supongo que él hubiera intentado abrazarme, pero el comportamiento de Oliver ha cambiado durante las últimas horas, de la tensión sexual constante a un trato afectuoso y comprensivo.

—Hemos tomado la decisión correcta, Anna.

—¿Sí?

Sé que he tomado la decisión correcta, pero a una parte de mí le irrita que Oliver no deje de decirlo. A veces lo escucho como si creyera que, además de correcta, la decisión fuera buena, y la verdad es que no es buena. No es buena en absoluto. De hecho, es una auténtica mierda.

Lo único positivo, y realmente hay que ser optimista para ver algo bueno en esta situación, es que tengo clarísimo que la relación con Oliver se ha terminado y que estos serán los últimos días que pasaremos juntos. Me culpo por no haber tomado la decisión antes, porque sabía perfectamente que era una relación sin futuro que sólo funcionaba por inercia y por un inexplicable aletargamiento por mi parte. ¿Por qué no reaccioné antes? No puedo entenderlo. De los tres años que he estado con él, quizás el primero fue el único en el que puedo aceptar cierta confusión de mi parte: los regalos caros, una vida de lujos muy diferente a la mía, un chico atractivo que me trata bien... Pero ¿y el resto del tiempo? ¿Cuánto hace que no puedo mantener con Oliver una conversación sobre las cosas que realmente me importan, sobre mis sueños y mis ambiciones? Las veces que lo he intentado me he sentido como si hablara con uno de esos robots de atención al cliente que dan la respuesta correcta, pero que en el fondo no entien-

den nada. Quizás las similitudes de Oliver con su padre estaban mucho más a la vista de lo que yo quise ver.

Si existe el karma, el resultado lo llevo en mi vientre en este momento.

Es triste tener que pasar por una situación así para darse cuenta. Un precio demasiado alto, sin duda.

—Acabo de confirmar la cita de mañana a las ocho —dice Oliver.

Ignoro su comentario. «Déjame sola, por favor.» La frase casi sale de mis labios, pero me contengo. No quiero descargar mi ira con Oliver. Aunque él se merezca una buena parte de esa rabia, la mayor parte es contra mí misma y debo lidiar con ella. Vamos a pasar una semana en esta casona aislada del mundo, mejor que sea una estancia lo más placentera posible.

Junto a la piscina hay un vestuario con una ducha. Antes de volver con Oliver necesito saber qué va a suceder. Nunca he tenido premoniciones con semejante frecuencia, y la sensación es que vienen más. Es como si se hubiera puesto en marcha un mecanismo...

—¿Esta es la clínica? —pregunto sin bajarme del coche.

—Sí.

—Doctor Rivera's Ocean Breeze Clinic —leo en voz alta sin poder creerlo.

Estamos en un centro comercial al aire libre. La clínica del doctor Rivera está justo al lado de una tienda de comestibles —de hecho, es incluso más pequeña que la tienda de comestibles—, y en este momento anuncia descuentos de hasta un cincuenta por ciento en varios análisis clínicos. ¡Oferta por tiempo limitado!

—Esperaba algo más... formal.

El coche ya no está en marcha, pero seguimos dentro. Oliver todavía tiene puestas las gafas de sol. Se las quita y puedo advertir el hastío en sus ojos.

—Anna, mi tío me dijo que el doctor Rivera es de su entera confianza.

Vuelvo a mirar a la clínica, cada vez menos convencida. En todos los vídeos que he visto —y sí, he seguido viendo vídeos sin parar—, la segunda razón por la que un aborto puede salir mal, por detrás de todo tipo de prácticas caseras, es hacerlo en centros que no están preparados para emergencias.

—Si me pasara algo...

—Hay un hospital a menos de un kilómetro de aquí. Si llega a pasarte algo y la ambulancia no llega pronto, yo mismo me encargaré de llevarte.

—¿Estarás conmigo durante la operación?

—No puedo estar contigo en la sala. Pero estaré justo al lado. Ya he hablado con el doctor de eso.

No es suficiente.

—Quiero que estés allí. No voy a quedarme sola con ese doctor Rivera.

—No te preocupes, volveré a hablar con él. Lo haremos como tú quieras.

—Gracias, Oliver.

Bajamos del coche y caminamos por fin hasta la clínica.

Apenas abrimos la puerta empiezan a confirmarse mis temores. Para empezar, hace muchísimo calor, por lo que ambos nos quitamos el abrigo lo más rápido que podemos. Es una sala relativamente pequeña, con dos filas de asientos de plástico unidos por un armazón de hierro. En las paredes hay dos pósteres con recomendaciones médicas y unos cuadros de flores bastante cutres. Uno de los fluorescentes del techo parpadea ligeramente, el dispensador de agua tiene un cartel que dice que no funciona, el linó-

leo está gastado..., en fin, cada rincón de esa sala de espera es un cliché de cómo transmitir improvisación y precariedad.

En la esquina hay una mujer sentada detrás de un escritorio. Lo primero en lo que me fijo es en que la mujer tiene una mancha amarillenta en la solapa de la bata. No es grande ni se nota demasiado, pero cuando estás buscando señales para dar media vuelta e irte no se te escapa nada.

—Buenos días —nos saluda la mujer—. Tú debes de ser Anna, ¿verdad? El doctor los está esperando.

El sonido de la ducha me hipnotiza. Todavía no me he colocado debajo, ni siquiera me he quitado la ropa interior para que se seque un poco. Quizás el agua funcione como disparador, pienso, primero la piscina y ahora...

Un intrincado pasillo nos lleva a la parte de atrás de la clínica, donde está el despacho del doctor Rivera.

Lo que nos encontramos al abrir la puerta no se parece en nada a lo que mi mente ha anticipado.

El doctor Rivera, más que un médico, parece un crítico de arte; es menudo, tiene unos cincuenta años y viste un traje azul entallado que parece hecho a medida. Lleva el cabello peinado hacia atrás con una precisión milimétrica y una barba que parece perfilada hace cinco minutos, con unos bigotitos tan delgados como líneas de lápiz.

A diferencia del resto de la clínica, el despacho está decorado con muebles carísimos, un robusto escritorio y un sofá estilo Chesterfield de color burdeos. En las paredes hay diplomas y varias bibliotecas. En todas ellas hay libros, salvo en la que está justo detrás del doctor, que de inmediato atrapa mi atención y ya no puedo dejar de mirarla.

—Bienvenidos —dice Rivera tocándose la punta de

los dedos como el señor Burns—. Veo que mi colección les llama la atención.

Lo dice con una mezcla de reproche y cierto aire desafiante.

En la biblioteca hay decenas de lechuzas decorativas de cerámica, de madera y de metal, todas de diferentes tamaños y estilos.

—Siento fascinación por ellas —dice, en lo que parece un ritual por el que ha pasado varias veces—. En la antigua Grecia eran símbolo de sabiduría y conocimiento. Y en muchas culturas consideran que traen buena suerte. Yo creo esto último. Siéntense, por favor.

Nos indica con un ademán las dos sillas que hay frente al escritorio y las ocupamos, todavía sin decir nada.

Rivera también se sienta.

—Hola, Anna. Oliver y yo ya hemos hablado, pero quería que sepas que el procedimiento que vamos a llevar a cabo será rápido y, dado que ha pasado tan poco tiempo, con un pronóstico muy bueno de recuperación. Si lo hacemos el viernes por la mañana, por la tarde podrás irte a tu casa caminando.

—Hay algo que queremos hablar con usted, doctor —interviene Oliver.

Todavía no he dicho una sola palabra. No sé si es la pulcritud de ese hombre, las putas lechuzas o qué, pero tengo la sensación de estar sentada frente al diablo. No puedo despojarme de la sensación de que algo no va bien. No tengo dudas de la decisión que he tomado, pero sí de estar en esta clínica en particular con este hombre coleccionista de lechuzas y su secretaria con la bata manchada. Me arrepiento, además, de no haber hablado con mi padre, que me ayudaría y aconsejaría como nadie. De esto no culpo a Oliver, porque él está haciendo todo lo que puede y de verdad que lo está haciendo bastante bien.

—Lo siento —digo de repente, y me pongo de pie—. Necesito irme.

Tanto Rivera como Oliver abren los ojos como dos lechuzas más.

—Anna, ¿estás bien?

—Llévame a la casa, por favor.

Oliver está desconcertado. Rivera lo tranquiliza con un gesto.

—No te preocupes —dice dirigiéndose directamente a él—. Arreglaré todo para el viernes. Ahora id a casa y descansad.

Salgo del despacho. Oliver me sigue.

—¿Qué te pasa? —La paciencia empieza a desaparecer de su voz.

—Llévame a la casa.

El recuerdo es surrealista. Hasta tal punto que por primera vez me planteo si no será una creación de mi cabeza.

Me imagino en esa casa en la playa, contando los días para ir a una clínica donde el médico parece cualquier cosa menos un médico y además tiene una colección espeluznante de lechuzas.

Tardo unos diez minutos en ducharme y no sucede nada más. Quizás eso es todo, pienso. Quizás con lo que acabo de recordar es suficiente..., lo único que tengo que hacer es no asistir a la fiesta de Eddie y jamás me quedaré embarazada de un novio con el que realmente no tengo ganas de estar.

Salgo del vestuario, seco un poco la ropa interior y me la vuelvo a poner, todavía húmeda. En la piscina me visto y recorro la inmensa casa de los Cohen en dirección a la cocina.

Cuando llego al salón me quedo un momento contemplando la decoración, los cuadros caros, los millones de fotografías familiares, muchas del senador y su esposa en diversos actos o fiestas familiares.

Yo no tengo nada que ver con esta gente. ¿Por qué nunca lo he visto tan claro como ahora?

Una parte de mí siente el irrefrenable deseo de hablar con Oliver ya y cortar con él ahora mismo.

Cuando llego a la cocina lo encuentro poniendo la lasaña en el horno.

—Dejé todo preparado ayer —anuncia con una espátula en alto—. Todo en marcha... Ven, siéntate.

Apoya la palma de la mano en la isla central. Sin decir nada, camino hacia allí y me siento encima de la isla.

—Esta botella de vino es de las más caras, espero que mi padre no se dé cuenta, porque en la bodega había sólo dos.

Mientras sirve dos copas de ese vino carísimo que ninguno de los dos va a saber apreciar, pienso en por qué nunca le he dicho a Oliver que cada vez que él me ha invitado a una copa de vino, en realidad yo hubiera preferido una cerveza.

Me da la copa y brindamos. Bebo un sorbo.

La bebida se desliza por mi garganta...

—¡Llevamos aquí cinco días, Anna! ¡Voy a volverme loco!

Oliver camina de un lado para el otro por el salón de la casa. Lo miro desde el sillón en el que estoy sentada.

—Yo soy la primera que quiero irme.

Él se queda callado un momento, cierra los ojos y baja la cabeza. Sé que busca calmarse.

—Anna, hemos perdido la cita con Rivera y el depósito, además de lo que llevo pagado por esta casa. Por si eso

fuera poco, el reloj está corriendo..., y hemos perdido una semana. ¿Lo entiendes?

—No sé si quiero hacerlo, Oliver. ¿Qué es lo que TÚ no entiendes?

—No entiendo cómo puedes estar un día convencida de una cosa y al siguiente de la otra. ¿Qué ha cambiado? Ya te he dicho que, si es por Rivera, podemos buscar a otro. El tipo es raro, te lo concedo, pero como médico es impecable. Hace más de veinte años que practica abortos en esa clínica y nunca ha pasado nada.

Pienso en decirle que si algo hubiera pasado, probablemente él no lo sabría, pero no quiero discutir sobre Rivera. Rivera no es el problema.

Oliver se sienta en la mesa baja. Acerca su rostro al mío.

—Anna, estás confundida —dice como si le hablara a una niña—. La verdadera Anna es la otra... Ahora estás afectada por la situación y eso te impide pensar con claridad. ¿Realmente quieres tener un hijo? ¿Crees que estamos en condiciones de ser buenos padres?

—No.

—¿Y entonces?

Me quedo callada.

—Algo ha pasado, Anna. Lo sabes. Rivera no te gustó, hasta el tipo se dio cuenta, pero durante los días siguientes estabas convencida. Y ayer cambiaste de opinión. ¿Vas a negarlo?

No puedo negarlo, porque ha sido exactamente así.

—Entiendo que las emociones nos traicionan —prosigue Oliver—, es como si se cayera un velo, es comprensible. Pero no puedes decidir estando confundida. Mañana hablaré con Rivera para fijar una nueva fecha.

Mi interior es un volcán, y en este preciso momento entra en erupción.

Me levanto de repente.

—¡Qué puta parte no entiendes, Oliver! He cambiado de opinión. ¡No quiero hacerlo! Menos con ese adorador de lechuzas.

Oliver me agarra del brazo.

—¡Qué haces, suéltame!

Él me suelta de inmediato.

—Esta decisión no es sólo tuya, Anna. ¡Yo también decido!

Estamos los dos en el centro del salón, hablando a gritos. En semejante estado no hay posibilidad de llegar a ningún acuerdo, y los dos lo sabemos.

—¡No voy a hacerlo, Oliver! No estoy lista.

—¿¡Qué significa «no estoy lista»!? ¡No hay tiempo para estar lista! Nadie está listo para esto, pero hay que tomar la decisión.

—Pues yo no voy a tomarla.

—¿Te das cuenta de lo que estás diciendo? Por no tomar una decisión vas a permitir que un error te arruine la vida.

—El único error que cometí fue seguir contigo todo este tiempo.

Oliver me observa con fuego en los ojos. Antes de que me diga nada lo señalo con el dedo, no hay la más mínima señal de vacilación en mi voz:

—¿Puedo irme ahora o vas a volver a agarrarme del brazo? Porque si lo haces te aseguro que te vas a arrepentir.

Oliver baja la vista.

—Ha sido un acto reflejo. Lo siento. ¿Estás bien? Lo siento.

Le indico con la cabeza que acepto sus disculpas.

—Siéntate, Anna, por favor.

—Estoy bien así.

—OK. No podemos permitir que una discusión nos impida tomar una decisión importante. Entiendo que podemos tener posiciones diferentes, pero tenemos que poder hablar.

—Oliver, he intentado hablar contigo. Eres tú el que no lo acepta.

—Hagamos algo. Nos quedamos una semana más aquí. Hablaré con Rivera para tener un nuevo turno disponible. Tú piensas tranquila. Yo estaré fuera de tu radar, me iré a la playa, no tendrás que verme más que lo estrictamente necesario. Concédeme una semana para pensarlo; quizás puedas volver a ver las cosas como antes.

—No voy a cambiar de opinión.

—No lo sabes, Anna. Te pido que mantengas la mente abierta, y que recuerdes cómo veías las cosas antes. Durante cinco días no habías tenido la más mínima duda, incluso después de conocer a Rivera. Y luego han venido dos días de confusión.

Le digo que sí con la cabeza, pero sólo porque quiero dar por terminada la discusión.

—¿Hay trato, entonces?

Oliver está esperanzado. Sé que lo que me pide es justo.

—Una semana.

Oliver sonríe.

—Otra vez te has ausentado...

—Aquí estoy.

—¿Segura? Parece que hubieras visto un fantasma.

En cierto sentido lo he visto. Un fantasma de mí misma deambulando por una casa en medio de la nada.

Me despierto al oír pasos en el pasillo. Oliver y yo hemos decidido dormir en habitaciones separadas, así que asumo que es él, que por alguna razón se dirige a la planta baja... Me doy la vuelta para ver el reloj en la mesita de noche y veo que faltan veinte minutos para las seis de la mañana.

Permanezco atenta y a los pocos minutos escucho el ruido de un motor. No es el coche de Oliver, porque es un ruido distante que aumenta conforme pasan los segundos. Salgo de la cama y me asomo por la ventana.

Todavía no ha amanecido. Efectivamente, veo una camioneta negra con los vidrios oscuros aparcada justo enfrente de la casa. Oliver se acerca al vehículo. Está completamente vestido, de manera que la llegada de la camioneta no ha sido una sorpresa para él.

Oliver se acerca al lado del conductor y se queda allí un momento, donde no puedo verlo, y al cabo de unos dos minutos reaparece por el lateral de la camioneta. Ahora lleva una mano en el bolsillo del abrigo.

Cuando Oliver todavía no ha llegado al porche de la casa, la camioneta se marcha.

Me vuelvo a acostar. Y, desde luego, no puedo conciliar el sueño.

—Anna, no has dicho una sola palabra desde que has vuelto de la piscina. ¿Te pasa algo?

—Lo siento. No, no me pasa nada. Estoy pensando en unos asuntos de mi padre en la escuela que lo tienen preocupado.

Oliver frunce el ceño. No sé si compra la mentira. Y no me importa.

Me bebo el resto del vino y él me sirve un poco más. Se acerca y se coloca entre mis piernas, me agarra de las caderas con las manos y empieza a besarme el cuello.

Miro a mi alrededor sólo para no verlo a él. A mi

lado hay un frutero repleto de frutas y un soporte de madera con seis cuchillos.

Estoy en el jardín de la casa dibujando cuando experimento un dolor intenso en el vientre. Caigo de rodillas, desgarrándome en un grito. El pantalón se humedece a causa de una hemorragia que nada tiene que ver con las pérdidas menores que he sufrido durante los últimos días.

El flujo no se detiene, y el dolor tampoco.

Por fortuna, tengo el móvil cerca. Oliver no está en la casa. Desde la discusión en la que acordamos que esperaríamos una semana, pasa casi todo el tiempo fuera. No tengo ni idea de dónde está —quizás en algún bar—, pero espero que no esté demasiado lejos, porque ahora mismo dependo enteramente de él. No puedo levantarme, por lo que me tumbo de lado en el césped.

El tono de espera va a volverme loca.

Contesta, contesta, contesta, contesta...

—¿Anna?

Oliver sabe que algo no va bien. Jamás lo llamaría por teléfono si no fuera una emergencia.

—Ven rápido. Necesito ir al hospital.

Oliver no pierde el tiempo haciendo preguntas.

—Estaré ahí en diez minutos.

Son los diez minutos más largos de mi vida. El dolor ha disminuido considerablemente, y creo que la hemorragia también, pero no me atrevo a moverme. No sé si por un mecanismo de autopreservación o por miedo.

Lo siguiente que recuerdo es cómo Oliver me lleva en brazos al coche. No creo haber perdido la conciencia, pero casi.

Estoy temblando. Bebo el resto del vino.

—Soy el doctor Niemann.

El hombre me observa con seriedad.

Quiero gritar que me diga cómo está el bebé. Que me diga si mi hija va a estar bien.

Pero me siento demasiado débil para hablar.

—Anna, necesito que me digas cuántas pastillas te has tomado. Es muy importante.

¿Pastillas?

—¿Cuántas, Anna? No es lo mismo que hayas tomado una, dos o diez, o que lo hayas hecho durante varios días.

—No he tomado nada... —consigo articular. Tengo la boca seca y mis palabras resultan prácticamente ininteligibles.

—Anna, no hay tiempo para juegos. Hemos hecho análisis reactivos rápidos y sé que has consumido pastillas de Cytotec para provocar las contracciones. Lo que no sé es la dosis exacta, y eso puede ser un problema, porque lo que te ha sucedido puede repetirse. Necesito que me lo digas ahora mismo...

En la bruma de confusión en que se ha convertido mi cerebro, consigo enhebrar algunas imágenes: la petición de Oliver para quedarse en la casa una semana más, su insistencia para ocuparse de la cena todas las noches y, por supuesto, la camioneta misteriosa que apareció en la casa en plena madrugada.

«Hemos hecho análisis reactivos rápidos y sé que has consumido pastillas de Cytotec para provocar las contracciones...»

Cojo el cuchillo. Oliver está muy cerca de mí, susurrándome cosas al oído, así que no lo advierte.

Se lo clavo en el abdomen, en uno de los costados, y él retrocede sin entender bien qué ha sucedido. Grita.

Cuando finalmente lo comprende ya es demasiado tarde. Salto de la isla de la cocina y le vuelvo a clavar el cuchillo, esta vez en el cuello, con toda la fuerza de la que soy capaz. De allí surge un chorro espeluznante de sangre que me empapa la cara.

Oliver se desploma. Sólo que ya no es Oliver, sino el asesino de mi hija...

En la pantalla del ordenador portátil está mi padre. Delante de ella no estoy yo, sino Eva, que está a punto de cumplir los dos años. Para ella, como para cualquier niña pequeña que ha vivido la mayor parte de su corta vida en pandemia, es absolutamente normal interactuar con su abuelo a través de una pantalla.

Eva, a su edad, ya dice unas cuantas palabras. Está aprendiendo los colores y en este momento mi padre le enseña cosas y ella le dice de qué color son. Sólo intervengo cuando utiliza alguna de las palabras que sólo nosotras entendemos.

Me encanta verlos interactuar. Cuando consigo salirme del agotador rol de madre 24/7 y tengo la oportunidad de observar a mi hija con cierta distancia, me embarga una sensación de orgullo y felicidad que compensa todos los sacrificios, las noches en vela, los llantos, todo. No sé si es porque casi siempre somos ella y yo contra el mundo o porque las circunstancias particulares y milagrosas en las que nació hacen que valore todavía más tenerla conmigo.

Ahora mi padre le está contando el cuento de los tres cerditos y ella escucha con atención. Yo aprovecho para revisar en el móvil mi agenda y confirmar la cita con el médico. La maternidad, además de disfrutar de tu hija cuando puedes, también es pensar en las citas con el médico, la compra de pañales, pagar la guardería, no quedarte sin leche y mil cosas más.

Abro el calendario. La fecha de hoy aparece resaltada: 04/04/22.

Respiro aliviada. Todavía faltan tres días para la cita. Genial.

Y es entonces cuando siento la presencia. Es como si de pronto hubiera alguien más en la habitación, además de Eva y de mí, y de mi padre de forma virtual. No encuentro una manera más precisa de expresarlo, y probablemente sea inexacta.

La habitación se ha vuelto más pequeña de repente.

A mi lado hay un canguro gigantesco. Dejo caer el móvil al suelo, no sólo por la impresión que me genera la criatura, sino porque su presencia viene acompañada de una angustia profunda. Sigo sentada en el sofá de mi casa, pero mi mente cae en un pozo de oscuridad.

Son sólo unos segundos, porque el lobo feroz todavía no ha llegado siquiera a la casa del primero de los cerditos.

Nunca he sido una persona depresiva, y es la primera vez que me asomo a un abismo de tristeza tan profundo.

El canguro va a salvarme, pienso. El canguro va a arreglarlo todo.

No sé cuántas veces apuñalo a Oliver, he perdido la cuenta. Sólo sé que él ya no se mueve, y sin embargo el dolor de lo que le hizo a mi bebé no se ha ido ni un poco.

Liam entra en la celda de la comisaría y me encuentra acostada en el catre, con las manos en el pecho, tarareando *One of These Things First* de Nick Drake, que Liam tocará para mí con su guitarra el último día en la granja.

Me inclino ligeramente para verlo. No puedo evitar esbozar una sonrisa tenue, pero entonces recuerdo que el hombre que tengo delante es, ante todo, el comisario de esta ciudad.

La melodía lo ha descolocado, sin lugar a dudas. Se sienta en la única silla que hay en la celda, más cerca de la puerta que de la cama.

—Siéntate, por favor.

Lo hago. Mi aspecto es bastante mejor que cuando llegué; la policía se ha llevado mi ropa ensangrentada y ahora llevo puesto un uniforme gris, de chaqueta y pantalón, que por lo menos huele a limpio. Además, me he lavado el cabello en la pequeña pila que hay en una esquina de la celda.

—Soy el comisario Liam Hollinger. Y no estoy aquí para discutir nada en relación con tu caso y lo que has hecho.

—Lo sé. Estás aquí para hablar del canguro y de Chloe.

La frase surte efecto. Sé que no tengo mucho tiempo. Es obvio que Liam se está arriesgando al venir aquí y que cuanto más tiempo permanezca conmigo, más podría complicarse su situación.

—¿Qué sabes de mi hermana?

—Necesito que me escuches, Liam, porque lo que voy a decirte es probablemente la cosa más extraña que has escuchado en tu vida. Por el bien de Chloe, escúchame hasta el final.

Tengo claro que la mención de Chloe es lo que hace que Liam no dé media vuelta y se largue.

—El asesinato de mi novio no ha sido algo premeditado. Fue un impulso. Lo hice porque él va a hacer algo terrible en el futuro. Lo sé porque tengo la capacidad de recordar el futuro.

Liam no me cree, por supuesto. Me acaba de colocar en la categoría de *lunática*. Puedo ver la decepción en su rostro, pero por alguna razón me sigue escuchando.

—Desde niña tengo esa capacidad —continúo—. Mi madre murió cuando yo tenía ocho años, pero yo tuve, a los cuatro, la visión del accidente que la mató. Tú y yo nos parecemos en eso, porque tu padre también murió en un accidente cuando tenías diez años, aunque el suceso con el borracho en la feria haya sido diferente.

Liam se queda de piedra. Sé que no he dicho nada que no podría haber averiguado antes de alguna forma, pero ha sido efectivo.

Todavía tengo su atención.

—Chloe también tiene esa capacidad —le digo.

—¿Tú has hablado con mi hermana?

—No nos conocemos. No todavía.

Liam me estudia. Sé perfectamente la lucha que tiene lugar en su interior. Seguir preguntando o largarse de esa celda en este preciso momento.

—¿Y el canguro? —pregunta por fin.

—El canguro viene con esa capacidad. Tu hermana no está loca, y el canguro es real, lo ha visto varias veces, y yo también.

Lo que digo golpea a Liam más que todo lo anterior. Aunque él lo disimule, sé que es así. No hay peso más grande para Liam que no haber apoyado a Chloe desde el principio. Y aunque ahora la relación entre ellos está recompuesta y él la visita a menudo en el Lavender Memorial, no creerla en lo que respecta al canguro sigue siendo una carga para él.

—El canguro es real —repito—. Y yo puedo ayudar a Chloe y a la doctora Katz a comprenderlo mucho mejor.

La mención de la doctora Katz desconcierta a Liam todavía más.

—Nada de lo que dices es un secreto —dice, y se pone de pie.

—Es cierto —reconozco—. Pero sí es un secreto que la canción que tarareaba cuando llegaste tiene un significado especial para ti porque te recuerda a tu padre.

Liam se queda callado. Se sienta lentamente.

—Voy a quedarme cinco minutos más. Dime cómo sabes de esa canción.

—Durante un tiempo considerable viviré contigo en la granja. Sólo tú y yo. Y Teimour, por supuesto. Chloe nos visitará con relativa frecuencia, y ella y yo tendremos una relación cercana y cómplice. La doctora Katz también irá a verme, y será de gran ayuda para mí. Pero para que eso suceda, tengo que salir de aquí, y es por eso por lo que necesito que me dejes escapar. Déjame la llave y dime cuándo puedo salir y dónde te espero.

Por primera vez, Liam sonríe.

—No voy a hacer eso. No importa que sepas el nombre de mi hermana y de mi perro. Hasta mis compañeros de trabajo lo saben.

—¿Tus compañeros de trabajo también conocen la importancia de la canción *One of These Things First*? ¿O que Chloe ha visto un canguro desde que es pequeña y tú nunca le has creído?

—Mira..., Anna. No voy a dejarte salir de aquí. Eres una asesina. Y nadie es capaz de ver el futuro. Ni mi hermana ni tú.

Con calma empiezo a arremangarme el brazo derecho y lo estiro hacia adelante.

—Tócame el brazo, por favor.

—No voy a tocarte el brazo.

—Liam, no voy a hacerte daño. No podría. Me sacas treinta centímetros y varios kilos. Estoy tratando de convencerte de que todo lo que digo es cierto.

Liam apoya la mano sobre mi antebrazo. Y allí está otra vez la misma sensación que tuve en el Lavender Memorial, cuando él me tocó el brazo. Que no aparte la mano de inmediato es una buena señal, y entonces aprovecho y, con calma, giro la mano y cojo la de él.

—Liam, sé lo difícil que esto es para ti. Supone una falta grave en tu trabajo, pero todo lo que te he dicho es cierto, y nadie sabrá que has sido tú el que me ha permitido escapar. Yo no soy una asesina...

Me quiebro. Tengo que tomar aire para volver a hablar.

—Necesito que me saques de aquí, Liam. Necesito que me lleves a la granja. Te ayudaré con Chloe, y a entender qué es el canguro.

—¿Cómo puedes ayudarme con Chloe?

Liam está cediendo. Todavía no está listo para dejarme escapar, pero por lo menos he conseguido que dude, y eso ya de por sí es bastante.

—Hace tiempo que Chloe necesita ayuda, y no digo que su internamiento en el Lavender Memorial no haya servido para nada, pero lo que realmente necesita es a su hermano. Ha sido así durante cada uno de sus ataques, cuando tu madre y tú la culpabais por ellos, o cuando se marchaba de casa y no volvía, o cuando incendió el granero...

Liam guarda silencio. Es cierto, hasta ahora no le he dicho nada que algunas personas no sepan. Pero lo que voy a decirle a continuación es algo que nadie sabe, salvo él. Algo que Liam me confiará una noche de confesiones con lágrimas en los ojos.

—La noche del incendio del granero... —empiezo, y mis palabras alertan inmediatamente a Liam— Chloe fue a la cocina en plena madrugada, cogió unos fósforos y salió de la casa. Ella te dirá más tarde que había visto entrar al canguro y que creía que, si lo mataba, las voces de su cabeza cesarían y podría tener una vida normal. Tú no la creíste...

—¿Mi hermana te ha contado eso?

—No, Liam. Tú me lo contaste. Chloe prendió varios fuegos dentro del granero y se quedó allí mientras las llamas empezaban a consumir las paredes de madera, el techo, todo. Fue un milagro que desde una de las granjas vecinas vieran la columna de humo y acudieran a ver qué pasaba. Un hombre sacó a Chloe a tiempo, cuando ya estaba inconsciente a causa de la combustión. Unos minutos más y las llamas hubieran terminado con su vida.

Odio que tenga que revivir un momento tan penoso. Liam es un hombre fuerte y consigue que sus emociones no afloren, especialmente en las circunstancias actuales. Pero yo sé lo que le sucede por dentro.

—¿Por qué me dices esto?

—Porque tú estabas despierto esa noche, Liam. Viste a Chloe salir de la casa y dirigirse al granero. Viste las primeras llamas desde la ventana y no hiciste nada.

El rostro de Liam se ha transfigurado. Sus ojos están fijos en mí, pero no me miran. Están anclados en un pasado que no puede cambiar.

—Querías a Chloe —continúo—, la quieres. Y esa noche creíste que lo mejor para ella, pero también para tu madre, era que acabara con su vida. Por eso no hiciste nada. Y eso es algo que no le has dicho a nadie y con lo que cargarás el resto de tu vida si no haces algo para remediarlo.

Liam abre la boca para decir algo...

—¿Cómo...?

Se detiene. Sabe que si sigue hablando se romperá en pedazos.

—Liam, sal de aquí y habla con la doctora Katz. Cuéntale lo que hemos hablado, y dile una cosa más: dile que soy como Julian Della Croce y que necesito salir de aquí e ir a la granja contigo. Ella terminará de convencerte.

Liam hace un imperceptible movimiento de cabeza.

Me estiro y le cojo las manos. Ahora el contacto es todavía más intenso que antes.

—Liam, nuestro amor es el más hermoso y puro que los dos hayamos vivido nunca. Y para mí termina aquí.

Epílogo

Anna de Marchi, que perdió a su madre cuando tenía ocho años y que nunca llegó a conocer a su abuela, nunca esperó encontrar a una madre después de los veinte, pero eso es exactamente lo que sucedió... A pesar de llamar a esta mujer su amiga, como haría cualquier persona adulta, lo cierto es que Julia Katz ejercía a menudo el papel de madre, y Anna se lo agradecía cada vez que podía.

Se conocieron de manera fortuita en la tienda de arte donde Anna trabajaba y conectaron inmediatamente. Las dos eran madres de niños pequeños —Anna de Eva y Julia de Aaron— y, aunque una era primeriza y muy joven y la otra experimentada y había superado la barrera de los cuarenta, entablaron una conversación agradable y quedaron en volver a verse.

El primer encuentro sucedió en la casa de Julia con la excusa de que los niños se conocieran y jugaran juntos. Fue un éxito rotundo. Julia vivía en la misma mansión que había compartido durante más de diez años con su exmarido, un influyente hombre de la política, y aunque había planeado mudarse, todavía no lo había hecho. Tenía sus razones para ello.

A diferencia del modesto apartamento en el que

Anna batallaba todos los días como madre soltera, en la mansión de Julia había muchísimo espacio, juegos para los niños, un perro llamado Garry que era un encanto y algunos empleados de suma confianza.

Para Anna, visitar a su amiga era el mejor plan del mundo. Ver a su hija feliz, corriendo de un lado para el otro con Aaron, bañándose en la piscina o subida sobre Garry, la hacía inmensamente feliz. Con Julia jugaba al tenis o caminaba por la propiedad, donde había hasta un muelle propio con vistas a un lago. A veces temía estar abusando de tanta amabilidad, pero realmente Julia parecía hacerlo con gusto. Ella era una reconocida psiquiatra, con una sensibilidad y una capacidad de observación innegables, pero Anna bromeaba con que había entre ellas una conexión profunda que iba más allá..., como si se conocieran de otra vida.

Con el correr de los meses los encuentros se hicieron cada vez más frecuentes. Eva y Aaron se volvieron inseparables, hasta el punto de querer verse todo el tiempo, algo que para sus madres no supuso un problema sino todo lo contrario.

Finalmente, ambas se convirtieron en confidentes. Anna le confió un traumático episodio de su pasado, cuando estando embarazada su novio le había escondido en la comida un medicamento para provocar contracciones y hacerle perder al bebé. Milagrosamente, los médicos consiguieron salvar a Eva, y a partir de ahí la relación con su exnovio, y especialmente con el padre de él, un influyente senador, se volvió un infierno. La versión breve era que el joven lo negó todo y la demandó, aduciendo que en realidad había sido Anna la que se había tomado las pastillas.

Lo cierto es que no pudo probarse nada. Anna recibía desde entonces una cantidad bastante modesta de dinero por parte de la familia de su ex, pero ninguno de ellos había manifestado jamás la intención de ver a la niña.

Julia le decía a menudo que debía tener la mente abierta en cuanto al amor. Ella, que había estado una década con un hombre al que había dejado de amar hacía mucho tiempo, sabía mejor que nadie que siempre hay tiempo para nuevas oportunidades. Cuando conoció a Vince, el padre de Aaron, supo de inmediato que se abría para ella una ventana de oportunidad. Vince y Julia todavía no vivían juntos —aunque esperaban hacerlo pronto— porque los dos estaban casados en el momento de conocerse y aún debían resolver algunas cuestiones de sus vidas de la manera correcta. Vince era un hombre de principios y Julia había encontrado en él al compañero que necesitaba.

Fue cuestión de tiempo que Anna le hablara a Julia del canguro y de las visiones que había tenido desde pequeña, incluido el accidente de su propia madre. Era esperable, a fin de cuentas, no sólo por la confianza que habían desarrollado en tan poco tiempo, sino porque Julia era una reconocida psiquiatra que podría arrojar algo de luz sobre cuál era la afección de Anna, si es que realmente se trataba de eso.

Lo que Anna no había imaginado era que Julia había estado esperando ese momento desde que se conocieron. Una confidencia personal abrió una puerta que tarde o temprano habían de cruzar juntas. Fueron al hospital Lavender Memorial, donde Julia trabajaba, y una vez en su despacho le reveló el propósito de la visita.

Durante los últimos años, Julia había llevado adelante una exhaustiva investigación acerca de unas entidades que algunos de sus pacientes eran propensos a ver: *los animales*. La perspectiva de compartir una patología con un puñado de locos no le resultó a Anna en absoluto alentadora, ni siquiera cuando Julia se encargó de aclararle, más de una vez, que los pacientes del Lavender estaban allí por otras razones, y que sus trastornos simplemente los hacían más receptivos. El corolario era que no hacía falta estar chiflado para interactuar con los animales.

¿Y qué hacía falta entonces? Julia no tenía una respuesta para eso. Sólo sabía que había ciertas personas capaces de hacerlo. Personas extraordinarias.

Le habló de la fascinante historia de Julian Della Croce, un famoso empresario tecnológico. Della Croce, además de un revolucionario en el campo de los videojuegos, era un poeta aficionado y ese día en el hospital Julia le entregó a Anna un librito delgado con un marcapáginas. Anna abrió el libro y leyó el breve poema:

En el desierto,
un canguro se yergue
con su bolsa abierta,
como una puerta a otra era.

Sus ojos, como dos espejos,
reflejan el presente,
y su bolsa, como un abismo,
nos invita a caer al vacío.

Más allá del hecho de que el tal Della Croce era capaz de ver al canguro, Anna no pudo sacar nada en claro de aquel críptico poema.

—La clave está en el final de la primera estrofa —dijo Julia—. *Una puerta a otra era*.

Anna se encogió de hombros. Julia le contó a continuación cómo había conocido a Julian Della Croce gracias a ese poema, y cómo él la había ayudado a comprender la naturaleza del canguro. De todos los animales, el canguro era el más intrigante; sólo una de sus pacientes era capaz de verlo, y su propósito no parecía ser tan claro como el del resto.

Durante su niñez y juventud, Julian Della Croce había tenido varias visiones de su futuro triunfal, le relató Julia. Una vida de lujos y reconocimiento. Cuando empezó a abrirse paso en el mundo de la informática, lo hizo con pasión, pero también con la convicción de que le esperaba por delante un camino de éxito. Y fue precisamente esa certeza la que lo llevó por el camino equivocado; le ganaron la arrogancia y la soberbia, y, conforme fueron pasando los años, cayó en una depresión, al considerar finalmente que ese futuro maravilloso no había sido premonitorio, sino simplemente una ilusión.

Anna escuchaba con atención, sin comprender cómo aquel hombre que se había reinventado podía ofrecerle a ella algún aprendizaje. Era evidente que Della Croce había podido superar las adversidades y conquistar sus sueños. En cambio ella, a quien el canguro sólo le había mostrado el accidente que se llevó a su madre, ya no podía hacer nada al respecto.

—Della Croce no cambió su destino —explicó Julia—. Lo recuperó.

Durante los siguientes minutos, Julia le narró la increíble historia de cómo Della Croce había conseguido cruzar a esa realidad perdida gracias al canguro: *la puerta a otra era*. Un día, mientras conducía en la carretera con su esposa, Della Croce escuchó la melodía que acompañaba cada una de las visiones del canguro: y entonces supo en cada hueso de su cuerpo lo que debía hacer. Y aceleró. El accidente que se produjo fue fatal, para Regina, su esposa, y también para él.

Para Julia, Regina se convirtió en una pieza clave. Habló con ella a solas después de conocer la verdad, porque cuando la descabellada idea de cruzar con Anna hacia la otra realidad empezó a formarse en su cabeza, supo que debía conocer de primera mano esa experiencia. Y quién mejor que Regina, que había pasado exactamente por eso, para saber qué esperar.

Para su sorpresa, Regina le confió que ese día en el coche ella no dormía profundamente, como Julian le había contado a la doctora, sino que sólo descansaba con los ojos cerrados, totalmente consciente de lo que sucedía a su alrededor. Y fue entonces cuando sintió lo mismo que le relataría su propio marido más tarde: una paz reparadora y la certeza de estar dirigiéndose hacia un sitio mejor. No tuvo miedo, sino la seguridad de estar haciendo lo correcto. Por eso no gritó ni abrió los ojos, sino que se dejó arrastrar hacia esa paz extrema, quizás sólo equiparable a lo que algunos expresan respecto a la muerte.

Para Julia, conocer de primera mano la experiencia de Regina fue vital. La única diferencia entre ella y Regina era que cruzaría de forma voluntaria y que, además, lo haría con su hijo, lo más preciado que tenía en este mundo. Si algo tenía absolutamente claro era que sólo lo haría si estaba completamente segura de que la puerta estaba abierta para ella y para Aaron. Y eso sólo lo sabría en ese momento, en el Lavender Memorial, cuando experimentara ella misma la sensación que Regina le había descrito.

Cuando Julia le confesó a Anna que en realidad ambas venían de otra realidad, igual que Della Croce, su primera reacción fue reírse. Cuando advirtió que su amiga hablaba en serio, lentamente todo empezó a tener sentido.

—¿Por qué no recuerdo nada de esa otra realidad? —preguntó Anna.

—Eso es lo más importante que debes saber, Anna —dijo Julia con seriedad—. El don que tú tienes de recordar ciertos episodios del futuro, como sucedió con el accidente de tu madre cuando eras una niña, puede ser peligroso.

—¿Peligroso? ¿En qué sentido?

—Siempre creí que no podía controlarse. Della Croce pensaba lo mismo, de hecho. Las visiones o los recuerdos simplemente aparecían cuando menos lo esperabas, sin control alguno, y a veces sin demasiada relevancia. Sin embargo, lo que sucedió en tu caso, con lo que te hizo tu exnovio, fue diferente.

Sólo de pensar en ese incidente, incluso ahora que sabía que los médicos habían salvado su embarazo y, en consecuencia, a su hija, podía sentir aquella misma ira, un sentimiento primitivo e incontrolable que nunca la había abandonado del todo.

—¿Qué hice? —dijo Anna en un tono apenas audible.

—Según las cámaras de la familia Cohen, tu comportamiento empezó a ser extraño, estabas en la piscina con Oliver y parecías ida. Lo que yo creo es que buscabas la forma de seguir recordando ese futuro y lo conseguiste. Empezaste a recordar *voluntariamente*... Un recuerdo futuro tras otro. Hasta que sólo fuiste capaz de recordar el futuro.

—No lo entiendo.

—Sé lo confuso que puede resultar todo esto, Anna. Cuando tú y yo cruzamos hacia esta realidad gracias al canguro..., tu mente ya estaba en blanco. Por eso para ti ha sido un proceso limpio. Sólo recuerdas esta realidad, y nada de la otra.

—¿Qué hice? —volvió a preguntar Anna.

—Mataste a Oliver con un cuchillo en la cocina de los Cohen.

Anna se la quedó mirando. De todo lo que había escuchado, esta era la parte más terrible.

—¿Y eso fue antes de quedar embarazada? —dijo Anna finalmente.

—Exacto. En esa realidad Eva nunca fue concebida. Por eso hiciste todo lo posible para convencerme de que te ayudara a cruzar. Supongo que tú sabías que cruzaría contigo, incluso antes que yo.

Anna se quedó un momento asimilando todo lo anterior.

—Al menos en esa realidad el hijo de puta de Oliver pagó por lo que hizo— dijo Anna mientras sonreía con tristeza.

No hablaron mucho más de lo que había sucedido en esa otra realidad, ni ese día, ni después. ¿Para qué? La vida de Anna no había sido sencilla, habiendo tenido que lidiar con un padre ausente para Eva, pero no tener a su hija y ser una asesina era ciertamente algo muchísimo peor.

—La policía te buscaba por el asesinato de Oliver. Debiste permanecer escondida. La pandemia ayudó.

Anna no estaba segura de querer saber más de aquella realidad horrible donde su hija no existía. Se levantó y abrazó a Julia. Ella, que no había llegado a su vida por obra del azar, sino por razones mucho más profundas e increíbles, le devolvió el abrazo y lloró de alivio.

—¿Por qué aquí? —preguntó Anna.

—Estaba por la zona y quería comentarte algo —dijo Julia, que la había estado esperando sentada leyendo.

Ocupaban una mesa de pícnic de un parquecito en las afueras de la ciudad. Ninguna de las dos vivía cerca de allí.

—Bueno, por lo menos no hace calor.

Julia dejó el libro a un lado y cogió una bolsa que estaba fuera de la vista de Anna.

—¡No me lo puedo creer! —exclamó Anna al ver la bolsa de cartón de su pastelería preferida.

En el interior de la bolsa había un par de porciones de tarta de chocolate en unas cajitas de cartón. Julia le entregó una a Anna junto con un tenedor de plástico, y durante unos minutos comieron en silencio.

El parquecito era tranquilo, estaba junto al río y, además de las mesas, tenía juegos para niños, que en ese momento estaban vacíos.

—¿Qué querías decirme? —preguntó Anna mientras ya había dado cuenta de la mitad de la tarta.

—Martin quiere verme —dijo Julia, e inmediatamente los ojos se le llenaron de lágrimas.

—¡¿Qué?! —Anna soltó el tenedor y saltó de su asiento—. ¡¿Y me lo dices así?!

Rodeó la mesa y abrazó a su amiga.

Hacía más de un año que Martin había empezado a vivir con su madre biológica, después de enterarse por Julia de que ella no lo era. El niño, que por entonces tenía siete años, no se lo había tomado nada bien y no había querido volver a verla.

Anna sabía todo el dolor que Julia cargaba por haber hecho mal las cosas con Martin. No por decirle la verdad, por supuesto, sino por todo lo anterior. Una de las razones por las que Julia seguía viviendo en la misma casa era porque albergaba la esperanza de que él quisiera volver a ir allí alguna vez.

Después de abrazarse y llorar durante varios minutos, Anna volvió a sentarse a la mesa.

—¿Estás contenta?

—Mucho.

—¿Irá a tu casa?

—No, voy a ir yo a la de ellos. Martin quiere enseñarme su dormitorio...

Julia vuelve a emocionarse. Se disculpa por no poder seguir.

—Era obvio que iba a querer verte en algún momento —la anima Anna—, y cuanto más crezca, más entenderá tus razones.

Julia sonríe secándose las lágrimas.

—No busco necesariamente que me perdone, Anna, ya lo sabes. Lo único que quiero es que sea feliz, y que construya una vida que no esté basada en mentiras.

—No sabes cuánto me alegro por ti. Estoy segura de que este encuentro va a ser el inicio de una bonita relación.

—Eso es lo que más me gustaría.

Anna terminaba de comerse la tarta cuando una sombra apareció en la mesa.

—Doctora Katz, buenos días —dijo una voz masculina.

Anna se volvió para ver la descomunal silueta de un hombre recortada contra el sol. Cuando sus ojos se acostumbraron a la luz, advirtió que llevaba el uniforme de comisario.

El hombre llevaba en las manos un recipiente de plástico y una botella de agua.

—Comisario Hollinger... ¡Qué sorpresa verlo aquí!

—La comisaría está del otro lado —se justificó él—. Suelo venir a comer aquí.

—Oh, claro, la comisaría. ¿Quiere compartir la mesa con nosotras?

Hollinger dudó. Miró a Anna, que ciertamente no parecía del todo convencida de la propuesta que acababa de hacer su amiga.

—Vamos, comisario, siéntese, por favor.

Hollinger dudó y se sentó al lado de Julia.

—Liam y yo hemos organizado algunos actos benéficos juntos —explicó Julia.

Anna seguía desconcertada, y aprovechó para intercambiar miradas con Julia mientras Hollinger abría el recipiente de su comida. Lo cierto es que sólo conocía al comisario de la televisión, porque había intervenido recientemente en el caso de un chico desaparecido.

—Liam, ella es Anna De Marchi, una amiga muy querida, artista y madre de la niña más hermosa de la ciudad.

Liam extendió la mano por encima de la mesa.

—Liam Hollinger, encantado.

Agradecimientos

A Sole, mi amor y la mujer increíble que me motiva a tratar de ser mi mejor versión. También a Catalina e Ignacio, porque sin ellos esta novela se hubiera escrito mucho más rápido (y a veces eso no es bueno).

A Maria Cardona, mi agente y socia literaria. La que se encarga de dinamitar mis ideas cuando todavía son peligrosas.

A mis editoras Anna Soldevila y Mercedes Güiraldes, y a todo el equipo de la editorial DESTINO, especialmente a María García Marco por la edición de este libro. ¡No puedo creer que ya hayamos publicado cinco!

A Ariel Bosi, amigo y lector cero de todas mis novelas.

A Cristian Perfumo, amigo y colega admirado, ejemplo y guía de esta etapa de mi carrera.

A Gonzalo «El colo» Ares, miembro del genial pódcast de música *MetalProgPopcast*, que me ayudó a descubrir algunas de las canciones que escuchan Anna y Liam.

A mis padres, Luz y Raúl, y a mi hermana, Ana Laura Axat, a quien va dedicado este libro, y que además ha servido de inspiración para la faceta artística del personaje principal de esta historia. A mi hermano, Gerónimo Axat, lo dejo afuera de este agradecimiento porque todavía no ha leído *La hija ejemplar*.

Agradecimientos

Nota de Autor

Querido lector, si te gustó este libro, te animo a que me busques en redes para contarme tu opinión o simplemente tu experiencia al leerlo. También te invito a suscribirte a mi lista de correo en federicoaxat.com, donde, como regalo de bienvenida, te espera una novela policial inédita llamada *El caso cero*, que espero que disfrutes mucho.

Por último, ¡muchas gracias por llegar hasta aquí! Ojalá nos leamos pronto.

Federico Axat
Febrero de 2025